五代十国演义

洪刘华 ◎ 著

中国华侨出版社
北京

图书在版编目（CIP）数据

五代十国演义 / 洪刘华著. — 北京：中国华侨出版社，2020.7（2022.2）
ISBN 978-7-5113-8220-7

Ⅰ. ①五… Ⅱ. ①洪… Ⅲ. ①长篇历史小说—中国—当代 Ⅳ. ①I247.5

中国版本图书馆CIP数据核字(2020)第100302号

五代十国演义

著　　者：	洪刘华
责任编辑：	黄　威
封面设计：	悟阅文化
美术编辑：	悟阅文化
经　　销：	新华书店
开　　本：	880mm×1230mm　1/32　印张：12　字数：291千字
印　　刷：	三河市嵩川印刷有限公司
版　　次：	2020年8月第1版　2022年2月第2次印刷
书　　号：	ISBN 978-7-5113-8220-7
定　　价：	59.80元

中国华侨出版社　北京市朝阳区西坝河东里77号楼底商5号　邮编：100028
法律顾问：陈鹰律师事务所
发 行 部：（010）58815874　　　传　真：（010）58815857
网　　址：www.oveaschin.com　　E-mail：oveaschin@sina.com

如果发现印装质量问题，影响阅读，请与印刷厂联系调换。

目录

第一章　黄巢题诗 …………………………… 001
第二章　葛从周落草 ………………………… 007
第三章　李克用摔死段国舅 ………………… 012
第四章　揭竿起义 …………………………… 016
第五章　黄巢称帝 …………………………… 021
第六章　朱温偷锅 …………………………… 027
第七章　梦想成真 …………………………… 032
第八章　背主求荣 …………………………… 037
第九章　借兵李克用 ………………………… 042
第十章　会兵河中府 ………………………… 051
第十一章　十八骑勇闯长安 ………………… 058
第十二章　王彦章突围搬兵 ………………… 066

第十三章	皈依佛门	072
第十四章	红叶为媒	079
第十五章	火烧上源驿	084
第十六章	昭宗即位	092
第十七章	义释王彦章	097
第十八章	李存孝被五马分尸	105
第十九章	李克用结拜阿保机	110
第二十章	朱温敌友通杀	114
第二十一章	杨行密虎踞江淮	120
第二十二章	钱镠投军	127
第二十三章	董昌称帝	139
第二十四章	罗隐出山	148
第二十五章	你死我活	155
第二十六章	衣锦还乡	163
第二十七章	昭宗遇害	170
第二十八章	朱温篡唐	177
第二十九章	王建称帝	182

第三十章　李克用遗命三支箭	186
第三十一章　生子当如李亚子	191
第三十二章　刘守光之死	202
第三十三章　同室操戈	214
第三十四章　李存勖称帝	221
第三十五章　朱友贞亡国	224
第三十六章　刘皇后不认生父	237
第三十七章　李存勖亡命	244
第三十八章　李嗣源称帝	253
第三十九章　诸国现状	259
第四十章　兄弟争位	265
第四十一章　石敬瑭认贼作父	277
第四十二章　石重贵客死异乡	289
第四十三章　刘知远称帝	301
第四十四章　郭威平叛	309
第四十五章　柴荣卖伞	324
第四十六章　刘承祐诛杀权臣	333

第四十七章　郭威黄袍加身 …………… 343

第四十八章　刘崇称帝 …………… 348

第四十九章　柴荣御驾亲征 …………… 353

第五十章　陶谷出使南唐 …………… 362

第五十一章　赵匡胤黄袍加身 …………… 369

第一章　黄巢题诗

诗曰：

　　自从唐季坠朝纲，
　　天下生灵被扰攘。
　　社稷安危悬卒伍，
　　朝廷轻重系藩方。

　　深冬寒木固不脱，
　　未旦小星犹有光。
　　五十三年更五姓，
　　始知迅扫待真王。

却说五代十国从907年至960年，短短53年，哪怕追溯到王仙芝、黄巢起义，也不足百年，可就在这不足百年的时间里，中华大地简直乱成了一锅粥，众强权你方唱罢我登场，直杀得人尽鸟飞，白茫茫一片真干净。那些走马灯般的帝王将相，都消失在人们的记忆之中。

感谢《三国演义》，让读者对三国英雄如数家珍；感谢《隋唐演义》，让读者将隋唐风云尽收眼底；感谢《大明英烈》，让读者对元明逐鹿不再陌生。笔者东施效颦，撷取五代时期的一些帝王故事，让读者得以走近那个烽烟四起、热血偾张的时代。

话说唐懿宗李漼在位十六年，年号咸通。咸通年间，先后发生浙江裘甫起义和徐州庞勋兵变，扰得东南数州大乱，好不容易才镇压下去。虽然河北三藩依旧是割据状态，但奉行朝廷正朔，维持着大一统的假象。于是皇帝志得意满，开始求长生，吃丹养气。这修养功夫首先得思无杂虑，屏除尘务，才能心平气和，延年益寿。但他大事糊涂，小事精明，日亲细故，毫不放权，而且世情味儿极浓，与一位郭淑妃恩恩爱爱。不料他俩的唯一结晶同昌公主得了急症，不治身亡。懿宗迁怒医官用药无效，将其中两人处死，还把他们满门都下到大牢。一时间朝野议论纷纷，宰相刘瞻希望谏官能上疏进谏，但谏官迫于皇帝的淫威，无人敢于火上浇油、引祸上身。刘瞻无奈，只好自己上疏替医官辩护。果然，懿宗大怒，立即罢了刘瞻的相职，同时，还把与刘瞻关系密切的朝廷官员数人贬斥到岭南。懿宗为公主举行了隆重的葬礼，陪葬用的衣服玩具，与生人无异，又用木料雕刻了数座殿堂，陪葬的陶俑和其他随葬品一应俱全，龙凤花木、人畜之众，不可胜计。发丧出葬长安东郊那天，懿宗与淑妃亲御延兴门送行并恸哭，又出内库各数尺高的咸通九年（868）刻印的《金刚经》卷子、金骆驼、凤凰、麒麟，以为仪仗。场面宏大，京城士庶都停业观看，送葬的队伍长达20余里。懿宗又赐给送葬的役夫100斛酒和30头骆驼满驮二尺宽的大饼，作为饭食。懿宗不顾国家的礼制，随心所欲，对内忧外患则全然不放在心上，一个昏君的嘴脸暴露无遗。

却说曹州冤句县赤墙村，一人姓黄名宗旦，世为盐商，娶妻田氏回家，径从巢林经过，见一小儿席地而坐，身穿黄衣，叫田氏为娘，然后化一道黄气冲入田氏怀中，田氏归即有孕。怀胎二十五月，一日诞下，形容怪异：身长二尺，眉横一字，牙排二齿，鼻生三窍，左臂生肉螣蛇一条，右臂生肉隋球一个，背上有八卦，胸前有七星。宗旦见了惊疑，遂将此子丢在沟渠。

时有土地将此子移在树上鸦鹊巢中。经过旬日，宗旦复从巢林经过，忽闻树上小儿叫他父亲，宗旦举目视之，乃十日前丢的小儿，遂取将下来。宗旦惊曰："十日识人、叫人，此子奇异。"乃抱回家，仍命田氏抚育，取名黄巢，表字巨天。博览经史，精熟武艺。

黄巢从小就有诗才，五岁时作《咏菊花》诗一首：

飒飒西风满院栽，
蕊寒香冷蝶难来。
他年我若为青帝，
报与桃花一处开。

黄巢成年后雄心万丈，去长安城一试身手，试图考个功名回来。第一次没考中，没关系；第二次又没中！要知道古代科举考试可不是每年都能考的，就他这两把刷子，根本涂不了好墙，于是理所当然地落第了。要知道大唐一年才考中十几个人，连孟浩然、李白这种诗界大佬都考不上功名，更何况黄巢。

黄巢心高气傲。这连考不中，在别人眼中跌了面子不说，自己登上人生巅峰的美梦也就泡汤了。百感交集的黄巢在长安城墙上写下一首《不第后赋菊》：

待到秋来九月八，
我花开后百花杀。
冲天香阵透长安，
满城尽带黄金甲。

我就纳闷儿了,黄巢为什么对菊花这么感兴趣啊?

科举考不上,黄巢本欲回家,可他又羞见父母。这时街头一只锦毛雄鸡冲黄巢叫了一声。巢曰:"奸邪不识贤,鸡倒识贤。"就对鸡说:"鸡,我若有天下之分,你大叫一声!"那鸡又叫一声。黄巢大悦,举笔又在城墙上写诗八句:

> 雄鸡有五德,
> 今朝见我鸣,
> 顶上红冠正,
> 身披紫锦文,
> 心中常怀义,
> 大叫两三声,
> 唤出扶桑日,
> 重教天下明。

黄巢写下诗句,即收拾琴剑书箱,出了长安城,对天誓曰:"黄巢若得寸进,定要夺取大唐天下!"言罢而去。

却说巡城军官看见反诗,抄奏朝廷。僖宗即宣令孜曰:"黄巢写下反诗,要夺朕之天下,卿何以治之?"令孜奏曰:"我主宽心,乞敕画影图形,捉拿巢贼,抄没其家。"帝准其奏,即时命写榜文,各处张挂,不在话下。

却说冤句县城外,有一藏梅寺,寺中有个法明长老,一日领众僧上殿,见琉璃灯光不明,视之见里面无油,长老深怪徒弟。

徒弟曰:"我夜夜添油,不知油到哪里去了。"长老不信,至晚隐于殿内。未及二鼓,忽见二鬼手提瓦罐,到殿内偷油。长老问二鬼偷油何用,二鬼答曰:"今有三曹阴司,攒造生死轮回册,无油点灯,因此差我们到各寺观取油应用。"长老又问二鬼曰:"册内载的是什么事?"二鬼答曰:"那册内说,一人姓黄名巢字巨天,生得眉横一字,牙排二齿,鼻生三窍,面如金纸,有帝王之分。在藏梅寺起手,开刀先杀一僧,然后杀人八百万,血流三千里。"法明长老听罢问二鬼道:"可有法救我等一命?"二鬼道:"命中注定,除非你自己求他。"鬼使说罢而去。长老一惊,随即转醒,发现竟是一梦。长老烦恼,每日差一行者在山门外伺候。

却说黄巢看到朝廷榜文,遂从山路逃走,忽一日来到一山,正是藏梅寺外。那行者见了,报与长老。说:"山门外有一人,生得十分古怪,想是黄巢。"长老听得,即吩咐本寺众僧,铺毡焚香,一步一拜,来接黄巢。长老说:"接迟主公,乞恕小僧之罪。"黄巢喝道:"休得胡说!谁是主公?"长老遂将梦境备说一番。黄巢道:"若果有此事,你这寺中僧人不杀一个。"言毕,长老安排酒席款待,黄巢遂匿于寺中。

忽一日黄巢到后花园中看景,行至树下,见桌上放着一张琴,近前抚罢一曲,则见东南风起,巽地云生,天风过处,闪出一仙女,立在黄巢面前道:"吾奉上方令,送你一口宝剑,此剑杀人八百万,血流三千里。"黄巢接剑在手,低头便拜。仙女化作一道清风而去。

黄巢叫长老:"我选庚子年壬申月甲申日庚午时试剑起手,你寺里僧人,尽行回避。"

当日天早,众僧齐去某施主家赴斋,长老安排早饭与黄巢吃。巢说:"今日午时三刻,开刀起手,你要回避。"长老辞了黄巢,自去躲身。出门见路旁一株大树,年久心空,长老遂隐身于树内。不觉午时已到,黄巢望天祝谢曰:

"巢本唐臣,一介书生,只因当今无道,宠任奸邪。权臣贪贿,不论贤才;主上昏庸,不分豪杰。巢因此誓削权奸,夺取江山！"

祝毕，手执宝剑叹曰："我有愿在先，不杀寺中一个僧人。"阔步出寺，四顾无人，就将这大树起手开刀。把剑往树上一砍，不料法明藏在树中。只见人头落地，鲜血喷天。黄巢叹曰："我本不想杀你，无奈天意如此，怨不得我。"正是：

> 浩气腾腾贯斗牛，
> 班超投笔去封侯。
> 马前但得三千卒，
> 敢夺唐朝四百州。

欲知后事如何，且看下回分解。

第二章　葛从周落草

却说唐懿宗时，朝中掌权之人共有两个：一个是大太监田令孜，字仲则，西川人氏，官居侍中；另一个乃是国舅段文楚，字言恩，晋阳人氏。段文楚堂妹为唐懿宗李漼之妃，深得皇上宠信，段文楚自此当上国舅，他仗着自己是皇亲国戚在朝中勾结阉党，中饱私囊，贪赃枉法，藐视朝纲。朝中无人敢言，反而一一归附，阿谀奉承。大将军康诚训为人正直，素不与段文楚之辈勾结，段文楚怀恨在心。康诚训讨伐庞勋时，段文楚恐他夺得头功对己不利，便暗中截断粮饷，独自贪赃。

康诚训因为得不到军粮贻误战机，遂写奏章急奏皇帝。懿宗龙颜大怒，严令查办贪赃之人。段文楚自知惹下大祸，于是将大太监田令孜请入府中商议对策。田令孜笑道："国舅此番截断军饷，自己挥霍，何曾记得老奴啊？"

段文楚苦笑道："田公公莫要挖苦下官，如今龙颜大怒，还请公公想个办法才是，下官自有厚谢。"

田令孜道："皇上已降旨严查，国舅唯有一计方可免遭其罪。"

段文楚曰："请公公赐教。"

田令孜道："国舅可将贪赃之事嫁祸他人头上，再请段娘娘在皇帝面前美言几句。女人枕边风，胜过三千兵呢。"段文楚一听连连点头，遂命人呈上黄金三百两送与田令孜，以作答谢。

次日，段文楚栽赃罪状，将贪污军饷之罪嫁祸到粮草转运使葛遇贤头上。段文楚与朝中朋党联名上奏章诬告葛遇贤。段妃、田令孜又在皇帝左右煽风点火，皇上龙颜大怒降旨严办！段文楚一番陷害，密令刑部处葛遇贤枭首之刑。段文楚自知葛遇贤无罪，所以只是让他顶罪，并没有株连满门。葛遇贤膝下一子，名唤葛从周，年方十八，为救父命独自一人前往长安。

此时京城长安已是十月之秋，落叶枯黄，阴风瑟瑟。葛从周独步街头，满面愁容。葛遇贤在京城有不少好友，葛从周访遍父亲故交，花了不少银两打点。奈何段文楚勾结阉党，朝中弄权，谁也不敢为葛遇贤申冤。葛从周盘缠花光，心里十分绝望。

忽一日，见一队人马鸣锣开道，有几百名官军押解一辆囚车往菜市口而来，沿街百姓拥簇相望。葛从周也围观上去，只见囚车上一人披头散发，眉目冷淡，面色铁青，仔细一看正是父亲葛遇贤。葛从周心急如焚，可自己却无法解救，只得随围观之人涌向菜市口。

到了菜市口，几个刀斧手将葛遇贤拉出囚车，推至断头桩前，监斩官甩下令箭命斩。葛从周怒火中烧，他从一名官军身上拔出腰刀，一刀将监斩官砍死！围观百姓和押解官军一惊。只见葛从周怒目圆睁，威风凛凛。众多官军抽刀而上，葛从周举刀相迎，不大会儿功夫几十个官军便倒在血泊中。葛从周飞步冲到断头桩前，挽起父亲就走。不料葛遇贤脚有脚镣，手有链铐。还没走上两步，刽子手砍刀已落。葛遇贤命丧法场，人头在地上乱滚！葛从周火冒三丈，一刀将刽子手砍死！官兵越围越多，葛从周且打且退，官军紧追不舍。葛从周转过街口，见一车队有大车二十几辆,车上载有大木罐,长约一丈有余。一位老车夫对他言道:"小壮士速往车中躲避。""多谢老伯!"葛从周纵身钻入木罐之中。

片刻官军追来,见到老车夫便问:"赶车的,可见过一位浑身是血的汉子?"

老车夫手指西门:"往那边去了。"

几十名官军涌往西门,老车夫遂令车队由东门而出。

出了东门,快行四五里地后,老车夫见四处无人便打开罐盖。只见葛从周闷得头昏眼花四肢麻木。众车夫将他送往沿途客栈歇息。

葛从周不知昏睡多久才微微醒来。二目微睁,只见自己躺在一间厢房之中,那老车夫坐于一旁伺候。葛从周问道:"敢问前辈,此间何处?"

老车夫答:"此处是悦兴客栈,公子劫法场正好被我家主人看见。主人见公子出手不凡,便令我等用盐车救下。"

葛从周起身施礼道:"敢问老伯,你家主人姓甚名谁?救命大恩没齿不忘。"

长者道:"公子休息便是,明天我家主人亲自来见你。听公子山东口音,不知家住何处,因何流落京城?"

葛从周道:"晚辈葛从周,字通美。家父葛遇贤原是兵部粮草转运使,因庞勋造反,家父奉旨催运粮草接济康诚训十万人马,怎料粮草被国舅段文楚克扣,却又暗中嫁祸父亲。从周独自往京城打点,未想打点不成,父亲问斩时日已到,情急之下才劫了法场,却未能救出父亲。"话说至此,葛从周已是泪流满面。

老者道:"我观公子气宇不凡,原是将门之后,失敬失敬。"

葛从周道:"老伯缪夸从周,实不敢当。"

次日一早，葛从周醒来顿觉身体大愈，老车夫带一人走进厢房。但见他身长八尺，高大魁梧。

老车夫道："葛公子，这便是我家主人。"

葛从周上前躬身行礼，谢曰："多蒙恩公搭救，从周定当厚报。不知恩公大名？"

"在下姓黄名巢，字巨天。"黄巢答道。

葛从周道："原来是黄恩公。"二人相互施礼，看茶落座。葛从周问道："敢问恩公在京师做何买卖？"

黄巢曰："我本在冤句贩盐为生，因进京赶考未中，写了几句反诗，朝廷下旨捉拿。只好躲进冤句藏梅寺中，平时仍乔装贩盐为生。昨日路过法场，我观公子武艺高强、气宇非凡，想与你联手共济大事，不知公子意下如何？"

葛从周道："恩公搭救之恩，从周无以为报，愿与恩公同举大事，另立天道，以谢天下！"

黄巢喜曰："若得通美，大事可成矣。"

葛从周欲往濮州家中打点家事，黄巢给他五十两银子，葛从周感激涕零。两人约定一个月后在冤句藏梅寺再会。

时隔一月，葛从周四处打听找到藏梅寺，葛从周入寺而望，只见寺内一片凄惨之状，流离饥民或坐或卧。这时一个小沙弥快步上前问道："施主可是濮州葛通美？"

葛从周道："正是在下。"

小沙弥道："我家主人在此恭候多时，请到后堂叙话。"

小沙弥领葛从周来至后堂，只见堂中坐着两人，戴刀卫士两侧站立。看居左者便是黄巢，居右者年轻书生模样。黄巢一见葛从周，立即起身相迎。据介绍书生乃是黄巢军师，也是他的侄女婿，姓李名俊儒，字奉文，也是曹州人士。其他人黄巢也一一介绍，其中包括族兄弟子侄黄存、黄揆、黄邺及外甥林言等人。

众人相见之后，于寺庙之中共议反唐。黄巢头戴束发紫金冠，身披柳叶绵竹铠，手执宝剑对众人言道："诸位父老，今朝廷昏暗，奸臣当道，税役繁重，民不聊生。官逼民反，民不得不反，天补平均大将军王仙芝已占曹州，吾等将率部投奔共赴大业！"言罢在众人相拥之下，即日发兵响应王仙芝。正是：

仕途不第有何妨，
昏君岂能识栋良？
功满自有将佐助，
回马横刀自称王。

欲知后事如何，且看下回分解。

第三章　李克用摔死段国舅

却说唐懿宗李漼驾崩之时。晋王李儇以太子之身在懿宗灵柩前嗣位，时年十二岁。扶保新君登基的乃是国舅段文楚与太监田令孜，对这两个人李儇是言听计从。懿宗皇帝的丧事办完，各地官员都要往京师朝贺新君。

段文楚为人好大喜功，上奏天子建造一座新殿举行朝贺。段文楚借造宫殿之机横征暴敛，耗时三个月高楼建成，名曰"五凤楼"。此楼圈地千余顷，征各地良木不计其数。楼分三层，高约数丈，镏金筑顶，金铂铺地，奢侈至极。数日之后，朝贺文书发往各地。

这天文书传至云州节度使李国昌之处。云州地处北方边塞，有回鹘、突厥、契丹、鞑靼等多个少数民族在云州之北。谁都想窥视大唐疆土，伺机入主中原，所以朝廷命李国昌父子镇守。今朝廷发布朝贺文书已到云州，李国昌对诸子道："塞北各部屡犯边庭，战事吃紧，本帅不可离开，由长子克用代父朝贺。"

李国昌是沙陀人，本姓朱邪。因镇压农民起义有功被封为云州节度使，又赐其家族国姓"李"。李克用先天有一只眼睛失明，或许正是这一先天缺陷，使得他箭法奇准，百步穿杨。

朝贺队伍有大车八辆，里面皆是馈赠天子的礼物，由百余名沙陀亲兵押送。李克用除随行护卫外还有一个义子，名曰李嗣源。一路之上风沙甚大，突然大车逆风而行车轴折断，众人皆惊。李克用对李嗣源道："嗣源，车轴逆风折断，此兆不知主何凶吉。"

嗣源道："老爷不能亲往，此番遣公子代行，说不定会有奸臣借此奏上一本。"

李克用道："嗣源勿忧，此番并非老爷一人不能前往。今南诏起兵攻入西川，西南诸镇将官皆不能入朝为贺，山东、淮北闻有王仙芝与黄巢等人起兵造反，圣上诏令淮南、忠武、宣武、义成、天平五军节度使出兵围剿，朝贺之时焉能各就其位，等到京师再见机行事。"闲谈之时，有士卒已修复车轴，大队继续奔往京师。

不日，李克用等众人持朝廷文书及贺柬入住驿馆。两日后，僖宗于五凤楼内宴会群臣，李克用代父位居云州节度使之座。他往四周一看，只见龙椅上坐的便是当朝皇帝李俨，十一二岁模样，一脸的稚气，与两边小太监嬉闹不止。李克用心想：我十几岁时，早已随军枕戈沙场，何曾这般玩耍？再瞧文武百官，个个蟒袍玉带，还有从天竺、波斯、大食、高句丽、琉球等国前来朝贺的使节藩王，彼此交头接耳。

却说国舅段文楚酒过三巡菜过五味，看见赴宴之人中有一独眼之人，认出他是李克用。他想李国昌父子向来不曾奉承自己，今日倒要戏弄一下这个一只眼，于是执酒樽于殿上言道："今观云州节度使之位坐一年轻将军，敢问可是大战庞勋有功的李克用将军？"

李克用起身道："国舅垂爱，正是末将。"

段文楚又问："你父李国昌官居节度使之位，因何不来朝贺？"

李克用躬身答曰："回禀国舅：今云州部族之乱其况未

明,家父携兵镇守不敢懈怠,特命克用代父入京,朝贺新君登基。"

段文楚又言:"我观将军只以左眼看人,为何不将右眼睁开,让我等一观将军威容?"

李克用见旁边有人发笑,强忍怒火答曰:"克用右眼有疾,不能睁开,平日仅靠左眼看人。"

段文楚笑道:"既是如此,我有诗一首赠予将军,让圣上和诸位臣公见笑。"

僖宗道:"国舅以诗助兴,众爱卿和之。"众人皆应。

段文楚略捻须髯吟道:

耳聋口哑不可交,
瘸腿一走两步摇。
番邦小丑一只眼,
前世莫非属山猫。

此言一出百官无不哄堂大笑。李克用听对方骂自己是小丑、山猫,顿时怒从心上起,恶向胆边生,摔杯怒道:"段文楚!我父子与你无冤无仇,何苦恶语伤人,出言不逊!"

段文楚道:"李克用!想我大唐天朝国富民丰,文臣武将人才济济,焉能让你这独眼丑陋之人在此丢人现眼!朝贺的番邦使节看了,岂不笑我大唐无人?还不快快退下,以免污了圣上龙目。"

"呸!你国舅算什么东西?文不能兴邦,武不能定国,不过是凭着妹妹的裙带关系才飞扬跋扈!我今天要让你知道沙陀爷爷的厉害!"李克用骂道。

段文楚怒道:"看得起你才拿你开心,你敬酒不吃吃罚酒!来人,将此番贼拿下!"言罢转身欲走。

"老匹夫，休走！"李克用不理李嗣源之劝，上前左手一把揪住段文楚衣领，右手抓起玉带，大吼一声便将他举于半空，众人惊作一团。李克用大叫道："吾当杀此老贼以谢皇恩！"说着将段文楚掷出两丈有余。这段文楚年近六十，李克用力壮如牛，一下子把他摔得骨断腰折，躺在窗下不能起身。李克用借势跳过酒席，一个箭步跃至窗前，两手提起段文楚脖子，右腿一抬便将其掀出窗外。满堂百官惊呼不已。有几个当值卫士抢奔李克用而来，李克用不过轻轻一提，都扔在两丈以外！卫士人多，李克用寡不敌众，最终被卫士扑倒捆住。

却说段文楚从数丈之高的五凤楼摔下，脑浆迸裂，粉身碎骨。僖宗李儇大怒，命武士将李克用楼外正法。正是：

只怨国舅欲逞强，
取人何苦以貌扬。
老命该亡段文楚，
恶诗羞辱沙陀郎。
掷贼命归花月夜，
气冲牛斗少年狂。
以死除佞谢单目，
不负李唐姓氏香。

不知李克用性命如何，且听下回分解。

第四章　揭竿起义

却说李克用摔死国舅段文楚，僖宗李儇下令楼外正法。此时尚书左仆射萧仿起身奏道："吾主万岁，且慢斩李克用。"李儇问道："爱卿有何话说？"萧仿道："那李克用朝贺之上摔死国舅固然大罪，但事出有因，还请陛下从长计议。"李儇不解，萧仿道："这李克用之父李国昌官居云州节度使，拥兵数万，镇守边庭有功。倘若轻易将其斩首，其父失子恐生变故，沙陀部本是外族，若联合塞北部族犯我大唐，朝廷何以拒之？此其一也。李克用父子本姓朱邪，因剿庞勋有功，先帝赐其李姓，段文楚当庭羞辱乃是对先帝赏赐不敬，非李克用一人之过，此其二也。李克用气冲牛斗，乃是段文楚以貌取人，作诗羞辱在先，李克用杀人在后，当酌情定罪，此其三也。有此三条，还望陛下三思。"话音刚落，右仆射王铎起身言道："萧相所言极是，臣请附议。"两位宰相开口说话，接着多位大臣均为其求情。

僖宗见众人求情赦免，乃言："诸位爱卿，既是如此，当免其一死，但不可免其之过，众卿以为当如何处置？"吏部侍郎程敬思道："臣启陛下，李克用摔死国舅其罪不轻，念其事出有因，臣以为可革去李克用官职，罚李国昌教子有失，革去云州节度使一职，降为云州防御使，罚俸禄一年。"

僖宗道:"爱卿所奏正合朕意,着吏部革去李国昌云州节度使之职,降为云州防御使,罚俸半年,戴罪戍边。李克用革去官职,即日离朝。"

僖宗生于深宫之中,长在宦官之手,宫中生活场景能够带给他的就是可以肆无忌惮地游乐。事实上,他也的确是一个热衷游乐的皇帝。左拾遗侯昌业上疏极谏,且斥田令孜导上为非,将危社稷。一番危言笃论,反惹得僖宗怒起,竟召侯昌业至内侍省,赐令自尽。

僖宗喜欢斗鸡、赌鹅、骑射、剑槊、法算、音乐、围棋、赌博,游玩的营生几乎无不精妙。他对打马球不仅十分迷恋,而且技艺高超。他曾经很自负地对身边的优伶石野猪说:"朕若参加击球进士科考试,应该会中个状元。"石野猪回答说:"若遇尧舜这样的贤君主考,恐怕陛下会落选呢!"僖宗听到如此巧妙的回答,也只是笑笑而已。

更可笑的是与臣下击球赌彩,得胜即选。一日僖宗令陈敬瑄、杨师立、王勋、罗元杲四人出镇蜀中。僖宗让四人击球赌胜,敬瑄得第一筹,即授西川节度使;次为师立,命镇东川;又次为王勋,命镇兴元;元杲最劣,不得迁擢。这种制度旷古未闻,眼见得唐朝天下就要断送在他的手上。

却说黄巢在众人相拥之下,即日发兵响应在曹州起义的王仙芝。各地饥饿的农民也争先恐后加入起义军。数月之后,这支起义军已经达到了数万人。

起义军声势浩大,唐朝政府非常恐惧,诏令五路节度使出击义军。乾符三年(876)七月,天平节度使宋威在沂州(今山东临沂)城下击败了义军,宋威失误,认为王仙芝被打死了(实际跑了),所以奏报贼乱已平。几路节度使就这样撤退了。

这给了王仙芝、黄巢一个难得的喘息机会。王仙芝、黄巢利用这一有利时机,经过短暂休整之后,转战河南,迅速攻占了阳翟、郏城等八县之地。接着,农民军又攻陷了汝州,王仙芝杀其守将,汝州刺史被迫逃走。王仙芝、黄巢声威大振,连洛阳都被震动,官员们纷纷逃跑了。

王仙芝、黄巢又攻破了阳武,胃口一下子大了起来。他们的下一个目标是郑州。可是,郑州可不是这么容易打的,这里城墙高,兵强马壮。王仙芝和黄巢围攻了几个月都没有打下来,这时一个比较要命的问题来了,那就是粮食问题。王仙芝和黄巢的手下开始纵兵抢掠。从此,这支起义军也干起了杀人放火的勾当。

在郑州久攻不克的情况下,王仙芝和黄巢开始转变战略,把战线南移,接连进攻申、光、庐、寿,逼近扬州,淮南节度使多次向朝廷告急。唐朝面对巨大的压力,不得不使出最后一招——招安。

王仙芝动心了,朝廷能给自己官做,实在不是白闹。黄巢本来也想接受招安,当年参加科举考试不就是为了当官吗?可是当黄巢看到那份封官名单时,不由勃然大怒,因为那上面只有王仙芝的名字,却没有自己的。他恨的不是别的,而是朝廷只知道有个王仙芝,却不知道我黄巢也是个人物!

黄巢开始质问王仙芝:"你一个人当官了,五千兄弟怎么办?这些兄弟我要带走,一个不留。"说完就打了王仙芝一顿。王仙芝一看这官不能当,众怒难犯,于是再次造反。

不久王仙芝战败被抓,传首京师。

王仙芝一死,大家理所当然推黄巢坐了头把交椅,号"冲天大将军",建元王霸。看这名字起得多霸气。

黄巢时不时地向唐朝乞降,几乎每年一次。而当唐朝为他开出不错的价码后,他又公然反悔,他不敢也不想放下手中的武器。他只是通过乞降的方式来为他的下一步计划赢取充裕的准备时间。

黄巢洞悉当时的形势，北方虽然遭遇旱灾，但是北方人素来民风彪悍，士兵也颇为勇敢。所以在河南一带活动，并不会有多大的益处，他把目标定在了南方。

说干就干，黄巢率军南下进攻宣州，在南陵为官军所败；于是又进入浙东，经婺州至衢州，然后披荆斩棘，攻入福建。福州观察使韦岫弃城而逃。

黄巢军队冲进福州，这支军队再也不是那支为了自己的生存而抗争的军队，他们见人就杀，见房子就烧，情景恐怖至极。

黄巢占领福州后，又开始向南运动，包围了广州。

在此期间，黄巢曾致书浙东观察使崔璆、岭南东道节度使李迢，要求朝廷封自己为天平节度使。二人惧怕黄巢威势，极力申奏，但朝廷不许。黄巢不甘心，又自己上书，求为广州节度使，可朝廷只授予他府率的官职，并遣使慰问。

黄巢假装接受，置酒款待。这位钦使素来嗜酒，一杯未了，又是一杯，接连喝了数十杯，不觉喜极欲狂，随口乱语。当下笑对黄巢道："闻足下喜吃人肉，究竟人肉有甚滋味？"

黄巢听了此语，知他有意嘲笑，也忍不住大怒。

即指使左右，就座上拿下钦使。钦使随员只有数人，哪里招架得住？都被他陆续捆住，一刀一个，尽行杀死。

这年九月，广州失守。

黄巢攻陷广州后，发现这是一个不同于中原的世界，这里富庶，且有着外夷文化的冲击，各种宗教更是在这个城市中交互错杂。黄巢连番血战，粮草早已殆尽。所以，又一番新的抢掠开始了，黄巢军见人就杀，看到值钱的东西就抢，不值钱的一把火烧掉。

当黄巢的军队到达广州港口后，黄巢惊呆了！因为大批的外国商船停靠于此，船上的货物不计其数。还有很多要出使外国的商船，这些船上也装着中国最好的特产。

黄巢立即下令，把这些商船上的货物全部收缴充当军费，码头上的水手和各国商人全部杀死！

一时间，广州码头尸积如山，海水都被染成了红色。

这件事情造成了极坏的国际影响，唐僖宗听闻大怒，一向自由、开放、和平的唐王朝形象遭到了极大的破坏。唐僖宗此时恨透了黄巢，从太宗皇帝到现在，唐朝威仪一直广播世界，但是现在发生了这样的事情。唐僖宗下定决心，一定要除掉黄巢这个败类！

唐僖宗此时派出了淮南节度使高骈。广明元年（880）三月，高骈遣其猛将张璘渡江南下。

不可一世的黄巢终于遇到了能与之抗衡的宿敌。黄巢且战且败，退守饶州。张璘又乘胜进军，黄巢无奈退守信州。此时，各地节度使的援军也已赶到，眼看黄巢的军队就要土崩瓦解、烟消云散。

欲知后事如何，且看下回分解。

第五章　黄巢称帝

话说高骈有一员心腹大将名叫毕师铎，他对高骈说道："主公名震西南，功高盖世，虽黄巢未灭，如今已位居淮南节度使，独揽东南半壁江山。若平贼，则功高震主，位居不赏之地。古人言：狡兔死，走狗烹，飞鸟尽，良弓藏。主公岂不闻韩信、彭越之事乎？盛极必衰，物极必反。而今之计，当隔岸观火，静待天下之变。"

高骈道："若非将军良言，骈不败于黄巢，也获罪于朝廷矣。"遂按兵不动以观其变。

高骈手握重兵却暗中姑息黄巢，使得义军驰骋千里如入无人之境，沿途百姓纷纷追随起义，义军人数达六十万之众，但大唐各道兵马尚未行动。黄巢问军师尚让："今朝廷所驻兵马甚多，若群起而攻，当如之奈何？"

尚让向黄巢献计道："大将军只需发一牒文，诏告四方。称大将军将率天兵六十万入东都，顺道至京师问罪，与众无干，不阻者天兵不讨。诸镇兵马闻言必不敢发兵来战，则东都唾手可得矣。"黄巢闻言速命军吏拟文，发往各州郡。

数日后，义军兵临洛阳，东都留守刘允章闻黄巢大兵将到，而各道兵马俱守而不战，洛阳四面无援，唯有献城或有一生，于是亲自恭迎。城门大开，百姓敲锣打鼓，鞭炮齐鸣。黄巢见洛阳百姓夹道相迎，东都不攻自破，自是喜上眉梢。义军在洛阳休整两日后便兵发潼关，又令营州朱温攻取同州要地，以策应黄巢大军。

东都洛阳失守，僖宗大惊，急召百官入朝商议。王铎道："今贼兵入中原，东都已失。请陛下发关内兵及神策军镇守潼关，以保长安之急。"

田令孜道："陛下，今贼兵有六十万之多，长安已危在旦夕。何不驾幸西蜀，以保无忧。"

吏部侍郎程敬思道："长安乃大唐之都，朝之命脉，不可轻易让与贼兵。"

田令孜道："昔日安禄山举三镇之兵，挥师南下，直取二都。玄宗率军入川，方避中原之乱。此事应从祖制，陛下入蜀为宜。"

程敬思叹道："朝中诸事皆可从祖制，唯有弃都而逃不可从祖制。"

僖宗李儇见无有良策，又苦于手下无兵，不禁泣下。长安城内只有一支皇帝亲军，唤作神策军。僖宗只得挑选神策军二千八百人，命殿前将军张承范为大将率军前往潼关。张承范奉旨点齐神策军，入朝辞行。僖宗亲往信门楼送行，告慰三军。张承范对僖宗言道："吾主万岁，黄巢拥兵号称六十万，锋不可当，潼关只有饥卒万人。陛下遣臣率军驰援，臣义不容辞！不过兵力不足，粮饷不继，恐难取胜。还望陛下早日督促诸道兵马，指日来援。"

僖宗一脸难堪，对承范道："卿等且行！朕自当促兵进援。"张承范辞别君王赴潼关增援。

却说镇守潼关之人名叫齐克让，只有一万兵马驻扎在此，而张承范带来的援兵不足三千，甚是危急。那黄巢六十万大军，如盘蛇缠山，马队延绵数百里之远，旌旗漫山遍野，一望无际。齐克让对张承范说:"我等在此已拖延数日,却不见再有援兵。如今贼众兵临城下,我等不可不战,本督亲率兵马与贼一战。"遂命张承范守城,自己率副将王师会、李茂、宋真等领一千兵马城下列阵。

黄巢帐下大将葛从周催马出阵,唐将宋真挥刀相迎,二人不过一个回合,宋真便被葛从周刺于马下。又有大将李茂持一对镔铁斧而来,葛从周挺枪便刺,又战两个回合,只见二马一挫蹬,葛从周枪交左手,右手拔剑削下李茂人头。唐军士卒本无战心,见连折两将,更是士气大落。又有唐将王师会催动胯下红鬃马,手挥象鼻古月刀直取葛从周。不过七八回合便被葛从周马上生擒,抓回营中。齐克让见三将三败,阵前大呼一声道:"蟊贼休狂,齐克让在此!"只见一条兽角点金枪直杀过来,葛从周挺枪应敌。二人大战四五个回合,齐克让并非葛从周对手,已是支撑不住。张承范恐齐克让再被葛从周刺于马下,便下令鸣金收兵。

当日天色将晚,义军攻城。只见云梯高架,箭弩齐发。张承范道:"齐都督,此地不可再留,万望三思!"齐克让见兵竭粮缺,已无战心,只好带领兵卒不及万人弃关而逃。黄巢大军攻克潼关,率众直逼长安。

潼关失守,京师震惊,满朝文武束手无策。尚书右丞王铎向天子奏道:"今长安危矣,陛下可封黄巢为节度使,以示招安;再诏各路勤王之师,来京保驾。"

僖宗道:"爱卿所言极是,草旨封黄巢为天平节度使,旨到之日即赴官任。朕明日驾临南郊祭天,以求神灵。"

使者持圣旨往黄巢营帐,黄巢毁诏骂道:"巢受百姓之望,杀富济贫,杀官济民。朝廷昏庸,小人弄权,贤不能进言,官不能为廉。李唐大限已到,汝回告李儇,十日之内兵临长安城下!"言罢,命左右侍卫驱逐使者回京。

使者回至京师，僖宗闻言大惊。又报巢兵到八里桥安营，田令孜奏曰："事已急矣，不如前往西祁州避兵。"帝问曰："西祁州哪得宫殿安身？"令孜奏曰："昔日明皇因安禄山渔阳兵变，上西祁州避兵，建立的宫殿尚存。"帝即传旨，收拾三宫六院，嫔妃彩女，上西祁州去。令孜奏曰："军情紧急，只一君一后足矣，嫔妃彩女顾不得了！"当日田令孜同帝、后、近臣由五百神策军护送，离长安径上西祁州而去。唐末诗人罗隐有《帝幸蜀》诗咏其事：

> 马嵬烟柳正依依，
> 又见銮舆幸蜀归。
> 泉下阿蛮应有语，
> 这回休更冤杨妃。

（"阿蛮"是杨贵妃的小名。）号称"秦妇吟秀才"的唐末进士韦庄《立春日作》与此意境相同：

> 九重天子去蒙尘，
> 御柳无情依旧春。
> 今日不关妃妾事，
> 始知辜负马嵬人。

却说黄巢正坐帐中，哨马报僖宗离了长安，往西祁州去了。黄巢即令将士领兵追赶。葛从周曰："且令人先洗宫院，登了大位，那时再去追赶未迟。"巢依言，令葛从周领兵去洗宫院。但见唐宫中：

> 黑漫漫征云笼凤阁，

昏惨惨杀气绕龙楼。
喊声滚滚，美嫔妃急登罗帏；
战鼓咚咚，俏彩女忙投锦帐。
千秋池下，撇了些破甲残旗；
万岁山前，丢了些折弓损箭。
绛绡楼下胭脂湿，
白玉城边血浪翻。

这时长安城内百官才知田令孜挟持皇帝、皇后逃走，抛下群臣与嫔妃不顾！无奈之余，金吾将军张直方率群臣迎战黄巢义军于灞上。黄巢大军西进，军师尚让公示曰："黄王起兵本为百姓，不似李唐不爱尔曹，尔曹但安居无恐！"黄巢内着细甲外披黄袍，由众将保驾昂然而入。

黄巢刚入长安，尚不敢贸然称帝。过了数日，劝进文牒联翩递入，索性一不做二不休，自称大齐皇帝，改元金统。封妻曹氏为皇后，封子黄球为太子。封尚让为太尉、尚书令，葛从周为大都督，孟绝海为龙骧将军，邓天王为骁骑将军，其余众人未有封赏。由于来不及准备，于是画皂缯为衮衣，击战鼓代乐音（也是迫不及待），然后大杀唐氏宗室。宰相豆卢、崔沆等人一同被杀，张直方也被诛杀。其他三品以上唐官，悉令罢职，四品以下守官如旧。至于僖宗留下的嫔妃彩女，黄巢全部笑纳。

黄巢的部下看到黄巢忙于登基，忙于封官，忙于找女人充实三宫六院，而自己迟迟得不到封赏，于是义军将士如同明火执仗的强盗一般在长安街头杀人越货，"各出大掠，杀人满街"。百姓在惊愕之中，长安血流成河。

本来对唐王朝不满的老百姓现在倒是希望朝廷军收复长安赶走黄巢大军，所以当朝廷军反攻时，长安城的老百姓都站在朝廷那边，有的老百姓甚至偷偷地帮助朝廷军，这一行为更加激怒了黄巢，黄巢便下令屠城。"巢怒，纵兵屠杀，流血成川"。一支军队屠杀平民百姓，肯定不会得到民众拥护，其败亡只是迟早的事。

欲知后事如何，且看下回分解。

第六章　朱温偷锅

话说宋州砀山县午沟里有个书生名叫朱诚，人送外号"朱五经"，屡考科举不中，开了个私塾谋生。后娶王氏为妻，生有三子，长子朱全昱，次子朱存，三子朱温。

传说朱温出生那天晚上，天显异象，"所居庐舍之上，赤气上腾"，很远的地方就能看到一片红光。邻居以为朱家失火了，纷纷提着水桶，端着脸盆，赶来救火。哪知庐舍俨然，并没有什么烟焰，只有呱呱的婴孩声喧达户外。大家越加惊异，询问朱家近邻。但说朱家新生一个孩儿，此外毫无怪异。大家喧嚷道："我等明明见有红光，为何到了此地，反无光焰。莫非此儿将来要发大迹，所以有此异征哩！"

一世枭雄，降生僻地，闹得邻人惊扰，已见气象不凡。三五岁时候，朱温也没甚奇慧，只喜欢弄棒使棍，惯与邻儿吵闹。次兄存与温相似，也是个淘气人物，父母屡次训责，终不肯改。只有长兄全昱生性忠厚，待人有礼，颇有其父风范。

朱诚尝语族里道："我生平熟读'五经'，赖此糊口。所生三儿，唯全昱与我尚有些相似；存与温统是不肖，不知我家将来如何结局哩！"

三子逐渐长大，食口增多，朱五经所入馆金，不敷家用，免不得抑郁成疾，竟致谢世。身后四壁萧条，连丧葬费都无从凑集，还亏亲族邻里，各有馈赠，才得草草藁葬。但是一母三子，坐食孤帏，如何存活？不得已投往萧县，佣食富人刘崇家。母为佣媪，三子为佣工。三人中唯有老大朱全昱勤于劳作，老实本分；而朱存、朱温俩兄弟则游手好闲，惹是生非。每次朱存、朱温在外面惹下是非，刘崇对他们非打即骂，但两人始终没有改过。

刘崇尝责朱温道："朱阿三，你平时好说大话，无所不能，我看你一无所能！试想汝佣我家，何田是汝耕作，何园是汝灌溉？"

朱温接口道："市井鄙夫，徒知耕稼，哪里知道男儿壮志？燕雀安知鸿鹄之志哉？"

刘崇听他自比鸿鹄，而自己乃是燕雀，禁不住怒气直冲，便取了一杖，向朱温打来。朱温不慌不忙，双手把杖夺住，折作两段！刘崇更加生气，入内去觅大杖。适为崇母所见，惊问何因。刘崇说要打死朱阿三！崇母忙阻住道："打不得，打不得，你不要轻视阿三。他将来了不得哩。"

看官！你道崇母何故看重朱温？原来朱温到刘家时，还不过十四五岁，夜间熟寐时，忽发响声。崇母惊起探视，见朱温睡榻上面，有赤蛇盘住，鳞甲森森，光芒闪闪，吓得崇母毛发直竖，一声大呼，惊醒朱温，那赤蛇竟然不见了。崇母知温为异人，格外优待，当作自己儿孙一般。且尝诫家人道："朱阿三不是凡儿，汝等休得侮弄！"

家人似信非信，或笑崇母老悖。刘崇尚知孝亲，因老母禁止责温，便罢手，朱温复得安居刘家。但朱温始终无赖，至年已及冠，还是初性不改，时常闯祸。一日，朱温在外与人赌博输了钱，为还赌债，晚上跑到刘家柴房偷走了他家烧饭的铁锅，恰被管家发现告发。刘崇带五六个家丁连夜将朱温抓回，绳捆索绑押于柴房之内痛打！刘崇骂道："朱三，我刘家待你一家不薄，而你不思本分，平日里惹是生非，欺凌乡邻，今日里偷锅又是为何？"

朱温答道："今日赌钱输光，借一口旧锅卖钱还债，日后发迹还你十口新锅。"

"呸！"刘崇大骂，"好个黄口小儿，我要你十口新锅干吗？打！"

几个家丁皮鞭相待，朱温忍痛大呼："大丈夫当立功名于四方，老爷放我远去，日后我与你同坐一字并肩王！"

刘崇气得两眼发直，怒言："如此疯癫，饿他三日，看他奈何。"遂将朱温禁于柴房之中。

刘崇恨朱温四处撒野，但崇母对其颇为疼爱，老夫人见朱温高大魁梧，聪明机敏，常怀大志，心中多生怜悯。每逢刘崇责打，老夫人必然拦护，常言："此子气宇轩昂，非比寻常，日后定能有些出息。"刘崇自然不信，但朱温铭记于心，暗誓他日功成名就，定报老夫人垂爱之恩。

话说朱温之母王氏得知朱温又闯祸后，便到刘老夫人处求情，刘老夫人闻之即带王夫人去找刘崇，时值刘崇打完朱温正将其锁于柴房。刘夫人问道："今日责打朱温又是为何？"

刘崇怒道："此子今日之过非同以往，欲偷家中铁锅变卖以还赌债。"

刘老夫人道："若只为此事，就且先放过他，何故因一口旧锅动怒。"

刘崇道："母亲不知，如此招惹祸端，何时有完？"

崇母因戒朱温道："汝年已长成，不该这般撒顽，如或不愿耕作，试问汝将何为？"

朱温道："平生所喜，只是骑射。不若与我弓箭，到崇山峻岭旁，猎些野味与主人充庖，却是不致辱命。"

崇母道："这也使得，但不要去射平民！"

朱温拱手道："这个自然,当谨遵慈教!"

崇母乃去寻取旧时弓箭,给了朱温。温母亦再三叮咛,切勿惹祸。

温总算听命,每日往逐野兽,就使善走如鹿,也能徒步追取,手到擒来。刘家庖厨,逐日充牣,刘崇喜他有能。温兄朱存也觉技痒,愿随朱温同去打猎,也向刘崇讨了一张弓,几支箭,与温同去逐鹿。朝出暮归,无一空手时候,两人不以为劳,反觉得逍遥自在。

一日逐至宋州郊外,艳阳天气,春光明媚,正是赏心悦目的佳景。朱温正遥望景色,忽见有兵役数百人,拥着香车二乘,向前行去,他不觉触动痴情,亟往追赶。朱存亦随与俱行,曲折间绕入山麓,从绿树浓荫中,露出红墙一角,再转几弯,始见一大禅林。那两乘香车,已经停住,由婢媪扶出二人。一个是半老妇人,举止大方,却有宦家气象;一个是青年闺秀,年龄不过十七八岁,生得仪容秀雅,亭亭玉立,眉宇间更露出一股英气,不似小家儿女扭扭捏捏,腼腼腆腆。朱温料是母女入寺拈香,待他们联步进殿,也放胆随了进去。至母女拜过如来,参过罗汉,由主客僧导入客堂,温三脚两步,走至该女面前,仔细端详,确是绝世美人,迥殊凡艳。勉强按定了神,让她过去。该女随母步入客室,稍为休息,便唤兵役伺候,稳步出寺,联袂上车,飞也似地去了。朱温随至寺外,复入寺问明主客僧,才知所见母女,年长的是宋州刺史张蕤妻,年轻的便是张蕤女儿张惠。温惊窹道:"张蕤吗?他原是砀山富室,与我等正是同乡,他现在还做宋州刺史吗?"

主客僧答道:"听说也将要卸任了。"

朱温乃偕兄出寺,路中语朱存道:"二哥!你可闻阿父在日,谈过汉光武故事吗?"

存问何事,朱温答道:"汉光武未做皇帝时,尝自叹道:

为官当做执金吾！娶妻当得阴丽华！后来果如所愿。今日所见张氏女，恐当日的阴丽华，也不过似此罢了。你说我等配做汉光武否？"朱存笑道："癞蛤蟆想吃天鹅肉，真是不自量力！"

朱温愤然道："时势造英雄，想刘秀当日，有何官爵，有何财产？后来平地升天，做了皇帝，娶得阴丽华为皇后。他能做皇帝娶美女，我为什么不能呢？"

朱存笑语道："你可谓痴极了！想你我寄人篱下，能图个温饱已算幸事，还想什么娇妻美妾！就是照你的妄想，也须要有些依靠，平白无故能成大事吗？"

朱温也不与他争辩，不过心里已是下定决心，今生今世非娶张氏不可！

欲知后事如何，且看下回分解。

第七章　梦想成真

黄巢起义爆发，农民军路过宋州，朱温与二哥朱存都参加了农民起义军。这年朱温二十六岁，谁也不会想到他日后竟然会成为风头不亚于黄巢的人物。

朱温与兄长朱存加入起义军时，正是黄巢大量扩军之时，成千上万的贫苦百姓一批批地来到军中，起义军队伍不断壮大。朱温和兄长先被编排在一个小队中。朱温此时有一种前所未有的解脱感，他好像换了一个人似的，再也不似乡下时的游手好闲，无所事事，他成天都有使不完的劲，特别是每次行军打仗，他的脑子显得特别灵活，加之他身强体壮，作战中他总是最显眼的一个，别人打不下的硬仗他能打，别人想不到的事情他能有所预料。因此他不久便被提升为队长，成了起义军中的一员勇士。

在安徽亳州的一次战斗中，朱温带着他那一队战士去攻城，城高濠深，仗打得十分艰苦。朱温他们几次冲击，都被打退。朱温急红了眼。他带着哥哥朱存和十几个战士，扛着几根云梯，冒着雨点般的箭，冲到城墙边上。两个战士在城墙根上扶着云梯，他和哥哥两人以最快的速度朝城墙上爬去，其他的战士也学着他的样子，拼命地冲击。

守军见来了这些不怕死的人，也不禁紧张起来，他们不停地放箭射击，朱温全然不顾，一鼓作气往上爬。刚来到城垛上，就有两个唐军向他扑过来，他躲过大刀，迅速取出衔在口中的钢刀，顺势向唐军砍去。一个人头喷着血浆，朝城下滚落。另一个吓呆了，还没有回过神来，就被朱温砍死了。

朱温登上城墙，二哥朱存也爬了上去，兄弟俩一前一后，在城上猛杀起来。唐军见有人上城，以为城快要保不住了，人心大乱，一个个无心应战，一边打一边退，后来的士兵也一个个地冲了上来，守军终于溃不成军，向城中退去。朱温下令打开城门，后继部队立即潮水般地拥进城中，占领了此城。

战斗结束后，黄巢特意来到朱温所在的队中，表彰他勇猛作战的功绩。朱温备受鼓舞，以后作战也更加勇敢了。

后来，起义军打到福建，朱温在黄巢的统帅下，已经日渐成熟起来了，也从队长提升为小校，成了起义军中最能打硬仗的将领。黄巢也对他格外器重。不幸的是在一次战斗中，与他相依为命数年的二哥中箭身亡了，对此朱温着实伤心了一阵子。不过由于当时战事实在太紧张，他也无暇想太多，战争使他从失去亲人的痛苦中解脱出来。

参加黄巢起义军后，朱温念念不忘张氏，为了见到自己的梦中情人，他怂恿黄巢出兵攻打宋州。不料宋州刺史张蕤早已离任，后任刺史坚守城池，再加上唐援军四至，农民军无功而返。

朱温以自己的勇猛善战深得黄巢信任，倚为亲信。黄巢攻下长安建立大齐政权后，派朱温领兵屯于东渭桥。后任朱温为东南面行营先锋使。不久，朱温攻下南阳，回师长安时，黄巢亲往灞上迎接。之后，黄巢再派他到各地去打仗，朱温"所至皆立功"。此时，朱温参加黄巢的起义还不足五年，已经成为黄巢手下数一数二的战将。

看《朱温传》，随手一翻，就能见到如下记载：××年月，陷某城，屠之；××年月，得某地，尽杀之；××年月，获××，肢解之！

如此对敌，尚可说无可厚非，但对跟随自己的部属他也是如此。《朱温传》有这样的记载：朱温年少得志，32岁就任节度使，人人畏之如虎，得绰号"乳虎"，性酷杀，身边的侍从稍有一点违背，立杀之。

某一天，朱温带一群谋士与侍从，围坐在一棵树下休息，朱温突然间来了一句："这棵树，做车轮很好！"大家一时不知如何回答，有几个反应快的，就应"不错，做车轮很好！"话音才落，就听朱温开始骂人："这种树还能做车轮，你们这些人随口应付！左右拉出去砍了！"想来朱温部属早就知道他的性格了，他说什么就是什么，所以随口附和也在情理之中；不想此时的朱温，又从另一个方面考虑问题了。

总之，不听话的要杀，听话的，在他心里不爽时也要杀，杀与不杀，也没有统一的标准，只看朱温开不开心了。

由于朱温在战场上英勇善战、屡立战功，中和二年（882）二月，黄巢任命朱温为同州防御使，但他并不占据同州，所以让朱温自行攻取。朱温从营州领兵南下，以王彦章、王彦童为先锋，所过之处连战连捷。数日后杀至同州，同州守将名叫樊秀，善用一口泼风大环刀，王彦童出战一个回合便将樊秀挑死。朱温乘胜挥兵入城，麾下兵卒抢掠妇女，胡作非为。亲兵大将氏叔琮将十多名美貌女子献于朱温帐中。朱温乐得合不拢嘴，对氏叔琮说："全部美人暂且关押，我要每夜一换。"

忽闻其中一女子喊道："我与将军乃是同乡，何忍欺凌？"

朱温一见原来是梦中情人张惠，不由欣喜若狂。他也不想每夜一换了，提出要娶张惠为妻。张惠正处在家破人亡、流离失所的境地，又见朱温确是真情一片，自然不能拒绝。

为了表示隆重，朱温还千辛万苦地寻访到张惠的族叔，并按照古礼三媒六聘，择吉成婚。可见他对这门亲事何等看重，张惠在他心中的地位由此可见。过了几天，朱温大张旗鼓地娶张惠为妻。朱温身穿官服，张惠珠围翠绕，在红烛高烧的大厅上交拜如仪。虽然这桩婚事一时传为奇谈，但有些反对农民起义军的人对这桩婚姻持反对态度，更有人专门写了一首打油诗来嘲讽：

居然强盗识风流，
淑女也知赋好逑。
试看同州交拜日，
鸣凤竟尔配啾鸠。

却说黄巢即位以后，担心天下兵马反扑长安，决心亲征汉中，彻底剿灭李唐宗室。遂命大齐中尉孟楷致书河中府催发粮草。王重荣，乃太原人氏，原本大唐河中节度使，屈于黄巢兵马众多，只得苟且归附。自黄巢攻陷长安，河中粮草接连运送关内。此番再次催粮，河中百姓已是无法负担。王重荣正在左右为难，其弟王重盈来至堂前问道："今闻黄巢又致信催粮，可有此事？"

王重荣道："信在这里，我欲不发粮草，重盈以为如何？"

王重盈道："兄长所言极是。黄巢自立为帝，却又无恩于百姓，反倒穷兵黩武，劳民伤财，空乏其力，不得人心。弟之愚见，何不倒戈唐王，以勤王之命问罪黄巢。"

王重荣道："亡羊补牢为时不晚，我即点兵，重归唐室。"

王重荣招集所部将士道："当初我屈身事贼，欲缓解军府之危急。如今黄巢不体恤百姓之苦，又征调兵粮数万，长此以往，我等终究要死于黄巢之手。今得万岁诏天下檄文，字字入骨，句句感伤。吾已决计反正，当发兵伐巢，以报唐王厚恩。"

遂杀黄巢所派催粮使百余人，再举大唐旗号，声讨黄巢。

黄巢闻听后院起火，速命其弟黄邺由华州发兵，偏将朱温从同州进军。此时朱温与张氏新婚宴尔，尽享人伦之乐，本不愿发兵，连收黄巢三道催兵命令，才派人整备兵马，集结辎重，仓促向河中进兵。途遇河中官军战至一处，王重荣部将常行儒道："朱温与黄邺合兵进犯，势强而心散，朱温勇而无谋，黄邺刚而自傲，将军可诱二人于山谷，再决渭水将其淹之，何愁敌军不败。"王重荣应允，遂用常行儒之计，带兵伏于山谷两侧。朱温、黄邺率一万兵马与常行儒对阵于谷口。常行儒高声呵道："大将军常行儒在此，尔等谁敢来战？"朱温道："来将且住，大将朱温在此！"但见朱温：身长一丈，膀阔三停；齿似狼牙，耳犹两翼。真如八臂哪吒离天阙，开山小鬼下坡来！

欲知后事如何，且看下回分解。

第八章　背主求荣

　　却说朱温手持齐凤朝阳刀催马杀来。二将交锋不过三四个回合，常行儒诈败而逃，朱温与黄邺自恃勇猛，率兵追击。常行儒逃入谷中，朱、黄二将亦率兵追杀入谷。王重荣见敌轻进，遂决渭水之堤，引洪水灌于谷中。朱温、黄邺见水灌山谷，山坡之上箭弩齐发，滚木雷石抛落而下，方知中计，只得兵败而逃。王重荣率兵追杀，大胜而归，尔后与义武节度使王存处合兵于渭河以北。朱温见岸北官军甚多，自知难以抵挡，遂遣使至长安，报请黄巢调拨兵马援助。此时黄巢正欲讨伐凤翔，不允调兵。朱温接连奏表请兵，黄巢不答一词，大齐中尉孟楷对黄巢说："朱温拥兵不动，陛下当敕书责其之过。"黄巢即修书训责朱温。朱温看信后大感不悦。军师谢瞳见朱温久盼援兵不到，又得黄巢书信训责，心中愤懑，便问朱温："将军以为李唐何时可灭？"

　　朱温道："王重荣驻军渭北，尚且久攻不下，又岂论李唐诛灭之日。"

　　谢瞳又问："将军可知自己仕途如何？"

　　朱温道："先生葫芦里卖的什么药？朱温前途安能自知？"

　　谢瞳道："恕在下直言，将军一步行错，恐有大患呀。"

　　朱温道："愿闻其详。"

谢瞳道:"当年,鄡邯事秦不过带兵一将,投至霸王帐下其才得用,后在三秦之地封王得爵,成就功名。今黄巢虽得二都,本当仁政安民,却于长安痛杀官员,未定民心而秽乱宫闱。大军六十万之众,粮草辎重补给何其艰辛,且劳民伤财大失人心,恐有生变之危。将军倘若再侍黄巢,终不免受其连累身死族灭。"

朱温一听连连点头:"甚有道理,那不知先生有何良策,快请赐教。"

谢瞳道:"黄巢草莽兴兵,非有功德之人,乘唐室衰乱之时伺隙入关,定是易兴易亡,断不足以成大事。今唐天子在蜀诏檄天下,诸道兵马闻命勤王,可见唐德虽衰,人心尚存。且将军力战于外,庸臣谗言于内,试问将来大业能成否?此时降唐,方为上策,愿将军三思!"

朱温道:"先生之言,正合温之所想,明日邀监军严实商议归唐之事,倘若他愿随我降唐便罢,不然将他诛于帐内。"谢瞳点头赞许。

次日,朱温命副将胡真领刀斧手一百人埋伏于中军大帐之外。未几,监军严实入帐见朱温,朱温道:"今日请监军大人来有一事相议,今河中节度使王重荣与义武节度使王存处合兵于渭河以北,我同州之兵实难抵挡。我已连发十道急书求陛下发兵,而陛下听信谗言,不发兵反而严加训责,温欲仿鄡邯弃秦而归楚。"

严实问道:"将军究竟何意,莫非要受唐帝招安吗?"

朱温答曰:"监军所言不差,正是此意。监军何不与我共同归唐。"

严实起身骂道:"朱三,你好大胆子!竟敢背主做窃,暗通唐贼。"话音未落,只见数十刀斧手冲入帐中,严实刚欲拔剑,胡真一刀将其砍死。朱温遂让胡真召集兵马,于校军台易帜，朱温道："诸位将士，我等随黄巢起兵，舍命厮杀，而黄巢不能施仁德于天下，河中兵短粮缺，而京师不发一卒。与其白白送死，不如另寻明主。望诸位将士与温共举大事，归附唐王。"众人皆愿随朱温降唐。朱温命军师谢瞳拟写降表，持监军严实人头往王重荣处请求招安。王重荣得朱温献降同州，遂草章通禀僖宗李儇，请赏朱温；时僖宗正遣宰相王铎，为诸道行营都统。王铎闻朱温归降，使义军为之重挫，也代为保奏。僖宗两处览阅奏章，深感平贼有望，向众臣言道："此乃天赐朕之良臣！"遂下诏授朱温为左金吾卫大将军，兼同州节度使，赐名全忠。

一日侍卫急报，言义军首领黄姞率万余贼兵北上欲过同州。朱温即命胡真、谢瞳升帐点兵。晌午时分，巢军聚集同州城下，摆出一个四门斗底阵，骑兵约有两千余众，分列两翼；步兵列于阵中，弓箭机弩左右压阵脚。只听号炮三声，朱温率一万兵马出城迎敌。大队列开，两军对垒，齐军来将正是黄巢的侄女黄月娥与其夫李俊儒。黄月娥见那朱温头戴黄金盔，身披寒江甲，手中一柄齐凤朝阳刀。黄月娥道："朱温，我叔父待你不薄，汝不思报答知遇之恩，今背主投敌是何道理？"

朱温道："黄巢长安关门当皇帝，何思我等将士死活？今闻唐主招贤纳士爱将如宝，故而弃暗投明。"

黄月娥道："今日我当先替大齐诛杀你这背信小人。"言罢，提绣绒大刀催马至前，朱温有部将胡真入阵交战，二人大战十余回合，那胡真不是黄月娥对手，败阵下来。又有部将申无权，手中一把锯齿合扇板门刀，杀入阵中。又战十余回合，见那黄月娥驳马而逃，申无权催马便追。只见黄月娥掉转马头，掏出一件宝物正是浑圆镜，迎日而照。申无权只觉眼前一白，便栽倒落马。黄月娥拍马而回。这申无权正在地上揉眼之际，只觉颈上一阵凉风，人头囫囵落地。朱温见两将不敌黄月娥,只得鸣金收兵,择日再战。

回至城内,王彦章对朱温道:"末将正欲出战取那女贼性命,主公怎可收兵?"

朱温道:"黄姑所使浑圆镜,借日光伤人眼,尔等不可轻敌。"

军师谢瞳道:"以下官之见,将军所畏者非是那黄姑武艺高强,而是那神镜借光袭人,主公虽有上将而她却无懈可击。"

朱温问道:"不知先生可有良策?"

谢瞳道:"我观此镜迎面逆光,令人一时目眩。主公若是夜晚袭营,四下昏黑,日月无光,莫说那姑娘的折光之镜,就是上古精卫娘娘的乾坤轮回镜又能奈何?"

朱温喜道:"若非军师献此良策,恐明日又要折去大将。但不知何日劫营为佳。"

谢瞳道:"今日将军刚败,这贼军必然自傲无顾,可于今夜袭营。"朱温应允。

当夜三更,朱温命大将王彦章率三千人马伏于齐军大寨之左,王彦童领三千人马伏兵于寨右。朱温与丁会、胡真领精兵五千直插敌寨,齐军前营大寨主将纪旺不曾提防,见有人夜袭营寨慌不择路,被朱温斩于营中。王彦章、王彦童见敌寨大乱,于左右插入齐军大营。黄姑闻营中大乱,遂与丈夫李俊儒披挂上阵。夜色之中双方混战一团,朱温冲锋在前,黄姑举刀迎来,二人战至一处,打得难解难分。但黄姑之夫李俊儒乃是一介书生,手中一把宝剑未杀得几个兵卒便被王彦章生擒。有一兵卒跑至黄姑近前大呼:"报,李军师被擒!"这一语令黄姑急得刀法大乱,只得虚晃一刀,掉头去救李俊儒。朱温搭弓上箭,"嗖"的一箭正中黄月娥后心,黄月娥呻吟落地,朱温一刀砍下她的人头。齐军军心大乱,渐渐四散而溃,归降者千余人。朱温得胜而归,只见王彦章把那李俊儒押进中军帐,朱温道:"我看你一介文弱书生,若是归降,我当保奏天子,给予你高官厚禄。"

李俊儒道:"志合者,不以山海为远;道背者,不以咫尺为近。大丈夫宁为玉碎,不为瓦全。"

朱温道:"好一个正人君子,人各有志,不可强为,我成全你与黄姑连理之心。全忠知先生学识过人,可否赠全忠一作。"

李俊儒沉思片刻,吟道:

> 女为悦己花貌容,
> 士随知音藏地宫。
> 志承义胆揭竿起,
> 身败叛贼恨无穷。
> 王莽假位群雄诛,
> 董卓匡政诸侯恐。
> 赴死无羞齐黄恩,
> 卖主何故谓全忠?

朱温闻言大怒,喝令刀斧手将李俊儒推至辕门外斩首。

朱温同州报捷破敌万余,斩将数员,僖宗闻奏大喜,拟诏加封朱温为河中行营招讨副使、汴州节度使,留治汴州。正是:

> 叛齐能封节度使,
> 灭唐敢称梁皇帝!

欲知后事如何,且看下回分解。

第九章　借兵李克用

却说唐僖宗率宫室、近臣逃至西祁州,即日升殿,改元中和元年,群臣朝贺已毕。郑畋奏曰:"近日西祁州街市童谣云:

庚子年来日月枯,
唐朝天下有如无,
山中果木重重结,
巢白鸦飞犯帝都。
世上逆流三尺血,
蜀中两见驻鸾舆,
若要太平无士马,
除是阴山碧眼鹕。

以此论之,正应天运有变,昔安禄山作叛,明皇蜀中避难;今日黄巢兵逼,陛下亦在蜀中避难。看诗末二句,'若要太平无士马,除是阴山碧眼鹕'。'碧眼鹕'即李鸦儿也。"帝曰:"李鸦儿是谁?"郑畋道:"此人王侯之子,帝室之胄。其父国昌,当年剿庞勋之乱,有功于朝廷,得赐姓李。此人随父征战,官拜云州守护使。因五凤楼前摔死国舅段文楚,陛下赦其死罪,遣其回籍,此人正是李克用。"

僖宗闻言大喜："郑爱卿所言甚合朕意，只是若诏李克用，不知何人可当此任？"

郑畋曰："当年陛下欲斩李克用人头，时有众臣保奏才免其死罪。今保奏诸臣中仅存吏部侍郎程敬思一人，此事非程侍郎去不可。"

僖宗问程敬思："程爱卿愿为此行否？"

程敬思道："臣虽不才，愿往漠北。"

僖宗道："朕封李克用为晋王，北路诸军都督及河东、雁门、代州三镇节度使。另外赐金银十车，金牌五百面，空头宣五百道，衮龙袍一套，玉带一条。朕在这里遣人调取二十七镇诸侯都到河中府会兵集合，等待晋王的人马到来，协同晋王一同破灭巢贼。程爱卿，你领八员偏将和五百名官兵，带上金银财宝和敕书，即日便行！"程敬思跪倒领旨。正是：

> 五凤楼台起祸殃，
> 连累全家走他乡；
> 落叶不与寒风去，
> 只待日暖换春晖。
> 童谣本是戏言随，
> 一语天合定轮回；
> 昔日哗变龙颜怒，
> 今朝赦罪与勤王。

却说李克用闻敬思奉圣旨至界口，遂引军一万，离直北百里来接。只见他身高九尺，臂阔三停，头戴黄金盔，身挂黄金甲，左眼圆瞪右眼瘪，胯下踏雪胭脂马，掌中九凤朝阳刀。威风凛凛、煞气腾腾！正是：

白发苍苍似银条，
胸中韬略志气高。
也是黄巢大树倒，
叫他试孤朝阳刀！

敬思一见晋王拜伏于地，克用慌忙扶起："久慕故人，无由一会，今幸得相见，足慰平生渴仰之思。"敬思答曰："大唐天下，今为黄巢所夺，京城俱陷，驾往西祁州避兵，想大王人马雄健，必尽忠皇室，臣不辞跋涉，远赉敕旨金宝，奉献大王麾下，万望垂救，实国家生灵之大幸也！"克用曰："既有圣旨，即排香案迎接。"敬思入帐开读：

奉天承运，皇帝诏曰：朕闻乾坤阖辟，盖张广大之兵；日月升沉，实起照临之德。朕无上祖之能，尽赖文武辅佐。今有曹州冤句县黄巢逆贼，乃王仙芝余党，聚百万之众，侵朕天下。关外一百五十余处，各州郡县，尽属黄巢。今朕不得已，而远迁于西蜀。巢贼心犹不足，且夕招军，意在得陇望蜀。朕今欲恢复大唐，保家安国，怎奈内无贤臣，外无勇将。兹特封皇兄为破巢兵马大元帅、雁门都招讨。更赐龙衣一套，玉带一条，金宝十车，金银牌五百面，空头宣五百道。天下官军悉听节制，勿负朕心，早宜兴兵。故兹诏示，想宜知悉。中和二年十月上旬诏。

读了诏书，望阙谢恩。程敬思献上玉带物件，克用头戴冲天冠，身穿衮龙袍，不移时，令十二太保、五百家将皆来谢恩。所谓十二太保，就是李克用的十二个儿子，按大小顺序分别是：大太保李嗣源、二太保李嗣昭、三太保李存勖、四太保李存信、五太保李存进、六太保李存颢、七太保李存实、八太保李存璋、九太保李存审、十太保李存贤、十一太保史敬思、十二太保康君立。除三太保李存勖外，其他十一人均为养子。

晋王设宴款待敬思，不觉已过旬日，绝口不言起兵。一日会宴，酒至半酣，程敬思避席问道："大王几时动兵？"晋王曰："目今天寒地冻，草木已枯，人马难行，等来年春天气候融和，草青沙暖，才好相持。"敬思曰："救兵如救火，中原百姓立待大王，如大旱之望云霓也，不可迟缓，愿熟思之。"言罢，只见晋王背后一女子高声言道："看汝枉为丈夫，皇上正在危急之际，专望救援，恨不得一日兵到，何故迟滞耶？妾虽女流，愿领兵前去灭贼，以慰中原之望。"

你道这女子是谁？乃晋王正宫刘氏也，能使两口雁翎刀，军中无敌。晋王曰："汝是妇人，缘何在此多言？"刘妃曰："大王受国重恩，早宜报效，何待来春？且大唐关外各镇诸侯皆是好汉。倘有一路灭了黄巢，那时大王有何面目再见朝廷？"晋王曰："汝言是也！吾即调遣人马起程。"于是传令收拾干粮炒面，点起番汉两营人马五十余万，次日辰牌鼓响，众兵离了金莲川望平原进发。

却说程敬思与晋王催兵正行。过了苏武庙，将次居延川，行不数里，忽听山坡后一声炮响，金鼓齐鸣，旌旗蔽日，闪出一支兵来，约有三百余人，当先一员大将拦住去路。

晋王闻报，勒马向前观看，只见他头戴银盔，身披铠甲，刀悬偃月，剑挂青虹。晋王厉声问道："来将是谁？速通名姓。"那将答曰："我姓周名德威，表字敬远，朔州马邑人也。来者可留下金宝，放你过去。"晋王道："吾乃直北沙陀李克用是也，久闻红袍周德威，原来将军就是。你乃世之英雄，文武全才，何不弃邪归正，跟我同上中原，征灭黄巢，恢复大唐天下，建立功勋，著功勋于当世，留芳名于史册，胜过在此绿林中落草，千载只一污名耳！"周德威闻言下马拜道："不知主公乃是晋王，德威愿随主公充作兵卒。"李克用忙下马扶起周德威道："吾素知敬远忠义之士，深慕高名，今幸得相从，他日位列封侯，吾当大用。"

随令差官取出空头宣一道，填写升德威为大唐议国左军师；金牌一面，填写军师字号。即日参谋帷幄，运赞军机。德威顿首拜谢，乃将众人领往珠帘寨内，犒赏三军。正是：

> 天意生贤佐，
> 残唐周德威。
> 胸中藏武略，
> 心上运玄机。
> 智勇张良并，
> 才能范蠡欺。
> 扫除巢贼乱，
> 青史誉皆知。

却说代州的一个小村庄里，树立着一座将军的石像，传说这尊石像是天上的星宿下凡，凡是得到石将军青睐的人，都会得到好运。

这天，一位姓何的姑娘与同班姊妹采花归来，行至石像边，何姑娘看见石人高大英俊，就产生了爱慕之心，她想，如果能嫁给石人这般伟岸的男人，就心满意足了。她一边想，一边与众姐妹开玩笑说："咱们大家往石人身上扔筐子，谁的筐子能挂在石人的手上，谁就嫁给石人当媳妇。"姑娘们表示赞同。于是，姑娘们便轮流往石人身上抛筐子，可谁的也没挂住。最后该何姑娘扔了，说来也真巧，这筐子从石人的头上滑到胸脯，从胸脯滑到手上不动了，几个姑娘蹦啊、跳啊、闹啊、围住了何姑娘，何姑娘羞得一溜烟儿跑回了家。

夜深了，何姑娘躺在床上总想白天的事，翻来覆去睡不着觉。月亮下山了，屋里漆黑漆黑的。突然，门"吱"的一声开了，走进一个二十岁左右的书生，这书生满身放射着微弱的蓝光。何姑娘被这突然出现的陌生人吓呆了。书生便将自己是天神的化身，白天接筐认妻一事从头到尾说了一遍。何姑娘边听边偷偷地看着英俊的书生，爱慕之心油然而生。二人互相攀谈，越谈越亲切，最后，多情的何姑娘把自己全部的爱都给了英俊的书生。

不久何姑娘有了身孕。在那个时代，未婚先孕是要被人鄙视的。尽管何姑娘再三解释都无济于事，只能将孩子生下来。亲朋好友渐渐远离，母子二人孤苦伶仃地生活着。

说来也怪，小男孩刚过满月，人间的话他没有不会说的，三个月就满跑满颠，十个月就帮妈妈喂鸡、喂鸭、烧火做饭。三岁时就能滚动一百多斤重的大石头。时间久了，小男孩力大过人的事传遍了整个村子。

孩子七岁那年，何姑娘带他来到石将军面前，让他拜祭父亲。没想到，当孩子知道他的父亲竟然是这尊石像时，竟然发起狠来，一拳将石像打得粉碎。何姑娘见状又气又急。她逼小孩跪下向父亲请罪，并且让他将地上的石头捡起来一块块地安了回去。她给孩子取名叫作"安景思"（安进石的谐音），以此为记。

安景思的生活过得非常清苦，母子二人相依为命。这日安景思正在山坡上放羊，忽然出现一只白虎。群羊惊起，白虎顺势咬死一只。安景思正于石上酣睡，闻恶虎食羊，惊醒而起。只见他跳下漫汉石，脱了羊皮袄，伸拳便向白虎打来。那虎见人欲来打它，便弃了羊，血口怒吼，飞扑而上。安景思将身一侧，白虎扑空，他纵身跳至白虎背上，左手死揪虎耳，右手猛打虎额。哪消数拳，其虎已死于地下。后人有诗赞曰：

　　　　炯炯金睛耀太阳，
　　　　食羊惊醒石儿郎；

伸拳小试平生力，
打死山中猛兽王；
年少英雄不可当，
数拳打死兽中王；
不为跨海黄金柱，
定作擎天碧玉梁。

这时，晋王与军士正好从对面山涧路过，见牧童年幼竟能将老虎打死，端的是非常喜爱。他故意向他说道："你是哪家的小孩？把我家养的老虎给打死了！"小孩并不生气，看向李克用说："原来是你家养的老虎，怪不得不经打！不过你家老虎咬死我家的羊，你还我羊，我还你虎矣！"说完提起老虎，撩过涧来，众皆惊骇。晋王令军士提之，无一能动。德威道："此人天生好汉，汝等众人安能及之？"

李克用闻言又问道："娃娃，我有一言与你商量，可否近前说话。"牧童一跃过溪。李克用问道："你姓甚名谁，家住何方？"

牧童答道："姓安，名景思，住在这飞虎岗上。"

晋王道："吾看汝气力尽有，不知武艺如何？意欲用汝，未见虚实。"安景思道："实不敢瞒，俺曾至铁笼山，得遇异人，传授一十八般武艺，但无进用之处，暂屈于此耳！"李克用闻言："真是天赐良将也，吾乃唐帝驾下沙陀王李克用，今举兵南下讨伐黄巢，汝愿勤王建功，共赴国难否？"

安景思道："师祖有临逝之嘱，景思存报效之心，今蒙恩宠，愿随主公。"

李克用扶起安景思大悦："吾有十二太保，皆吾恩养，虽亲疏不同，胜如一体，今升汝做个十三太保，改名李存孝，称号飞虎大将军，就使薛铁山、贺黑虎二人为汝副将，听受约束。"存孝拜谢,遂以父王呼之。

晋王得了安景思,不胜大喜,即令人将死虎割头为盔,剥皮为袍,脚皮为靴;又令铁匠打造毕燕挝、猊铠甲、浑铁搠赐予李存孝。晋王曰:"存孝,你会骑马否?"李存孝曰:"我自来不会骑马,今愿试之。"晋王命将校选几匹好马到帐前来,李存孝用手一按,那马扑地而倒,一连按倒数匹好马。周德威曰:"勇将必须雄马,临阵才能成得大事。"晋王曰:"我在直北四十年,只讨得一匹好马,名唤千里浑,快牵来与他骑。"李存孝仍将马一按,那马亦倒地,晋王曰:"如用此为将,甚与他骑?前些时西凉州进我一匹好马在哪里?"嗣源应曰:"在后营用两条铁索系住,四蹄也是铁索绊定,人不敢近。"晋王曰:"快将铁索解去,牵来与存孝,自去降伏。"李存孝欣然提着毕燕挝、浑铁搠,到后营一觑,那马望存孝大吼,扑将起来,李存孝侧身一躲,左手抓住鬃鬣,翻身跳上,跑出营前。此马驮得李存孝,漫坡越岭,一径飞跑去了。晋王大惊,谓周德威曰:"你说勇将须要好马,今恐丧其命。"言未毕,只见李存孝跨马如毡,从山坡后跑将出来。

晋王看见人马无恙,大喜曰:"这马中用否?"存孝曰:"马便好,只是有些腰软,将就骑着罢。"

忽报辕门外有一支兵来索战,存孝飞身上马出营,大叫:"来将何人?"二人答曰:"吾乃飞虎山大将安休休、薛阿檀是也!"存孝更不答话,拍马向前。二将一齐迎敌。李存孝大喝一声,把二将活擒过来,勒马回营。晋王大喜,即让二将归于李存孝帐下。存孝与之结为兄弟,折箭为盟,永不相负。后人有诗赞曰:

古云良将至难求,
英雄谁不觅封侯,

晋王只为推心腹,
赢得勋名到白头。

欲知后事如何，且看下回分解。

第十章　会兵河中府

却说晋王收了存孝,在居延川上住了一月,军情紧急,不敢久停。于是晋王传令,即日拔寨,望河中进发。

人马正行,忽报前面尘埃起处,金鼓齐鸣,一彪人马到来。众视之,乃各镇诸侯迎接晋王。晋王一马当先,众诸侯滚鞍下马,拜于道左,告言接迟,望恕众臣之罪。晋王曰:"大唐许多诸侯,人马尽有,不能保驾,使圣上远奔,失其社稷,此何理也?"众诸侯曰:"臣等皆怀报国之心,怎奈巢贼部下,骁勇极多,因此众人措手不及,致有此失。"晋王曰:"吾想高祖、太宗太原起义之时,六十四处烟尘,一十八处擅改年号,苦争血战,创立三百年大唐天下,如此英雄,今子孙如此懦弱,被巢贼侵夺如此,何也?"众诸侯曰:"此天之历数,有泰有否,时势不同。"晋王令众诸侯呈献姓名立行,并各镇守地方,于是众诸侯次第呈进:

第一镇:贯通诸子,博览九经,河中节度使王重荣。
第二镇:簪缨世代,阀阅名家,函国公袁容。
第三镇:文学素著,师表一代,径原节度使程宗楚。
第四镇:德行纯备,节操过人,同台节度使岳彦真。
第五镇:聪明特达,议论风生,秦州节度使仇公遇。
第六镇:仪容丑陋,膂力绝伦,汴梁节度使朱温。

第七镇：沉默寡言，声名著见，荆西节度使王元。
第八镇：轻财仗义，政尚清肃，华州节度使韩鉴。
第九镇：交游豪杰，结纳英雄，曹州节度使曹顺。
第十镇：学识过人，高尚志节，兖州节度使周顺。
第十一镇：阔谈高论，博古知今，郓州节度使赫连铎。
第十二镇：沉毅质悫，武艺超群，襄州节度使童弘真。
第十三镇：孝弟仁慈，虚己待士，幽州节度使马三铁。
第十四镇：仗义待人，挥金似土，定州节度使王景宗。
第十五镇：门迎珠履，名重丘山，晋国公王铎。
第十六镇：赈穷救急，志大心高，徐州节度使支祥。
第十七镇：有谋多智，善武能文，景州节度使周太初。
第十八镇：惠及诸人，聪明有学，平州节度使王用之。
第十九镇：忠直元亮，秀士文华，寿州节度使张仲仁。
第二十镇：仁义君子，德厚温良，莱州节度使马君武。
第二十一镇：威镇边地，名闻华夏，陈州节度使刘从吉。
第二十二镇：声如巨钟，丰姿英伟，孟州节度使朱合爽。
第二十三镇：随机应变，临事勇为，朔州节度使唐大弘。
第二十四镇：英勇冠世，刚勇绝伦，邢州节度使朱文。
第二十五镇：先哲流裔，好客礼宾，鄘州节度使杨思恭。
第二十六镇：文救唐代，名重当朝，青州节度使王敬武。
第二十七镇：精通韬略，善晓兵机，于州节度使王守存。

诸路军马，多寡不等，共计二十三万。晋王番汉人马，独有五十余万，熙熙攘攘，势压诸镇。

却说河中府有两座楼，一座名鸦馆楼，一座名观鹤楼。众诸侯拜见已毕，宰牛杀马祭天，歃血临盆，请晋王上鸦馆楼饮宴，商议进兵之策。晋王终日饮酒，全然不思进兵。

汴梁节度使朱温，心怀不忿，径至袁容帐下，谓容曰："朝廷有旨，遣此老汉帅兵，洗荡黄巢，恢复大唐天下。今到了旬日，又不整理军情，只顾醒而复醉，醉而复醒，如此饮酒，况手下将士，皆要赏赐，此事吾实恶之。"袁容急掩其口曰："足下勿言，晋王若知，数日款待之情都失了。"朱温曰："大丈夫生于天地之间，当轰轰烈烈，直言戆论，安可掩耳盗铃哉？"容曰："晋王势大，众诸侯无不钦仰，某居下位，安敢开口？"温曰："似此不言，迟滞不进，何日得见太平，你看俺说来！"抽身便起，随上鸦馆楼去。

却说晋王在楼上，正在举杯饮酒，忽见一人奔上楼来，径到面前，击桌大呼曰："大王十分为人，终日饮酒，醉亦不止，忘了大唐天下被黄巢所夺耶！"晋王视之，其人身长一丈，膀阔三停，脸如噀血，须若金针，耳犹两翼，蓝发狼牙。晋王吃了一惊，遂问："丑汉何名？"温曰："臣姓朱名温，更名全忠，现任汴梁节度使之职。"晋王大怒曰："汝何等人，敢如此无礼，全忠乃人王中心四字，汝何犯上？"温曰"此是圣上所赐，非臣自取，臣闻大王之名，亦有三。"晋王曰："吾有何名？"温曰："大王初讳克用，次号鸦儿，三曰碧眼鹕，此皆显名。"晋王大怒曰："吾之名字，安敢妄言？"随即拔剑直砍朱温。朱温侧身躲过，轮刀大呼曰："汝能使剑，偏我不会用刀？"便欲交锋。众诸侯架着二人刀剑，曰："未曾讨贼，先杀自家，恐于军不利。"诸侯力劝，二人怒气方息。温插刀归鞘，进曰："非臣敢来杀君，外人言大王昏迷酒色，不理军情，臣听得此语心怀不忿，故来相激耳！"晋王曰："吾亦知之。"

正论间，忽报黄巢驾下前部将孟绝海引兵来到。众诸侯听得各皆惊疑，只有朱温暗喜："若是孟绝海兵到，把这老贼哄出去试刀。"朱温近前大叫曰："如今孟绝海兵到，请大王先出去见头阵。"晋王怒曰："朱温，你这厮十分无礼，朝廷有旨，与我钤辖天下诸侯，何用你多言？不是我夸口，明日破黄巢，亦不用你众诸侯！你下楼去，在吾那五百家将、十三太保里面，不要拣好汉，只拣一个瘦弱不堪的出去，擒那孟绝海来，我面问巢贼消息。"朱温说："大王不知孟绝海手段，这人是岭南人氏，与黄巢起手夺东西二京，斩将三百八十余员，真个是英雄无敌！"晋王说："不必夸他，只消拣我一个瘦弱的出去便了。"

朱温急下楼来，看那家将和太保，一个个都是上山打虎将、入海擒龙夫。李嗣源、李嗣昭、李存勖、李存信、李存进、李存颢、李存实、李存璋、李存审、李存贤、史敬思、康君立。只有十二个太保。朱温问嗣源道："你父说有十三太保，缘何只有十二个？"李嗣源曰："那城墙下折枪打盹儿的就是十三太保李存孝。"朱温向前一看，大笑道："存孝身不满七尺，骨瘦如柴，就拣他出去罢！"便把存孝头摇了一摇，叫声："胡虏！你父有令。"存孝听得叫他胡虏，心中大怒，一手抓过，举起就摔！朱温鼻口流血，大叫"太保饶命"！晋王看见暗喜，可又不得不下楼劝道："我儿不可放肆！朱温也是个诸侯，你如何与他玩耍？"存孝说："不是儿与他玩耍，他叫儿胡虏。"晋王最恼人叫胡虏二字，不由瞪了朱温一眼。朱温说："臣知罪了！"

晋王命存孝活捉孟绝海来，说要问他个军数。朱温说："李存孝若捉得孟绝海来，臣与他打赌。"晋王说："赌什么？"朱温说："存孝若拿得孟绝海，俺情愿把腰间玉带输与他。"存孝说："儿若拿不得孟绝海，就把这颗头割与朱温。"晋王说："你两个要赌，必须要两个保官。"只见函国公袁容向前说："臣保存孝。"节度使王重荣也向前说："臣保朱温。"言毕，存孝下楼，披挂上马，径出河中府去索战。

嗣源见存孝一人一马，问曰："兄弟单骑欲往何处？"存孝曰："去擒孟绝海！"嗣源曰："怎不带一支兵去？"存孝曰:"父王钧旨,安敢有违?迟归尚欲加罪。"嗣源曰:"既然如此,尔须用心前去,但闻孟绝海亦是勇悍之人,可宜仔细。"存孝连声应诺,即出阵前大喝曰:"来将速降,免污我刀剑!"

孟绝海大怒,正欲出战,左胁下闪出一员副将彭白虎曰:"杀鸡何用牛刀!待小将活擒过来祭旗!"随即绰枪骤马而出。存孝曰:"来将通名!"彭白虎曰:"吾乃齐王驾下前部大将军孟……"存孝听他说出孟字,更不俟其说完,撇开枪展猿臂活捉过马来,径进河中府面见晋王:"儿拿得孟绝海来了!"众诸侯尽皆惊异。白虎曰:"我不是孟绝海,我是孟绝海部将彭白虎。"晋王大怒曰:"你这个急喉咙的贼,刀斧手推出去斩了!"

却说晋王问阴阳生现在是什么时候?阴阳生答曰:"巳时。"晋王曰:"存孝,限你午时三刻前,就要拿到孟绝海。"存孝曰:"奈儿不识孟绝海面貌,寻个作眼的人同去。"晋王曰:"这个使得!"即问那众诸侯:"认得孟绝海吗?"华州节度使韩鉴进曰:"臣与孟绝海同郡,却认得他。"晋王说:"你就与存孝同去作眼。"二人下楼上马,径出河中府搦战。

孟绝海正恼彭白虎被擒,阵中闪出班翻浪向前道:"小将不才,愿出一阵。"绝海大喜,即令披挂上马,领兵出营。班翻浪一马当先,大叫:"来将是谁?"存孝曰:"我是李晋王第十三太保、飞虎将军李存孝,你是何人?"班翻浪曰:"吾乃黄巢驾下孟绝海的部将、班翻浪是也。"存孝说:"吾要拿孟绝海,要你这小卒出来何用?"班翻浪心恼横枪就刺,李存孝举起毕燕挝就打。班翻浪即刻死于马下。

孟绝海听说班翻浪被李存孝打死,叫声:"气煞我也!"绰刀上马领兵前来。

韩鉴叫曰:"太保,那穿大红袍使偃月刀的便是孟绝海。"

存孝大叫:"韩大人先回,少待就擒孟绝海来见!"韩鉴去了。

孟绝海见李存孝身不满七尺,脸如病夫,骨瘦如柴,暗思俺两个部下好汉为何却死于这人之手?

存孝曰:"我坐下马肚带悬了些,我要下马来扣备,不要放冷箭。"孟绝海曰:"我若放冷箭射死你,不为好汉,你快备马,我等着你。"存孝下马来,把马肚带扣备了,翻身上马,叫曰:"绝海下马受死!"绝海大怒,两手轮刀砍来。存孝逼开刀,喝声:"贼往哪里去?"展猿臂活拿上马。孟绝海部下败军无主,逃上黄河投总兵葛从周去了。

存孝将孟绝海横担在马上返回河中府。晋王问:"现在什么时候?"阴阳生答曰:"午时整。"后人有诗赞曰:

展臂生擒绝海来,
怀中似抱小婴孩,
阵前借问过时未?
报道方才挂午牌。

存孝即将孟绝海上楼放下,晋王看见是个不死不活的。急唤存孝问曰:"我叫你活捉孟绝海来,怎拿一个不死不活的人来。"存孝答曰:"他在阵上如虎狼一般,被儿拿过马来,他要挣下马去,被儿只一夹,就不知夹伤哪里?"晋王命朱温验伤,朱温向前把袍甲掀开看,说:"两边肋骨都夹折了。"晋王叫朱温把玉带与存孝。朱温说:"这带是僖宗爷爷赐的,今日输了此带,有何面目见朝廷,别输些金宝罢!"李存孝一听,气得牙关紧咬,说道:"朱温,我和你赌的是玉带,不是金宝!你真是个无赖!我若输了,也给你金宝行吗?像你这样的东西,我大唐营中留着何用?今天我把你摔死算了。"说完向前把玉带只一扭,扭作两段。然后左手一把抓住朱温的一条胳膊,右手抓住他的一条腿,往空中一举,转了三个圈儿,往楼外一扔,只听"悠"一声,那朱温顺窗户就被李存孝扔到外面去了。大伙儿一看,心说:完了,朱温能活命吗?但是,这小子的命也真大,天井当院正好有一个荷花池,一池清水托着荷叶,就听"扑通"一声,朱温正好掉在了池中。当时朱温"扑通扑通"爬上岸来,抖落身上的水,眼望楼上高声大骂:"李存孝,我朱温与你俩誓不两立,君子报仇,十年不晚!"说完领本部人马,反出河中府去了。

当时左右慌报晋王说:"朱温反了!"晋王大笑曰:"谅这贼疥癣之疾,何足介意?"

观此一语,可见晋王短于智谋,以致朱温后来反唐,乃有大梁之兴。人无远虑,必有近忧。晋王视朱温如疥癣,实大意耳!正是:

> 谗臣赌带藐英雄,
> 擒将来时日正中;
> 金宝更偿言不践,
> 令传扭夺辱难容。
> 彼时反出违追策,
> 异日谁当不轨锋。
> 可笑晋王无远虑,
> 终身想仗勇南公。

欲知后事如何,且看下回分解。

第十一章　十八骑勇闯长安

话说黄巢兵马总管葛从周领兵四十八万，在黄河西岸安营。晋王领五十万番兵及二十七镇诸侯在东岸安营。晋王看了黄河，即令李嗣源："你与王重荣、韩鉴、曹顺、周顺率兵一万过黄河，于巢贼对面南首安营，轮流出马。"又叫存孝："你同安休休、薛阿檀、薛铁山、贺黑虎领一万人马，过黄河于巢贼对面北首安营，轮流出马。"众将领令，统兵过黄河来。

却说哨马报与葛从周曰："今有晋王手下第十三太保李存孝，生擒彭白虎，打死班翻浪，活捉孟绝海，杀败人马，特来飞报。"葛从周听说大惊道："这三个好汉死了，天下难保！"下面闪出耿彪高叫曰："将在谋而不在勇，兵在精而不在多。明日下官出马，若要活存孝，就生擒来；若要死存孝，就斩头来。"葛从周喝曰："孟绝海那三个好汉都被他杀了，何况你乎？"又一人身长丈五，膀阔三停，却是五军都救应邓天王，大叫曰："末将有一计，可成大功。"从周问："是何计？"邓天王说："是反间计，如此如此，这般这般。"从周说："此计甚妙！"

邓天王即整点人马，等到天晚，将近三更，领兵到李嗣源营前，杀将进去。一边杀人，一边高叫："我是十三太保李存孝，今父王用人不当，有功不赏，我今反了。"众将听说存孝反了，谁敢出来？都驾船乘夜走过黄河去了。

邓天王杀了半夜，领人马竟回本营，来见葛从周。从周问曰："劫营之事何如？"邓天王答曰："全中我计了！"从周大喜道："这是你的头功。"邓天王说："今营中缺少粮草，小将就领人马去华州催运粮草，以救燃眉之急，不知总管意下何如？"从周说："如此甚好。"邓天王恐存孝来寻他，故说催粮，以便脱身。

却说次日天明，李存孝听说巢兵劫了南营，领兵去看，只见尸横岸口，血染河流。存孝痛哭，与四将商议道："你们守营，我过黄河去见父王，禀命一遭，回来报仇未迟。"

却说晋王升帐，只见大太保哭进营来。晋王惊问何故，嗣源把存孝劫营造反事情细说一遍。晋王闻言大怒，正欲发兵讨叛。守营将报曰："存孝在营外下马等令。"晋王说："他既反了，为什么又来见我？"康君立、李存信二人说："这贼以为父王不知，此来又要将老营兵马赚过河去，不如唤他进来命武士斩了，免得上当受骗！"德威劝晋王问个究竟再斩不迟。晋王乃将存孝叫进营帐问道："你昨晚为何负义造反？"存孝告曰："儿受父王厚恩，欲报未能，怎肯造反？"晋王曰："那昨晚劫营的不是你吗？"存孝说："当然不是！我为什么要劫大哥营帐？"晋王曰："我险些中了反贼的奸计！你且与嗣源再过黄河，两人合兵一处再战巢兵。"

第二天，有军士报葛从周曰："唐兵在营前索战。"葛从周曰："何将愿去对阵！"言未绝，大将耿彪叫曰："小将愿去！"即时披挂当先，向阵前问曰："来将是谁？"嗣源说："吾是大唐李晋王世子，大太保李嗣源，你是谁人，敢来与我对阵？"耿彪答曰："吾是大齐皇帝驾前大将耿彪！"李嗣源持戟便刺！耿彪大怒，取鞭在手，逼开画戟，喝声："休走！"

嗣源躲身不及，中了一鞭，吐血逃走。

又次日，李存孝领兵到营前索战，葛从周问曰："谁敢出马？"耿彪因昨日战胜李嗣源，自负其勇，即时跃马出营。到阵前，只见存孝身高不满七尺，骨瘦如柴，脸似病夫，拍马抡刀就砍。存孝逼开刀，展猿臂，活拿耿彪过马来，一手攥着脖子，一手按着两腿，就马上曲做两截，摔下马来。军士报与从周说："耿彪被存孝拿去，曲做两截。"从周大惊道："谁敢再去对阵？"张龙、李虎向前进曰："某愿往！"张龙拍马抡刀，照存孝砍来；存孝举起毕燕挝，把张龙打成两段。李虎挺枪就刺，存孝浑铁挝起处，登时把李虎打死。从周大惊曰："似此怎了！"旁边又闪出一将高叫："李存孝认识大将崔受吗？"拍马拈枪就刺。存孝逼开枪，大喝一声："贼将哪里去？"却把崔受拿过马来，只一摔，摔做一块肉泥。

却说军士报与从周曰："崔受被他拿去，摔作一块肉泥！"满营军士，唬得魂飞天外。葛从周叹曰："李存孝勇不可当，莫若走回长安。"下面闪出一将张权禀曰："李存孝一勇之夫，不谙阵法，吾明日必擒此人！"从周依言。

次日，张权领兵出营，布成一字长蛇阵。存孝披挂上马，直向阵头冲来。权问曰："尔何名？"存孝曰："大唐飞虎将军李存孝也，尔尚不知我名耶！"权曰："识得此阵否？"存孝曰："管你什么阵，快下马受死就是！"权大怒，拍马轮斧便砍，战不一合，被存孝一挝，打得头颅粉碎，翻落马下。阵中四十八员健将，见张权落马，大喊一声，一齐跃马直逼存孝。存孝全无惧怯，左冲右突，前刺后打，把四十八员健将尽数打死。

葛从周不敢与李存孝交战，慌忙上马奔逃。李存孝乘胜追击，径到潼关。回头看三处人马，俱没有了。存孝问："我军人马还有多少？"四将答曰："只有十三名，连我等五个，共有一十八骑。"存孝道:"这十三名小军也是好汉!且过潼关去看,径杀到霸陵川。"

葛从周星夜奔入长安,上奏黄巢曰:"臣奉我主敕命屯兵黄河。臣遣孟绝海、班翻浪、彭白虎索战,不想李克用部下十三太保李存孝出战,两番交战损却三将。败军方才回报,李克用又率二十六镇诸侯拥至黄河岸边。连日交锋,被存孝杀死健将无数,驱兵一掩,我军措手不及,大败而归。听后军报说,李存孝随后追臣,已经抢过潼关,至霸陵川地界;若入长安,决难抵敌,乞主上早早区画,慎勿迟延。"

黄巢听得大惊曰:"似此如之奈何?且传旨令守门军将,把长安城门紧闭,待明早宣集群臣商议。"

却说葛从周领兵入城时,李存孝等十八骑将校也径入城中。行至永丰仓前,存孝曰:"此是屯粮之所,不如先断贼兵咽喉。"遂令将校放火焚烧仓廒。须臾之间烈焰腾空,长安城内上下通红。

黄巢闻报,急招群臣问曰:"谁敢领兵擒贼灭火?"御弟黄珪奏曰:"臣敢领兵救火,就擒存孝。"巢曰:"御弟肯与出力,朕赐卿一匹浑红马,羽林军三千。"黄珪谢恩出了午门,随即披挂上马,领兵来寻存孝。

存孝与众将看见火势猛烈,料必有巢兵来救。忽然存孝坐下战马鼻流鲜血倒在地上。存孝见了大慌曰:"半夜天黑,没有马怎生是好?"正忙乱间,只见灯光闪烁人马无数,簇拥着一员大将杀来。大将怎生打扮,但见:

头戴紫金冠,身披黄金甲,腰系白玉带,背插虎头牌。左边袋内插雕弓,右手壶中攒硬箭。手中丈二铁杆枪,坐下赤兔红鬃马。

来将正是黄珪,近前大喝道:"你是何人?"存孝曰:"我乃大唐飞虎将军十三太保李存孝是也!你是何人?可通姓名。"黄珪应曰："我是大齐皇帝御弟黄珪！"言罢，拍马拈枪就刺。存孝逼开枪，一手拿过黄珪，望火里一摔，登时变作红龟；然后翻身上马，叫曰："我今已得骏马！黑夜寻不见城门，众兄弟跟俺来。"原来这马认得旧路，把存孝驮到正阳门来，城门未关想是等黄珪回城。存孝唤众将校曰："兄弟快来！城门未关，可以进去！"众将听得，各个勒缰，紧紧随着，竟来至五凤楼前。

且说黄巢同文武官员，正在此楼高处观望救火，急候黄珪消息。顾问左右，左右启曰："大王倒未见回，李存孝人马反杀进楼下，怎生是好？"黄巢顿足大惊道："卿等何计可施？"文武曰："此人谁可抵敌？我主只可招安，封他极品官职，方才得退。"黄巢亲自望下呼曰："唐主无道，不识贤良，尔等枉立功劳！将军若肯归顺，任选高官！"存孝见此人头戴平天冠，身穿杏黄袍，身材魁梧，估计是黄巢。回顾将校曰："今已见巢，不可错过，尔等哄他说话，待吾取出弓来，一箭射死这贼，万全之功，何用厮杀？"安休休遂呼巢曰："陛下既要吾等归顺，不知封何官职？"巢曰："尔众兄弟，俱封一字并肩王。"众人山呼万岁。李存孝取下宝雕弓在手，认扣填弦，开弓如满月，只听"嗖"的一声，箭出似流星。有诗为证：

　　　　五凤楼前势俨然，
　　　　英雄误入策非全，
　　　　神威信是无人敌，
　　　　一箭先射黄巨天。

却说李存孝一箭射中黄巢的平天冠！黄巢一时惊倒，昏闷在地。文武各官扶起，只见一箭射在冠顶之上，巢却未死。被此一惊，半晌方苏。存孝望见黄巢中箭，疑其已死，领众将校出了皇城。

且说黄巢被李存孝一箭射中平天冠,差点死去,甚是忧惧。次早升殿,急宣尚让、葛从周等人商议:"李存孝赶进城中,烧毁仓廒,杀死御弟,至五凤楼前射朕一箭方才退去。今出城,若与各镇诸侯合兵来攻,为祸不小,将如之何?"尚让奏曰:"陛下,臣以为可分兵三路,秦宗权下荆北,孟楷攻陈州,末将袭汴梁,三路人马以攻为守,陛下守长安兼攻晋王。"黄巢闻言大悦,即命分兵出击。

黄巢领兵出城,刚走了不远,大军来到了一密林前,此时前队军士来报:"回禀万岁,前面有一黄衣老僧,手执拐棒,当道而立,不肯让道,请万岁定夺!"黄巢一听大怒,催马来到前面,只见道中果真有一黄衣老僧拦住去路。黄巢急命手下军士上前喝退,但那老僧就是不肯让道,反而紧走几步来到黄巢面前吃喝。黄巢大吃一惊,仔细观看老僧,见其模样很像当年的法明和尚,不由激灵灵打了个冷战,心想朕现在贵为大齐天子,还怕什么妖魔鬼怪。于是大喝一声:"来人,快把这野僧给朕拿下!"左右军士刚想上前,忽见那老僧跳将起来,举起拐棒往黄巢头顶一打,黄巢急忙躲闪,只觉腰间一动,连忙伸手一摸,挂在腰间的宝剑已经不见了,再看那黄衣老僧早已逃进树林,一眨眼的工夫就无影无踪。黄巢迁怒于几位军士,命人将他们全部斩首。正是:

巢贼亲征李晋王,
黄僧夺剑数当亡;
皇天眷德分明报,
强暴何曾得久长!

却说李存孝人马出了皇城,正行间,哨马报道:"黄桑店有邓天王人马阻路。"存孝怒曰："这贼假装我的容貌劫营，害我差点被父王斩首，原来却在这里！"只见邓天王身高丈五，披挂齐整：戴一顶紫金冠，披一副黄金甲，穿一领绛红袍，弯一张皂雕弓，插几支狼牙箭，坐的是骆驼大的黄骠马，使的是二丈四尺方天戟。恍如天神下降，犹如陆地金刚。

存孝高叫曰："来将莫非是假装我的容貌劫俺大哥营寨的邓天王吗？"

邓天王答曰："然也！"存孝曰："好生下马受死！"邓天王大怒，拍马挺戟就刺。存孝逼开画戟，喝声："奸贼走哪里去？"一把将邓天王提过马来。存孝叫武士将他斩首，邓天王放声大哭。存孝说："你这大汉，如何怕死？"邓天王哭着说道："李存孝，你有所不知；我这一哭，不是怕死，只因某家还有两件大事不曾做，故此大哭。"李存孝更迷惑不解了，便问道："是哪两件事没有做？说给本太保听听！"邓天王收住哭声，说道："李存孝你听着，我的家中还有八十岁的老母，倘若我就此死了，家中老母就无人送终尽孝，这是第一件；这第二件是怪我当初枪法没有学全，因此方天戟略施展一下，就被太保所擒，所以不服！"李存孝听罢，噢！原来是个孝子！忙问道："你是哪里人氏？"邓天王道："我是山东曹州人氏。"李存孝听后，心中暗想：我倘若杀了他，他老母怎么活啊！李存孝也是个大孝子啊！想罢，李存孝便说道："邓天王你听着，本太保今天暂且饶过你性命，但你回去休要再保黄贼了，直接回山东曹州老家里去，一来可以侍奉你八旬老母，二来把你的枪法学全了再来找我，如何？"说完，李存孝命手下将方天戟黄骠马归还他。当时邓天王便拜谢了李存孝，上马回到自己阵前，高声对军士喝道："众弟兄，愿意随李将军保大唐到对面去，不愿意的回家务农去吧！"说完，邓天王催马径回山东曹州老家去了。

再说李存孝闻听父王李克用的大队军马在此安营扎寨，便下马直奔中军大帐而来。李存孝来到李克用的帅案前磕头跪拜道："儿臣拜见父王，愿父王千岁千千岁！"李克用连忙问道："存孝，何故捉放邓天王？"李存孝说道："父王，恕儿臣做主，因那邓天王哭泣家中还有八旬老母，死后无人送终；又说他学艺不精，回家学成后再来与我一战。所以儿臣活捉了他，而后又放了他，请父王恕罪！"李克用听完哈哈大笑："吾儿不仅英勇无比，又有仁爱之心，此乃孤王的福分，大唐之幸也！"众诸侯也纷纷祝贺道："十三太保果然英勇神武，天下无双！此正是我大唐之福！复唐大业指日可待。"当下晋王李克用大喜，随即传令大摆三日宴席，为十三太保李存孝贺功。

欲知后事如何，且看下回分解。

第十二章　王彦章突围搬兵

却说巢军三路人马出击,陈州最先告急,朱温率两万大军驰援,发现黄大爷还是黄大爷,尽管已经败得稀里哗啦,可还是将朱温团团包围!

朱温与齐将孟楷僵持不下,却又得汴梁十万火急军情,贼将尚让领五千兵马围困汴梁。汴梁乃是朱温的大本营,且住有一家满门,朱温焦急万分。谢瞳道:"主公勿忧,可派一员大将闯营,往李克用军中求救。"

朱温道:"李贼安肯救我?即使肯救,不知军师欲遣何人闯营搬兵?"

谢瞳道:"下官也不知该遣何人,主公可招众人议事。看有哪位大将愿闯连营。"朱温遂招众将议事。曰:"今陈州被围,而汴梁危急,诸位谁有退敌良策?"

谢瞳激将道:"欲解陈州之围,解汴梁之急,需往河东节度使李克用处搬取救兵,奈何我帐中没有人敢闯连营。"

大将王彦章道:"军师怎可长他人志气,灭自己威风。彦章蒙主上恩宠愿闯连营;若不成功,当舍生取义,以报主恩。"

谢瞳道:"将军果然英武,真虎将也!"即转身对朱温道,"闯连营非王彦章将军不可。"

朱温起身对王彦章作揖言道:"全忠一家老小全赖将军。"

王彦章还礼道:"末将定不负主公重托。"

话说唐懿宗咸通年间,河北真定寿章县的淤泥河边有一户人家,世代务农,主人姓王名庆宗,此人性格豪爽,喜欢结交武林豪杰,年轻时学得一手好枪法,曾投靠过庞勋,后来被人劝阻回到家乡,过着隐居生活。他生有一子,名彦章,字子明,这王彦章跟父亲一样,自幼爱习武,喜欢舞刀弄枪,十八般兵器大都能使上几招,又加上力大无比,最爱打抱不平,因此在江湖上逐渐闯出了一些名头,经常有官府的人请他当差,可他都拒绝了。

村外的淤泥河边有一摆渡口,摆渡的是一位孤身老人,姓魏,大家叫他魏摆渡,乃蜀汉名将魏延的后代,当年魏延被杀后,魏延的家人流落至此。那王彦章每天都来渡口,常与魏摆渡聊天。

后来魏摆渡一病不起,王彦章接了他的活儿。王彦章觉得竹篙太轻,专门请隔壁村的铁匠打了一条浑铁船篙,长二丈,重一百二十斤,从此,魏摆渡成了王摆渡。

一天,一个牛贩子在淤泥河南岸买了一条大黄牛过河,上船时这头大黄牛来了犟脾气,任你怎样拖、拽、撵它,就是不愿上船,牛贩子急得满头大汗。王彦章见此放下浑铁篙,左手搂住黄牛前胯,右手搂住黄牛后胯,双臂一用力,低喝一声:"嗨!你给我上船去吧!"只见那大黄牛四蹄悬空被王彦章抱了起来。俗话说"宁举千斤石,不抱二百畜!"王彦章面不改色;牛贩子和几名过渡客看得目瞪口呆。

王彦章的父亲死后,家中穷困潦倒,加上朝廷昏庸无道,百姓苦不堪言,他与堂弟王彦童二人便聚集了一批人在淤泥河一带以摆渡为名,当起了水盗,自称为"浑铁篙无敌大王"。王彦章当水盗很有个性,劫富济贫,专劫过往贪官与奸商,周济周边百姓。

王彦章臂力过人、武艺超群的传说被传到了几百里外的汴梁城。汴梁节度使朱温正招兵买马，广纳贤能，于是带四五个亲随日夜兼程赶往淤泥河摆渡口。

　　朱温来到渡口，当时正逢大集，王彦章扶老人、抱孩子、搬货物，有条不紊，朱温越看越喜欢。朱温想试试王彦章的本事，故意往左一使力，船身猛地一晃。朱温顺势向前一栽，伸出右手要点王彦章肘下软穴。王彦章将身一闪，同时一把抓住朱温的右手："这位爷，请坐稳！"朱温道："想我走南闯北，不知到过多少渡口，只有你这个渡口摆得最慢，就是你渡我过去，我也不付你渡钱。"朱温的意思是想让王彦章用力撑篙，看船行速多快便知其力。哪知王彦章一脸不快，举起手中的浑铁船篙深深地插进水底，只露一点篙梢在水面，然后双手一摊说道："随你们几人来拔这船篙，若能拔起来，我王彦章分文不取；要是拔不起来，上岸后乖乖留下船钱走人。"朱温哈哈一笑，与随从一起用力拔篙，几人集中到一边，船浮在水面上摆动起来，差点弄翻，那船篙在水中纹丝不动。朱温和随从们只好罢手。王彦章抓住船篙轻轻一提，船篙带出半截淤泥出了水面，朱温见状暗暗高兴，上岸后亮明自己身份，并说明来意，王彦章听说汴梁节度使爱慕他的才能，特从几百里外赶来相邀，岂有不投靠之理？后人有诗赞彦章曰：

　　　　铁打面容天生就，
　　　　眉竖目睁鬼神愁；
　　　　淤泥渡口我为首，
　　　　大吼一声水倒流。

　　于是王彦章应募从军，同时有数百人一同参军。王彦章不想做大头兵，非要当队长，同时应募的几百人可不干了，凭什么啊？朱大爷又不是你大爷！王彦章毫不畏惧地对征兵主将说：“我天生一身雄壮之气，觉得你们确实比不上，所以请求做你们的队长，以后一起杀敌立功。没想到你们这样不领情，反而咄咄乱说。看来不给你们开开眼界，你们不会心服口服。今天不在两军阵前，不能够杀人斩将，我就先给你们看看我脚上的功夫。我光脚在有蒺藜的地上走上三五趟，再看看你们有谁来试？"大家以为他在说大话唬人，没想到王彦章真的走了几趟，脚上一点事儿也没有。众人大惊失色，没有人敢上前效仿。朱温听说之后，视王彦章为神人，因此提拔重用了他。后来《资治通鉴》说他每战用二铁枪，皆重百斤，一置鞍中，一在手上。重达百斤的铁枪，比司马光砸缸用的板儿砖重多了。

闲话叙过，却说此时朱温赠酒为王彦章壮行，王彦章饮酒后辞别众人，驱马出城直奔敌寨。

齐军大营两个守卒见飞马驰来一将，急忙上前阻拦。王彦章一枪一个，冲进齐军大寨。齐军见有唐将冲入，纷纷持兵器阻拦。怎知王彦章铁枪上下飞舞，左挑右刺；又有橡皮驹奔驰如飞，势不可挡。正是：

   一骑骁勇哀号迟，
   杀敌如同扫枯枝。
   铁枪飞驹闯连营，
   男儿挥洒正逢时。

朱温与众将在陈州城上焦急观望，只见王彦章杀得齐军前营大乱，乱势逐渐移往中营，却迟迟不能冲破。原来，王彦章杀入前营时，齐军未曾防备，冲到中军，齐将已纷纷披挂上马，前来阻拦，与王彦章杀得难解难分。中军有孟楷部下四员勇将，乃是费振、石子虚、孔无友、贾铭，四人挡住王彦章去路。费振手中一把金顶达摩槊，勇冠三军，与王彦章大战七八回合，被王彦章用铁枪一个流星赶月，刺于马下；费振刚死，王彦章只觉耳前生风，石子虚手中的泼风大砍刀削面而来，这一刀砍掉王彦章头盔上一翅，彦章转身一个豹子跳涧猛回头，便将石子虚捅落马下；孔无友挥举八宝电光刀催马杀至，二人只战两个回合，孔无友便被挑死营中；贾铭近前用九合金丝棒直抡王彦章，彦章挺枪相应，二人打了十个回合，王彦章一个指裆撩阴，反挑了贾铭的下巴，贾铭一命呜呼。王彦章只顾与四将苦拼，却未料齐军一卒用枪扎了王彦章的马屁股，这匹千里橡皮驹顿时惊悸难忍，咆哮飞奔，王彦章紧扣缰绳，惊马飞跃中军，无人敢阻。后营兵马更是吓得四散躲避，只有几个弓弩手放箭暗射，王彦章斩将一十四员，杀卒数百，身中四箭才冲出连营。

王彦章胯下惊马飞奔百里，方才缓过劲儿来，夜昏之时，快马奔至李克用所在昭义大营。此时，克用正卧榻而睡，忽闻士卒来报，朱温部将王彦章有十万火急军情求见。帐外两个士卒搀着王彦章入帐。李克用见其满身是血，身有数伤，起身将王彦章扶坐一旁，问道："王将军深夜而来，所为何事？"王彦章道："我家主公被贼将孟楷围困陈州，汴梁家小受尚让危及，大将军万望垂救。"此言一出王彦章已是潸然泪下。

李克用闻言心想：人家一个叛徒都能卖力地攻打黄巢，咱正规军可不能落后，于是命众将连夜议事。众人纷至中军大帐，克用请王彦章坐于上宾之位，言道："今朱都督被困陈州，汴梁等地危在旦夕，我欲发兵解围，诸君以为如何？"众人皆言响应，克用虑道："只是不知当先破陈州之围，还是先解汴梁之急？"

参军周德威道："以末将之见，主公当兵分三路，同时解陈州、汴梁之急，否则攻陈州尚让回援，攻汴梁孟楷回援，对我军反而不利。"李克用道："我意也是如此，令李克宁、李克修率各自兵马镇守昭义，李存孝带兵攻打陈州，周德威率兵攻打汴梁，我带其余兵马围攻长安。三更做饭，五更发兵，不得有误。"众人接令出帐，王彦章偏帐疗伤。五更时分，李克用中军点兵，各路兵马齐发。

话说李克用脾气火暴，其实为人并不奸诈。尽管与朱温有隙，大敌当前还是以大局为重。如果他袖手旁观，即使朱温不死，家属也难逃贼兵之手！

欲知后事如何，且看下回分解。

第十三章　皈依佛门

却说晋王闻黄巢领兵而来,立刻率兵出战。黄巢一看李克用便认出是他本人,因为他一只眼大一只眼小。黄巢令外甥林言出战。林言阵前叫阵,李克用却鸣金收兵。黄巢等人甚是不解,齐军将士日夜骂营,众太保及各营将官纷纷请战,李克用道:"下令三军,敢擅自出战者军法处置!"众人皆不敢再言出战。

李克用一连数日不战,正是为另两路人马拖延时间。黄巢只好退回长安。

却说李存孝援救陈州,遇上陈州刺史赵犨,此人也是乱世中的一朵奇葩。他忠于大唐,以一城之地硬抗黄巢的百万大军,不可谓不忠勇,后又结好朱温,为自己的子孙谋取利益,可惜他的儿子赵岩不争气,生生将父亲浇灌起来的大树锯倒了(这是后话)。

赵犨不是找抽,他是真的对大唐有感情,对守住陈州有信心。而这个信心就来自于李存孝和他背后的李克用集团,李存孝一见面就给了赵犨一份大礼,他的飞虎军击败了黄巢的军队,还擒杀了黄巢的亲信大将孟楷。

齐军将士见主将孟楷被杀,军心大乱,朱温与唐军里应外合大破陈州。

却说尚让围攻汴梁，也闻李克用大军来到，带兵出战。周德威令李嗣源、李嗣昭率鸦兵冲散尚让兵马。城内朱温部将胡真见援兵来到，率领守城兵马突袭齐军大营，尚让大营被毁仓皇逃奔，周德威率兵追杀不舍。尚让向西败退至涡河，葛从周道："今我军一败再败，唐兵穷追不舍，何不破釜沉舟，背水一战。"

尚让道："背水列阵，胜负难料，可隔江布阵以为屏障。"

葛从周道："如今人多船少，不等这一万人马过江，追兵就已杀至。"

尚让道："唐兵离此尚远，除非天兵下凡，葛将军可先率兵过江布阵。"葛从周只得听命，以少有的船只渡过涡河。周德威闻尚让等欲过涡河，下令步兵在后，亲率三千精锐鸦兵飞马加鞭，疾驰涡河如神兵天降。此时葛从周与张归霸等人仅率一千余众过了涡河，八千多兵马尚在东岸排队，忽然鸦兵飞奔杀来，尚让大惊，顾不得排阵，仓皇与周德威交战。齐军士卒见沙陀骑兵彪悍无比，刚交手便被打得一哄而散。结果尚让大败，损失过半。尚让无心应战，率残部向周德威投降。葛从周、张归霸后来归降朱温。作为同一个战壕里的战友，朱温深知葛从周的本事，再加上彼此经历相同，朱温对葛从周的归顺毫无芥蒂。从此，葛从周开始书写发家史。

周德威收降尚让，会合李存孝、朱温等一同发兵长安。黄巢接连收到战败军报，又闻尚让全军覆没，葛从周、张归霸等下落不明。黄揆对黄巢言道："今孟楷战死，尚让投降，葛从周下落不明，而李克用扎营三十里外按兵不动，拖延战机。实乃李克用明攻长安，暗袭陈、汴二城之计。如今陈、汴二城已破，三路人马齐攻长安，主公危矣！"

黄巢顿时大悟："哎呀，中计了！尔等速点人马撤兵，先回山东，再图大举。"众人即令各营兵马拔营起寨向东撤兵。

黄巢撤走未几，朱温、周德威等与李克用大梁会兵。众人相见，周德威道："主公，我今降服贼军一将，主公可知是谁？"

李克用道："莫非是贼众带兵大将？"

周德威道："何止大将，乃是伪齐太尉、中书令尚让。"

李克用喜道："周参军此战可谓头功，速招尚让来见。"周德威即命人将尚让带入帐中。尚让一见李克用伏地便拜："尚让拜见大将军。"

李克用问道："尚让，你身为贼军大将，为何不死战而归降，岂是为臣之道？"

尚让道："良禽择木而栖，良臣择主而侍。今日战败，在下当洗心革面痛改前非。"

李克用道："汝能有改过之心，难能可贵。我欲追剿黄巢，汝可愿为先锋官？"

尚让道："愿为将军差遣，诛灭巢贼！"

李克用道："好，我令李存孝、康君立与汝同去，若能剿灭黄巢乃是大功一件。"言罢有帐外士卒来报："启禀大将军，皇帝遣使来到。"李克用遂领众人迎接，出帐一看，正是僖宗身边太监张承业。李克用作揖言道："张公公远来，克用有失远迎。"

张承业道："今有万岁圣旨在此，请大将军接下。"

李克用即令众人于帐中接旨。张承业宣诏曰："奉天承运，皇帝诏曰：朕闻沙陀部兵马进兵巢贼，连战连捷，会同天下各道勤王之师共复长安，朕心甚慰。特加封皇兄为大司空、领工部尚书衔、同中书门下平章事。望皇兄再驱虎豹之师，追讨巢贼。特兹诏示，唐中和四年四月。钦此。"

李克用等接旨谢恩，众人奉张承业为上宾，盛宴款待。

次日，张承业欲回西祁州，对李克用言道："万岁将于近日启程赴长安，奴才奉命先往京师。剿灭巢贼之事全赖大司空了。"

李克用道："公公放心，我定与朱温再往山东共剿盐贼，以报君恩。"

张承业道："恕奴才多言，人言朱温面善心毒，淫色成性，乃大唐之后患。还望大司空多多提防。"

李克用笑道："公公多虑，我解朱温陈州、汴梁之围，如今又共复长安，同举大义，他人一面之言实不可信。"

张承业道："朱温贼患出身，只恐本性难移，司空大人还是多多珍重，奴才告退。"李克用又送一程，方才回营。

太保康君立近前言道："父王命尚让为先锋剿杀黄巢，我料尚让绝非可靠之辈。"

李克用问道："何以见得？"

康君立曰："人言忠臣不怕死，怕死不忠臣。尚让乃大齐太尉、中书令，官居极品，位至人臣，却不敢尽忠，屈膝投降。此人不可委以重任。"

李克用问道："以君立之见，吾当如何处置？"

康君立道："待黄巢剿灭之后，末将愿诛此不忠之臣，了却主公后顾之忧。"李克用一听连连点头。

唐中和四年，李克用令周德威留守三晋，命李存孝、尚让、康君立为先锋，李嗣源、李存璋、史敬思、安休休、薛阿檀等为大将，亲率兵马三万夜驰三百里追击黄巢。先锋李存孝、尚让、康君立于兖州与黄巢交手。黄巢对部下万余人道："巢自曹州起兵，今无颜面对山东父老，我欲与唐孽决一死战，不枉男儿七尺之躯！"众人振臂响应。少时，尚让、李存孝、康君立引一万兵马追到，黄巢一马当先，齐军余众紧随其后，双方战作一团。黄巢大战尚让，黄揆力拼康君立。李存孝飞马横槊连杀齐将二十余员，戳兵卒千余人。齐将卢铃见无人能及李存孝，猛抛流星锤拼死抢打，不管敌我，抢杀双方士卒百余人。李存孝催马冲来，卢铃直抛流星锤，李存孝眼明手疾，一手接过飞锤，反掷卢铃，卢铃顷刻毙命！李存孝转身使槊一个拨云望日将黄揆扫下战马，黄揆口吐鲜血而亡。

大齐太子黄球见唐军势大，遂让林言保护黄巢率不足千人东逃，自己带余部断后。杀至傍晚，黄球及所部将士全部战死。

林言护送黄巢逃至泰山狼虎谷襄王村，见此有一寺院名曰上禅寺，忙扶黄巢入寺。住持元生见黄巢血染战袍忙合掌言道："施主杀气太重，佛祖言放下屠刀，立地成佛。施主可愿皈依佛门出家为僧？"

黄巢一时不知如何是好，外甥林言跪在黄巢身侧哭道："陛下，我等再无退路，眼下只有了却红尘，去取正果吧。"

黄巢也不想死，可是朝廷生要见人死要见尸，于是他找到一个跟自己长得相像的手下杀了，让林言带着头去邀功，然后恍恍惚惚，跌跌撞撞走到释迦牟尼像前，屈膝跪倒，两眼茫然，望着佛祖言道："黄巢愿剃发为僧，恳求佛祖宽恕弟子以前犯下的罪孽。"

住持元生念道："阿弥陀佛！苦海无边，回头是岸。黄施主愿皈依佛门，乃上天有好生之德。施主既有此愿，赐法号翠微。"言罢，即命僧人为其剃度。

后来有人在上禅寺见到黄巢，"其状不逾中人，唯正蛇眼为异耳"。就是说黄巢长得不咋地，没霸气，但是一双蛇眼很有特点，相书诗曰：

　　堪叹人心毒似蛇，
　　睛红圆露带红纱，
　　大奸大诈如狼虎，
　　此眼之人子打爷。

蛇目睛圆上视黄,
掉头行步若仓皇,
出言举措心怀狠,
害物伤人不可防。

上禅寺中至今还有黄巢写的一首诗:

犹忆当年草上飞,
铁衣脱尽挂僧衣。
天津桥上无人识,
独凭栏干看落晖。

当然这些都是后话。却说林言见黄巢已削发为僧,抹掉眼泪率六百敢死队再至狼虎谷,叛徒尚让率兵追到,林言率兵拼死而战。日落之时,六百壮士全部阵亡,仅林言一人重伤未死。尚让将林言团团围住,林言拄剑而立,有气无力地问道:"尚让,你本齐臣,官居极品,今背主降唐是何道理?"

尚让道:"顺天者昌,逆天者亡。今晋王许我高官厚禄,且黄巢大限已尽,我只是顺天而行。废话少说,黄巢现在何处?"

林言道:"高翔之鸟,死于诱食;深渊之鱼,亡于垂饵。你尚让卖主求荣,将来必定不得好死。舅舅已自刎殉国,人头在此,你拿去请功领赏吧!哈哈哈哈……"林言仰天长笑,拔剑自刎。

尚让带着"黄巢"、林言人头率部返回先锋大营。只见康君立威风凛凛正坐中央,两排刀斧手杀气腾腾披甲而立。尚让手提人头心存疑惑地走入帐中。

康君立喝道:"左右刀斧手,将尚让拿下!"只见左右甲士按住尚让，尚让惊道："我献黄巢、林言人头有功，将军这是为何？"

康君立怒道："汝今日献上伪君人头请功，明日是否要拿我等人头献于他人？"

尚让忙解释道："康将军，我可是诚心降唐，绝无他意呀！"

康君立道："斩！"左右卫士将尚让推出帐外斩首。正是：

> 林言自刎山谷日，
> 尚让斩首辕门时。
> 自古忠奸同一死，
> 只差来早与来迟。

欲知后事如何，且看下回分解。

第十四章　红叶为媒

　　黄巢既败，晋王传令殄除余党肃清宫殿，然后与众诸侯屯扎城外伺驾还朝，诸侯依令安扎去讫。晋王命程敬思往西祁州迎帝还京，敬思拜别晋王径往西祁州而来。

　　且说唐僖宗在西祁州，日夜焦思，每言及兵变辄唏嘘泪下，不知何日能复故都。一日程敬思求见："晋王李克用差臣迎接圣驾归长安登位，伏候圣旨。"帝闻奏不胜大喜。敬思奏曰："臣奉命往直北调李克用会兵河中府，先败葛从周，次洗黄巢，复取京师。今差臣来请皇上，进长安以政天下。"

　　僖宗即日传旨令文武百官收拾起行，出西祁州望长安归来。

　　经过凤翔（今陕西凤翔）时，凤翔节度使李昌符领兵拦截，和护驾的先头部队发生激烈冲突，李昌符败退而去。唐僖宗很生气，命李茂贞领兵猛追，李茂贞没有辜负唐僖宗的期望，不但追上歼灭了李昌符的残部，而且斩杀了李昌符。唐僖宗龙颜大悦，加封李茂贞为凤翔和陇右节度使。

　　且说晋王准备接驾已久，正与诸将说话间，忽报马禀曰："车驾已到，离城不远。"晋王忙令召集众诸侯，文官武将一齐拥出长安，迎接圣驾入城。正是：

　　　　一从兵变避西祁，

几向斜阳哽咽悲,
鬓发虚过新岁月,
梦魂常绕旧宫闱,
青琐忽传唐将捷,
黎民重睹汉官仪,
舆图此日归天府,
四海颙颙乐际熙。

却说帝升御座,即命将黄巢姬妾等捕至楼下,约有二三十人,僖宗望将下去,统是花容惨淡、玉貌凄惶。美人薄命,天子无情!当下开口宣问道:"汝等皆勋贵子女,世受国恩,如何从贼?"

众人莫敢应声,谁知跪在前面第一人举首振喉道:"狂贼凶悖,国家动数十万大众不能剿除,竟致失守宗祧,播迁巴蜀。试想陛下君临宇宙,抚有万乘尚且不能拒贼,乃反责女子。女子有罪当诛,满朝公卿将相应该从何处置?"

僖宗听了变嗔为怒,即传谕左右概令处斩,自己返驾入宫。可怜那数十个美人儿,只为那一念偷生,屈身从贼,终难免刀头一死。临刑时,吏役多生悯惜,争与药酒,各犯且泣且饮,统皆昏醉。独为首的妇女,不饮不泣,毅然就刑。刀光闪处,螓首蛾眉,都成幻影。可怜可怜!

比起被杀的女子,有位名叫韩采苹的宫女显然幸运得多。韩采苹因深宫闭锁,寂寞无聊,深感青春虚掷,无限哀怨。一日,她从秋日的落叶中撷取一片红叶,在上面题了一首诗,放入御渠中,使之随水流出宫墙。这片红叶正好被赴京赶考的秀才于佑拾得。他仔细一看,红叶上有动人的诗句。诗云:

流水何太急,

> 深宫尽日闲。
> 殷勤谢红叶,
> 好去到人间。

于佑见字迹娟秀,猜想是宫女所作,并对诗中流露出的文采很是赞赏。于是,他也在一片红叶上题写一诗,走至宫墙外的御渠上游,将其放入水中。诗云:

> 愁见莺啼柳絮飞,
> 上阳宫里断肠时。
> 君恩不禁东流水,
> 叶上题诗寄予谁?

从此以后,于佑日夜想念写诗的女子,茶饭不思、精神恍惚,友人见之惊问其故。于佑以红叶诗言之。友人大笑曰:"你真是个蠢货!那个写诗的人,又不是对你有意。你偶然得到它,何必思念到这种地步?你即使再喜欢她,禁宫深院,长上翅膀你也不敢去啊!"于佑道:"天虽高而听卑,人若有志,天必从人之愿也!"友人大笑而去。

于佑后来又多次参加科举考试,都没考中,于是到河中贵人韩泳家中做些文墨工作,得到的钱帛勉强能够自给,这样过了很长时间。一天,韩泳把于佑召来对他说:"皇宫中有三千宫女因得罪朝廷,皇上将她们赶出来嫁人。有位姓韩的宫人与我同姓,年方三十,姿色艳丽,现在就住在我家,我让她嫁给你如何?"于佑道:"穷困书生,寄食门下,无以为报,安敢复望如此?"韩泳即派人通知媒人,并帮助于佑准备聘礼,让二人结为夫妇。

结婚那天,于佑见韩采苹嫁妆丰厚,人也长得漂亮,自以为误人仙境,神魂颠倒。一日,韩采苹在于佑的画笥中看见有片自己题诗的红叶,问是哪里得来?于佑如实相告。韩采苹说:"妾在宫中时,也曾于水中得到一片红叶,不知是何人所为?"于是,二人各取红叶相对观看。叶上墨迹犹新,正是各自当年所写。两人相向默然垂泪,千言万语不知从何说起。韩采苹悲喜交加,提笔又写诗一首:

一联佳句题流水,
十载幽思满素怀。
今日却成鸾凤友,
方知红叶是良媒。

后来韩采苹生了五个儿子三个女儿,儿子好学都做了官,女儿也嫁了好人家。与被杀的嫔妃相比,韩采苹不知幸福多少!宰相张濬曾作诗曰:

长安百万户,御水日东注。
水上有红叶,子独得佳句。
子复题脱叶,流入宫中去。
深宫千万人,叶归韩氏处。
出宫三千人,韩氏籍中数。
回首谢君恩,泪洒胭脂雨。
寓居贵人家,方与子相遇。
通媒六礼具,百岁为夫妇。
儿女满眼前,青紫盈门户。
兹事自古无,可以传千古。

还有一件奇事:长安有一家在西市卖汤药的,用的是平常药，不过几味，不限制药方和脉象，不问是什么病痛，一百文卖一服，千种疾病，服下就好。这家药坊常年在宽敞的宅院中，设置大锅，白天黑夜地锉、砍、煎、煮供给汤药，没有一点儿空闲。人们不管远近都纷纷前来买药。

田令孜侍驾归来后得病，海内的医生及宫中御医都让他看遍了，全都诊断不出来他患的是什么病。一日他的亲信白田说：“西市卖汤药，不妨试一下。”田令孜说：“可以。”于是派仆人骑马去取药。仆人拿到药策马回来，将要到牌坊附近的时候，马颠簸不停，药全撒了。仆人惧怕主人威严难以交代，于是到一染坊乞求一瓶染料残液带了回去，田令孜服下病就好了。田令孜厚赏了这家药坊。药坊声价比以前更高了。

这是后话。却说唐僖宗自蜀还都，数日后宣晋王上殿，抚慰勤劳，仍享晋王之爵，另赐并、沁、辽、朔四州之地，所输赋税，以克禄享。封周德威为大司马，即日随朝。封李存孝为大唐护国勇南公，其余文武将校，俱各封赏，各就任所，勿留京师。众诸侯文武于午门外听罢圣旨，伏阙谢恩讫，先后离开京城。

晋王因人马众多，分批离开，约于汴梁城北会齐。次日与存孝话别，存孝曰：“父王经过汴梁，儿不在面前，朱温设计诡骗，切宜提防，不可误中奸计。”晋王曰："此事不妨，吾儿宜早来相会！"言毕，遂领兵取路而去。

欲知后事如何，且看下回分解。

第十五章　火烧上源驿

却说朱温留治汴州,偶然想起家中老母,即遣兵役百人,带着车马,至萧县刘崇家,迎母王氏,并及崇母。

刘崇家素居乡僻,虽经地方变乱,还幸地非冲要,未遭焚掠,所以全家无恙。唯自朱温弟兄去后,一别五载,杳无信息。全昱却已娶妻生子,始终不离崇家。朱母时常惦念两儿,四处托人探问,或说是往做强盗,或说是已死岭南,究竟没有准确音信。及汴使到了门前,车声辘辘,马声萧萧,吓得村人都弃家遁走,还道大祸临头,不是大盗进村劫掠,就是乱兵过路骚扰,连刘崇阖家老小也惊惶万分。汴使入门,谓奉汴帅差遣,来迎朱太夫人及刘太夫人。朱母心虚胆怯,误听使言,疑是两儿为盗,被官拿住,复来搜捕家属,急得魂魄飞扬,奔向灶下躲了,杀鸡似的乱抖。还是刘崇略有胆识,出去问明汴使,才知朱温已为国立功,官拜汴州节度使,特来迎接太夫人。

当下入报朱母,四处找寻,方在灶下觅着,即将来使所言一一陈述,朱母尚不信,且颤且语道:"朱……朱三,落拓无行,不知他何处作贼,送掉性命!哪里能致富贵?汴州镇帅,恐非我儿,想是来使弄错。冒充官属,要问死罪呢!"

崇母在旁,却从容说道:"我说朱三不是常人,如今做了汴帅，有何不确！朱母朱母，我如今要称你作太夫人了！一人有福，得挈千人，我刘氏一门，全仗太夫人照庇！"

说至此，便向朱母敛衽称贺。朱母慌忙答礼道："怕不要折杀老奴！"

崇母握朱母手，定要她走出厅堂，自去问明，朱母方硬着头皮随崇母出来。崇母笑对汴使道："朱太夫人出来了！"

汴使向朱母下拜，并询及崇母，知是刘太夫人，也一并行礼。且将朱温前次从贼，后次归正，如何建功，如何拜爵等情，一一详述无遗。朱母方才肯信，喜极而泣。

汴使复呈上盛服两套，请两母更衣上车，即日起程。朱母道："尚有长儿全昱，及刘氏一家，难道绝不提及吗？"

汴使道："节帅俟两夫人到汴，自然更有后命。"

朱母乃与刘母入内，易了服饰，复出门登车而去。萧县离汴城不远，只有一二日路程，即可到汴。距汴十里，朱温已排着全副仪仗，亲来迎接两母。既见两母到来，便下马施礼，问过了安，随即让两车先行，自己上马后随。道旁人民都啧啧叹羡。到了城中，趋入军辕，温复下马，扶二母登堂，盛筵接风。刘母坐左，朱母坐右，温唤出妻室张氏，拜过两母，方与张氏并坐下首，陪两母欢饮。

酒过数巡，朱母问及朱存。温答道："母亲既得生温，还要问他做甚？"

朱母道："彼此同是骨肉，奈何忘怀！"

朱温泣道："二兄一直随我左右，数年前不幸在混战中身亡。二哥现有两子友宁、友伦在我军中，我与儿子一般看待。"说完即令诸子及二侄拜见两位奶奶。朱母又悲又喜，泪如雨下。接着又说："汝兄全昱尚在刘家，他亦生有三子，长子名友谅，次子名友能，三子名友诲。汝兄只会种田，虽然勤勉，仍旧一贫如洗。汝既发达，应该顾念兄长。况且刘家主人，也养汝好几年,刘太夫人如何待汝,汝亦当还记着。今日该如何报德呢?"

朱温笑道:"这也何劳母亲嘱咐,自然安乐与共了。"乃于军辕中腾出静室,奉二母居住;且更派人送刘崇金千两,赠全昱金亦千两。

唐僖宗自蜀还都,改元光启,大封功臣。温得封沛郡侯,同平章事。温母封晋国太夫人,大哥全昱亦得封官。就是刘崇母子,因温代请恩赐,俱沐荣封。温奉觞母前,上寿称庆,且语母道:"朱五经一生辛苦,不得一第,今有子为节度使,总算是显亲扬名,不辱先人了!"言毕大笑。

朱母见他意气扬扬,却有些忍耐不住,便随口言道:"汝能至此,好算为先人吐气;但汝的行谊,恐怕未必能及先人呢。"朱温听了不悦,但又不好与母亲动气。

先是温母在汴,尝戒温妄加淫戮。温虽未肯全听,尚有三分谨慎。后来温母得病身亡,温失了慈训,未免任性横行。还亏妻室张氏,贤明谨饬,动遵礼法,无论内外政事,辄加干涉。温本宠爱异常,更因张氏所料,语多奇中,朱温越加敬畏,凡一举一动,多向闺门受教。有时温已督兵出行,途次接着汴使,说是奉张夫人命,召还大王,温即勒马回军。就是平时侍妾,也不过三五人,未敢贪得无厌。古人谓以柔克刚,如温妻张氏,真是得此秘诀。

却说李克用回军河东路过汴州,晋王传令安营,等存孝的兵马来到会齐。时朱温正坐堂上,忽一人进报:"北门外泥脱岗,晋王人马在那里安营。"

朱温大叫:"取我兵器来,报昔年鸦馆楼夺带之仇!"家佣朱义言道:"节帅,你也知李存孝的利害。此人身材瘦小、力大无穷,擅使一柄毕燕挝,天下无人能在他手上走过三回合,是李元霸式的人物。李存孝收服的两员部将,一个叫薛阿檀,一个叫安休休,均有万夫不当之勇。在讨伐黄巢起义军时,李存孝率十八骑冲进长安、焚烧粮仓,把黄巢军杀得片甲不留。你若恼了他,杀进汴梁城来,那时悔之晚矣。"正在疑惑,人报:"李存孝不在营里。"朱温听得没有存孝,就定一计,写了一封书,叫朱义去请晋王赴宴。

朱义持书径往泥脱岗来。见晋王叩头道:"汴梁节度使朱温差臣上书。"晋王拆开来书,看其来意。书云:

钦差镇守汴梁城节度使朱温,顿首百拜大王麾下:

臣自鸦馆楼不能强效容悦,批鳞获咎,诚有不堪;大王谅臣斗筲,兵发陈州、汴梁,解臣之围,再生之恩,没齿难忘!

近日,渠魁就戮,帝驭重旋,使天下士马休息,黎民复见天日,大王诚不世之元勋也。正愧无以贺功,讵意驾临封域,谨具小筵,敬与拂尘,伏乞俯赐光临。温瞻仰之至。谨启。

晋王看书大喜,即与史敬思、郭景铢、周清三将带三百士兵上马便行。正是:

唐室衰微各镇强,
朱温设计害贤良;
临行不听忠言谏,
醉后君臣受祸殃。

却说朱义先回,报说晋王慨然应允,须臾便到。朱温命人大摆筵宴,礼乐齐备;又有歌妓载歌载舞,甚是热闹。酒过三巡,菜过五味,这李克用已有几分醉意,朱温帐下将官仍频频敬酒。这时,大将葛从周举杯向李克用敬酒,李克用端详一番言道:"此乃何人,孤怎见将军这般熟悉?"

朱温介绍道:"郡王,这是下官部将葛从周是也。"

李克用猛然怒道:"哼,原来是黄巢降将!只恨李存孝当初未曾将你打死,否则焉能活到今日。"朱温听李克用醉酒胡言,便挥手让葛从周退下,赔笑对李克用道:"通美昔日各为其主,如今大家同朝为官,何必再想旧怨。"

李克用斜眼看着朱温说:"朱三呀朱三。孤与汝同朝为官?我朱邪氏三世效忠大唐,门庭显赫;而你朱三乃市井无赖,朝秦暮楚,背主求荣!鹌鹑岂可与凤凰同日而语乎?"说完大笑起来。这一语说得朱温满脸难堪之色。史敬思见李克用醉酒胡言,连忙拉李克用衣角,李克用借酒力一把推开,又说:"尚让归降之时,我命人将其诛杀。朱三你收容巢贼部下,因何隐瞒不报?那葛从周本是朝廷缉拿要犯,孤若奏禀万岁,圣上岂能饶你?"

朱温心头火起,不过仍强装笑脸:"全忠有罪,还望千岁海涵。"随手示意众将,众人纷纷向李克用求饶。李克用一看众人求饶,不由哈哈大笑,又饮酒一盏,左右部下搀扶他回上源驿寝室去了。正是:

五凤楼前国舅戏,
汴梁城里是非扬,
自古英雄多磨难,
屡起祸端逞豪强。

宴散之后,汴梁众将皆聚于朱温府中。大将杨彦洪道:"李贼今日酒席之上羞辱主公,我等岂能善罢甘休!今夜天赐良机,何不伺机杀之?"军师谢瞳也道:"昔日曹操宛城辱绣婶娘,张绣也袭曹操大营,操大败。今日李克用羞辱主公,醉骂众人,理当诛之。"

朱温拍案而起:"李克用欺人太甚!说什么三世保唐有功,今夜我让他绝世而亡!"

却说李克用醉酒之后,酣然大睡。朱温密唤杨彦洪听令:"李克用君臣都在上源驿,汝今晚点军一千,围住馆驿,四门放火,不问敌我,尽皆烧死!"杨彦洪受计,便去点军,取干柴引火之物,搬于馆驿门首,到晚间放起火来。只见馆驿四围皆火,喊叫连连。李克用此刻酩酊大醉,睡得呼声震天,外边这么吵闹,竟然一点儿都不知道。郭景铢吹灭烛火,将李克用一把拖到床下,然后用凉水泼在他的脸上,李克用这才清醒,听闻外面吵闹,郭景铢告知详情,李克用大惊之下酒意全无,乃张目援弓而起,君臣四人急跑出厅来。只见火焰对面逼来。周清醉眼昏蒙,即时烧死。晋王放声大哭,复叹曰:"吾君臣不想死于此处!"忽然一声霹雳响处,大雨倾盆,满驿之火,尽皆浇灭。馆夫对晋王曰:"幸天赐大雨,火已灭焰。"晋王说:"若非此雨,我与众人皆死于驿中!"

于是三人上马,电光而行。行不数步,杨彦洪率领人马挡住去路。史敬思持枪直取杨彦洪,战上数合,杨彦洪败走。君臣三人斩关出了北门。这时一声炮响,后面有人喊道:"李贼,葛从周在此!"只见葛从周率两千兵马赶出城来。郭景铢跑马不迭,连人带马跌下河去,水淹而死。史敬思叫曰:"父王快快逃生,儿臣回去挡他一阵!"勒回马来,挺枪直刺葛从周。葛从周把枪一晃,梁军将士一齐拥来。史敬思大怒,枪挑名将一十六员。回头看时,晋王把马勒向高阜处,看他与敌人厮杀。敬思叫曰:"父王为何不走!"晋王曰:"父子死同一处,岂宜独生乎?"史敬思曰:"父王不可迟延,我今拒敌,你快放马逃生!"勒回马挺枪力战,众将并来,史敬思整战一夜,此时人困马乏,葛从周挺枪赶来,往敬思左胁下一刺,立即血如泉涌。史敬思跳下马来,拔剑割下素袍半幅,塞了枪眼,用勒甲绦系了,又复翻身上马,挺枪直刺葛从周。梆子响处,四下众箭齐发,敬思枪眼痛得难禁,只得自刎于马上。后人有诗赞云：

> 血染征袍半幅红，
> 敬思犹自与争锋，
> 汴梁冲阵身遭厄，
> 自刎咸称死尽忠。

晋王见史敬思自刎身亡，只好放马逃生，朱温与杨彦洪乘马急追。彦洪在前，朱温落后。因天黑不能辨认，朱温错疑彦洪是晋王，一箭射去，杨彦洪立即殒命！

次日李克用回到大营，这才发现自己的中军大帐灯火通明，克用妻刘氏正襟危坐彻夜未眠。原来，有几个从汴州逃回来的士兵告诉了刘氏城中之变，为了稳定人心，刘氏将这几个人立马杀掉，然后召集各军主将到大帐连夜议事，决定一旦李克用遭遇不测，立即带着大军返回河东。刘氏也是代北人，巾帼不让须眉，一直随着李克用征战，是李克用的贤内助。李克用跟夫人抱头痛哭，心下恼恨朱温无礼，要整军攻打汴州。关键时刻，刘氏把李克用拦住了："司空为国讨贼，解救诸侯之急，汴梁人无道，恩将仇报谋害司空，我们自当向朝廷上诉。倘若擅自举兵，天下人谁能分辨出谁对谁错，白白地落人口实。"李克用听夫人言之有理，便忍着怒气率军离去，临走派人送给朱温一封信，质问朱温为何恩将仇报。朱温忙复函道："昨夕事变，朱温委实不知，恐是朝廷遣人与杨彦洪合谋而为，今彦洪已伏诛，还请公等谅察。"

朱温居然将自己的责任推得干干净净，还顺便挑拨李克用和大唐朝廷的关系。杨彦洪本是被误杀，朱温却说成是就地正法。

李克用自然不信，返回晋阳后即表陈僖宗："朱温负义反噬，臣命差点不保，臣将枉死三百余人，乞皇上遣使按问，发兵讨罪！"

僖宗得见此表，不禁大骇，暗思黄巢伏诛，方得少息，怎可再启兵端？乃与宰相等熟商，颁诏和解。克用不肯服气，极言朱温包藏祸心，他日必为国患。乞朝廷削他官爵，并自请率兵征讨，得除祸首，才免后忧。僖宗仍然不从。晋王乃大治兵甲，密图报怨。正是：

>　　兴兵起河中，
>　　举义盟华州。
>　　群侯复京师，
>　　千里诛顽穷。
>　　宴歌滋醉语，
>　　同僚自相攻。
>　　泣血羞悔己，
>　　无颜回河东。

自此晋、梁乃成世仇。
欲知后事如何，且看下回分解。

第十六章　昭宗即位

　　却说李存孝回太原拜见晋王："儿臣救父来迟，罪该万死！昔日在长安分手，儿曾说父王先到，安营等儿；儿兵先到，安营候父王，倘朱温来请，切不可去，今日果中其计。"晋王曰："几乎与你不相见也！经此一阵，周清等三百将士烧死驿中，郭景铢淹没桥下，史敬思受伤自刎，今汝来实是羞耻，此仇如何可复？"存孝曰："此皆父王轻敌之失。儿现在就去擒此贼来，碎尸万段，以雪父王之恨，以报众将之仇！"晋王曰："不可！未得天子明诏，若擅举兵相攻，则天下孰能辨其清白哉！且待其反情暴露，再来擒此贼，亦未为晚。"
　　却说朱温射死杨彦洪，晋王走脱，自知这祸惹得不轻。葛从周对朱温说："节帅与李克用结下仇隙，如今势不两立，倘对方奏准朝廷，合兵讨罪，如何是好？"温曰："正虑此事，吾弟有何良策？"从周曰："目今粮草充足，可立招军旗号，招募天下英雄好汉，事成则为帝王；事不成，纵有晋兵来敌，何惧之有？"温曰："所见有理。"即日立起招军旗号。果然旬日之间，四方之士，云集蚁聚，招军一万余人。邓天王亦来投军，朱温大喜，遂纳重用。温谓众人曰："今吾招军买马，积草屯粮，欲报李克用夺带、羞辱之仇，列位有何妙策？"从周曰："大人志在复仇，欲图天下，今克用受封天下都招讨，各镇军马，俱服调用，兼且他是王侯，其势甚大，今大人只一节度使之职，威权不等，也须得个王侯才好。"温曰："汝言虽当，安能至此？"从周曰："此事甚易，今僖宗宠一宦官，姓田名令孜，现任吏部尚书，朝廷政务，咸听处分，大人何不修书一封告他？他见言辞恳切，更有奇珍异宝为赘，必然荐用，得个王爵。臣父生前与令孜关系尚可，后来因为替段国舅顶罪被杀。我假装认他是个好人，呼其为伯父，此事必谐。"温欣然从之，即将玉带二条，宝珠二颗，命从周星夜径上长安。

从周来到田令孜府前，对军士曰："烦乞报与老爷知道，说有故人相访。"军士报入府内，令孜道："唤他进来！"从周入见曰："伯父别来无恙？"令孜沉吟半晌，遂问曰："足下何人也？"从周曰："我乃葛遇贤之子葛从周是也，父在世时常言伯父乃国之栋梁，朝廷柱石，虽周公、霍光不及也。父获罪朝廷，咎由自取，从周年幼，实不知也。"令孜曰："今居何处？"从周曰："我在汴梁城节度使朱温部下，充一都尉。朱大人对伯父不胜仰望，特差卑职前来问安，奉书在此。"令孜接书，拆开视之。书曰：

汴梁节度使朱温顿首百拜，致书于大相国田丞相阁下：臣闻天子年幼，国事全赖阁下，公公诚当代之股肱，宦林之乔岳也。温滥司节使，调理军民，第职小而权微，奈将顽而卒惰。特修短启，聊贡辐仪，敬驰献于台端，幸笺存乎阁下。更恺乐施荐拔，得并爵于太原；曲赐吹嘘，早颁恩于汴水。仰祈电烛，无任冰竞。

令孜看罢大喜，随即收下金宝等物，且曰："吾有主意，来日便奏，圣上自有旨意。"随令葛从周私宅安歇。

次日，天色微明，僖宗升殿，早朝礼毕，田令孜出班奏曰："迩来黄巢反乱，皆赖朱温及各镇诸侯，尽行剿灭，各镇诸侯俱受封爵，陛下何不升全忠官职，使将士感德，上下归心,实安社稷之一计也。"帝曰:"相国之言正合朕意!朕即加封朱温为大梁王,赐他盖造王殿宫室,黄旄白钺,以专征伐"。随命使者径奔汴梁宣读圣旨:

奉天承运,皇帝诏曰:朕自即位以来,天下晏然。冒失樱锋,既用人于扰攘之际;分封赐爵,当报功于太平之时。迩者,黄巢作叛,骚动干戈,今幸殄除,实有赖尔朱温也。今特封汝为大梁王之职,仍守汴梁,于戏!盛典既行,大闲益懋,务使宗社奠安,边烽永息。宜体朕意,尔惟钦哉!

使者宣罢旨意,朱温山呼谢恩。礼毕,两手加额,喜不自胜曰:"吾今得受梁王之职,大有威权,当别选良匠,盖造王府,臣下进见,悉呼千岁,出入悉依王者之例。"朱温大行不仁,重敛于民,百姓不胜其苦。

李克用听闻朝廷加封朱温为梁王,很不满意,于是遣大太保李嗣源径上长安,表奏朱温谋为不轨之罪,然后讨贼。一者出师有名,二者实欲报汴梁放火损将之仇。

不料李嗣源上表被令孜匿之,不与递奏,嗣源回报晋王,具言其事,晋王大怒,亲率李嗣源、李存孝发兵前来,一路并无阻碍,直抵长安。

僖宗升殿,令孜进曰:"太原李克用造反,陛下早为定计。"僖宗听罢大惊,汗流浃背,放声大哭曰:"不想此人亦反,谁可敌之?"忽一人应声出曰:"臣父死于太原,切齿之仇,常欲报之,今克用作叛,臣当引本部猛将迎敌,上为国家出力,下为先人复仇,死无遗恨。"视之,乃镇东将军艾祐也。令孜出班谏曰:"艾祐虽将门之子,素不曾习战,今付以大任,非所宜也。更兼晋王部下十三太保李存孝骁勇逼人,非智勇兼全者,不可与敌。"艾祐曰:"吾自幼熟读兵书,深知用兵之法,何为欺我?若不生擒存孝,誓不回兵!"令孜叱曰:"岂不闻存孝一怒,直杀至五凤楼前!黄巢百万之兵,尚且不敢迎敌，何况你乎？今日诸将老迈，皆懦弱之士，难以拒敌，不如复上西祁州，暂且避兵，发檄各镇，待四方兵至，谋复大位，此为上策。"众皆曰："斯言是也！"艾祐亦不敢言。于是田令孜乘夜劫帝出了长安，径奔宝鸡山而去，从者只有百人，内外宰相朝臣一无知者。田令孜除了会逃，其他并无用处。

僖宗与令孜行了数日，人报晋王军马赶来。帝曰："人马将近，必得险要屯驻，以待救兵。"令孜听帝之言，引至一县，名曰宝鸡县，县南有一山，极其广阔，可以暂住。

君臣数人走入山中，分兵四下紧守。忽闻喊声大振，李克用人马到来，势如蜂拥，周回围绕，水泄不通。正是：

豪毅英雄胆气粗，
轩昂人物世间无。
此行必定冤能报，
方表男儿大丈夫。

不数日，帝之饮食尽绝，虽有进膳，皆被令孜所夺。帝饿了七日，眼黄鼻黑，半死不活，乃呼曰："令孜爱卿，昔日梁武帝困于台城，不得已将蜜水度命，何处有水，寻一口与我度命？"令孜曰："此乃是山，何处寻水？"帝坐山顶，仰天叫曰："饿死我也！"随后伏地而死，时文德元年夏六月也。

晋王起兵本为诛杀田令孜及剿灭朱温，实无害僖宗之心。所以围而不攻，敬候天子宣召。田令孜当然不愿让天子与晋王相见。僖宗死后，粮草全无，令孜走入帐内，密唤家将田龙、田虎出擒晋王。田龙曰："存孝在彼，安敢近之？"令孜曰："他父子此来，必素体绒装赤手空拳，无能为也！"二将欣然披挂而出。存孝回头，果见一彪人马到来。存孝披挂不迭。田龙到来，见存孝手无兵器，更不打话，挺枪直取存孝；存孝一手夺枪，一手将田龙抓下马来，往山下一摔而死。田虎抡刀便砍，存孝将田龙的枪掷向田虎。枪从前胸进，从后背出，其速不减。田虎显然活不成了！

败兵进营，报说李存孝摔死田龙，枪穿田虎，令孜听了，放声大哭，慌与众臣商议。众臣曰："与其饿死，不如投降吧。"令孜遂领众臣拜出营来，晋王不见僖宗，惊问其故，众人历言备细。晋王始知帝崩，大恸曰："此贼罪不容诛！"即令将令孜拿下！晋王曰："谁使你奏吾反？"令孜知祸已临身，死必难免，乃厉声言曰："我佐天子以治天下，杀我汝将何为？"晋王大怒，命手下将田令孜活活打死。

却说令孜已死，晋王命文武发僖宗丧，柩还长安，百官哀恸不已。时天气暄热，圣体已是坏了，一面殡殓，一面启行。

时李嗣源已据长安，闻帝已崩，率大小官员，出郭三十里，伏道迎柩入城，停于偏殿，挂孝举哀。

因为僖宗孩子还小，大臣们觉得此时大唐已经风雨飘摇，还是立长君为好。不过在立长君问题上，大唐朝廷分成两派，大部分大臣主张立僖宗的六弟吉王李保，但是大宦官、枢密使、左神策军中尉杨复恭等人请立僖宗的七弟寿王李杰。

两天以后，李杰嗣位，并改名为敏，在大行皇帝灵柩前继位，又改名为晔，这就是大唐倒数第二位皇帝——唐昭宗李晔。

欲知后事如何，且看下回分解。

第十七章　义释王彦章

却说李克用过去曾和宰相张浚共过事，李克用很鄙视他。张浚拜相后，李克用私下对人说："乱天下者，必张浚也！"张浚从此记恨李克用。

朱温也感到李克用是他最大的威胁与障碍。为牵制李克用，朱温决定利用朝廷。他上奏昭宗，请派兵讨伐李克用。

昭宗李晔也是个昏君，李克用兵多将广，但绝无篡位之心，否则早就当上皇帝了！朱温人面兽心，是反复小人，可他却倚为心腹。他也不想想，能够背叛黄巢的人，怎么会全心全意忠于他呢？

朱温的奏请得到张浚的积极赞同。他怂恿昭宗密诏朱温讨伐李克用，择日出兵。朱温乃加封葛从周、王彦章、王彦童、庞师古、邓天王、张归霸、张归厚为虎骑将军，其余人等封折冲校尉，率九万兵马杀向潞州。李嗣源与都督周德威即于潞州城下列阵。

只见梁军阵中冲出一员大将，头戴鱼尾乌金盔，身披鱼鳞乌金甲，手中一柄镔铁点钢枪，足有百斤重，胯下照夜狮子马，此人乃是王彦章。王彦章对晋军众将大喊道："晋贼李嗣源，快快出阵受死！"李嗣源一听叫喊自己，手提钢骨亮银枪正欲出马，忽有部将何怀福言道："杀鸡何需宰牛刀，末将愿往。"言罢，何怀福手持镔铁娃娃槊杀出阵来，王彦章挺枪相迎。二人大战七八个回合，何怀福被王彦章的镔铁点钢枪砸中天目，顿时脑浆迸裂坠死马下。李克用问道："谁可再战？"老将薛克勤道："末将愿往。"只见薛克勤飞马入阵，手中一杆豹尾枪，大战王彦章。交战六个回合，王彦章将薛克勤打下战马，铁枪戳腹拖出五十米远。薛克勤命丧沙场。李克用看得惊痛不已，心想薛克勤随我云州哗变，征战左右十八年，入大漠，走戈壁，南下勤王，东征平乱，胜不言功，败不求禄，到如今却死得惨不忍睹！未想梁军阵中竟有如此猛将，如之奈何？忽闻身旁有人言道："末将愿为薛老将军报仇！"说着只见部将安福迁手挥一对子母鸳鸯锤杀向王彦章，二人战至一处，王彦章用镔铁枪乱点鸳鸯锤，打得安福迁只有招架之功，却无还手之力。安福迁有两个弟弟，一个名叫安福顺善使一根青铜蒺藜棒，另一个名叫安福庆，善用双翅玲珑戟，兄弟三人皆是应州人。兄弟俩见哥哥安福迁难以抵挡王彦章，也催马入阵。安氏三杰大战王彦章，正是：

当年三英战吕布，
而今三杰亦如故。
威风子母鸳鸯锤，
蒺藜棒生九天怒。
双翅纷飞玲珑戟，
百斤铁枪难自成。
风起云涌惊悍将，
翻江倒海比赤兔。

安氏三杰与王彦章大战九十回合不分胜负，王彦章心想此时不可强攻，只能智取。想到这里便虚撩一枪，假装败退，安氏三兄弟催马便追，冲在前面的安福迁已追得近在咫尺，王彦章突勒马丝缰，转身一个回马枪。安福迁未曾提防，自己撞到枪上，坠马而死。安福顺随后赶到，还未缓过神来，王彦章一枪捅碎他的胸前护心镜。安福顺口吐鲜血，摔倒马下。此时安福庆玲珑戟刺来，一阵凉风捅掉了王彦章的乌金盔。趁安福庆玲珑戟还未收回，王彦章反戈一枪，刺死了安福庆。

李克用见王彦章连杀五将，只得下令抢回尸首，鸣金收兵。李克用退守潞州，哭得泣不成声，对众人道："半日交战，连折五将，那王彦章铁枪威猛，无人能及，如之奈何？"周德威道："王彦章武艺高强，非我等能及，千岁还需速往汾州搬十三太保李存孝，会兵潞州。"

李存孝武功盖世，四太保李存信心中不服，起身言道："都督发兵何必单单依赖十三太保，我等众太保随父王南征北战，何曾惧怕那梁军兵将，存信不才请令出战。"

周德威劝道："四太保勇气可嘉，不过王彦章武艺高强不可轻视。"

李存信拱手言道："末将愿立军令状，倘若不胜甘当军法从事！"话音未落，大太保李嗣源、二太保李嗣昭、十二太保康君立也纷纷请战，并且愿立军令状。

李克用拍案言道："好！我的儿子就应该这样，明日就使众太保与梁军决战！"周德威忙道："决战非同儿戏，千岁还是等十三太保来后再说。"

未等周德威说完，李克用道："孤意已决，众人无须再议。"言罢拂袖走出议事堂。众太保纷纷拟写军令状。

众太保立下军令状，要决战朱温。朱温得晋军战书，再度列阵。号炮三响，潞州城门大开，步兵在前，骑兵在后。李克用跨踏雪胭脂马居于正中，众太保分列两边。

梁军阵中，王彦童出马挑战，二太保李嗣昭挥舞一柄燕翅鎏金锏上前厮杀，王彦童枪法了得，李嗣昭大战十个回合难以抵挡。大太保李嗣源、四太保李存信、十二太保康君立见李嗣昭一人难以支撑，均出马助战。四个太保将王彦童围于中间，急坏了王彦章，也催马助战，杀向四家太保。王彦章与其弟王彦童的枪法一样犀利，二王兄弟与四家太保打得不分胜负。此时梁军大将朱珍挥舞九节镏金钢鞭杀向阵中，葛从周、庞师古、邓天王、张归霸、张归厚、张归弁尽皆响应。

四太保李存信见梁将杀入阵中，怒发冲冠大呼："我等已立军令状，誓杀虎骑将！"说着催动战马往阵中杀去。大太保李嗣源、二太保李嗣昭、十二太保康君立也各持兵刃冲向梁军。十多名战将杀在一起。

这时东西驰来两支兵马。一支是梁军大将邓季筠率领，另一支乃梁将李谠率领，二人各带精兵一万，伏于战阵两侧，交战之时，直插两翼。大太保李嗣源见腹背受敌，对李克用喊道："父王快快撤走，我等中计矣。"

李克用见势不妙，答道："亚子尚在城中，奈何？"

"亚子"是李存勖的外号，十一岁见昭宗时被昭宗赞为日后国家的栋梁之材，昭宗直言"此子可亚其父"，就是说这小子以后比他老爸更牛，时人赞其"亚子"。

李嗣源边打边喊："我回城去救亚子，父王速向西去。"言罢，调转马头对李嗣昭喊道："嗣昭随我来！"李嗣昭虚抢一叉，与李嗣源退回城内，葛从周、氏叔综趁城门大开，遂率骑兵往城内冲去。

李嗣源、李嗣昭抢出李存勖，由北门而出，梁军大将氏叔综率兵追来。氏叔综的战马非比寻常，遍身黑鬃，无一杂毛，奔跑如飞，有逐日而行的本领，此马乃是上八骏之一的绝影马。眼看氏叔综追来，李嗣源道："二弟快带亚子撤走，我来断后。"李嗣昭遂带李存勖逃走。李嗣源仅率百余兵卒阻截氏叔综。梁军有千余兵马围困李嗣源,李嗣源连杀三百梁兵,其余梁兵皆不敢近前,唯有氏叔综与李嗣源大战四十回合不分胜负,此时李嗣昭带李存勖已经走远,李嗣源不敢恋战,驳马逃去,氏叔综立功心切,甩却左右兵卒,急追李嗣源。李嗣源的胯下战马岂能逃过绝影马的追击,见氏叔综一人单骑追来,李嗣源故意放慢马速,待氏叔综追至近前,李嗣源用钢骨亮银枪猛挑地上沙土,扬了氏叔综一脸。氏叔综使手臂挡土,只是这眨眼工夫,李嗣源枪刺咽喉,氏叔综躲闪不及,命丧疆场。李嗣源拔出长剑砍下氏叔综人头,夺了绝影宝马,直寻李克用去了。

再说李克用率数万大军退至长子谷,忽见小道之中有人喊道:"前面可是晋王人马。"有牙将答话:"正是晋王千岁兵马,你等何人?"

只见小道中走出两骑,一人答道:"我乃二太保李嗣昭与少主人李存勖也。"牙将一见赶忙施礼,并使人通禀在队伍前面的李克用。父子相见抱头痛哭。李克用道:"此番潞州已失,何处可往?"

李嗣昭道:"前方有三垂岗,地势险要,可在那里休整兵马。"

李克用道:"嗣昭之言正合我意,传令休兵三垂岗。"众人得令,直奔三垂岗。

次日天明,十三太保李存孝率五千精兵援到,克用大喜,即令召见。李存孝道:"儿接父王急令,日夜兼程不敢耽搁;闻父王坚守潞州,因何陈兵于三垂岗之上?"

李克用道:"此事全怪老夫,本当以逸待劳,却又轻视了梁军兵马,出城交战得此大败。"此时,又有流星探马急报:"禀告千岁,朱温命邓天王、邓季筠率兵三万进入长子谷。"

李存孝起身道:"孩儿愿领精兵三千,出兵长子谷。"李克用应允。

邓天王与邓季筠率领三万梁兵进入长子谷，行至半路忽见一支人马迎面而来，当先一员上将正是李存孝，存孝怒道："邓天王认得我否？"

邓季筠一看并不认得，向邓天王问道："此乃何人？"

邓天王答道："这个就是十八骑杀进长安城的十三太保李存孝。"

邓季筠道："我看他五短身材面黄肌瘦，可能徒有虚名，待我去取其首级。"说着，邓季筠催马前来。李存孝展开禹王开山槊与其交战，二人大战三个回合，李存孝一槊便将邓季筠挑落马下。李存孝怒道："邓天王，当年我念你是个孝子，饶你回家孝敬老母；但你又加入梁军，助纣为虐是何道理？"

邓天王勃然大怒道："好个牧羊子！想我邓天王当年在黄桑店误中了你的奸计，被你捉住。当时因为家中老母尚在，故发悲恸而泣。而今老母已去世，十二年里我又学全了万人不敌的霸王枪法，正想要取你首级，来雪当年被辱之耻！"说着话，就见邓天王把大铁枪一拧，枪尖儿突突一抖，枪缨儿都颤圆了，扎奔李存孝的哽嗓咽喉。李存孝不敢怠慢，用槊招架，二马盘旋冲杀一处。那邓天王这次真的是玩命了，把他学全的枪法施展开，神出鬼没，与乌龙相仿。

李存孝见邓天王一枪紧似一枪，一枪快似一枪，招招进逼，心想：好个邓天王！果然是下过了苦功，这霸王枪法果然名不虚传！想罢，李存孝也把大槊施展开来，见招破招，见式破式，上下翻飞；两个人如同走马灯一般杀成一团，两边军士各自擂鼓助威，摇旗呐喊。两人战了六七个回合，不分胜败。双方的将士都佩服邓天王，特别是唐营的飞虎军个个在想：能在飞虎大将军面前走上三个回合的大将为数不多，而这黑大将能走上六七个回合，确实是员猛将。李存孝也边战边想：邓天王枪法纯熟，这样下去虽能取胜，但还需数个回合，应速战速决！想罢，李存孝在圈马之际将右手的大槊交于左手，直奔邓天王。就在二马错镫之时，李存孝左手将合在一处的两柄大槊一摆，使了个"乌龙摆尾"的招式，邓天王见此急忙用大铁枪招架。说时迟那时快，忽听李存孝大喝一声："邓天王，你给我过来吧！"邓天王一时措手不及，已被李存孝的右手抓住腰带活擒过来，红鬃马落荒而去。

李存孝回到三垂岗大寨，参见李克用。李克用问道："长子谷战况如何？"

李存孝言道："孩儿连败两阵梁兵，还为父王带来一个熟人。"

李克用不解，问道："熟人是谁？"

李存孝言道："父王请看。"即命部下将邓天王押了上来。李克用问道："将军可是邓天王？"

邓天王答道："正是某家。"

李克用问道："当年，汝称家有老母，年近八旬，我儿存孝见你一片孝心，不忍斩首，饶你性命。今日却为梁将犯我河东，莫非朱三是你老父？"

邓天王怒道："大丈夫生于乱世，当报效明主，立盖世之功，焉能老死家中？"

李克用道："汝还敢妄称大丈夫，出尔反尔，反复无常，左右来人！将邓天王推出辕门外斩首。"左右士卒将邓天王连推带搡，拉出辕门斩首。有诗为证：

黄桑昔日放天王，
十二年来不忖量。
母死艺精无别虑，
片时斩首自求亡。

次日，又有流星探马急报："禀告千岁，王彦章率兵进入长了谷。"

李存孝立即上马迎敌。王彦章高声大叫："李存孝，快快还我邓天王，否则将你碎尸万段！"

李存孝冷笑道："铁枪贼！邓天王已经归天，今天我让你上天陪他！"王彦章大怒，拍马向前，举枪望存孝刺来。存孝攒住铁枪，王彦章拼命回夺，却纹丝不动。王彦章突围搬兵时李存孝曾见过他一次，当时便觉得此人忠心耿耿勇气可嘉。现在铁枪被自己攒在手中，李存孝只需将毕燕挝往他头上一敲，王彦章立即脑袋开花！不过李存孝不想杀他，只是将毕燕挝在他枪上轻轻一击，震破王彦章虎口，王彦章丢枪躲开。李存孝将枪一扭，扭成桶箍，丢于地下。浑铁枪成了浑铁箍。王彦章满面羞惭，下马捡起铁箍。李存孝大喝一声"拿来"！王彦章不知何意，只好将铁箍交与存孝。李存孝轻轻一拉，浑铁枪依然挺直，扔与王彦章。王彦章领兵而退，李存孝也带兵回寨。

欲知后事如何，且看下回分解。

第十八章　李存孝被五马分尸

晋王听说李存孝放了王彦章,心里很不高兴。晚上回营,刘妃进曰:"大王眉头不展,脸带忧容,何也?"晋王曰:"李存孝大败王彦章,却又放虎归山,不知何意?"刘妃曰:"王彦章武艺高强,对朱温忠心耿耿,十三郎惺惺相惜,所谓英雄惜英雄,并无他意!况此儿累有大功,先灭黄巢,次败张浚,吾等富贵,实赖此人也。古人以德报德,大王何不将沁州封他镇守,使其快乐,岂不为美!"晋王曰:"也好!"遂使人唤存孝来。晋王曰:"汝自随我数年,苦争血战,日夜不得休息,吾受富贵,皆赖汝恢复之力。沁州富饶之地,鱼米之乡,封汝去镇守,独霸为王,享受富贵如何?"存孝曰:"儿有甚功劳,敢当此职?又抛离膝下。"晋王曰:"汝勿辞,可领人马二万,副将六员,即日上任供职,勿使有失。"存孝顿首拜谢,便领人马赴任去讫。

李存孝被李克用宠爱,自会被人嫉妒。这其中,表现最为强烈的当属李克用的四子李存信。李存信也是李克用的养子,先前也备受李克用宠爱。然而,随着李存孝的到来,原先受宠的李存信发现自己失宠了。论能力,他显然不是李存孝的对手。他想要回自己的位置,这种欲望逐渐强烈,他知道李存孝虽然英勇无敌,可是却全无心机。于是,他渐渐生出了一条毒计。

存孝得封沁州，存信遂与君立抱怨："父王待人，何有轻重，把这牧羊子爱如金宝，今封沁州。吾等亦有汗马之劳，何待人如草芥也？"君立曰："存孝出外，正好行事，吾思一计，使存孝死无葬身之地！"存信便问："计将安出？"君立附耳低言数句，只消如此如此。存信曰："此计甚妙，可急行之！"商议已定。

于是君立、存信模仿李存孝的语气，写信给朱温表示愿意投诚。朱温最怕的就是李存孝，听说他投诚自然求之不得。对信使道："李存孝既然离开李贼，孤王当然予以重用。孤即禀奏天子封李存孝为沁州节度使。"

来使道："既然千岁器重，请修书一封告之李存孝，会兵讨伐李克用。"朱温闻言大喜，令人代笔，口述书信一封让来使带回，同时加盖梁王玺印。

信使本是康君立所派之人，他自然将书信带给君立。康君立吩咐他如此如此，这般这般，保证他一生荣华富贵，下人只能听命。于是康君立将此人绑至中军，对李克用道："启禀父王，儿臣巡营擒得细作一人，请千岁发落。"

李克用见那人吓得哆里哆嗦，问道："汝乃何人？欲往何处？"

那人道："小的是安大人（安景思，即李存孝）所遣信使，转送梁王信件交与安大人。"

李克用令其将信交出，打开详览一番，拍案怒道："十三郎果真如此，虎生狼养，孤岂能饶他！"说完命刀斧手将信使斩首。信使大呼冤枉，康君立一刀将他砍死！

晋王传令击鼓点兵，周德威、郭崇韬和众家太保齐聚中军，李克用怒目圆睁，面如青铜。众人不知何故，只听李克用道："今日截获朱温密信，十三太保暗通敌兵。众将今日随孤出兵，围攻沁州！"

李克用率兵进驻沁州，周德威用兵城下，围而不攻，掘沟堑以围城。李克用忽闻夫人突然来至营中，便亲往大营外迎接。这刘夫人本李克用正室，颇受众太保尊崇，闻刘夫人到此，众太保也纷纷随晋王来迎。李克用将夫人迎入帐中问道："今大战在即，夫人远道探营，不知所为何故？"

刘夫人道："臣妾在晋阳听说十三郎举兵造反，可有此事？"

李克用道："此子虎生狼养，早晚必是养虎为患！"

刘夫人道："十三郎是忠是奸，明日臣妾亲往城下去会李存孝，倘若十三郎宁死无悔过之意，必是真反。若有悔过之心，这其中恐有缘故。"

李克用道："夫人所言也有道理，明日便请夫人一探李存孝。"

次日，李克用率领兵马列阵沁州城下，刘夫人见李存孝在城上，对其喊道："十三郎，我儿何故与你父王反目成仇，兵戈相见？"

李存孝见养母刘氏在此，不觉泪下如雨，哭泣答道："儿蒙王之大恩，位至将相，难道愿弃父子关系而投靠仇敌吗？这是由于李存信诬陷的缘故。希望能活着见王，说句话就死。"

李克用闻言很是感伤，刘夫人道："听十三郎之言心存悔过，臣妾愿往城中，劝说十三郎向大王谢罪。"克用应允，派刘夫人入城慰谕。

刘夫人车撵入城，李存孝于堂前跪拜言道："逆子李存孝恭候母亲大人。"

刘夫人扶起李存孝道："十三郎你究竟有何委屈，可与我一同出城，与你父王说个明白便是。"

李存孝跪倒在地对刘夫人道："母亲若能申明大义，存孝此行死而无怨。"刘夫人扶起李存孝，共乘车撵，前往晋军大营。

刘夫人带李存孝来至中军大帐，李克用端坐上位，闭目不视。李存孝磕头请罪道："不孝之子李存孝拜见父王。"

李克用看了一眼李存孝道："孤与朱温不共戴天，你却与他暗通书信，难道大梁王玺印也是假的吗？"李存孝闻言莫名其妙，一时不知说什么好。

李克用见存孝不言，以为击中他的要害，又没有人为其求情，李存孝又不肯认错。通敌之罪可是大罪，李克用下不了台阶，只好狠了狠心说："李存孝暗通朱温，罪不可赦！左右将其绑出帐外，受车裂重诛！"

车裂当天，阴云密布。一切的爱恨情仇，都将在这天了结。其实到了此刻，李存孝的心中反而释然了。命既如此，又复何争。后人言王不过霸，将不过李，项羽、李存孝战场上攻无不克战无不胜，可他们哪里是韩信、康君立的对手呢？

李存信驱赶着五马，准备行刑。然而，让人震惊的事情发生了。当五马用尽力量向外拉扯时，李存孝的手腕脚腕竟然因为先天的反应，自然而然地生出力道，将五马又活活地拉了回来！连接十数次，都是如此。被车裂而不死，如此神力，可谓冠绝古今，难怪死后会被尊为山神。

这时，李存孝心想，反正自己到了这般地步，已是必死无疑了，这般苦苦挣扎，又有何益？与其这般的活受罪，倒不如早点解脱，了却一切。于是，他对李存信道："四哥，咱兄弟俩到了这种地步，什么也不用说了。但是你这种办法是弄不死我的，也没法向父王复命。我和你说，如果你想车裂我，那办法只有一个，就是挑断我的手筋脚筋，让我的手脚无法发力；打碎我的膝盖肘骨，让我四肢无法相连，再用五马之力，才可能将我弄死。你我做了这么多年兄弟，就当看在弟弟的面上,给我个痛快吧。"听李存孝这么说,李存信眼中也含着泪,点点头,并依样照做。这次,五马齐奔,终于将李存孝彻底分开。一代名将、天下无双的十三太保,就此含冤殒命。后人有诗叹曰:

> 两岸西风起白杨,
> 沁州存孝实堪伤,
> 晋官花草埋幽径,
> 唐国山河绕夕阳,
> 鸦谷灭巢皆寂寞,
> 宾州尘路总荒凉,
> 诗成不尽伤情处,
> 一度行吟一断肠。

欲知后事如何,且看下回分解。

第十九章　李克用结拜阿保机

却说中国北方素为外夷所居，历代相沿屡有变革。唐初突厥最大，后来突厥分裂，回鹘、奚、契丹，相继称盛。到了唐末，契丹最强，逐渐拓地，成为北方强国。国分八部，每部各有酋长，号为大人。又尝公推一大人为领袖，统辖八部，三年一任，不得争夺。

耶律阿保机出生时，契丹的贵族阶层正在为争夺联盟首领之位打得不可开交。阿保机的祖父耶律匀德实在残酷的政治斗争中被杀，父亲和叔叔伯伯们也逃离出去。祖母简献皇后对于这时刚出生的阿保机非常喜爱，但又担心他被仇人加害。因此常将他藏在别处的帐内，涂抹其面，不让他见外人。耶律阿保机三个月便能行走，满百日便能说话，凡事未卜先知，自称左右好像有神人护卫。即使在童年之时，开言便涉及国家大事。当时其伯父执掌国政，事有疑难便去向他咨问。

阿保机长大成人后，身体魁梧健壮，胸怀大志，而且武功高强，《辽史》上说他"身长九尺，丰上锐下，目光射人，关弓三百斤"。

到了唐朝季年，阿保机为八部统领，尝乘间入塞，攻陷城邑，掳得边民，择地使耕，辟土垦田，大兴稼穑。不到数年，居然禾麦丰收，户口蕃息。阿保机为治城郭，设廛市、立官置吏，仿中国幽州制度，称新城为汉城，汉人安居此土，不复思归。阿保机闻汉人言，谓中国君主，向来世袭，未尝交替，因此威制诸部，不肯遵行三年一任的老例，悠悠忽忽，已越九年。八部大人各有违言。

党项在汉城西，他率兵往攻，欲取党项为属地，不意东方的室韦部，乘虚来袭汉城，城中闻报皆惊，偏出了一个女英雄，披甲上马，号召徒众，竟开城搦战，击破室韦部众，追逐至二十里外，斩获无数，始收众回城。

这人为谁？就是阿保机之妻述律平。

述律平有勇有谋，阿保机行兵御众，多由述律平暗中参议，屡建奇功。此次阿保机西侵党项，留她居守，她日夕戒备，竟得从容破敌。及阿保机闻变回来，敌人早已败走，全城安然无恙了。

"青牛妪，曾避路。"契丹民族流传着一个美丽的传说：在辽河的上游，有一位天女，经常骑着一头青牛来到人间。但是这位天女在见到述律平的时候，却忽然消失不见了。于是人们便传言，述律平之才，连天女都自愧不如，赶紧避路而走。

却说李克用命张承业、康令德出使契丹。阿保机闻河东李克用派使者前来，忙出牙帐相迎。只见这契丹首领身长九尺，宽胸细腰，头扎八字髻，目光射人，神色不凡。张承业下马行礼道："大唐河东监军张承业，通使康令德，奉晋王之命前来拜访契丹八部大首领。"

阿保机还礼道："既是大唐来使，当为上客，请往牙帐叙话。"张承业与康令德跟随阿保机进入契丹牙帐。

宾主就座，阿保机令人上奶酒、羊肉犒劳。张承业饮罢奶酒，对阿保机道："今奉晋王之遣，为阿保机首领赠上牛、羊、驼九万五千头。意在与契丹八部结盟，共讨幽州刘仁恭。"阿保机一听，心里明白这是来借兵，对张承业故意刁难道：

"我契丹八部有塞北铁骑十万,但那刘仁恭如今归附于梁王朱温,朱温拥兵几十万,我等岂是对手。我契丹亦想归降梁王,以求安泰。"

张承业笑道:"既然首领想归降梁王,何不投其所好,以做奉承。"

阿保机问道:"如何投其所好,还望不吝赐教。"

张承业言道:"朱温好色之徒,我闻阿保机首领有美妻述律平,何不献于梁王,一妻侍奉二夫,岂不快哉?"

"啪!"阿保机拍案而起,对张承业怒道:"张承业!你好大的胆子,竟敢拿我爱妻取笑!"张承业哈哈大笑。

阿保机怒问:"汝因何发笑?"

张承业道:"我不笑别人,只笑阿保机首领。我主不远千里遣使乞盟,阿保机首领却无诚意,鄙视人伦纲常。既然契丹不守纲常,又何必为妻女动怒。"

阿保机问道:"难道你不怕我将你等尽皆处死?"

张承业道:"老奴身为太监,而首领乃草原枭雄,杀我一个手无寸铁之人,岂是英雄所为?"

话音未落,帐外有一女子进来,只见她双眉似拱月,二目生妩媚,头戴丹凤珍珠牛鬏冠,身着桃红绣锦袍,腰系狐毛大带,足蹬牛皮暖靴。此人正是阿保机之妻述律平,也是后来的述律太后。

述律平走进帐内,对阿保机说道:"诸公方才所言,我在帐外俱已听见。张公公所言句句在理,夫君岂能学那朱温,而不学汉唐礼仪纲常。"阿保机是个惧内之人,听述律平之言,赶忙对张承业施礼言道:"方才阿保机多有怠慢,还望张公公莫记于心。"

张承业道:"阿保机首领与述律夫人深明大义,还望早日出兵共伐刘仁恭。"耶律阿保机允诺,即刻命人准备,于次日点兵，往云州会盟李克用。李克用闻知阿保机率兵南下，率爱子李存勖亲往云州迎候。李克用在云州城外建犒军大营一座，留待阿保机屯兵驻扎。时隔三日后，阿保机与张承业率兵来到，李克用辕门外迎接，阿保机施礼拜道："契丹部大于越阿保机，拜见晋王千岁，千千岁。"晋王大喜，邀阿保机王帐中赴宴。李克用奉阿保机为上宾，众人就座，李存勖、张承业、周德威、郭崇韬、康令德等分坐两厢。酒宴之上，众人频举酒杯，开怀畅饮。李克用略生醉意，对阿保机言道："孤乃沙陀族人，汝是契丹族人，驰骋草原，奔走大漠，今得相会，乃是三生有幸。如今我封晋王，你为于越，何不结为异姓兄弟，永结金兰之好。"

阿保机闻言右手捂胸："晋王千岁如若不嫌，阿保机愿与千岁换袍易马，共举大业。"李克用大喜，即令人设香案，斩杀乌牛白马。二人跪倒。李克用道："苍天在上，厚土为证。李克用与耶律阿保机会兵云州，结为金兰之交，立约兄弟之盟，换袍易马，永不相负。"耶律阿保机也随之立誓。一番祷告之后，三叩天地。随后行换袍易马大礼，二人各自脱下战袍互换，又有侍者呈上马鞭，李克用与阿保机交换马鞭，从此结为异姓兄弟。李克用年长为兄，阿保机为弟，李克用令嫡子李存勖同众家太保拜耶律阿保机为叔父。左右众将官纷纷为二人道贺。从此李克用如虎添翼，欲与刘仁恭、朱温大干一场！

欲知后事如何，且看下回分解。

第二十章　朱温敌友通杀

却说黄巢兵败被杀之前，曾分兵三路讨伐唐军，孟楷与尚让被朱温与李克用合力剿灭，唯独南下荆北的兵马尚存。这支兵马的首领名叫秦宗权，自蔡州投降黄巢。黄巢死后，秦宗权在光启元年（885）二月称帝，国号大蔡。

秦宗权为人残暴已是天怒人怨，尤其可恨的是，他走过一条与朱温相反的人生道路，他曾是朝廷节帅，后来却降了黄巢，稍微做大一点，竟据蔡州称帝。这可是冒天下之大不韪啊。要知道，李唐虽然只剩下个招牌，但毕竟三百年的基业，不是谁都可以轻易替代的。尤其是第一个冒出头想替代的人，显然会成为众矢之的。如果黄巢不是那么急着称帝的话，也许不会败得那么惨。

人品差到不能再差的秦宗权凭什么称帝，那不是找打吗？朱温就不能和这个人渣中的人渣共日月，于是邀集其他四镇兵马，誓要和秦宗权一较高下。

在一次战斗中，朱温临阵落马。秦军见势，攻击得更加凶猛了，眼看着朱温就要老命不保。万分危急之下，葛从周挺身而出，扶起朱温上马，之后又与围拢过来的秦军短兵相接。这时已经亢奋不已的葛从周浑然忘记一切，丝毫不顾身上所受的枪伤、箭伤，一味向前冲杀，只想着保护朱温平安突围。要知道，朱温本来就是个勇力超群的人，看到葛从周状若疯魔般地杀向秦军，不禁都看傻了。幸而此时另一位将军张延寿也回马相助，且奋力厮杀，才使得葛从周与朱温双双侥幸逃生。

朱温因为战事不利，下令军队后撤，同时，他对那些作战不利差点让自己当场交代的将领，该降职的降职，该法办的法办，唯独将奋力营救自己的葛从周、张延寿升迁为大校。功高莫过救驾，葛从周用玩命的打法回报了朱温对自己的赏识。

朱温实力不如秦宗权，被迫向天平军节度使朱瑄、泰宁军节度使朱瑾求援，三人合力，屡次挫败秦宗权的进攻，朱温对朱瑄、朱瑾两兄弟开始也非常感激，事之为同姓族兄。

一日，有部将丁会来报："启禀主公，许州兵马使王重师领两千兵士前来归顺。"朱温不知许州有何事发生，便率左右文武往汴梁城下迎接。王重师，许州人氏，身长七尺，猿臂虎腰，现在却满面烟尘，丢盔弃甲，如同败军之将。王重师满面惭愧地抱拳言道："败军之将，今来投奔，还望恩公收容。"朱温面带笑容走到王重师面前言道："久闻王将军大名，只是相见恨晚。请往府上叙谈。"

朱温牵王重师之手来至府中，令人设宴款待，王重师稍作洗漱坐于宾位。朱温问道："王将军镇守许州，不知何故得此大败？"

王重师道："自黄巢兵败，其部将秦宗权纠合残部，四处烧杀。今已攻陷许州。末将不才，败退至此，特来投奔主公。"

朱温道："王将军来附，全忠如虎添翼，我正欲扫平中原，匡扶唐室。今汴梁兵精粮足，我欲出兵蔡州，讨伐秦宗权，诸公以为如何？"

军师谢瞳道："秦宗权皆是乌合之众，不足畏惧，能使贼兵决胜千里者乃其部将孙儒、马殷也。"

朱温道："孙儒、马殷无名之士，安能比我大将葛从周、王彦章。我令王彦章为先锋，举兵五万即日发兵蔡州。"

朱温率兵来至蔡州城下列阵，只听号炮三声，城门大开，秦宗权亲率大兵迎战，只见杏黄缎子大旗上印着一个"秦"字，阵分五部，各部有一压阵的主将，此阵名曰五虎攒羊阵。阵前一员大将一脸的横肉，熊目虎口，头戴帅字金盔，身披金叶连环甲，手中一把龟麟七宝刀，胯下一匹银蹄金鬃呼雷豹，此人便是嗜血魔王秦宗权。朱温命大将王彦章入阵挑战，秦宗权阵中部将张晊挥舞青铜大刀直取王彦章。王彦章催马迎战，二人大战四个回合，张晊被王彦章一枪挑落马下。只听秦宗权阵中战鼓猛擂，大将卢瑭高举板门红缨刀来战王彦章，一两个回合卢瑭又被挑落下马。秦宗权一看，这铁枪王彦章果然名不虚传，勇冠三军。这时秦宗权的侄子秦贤喊道："末将愿替叔父斩杀此贼！"只闻三通战鼓又响，秦贤催马杀来，秦贤手中一条擂金虎头枪，使得是出神入化，王彦章这条铁枪更是有过之而无不及，秦贤只打了十个回合，亦被刺死马下。秦宗权惊道："哎呀！我阵中谁可再战？"

"末将愿往！"只见部将马殷飞马冲出。马殷，字霸图，许州鄢陵人，手中一对蝎尾鞭大战王彦章。王彦章复回阵中，二人大战二十回合不分胜负。秦宗权阵中战将刘建峰沉不住气，冲入阵中大战王彦章。王彦章刚刚连斩三将，又力斗二虎，打得有点吃力，张归霸见王彦章难以支持也进入阵中助战。秦宗权下令进兵，五部兵马演变为五虎攒羊阵，马殷等人见战阵形成，驳马入阵。朱温令鸣金收兵，驻兵蔡州城外，然后按军师谢瞳之言遣八百里快马往郓州节度使朱瑄、兖州节度使朱瑾处求救兵。

秦宗权正纳闷朱温为何驻兵不战，有士卒来报郓州节度使朱瑄、兖州节度使朱瑾率军朝西杀来，秦宗权闻听此言，遂命其弟秦宗衡率兵抵挡。部将孙儒劝秦宗权道："令弟宗衡，虽杀敌勇猛，但并非知兵善用之人，恳请主公另遣良将。"

秦宗权道："家弟之才，吾安能不知，汝莫不是欲争头功吧？"秦宗权之言令孙儒十分气愤。

当夜，孙儒招马殷、刘建峰二将言道："秦宗权不听良言相劝，偏袒其弟秦宗衡，我料其必不能成大事，今朱温虎踞中原，又能招纳贤士，我等何不另择明主。"马殷、刘建峰也愿随孙儒共济大事。三人商定之后，连夜带兵杀入秦宗权府第，马殷骁勇善战无人敢挡，众人破门而入，秦宗权尚在睡梦之中，便被孙儒、马殷等人拿住。

次日清晨，孙儒命马殷为使押解秦宗权往朱温营中求和。朱温前番赏识马殷勇猛，见马殷押秦宗权来降，更是高兴不已。朱温任命孙儒带管蔡州军政，让马殷回去复命。

朱温命人将秦宗权押回京师，龙纪元年（889）二月，秦宗权与妻子赵氏在长安被当众处斩。作为对擒获秦宗权的嘉奖，朝廷加封朱温中书令，并赐爵东平郡王。

朱温正准备班师。谋士张全义对朱温道："主公，今朱瑄、朱瑾在东面与秦宗衡僵持，秦宗衡兵败只在旦夕，何不待朱瑄剿灭秦宗衡之后，趁势进攻山东，坐收渔翁之利。"

朱温捻须言道："妙计，螳螂捕蝉，黄雀在后。令葛从周为左先锋，张归霸为右先锋，各领三千人马，伏兵于濮州，待朱瑄兄弟班师之日，半路伏杀。"

朱温大军行至濮州，秦宗衡已被剿灭，两军会师。朱温对朱瑄、朱瑾言道："此番大败秦宗权贼子，全忠感激二位将军鼎力相助，今备薄礼答谢二位将军。"言罢有士卒抬上珠宝金银几十箱，珠光宝气光彩夺目。朱瑄兄弟欣喜不已。朱瑄道："郡候何必如此客气，都是为朝廷社稷，理当相助。"朱瑄、朱瑾兄弟二人收了宝物掉头返回郓州。朱温见朱瑄、朱瑾已带兵走远，便令张归厚、张归弁、王彦章、王彦童各领兵马尾随朱瑄部众。朱瑄、朱瑾兄弟眼看已到郓州地界,只闻号炮连发,战鼓齐鸣。朱瑾问道:"兄长,此时有官军伏击,不知是何处兵马?"朱瑄尚未反应过来,又得士卒来报,朱温兵分四路从后面杀来,此时兄弟二人才知中计,只得仓皇交战。朱瑄手中一把锯齿飞镰刀,力拼朱温战将十余人,竟无人能挡,杀得正酣,只见眼前一员上将,正是大将张归霸。朱瑄劈刀就砍,张归霸使枪一挡,反挑朱瑄,这一枪便把朱瑄胸前豁了一个口子,坠马落地,一命呜呼。朱瑾杀出一条血路逃跑。朱温见朱瑾已经败退,对众将说道:"欲取山东,全在今日。"即命各路兵马不得耽搁,挥师东进。

朱温兵马乘胜追击,所向披靡,占据郓州。朱温令葛从周切断朱瑾退路,朱瑾带领残兵不得返回兖州,便逃往淮南,投奔杨行密去了。朱瑾部将康怀英驻守兖州,苦于无援,献城降朱。朱温夺取郓州、兖州,擒拿朱瑾满门。

张全义率兵查抄朱瑾府宅,见一女子长得甚是漂亮,此人乃朱瑾之妻赵氏。张全义知朱温每攻一城必掠美女,所以将赵氏押往朱温住处。朱温见赵氏天姿可人,问道:"此女子何人?"张全义道:"此乃朱瑾之妻赵氏,在朱瑾府上拿获,特献于主公。"

朱温笑道:"知我者全义也,令赵氏今夜侍寝,我要与美人共乐。"朱温得了朱瑾之妻赵氏,奸宿数夜,荒淫无度。参军敬翔见朱温无心军政大事,乃进言道:"主公今中原虽定,但群候纷争未止,望主公早返汴梁以图大事,不可在一妇人身上耽搁时日。"

朱温荒淫数日,听了敬翔之言顿生大悟:"若非敬先生劝我,险些要误大事,速速传令,即刻班师。"看了看躺在身边的赵氏,朱温很想把她留在身边服侍自己,就将其带回汴梁。

朱温不敢对老婆隐瞒实情,因为他与正妻张氏感情融洽。

他向爱妻坦白，希望张氏能"法外开恩"，允许自己纳个小妾。

张氏却提出要见一见朱瑾之妻，经过考察再做决定。我们无从得知两人见面朱瑾之妻对张氏说了什么。但张氏回来后就向朱温哭诉：

"朱瑄和将军既是同姓，又曾帮助你讨贼，无辜竟遭诛灭。我姐姐（朱瑾之妻）也受辱于此。他日若是汴梁失守，我是不是也会沦落到姐姐今天这般境地呢？"

朱温无言以对，同时也怕冷了张氏的心，只好忍痛割爱，放出朱瑾之妻，让她削发为尼。有人说朱温怕老婆，朱温表示不服：什么叫怕什么叫不怕？这叫爱，你懂不懂？不懂不要乱说。

美人得不到也没太大关系。兖、郓之地，实打实地被朱温尽数没收。

欲知后事如何，且看下回分解。

第二十一章　杨行密虎踞江淮

杨行密，字化源，原名行愍，庐州人，二十多岁便揭竿而起，参加起义，后被捕。庐州刺史郑棨被他的英雄气质打动，释放了他。

883年，杨行密被征募戍边，调遣官吏假惺惺地问他有何需求。杨行密大吼道："需要你的头颅！"随即杀死官吏，号令诸营。南征北战，出生入死，不久占据了庐州全境。后来杨行密被唐朝廷招抚，封为庐州刺史。

却说黄巢转战中原之时，淮南节度使高骈盘踞江淮，割据一方。

高骈这个人出身世家，文武全才，曾参与镇压农民起义，也收复过交趾，当过好几个藩镇的老大，偏偏到了淮南任上，变得意志消沉，日夜迷信鬼神，不再专心政治，启用妖道吕用之、刘守一，祸害生灵，滥戮无辜。高骈帐下大将毕师铎，高大威猛，无人可比。不过英雄难过美人关，扬州城内有一歌妓，名曰玉琴，这女子年方妙龄，长得花容月貌，国色天香。毕师铎见玉琴美貌出众，歌舞俱佳，甚是喜爱，包养于城中聚凤楼中。美女也爱英雄，玉琴靠上毕师铎这样有权有势的武将，自然吃穿不愁，富贵自得。

一日，毕师铎来到玉琴住处，忽闻阁楼上面传来阵阵哭泣之声,毕师铎定睛一瞧,原来是美人坐在床边手帕遮容以泪洗面。毕师铎依偎在玉琴身旁问道:"爱妾因何哭泣?"

玉琴答曰:"将军莫问,贱妾已无颜再见将军。"依旧哭泣不止。

毕师铎一阵迟疑问道:"究竟何事?莫非有人欺负你了?"

玉琴扭头哭道:"昨日那妖道吕用之来妾住处,言妾宅有狐妖侵扰,说要为妾驱魔。怎知妖道所言驱魔,竟是将妾奸污,所以妾无颜再见将军。"

毕师铎闻言火冒三丈,怒摔花瓶骂道:"牛鼻子老道欺人太甚!"言罢便往楼下走去。玉琴拉住毕师铎问道:"将军要往哪里去?"

毕师铎甩开玉琴怒道:"我当为爱妾杀此妖道,挖心剥皮以敬苍生!"言罢下楼远去。

毕师铎满腔怒火来见高骈,高骈不知缘故。毕师铎道:"妖道吕用之借驱鬼降魔,奸污了下官的爱妾玉琴,请都督为末将做主,诛杀妖道。"

高骈道:"毕将军所指玉琴老夫也曾耳闻,她不过是一青楼女子而已,何必因一妓女伤了和气。"毕师铎闻言,暗想这高骈如今老迈昏庸,与妖道交情胜过部下将领,便怀恨而去。

毕师铎越想越气,便招来副将秦彦、秦稠兄弟,对二人说起玉琴被吕用之奸淫之事。秦彦怒道:"大丈夫可杀不可辱,高骈早已被几个妖道蛊惑,将军何不造反?与其纵容妖道害人,不如自立江淮成就霸业。"此言正合毕师铎心意,三人商议已定,便往高邮大营调兵造反。三日后,毕师铎带领一万八千人,以"诛杀妖孽,匡扶政律"为名起兵,直逼扬州。

吕用之闻听毕师铎起兵造反,便向高骈告密。高骈年老不明缘由,听信妖道一面之词,慌忙遣妖道刘守一往庐州刺史杨行密处求援兵。

杨行密接到刘守一所带书信，便让刘守一暂住驿馆。杨行密请来谋士袁袭问道："今高都督邀我发兵讨伐毕师铎，不知可去不可去？"

袁袭答曰："下官恭喜刺史大人，此乃天赐淮南于主公呀！"杨行密不解问道："先生此言何意？"

袁袭答道："高骈年老不理政事，迷信妖魔，乃昏庸之人；吕用之等不学无术，以神鬼欺民，乃残暴之辈；毕师铎等本为王仙芝义军，今又反主。这三种无道之人自相残杀却向将军求援，实乃把淮南拱手相赠。将军以毕师铎造反起兵，出师有名。"

杨行密闻言大悦，便回见刘守一。刘守一问道："刺史大人，可愿发兵吗？"

杨行密道："本官当与刘道长共赴淮南铲除毕师铎叛乱。"刘守一大喜。

次日，杨行密拜袁袭为军师，命部将孙端为先锋，点兵出征。出兵之日，杨行密命人先拿下妖道刘守一。刘守一大惊失色，问道："刺史为何要抓贫道？"

杨行密道："妖道！汝残害百姓还敢来此搬兵，我当斩下狗头祭旗！"遂命刽子手砍了刘守一。杨行密率一万五千人马浩浩荡荡前往扬州。

此时，妖道吕用之在扬州强征壮年男子组成一支人马，遇到毕师铎大军，一战即溃。毕师铎轻取扬州，诛杀高骈左右所有妖道。高骈年老无能，无奈让位于毕师铎。

毕师铎自封节度使，但高骈旧部多有不服；且高骈做官多年，私藏金银宝物甚多，都被毕师铎一人侵吞。高骈旧部心怀怨恨，便放弃要冲，纷纷投靠杨行密。

杨行密率领大军围困城下，耀武扬威。却见毕师铎将高骈一家满门押至城铎之上，毕师铎对城下杨行密等人叫道："尔等既然说我造反,我现在就杀高骈全家,让你名正言顺。"说完毕师铎把手一挥,高骈的人头顷刻落地,其满门尽遭枭首。

高骈虽然老迈无能,但在淮南盘踞已久,威名颇高。杨行密为了感动人心,即令全军将士为高骈戴孝,并于中军设立香案灵位,自己向着扬州城放声大哭。随行将士都被杨行密的大义之举感化,三万人马同仇敌忾,誓言决战。杨行密连哭三日,见将士已生决战之心,即下令攻城。

毕师铎率领城内守兵突围,一员大将堵住西营门,只见他浓眉虎目,宽脸方口,头戴赤金盔,身披金鳞火红甲,手中一柄紫金大刀,胯下一匹纯白骏马名曰登山雪,此人正是庐州刺史杨行密。杨行密喊道:"毕师铎,哪里逃?"副将秦稠来战杨行密,两个回合便被斩于马下,秦彦也被乱枪刺死。毕师铎抛下大部兵马,率精骑两千人拼死杀出扬州,往蔡州投奔。

自从秦宗权被灭之后,孙儒便为蔡州刺史,依附于朱温麾下。得知毕师铎率兵来归顺,孙儒对部将马殷言道:"毕师铎常有反主之心,且威猛勇武,留于左右必为我等大患。"

马殷言道:"以末将之见,将军可设个'鸿门宴',到时我以舞剑助兴,将军摔杯为号,席间诛杀此贼,以除后患。"

孙儒以为此计可行,即命士兵大开城门,列队迎接毕师铎。毕师铎见孙儒躬身执礼,孙儒也相待甚厚。刺史府内,孙儒宴请毕师铎,宾主互敬,众人畅饮甚欢。酒过三巡菜过五味,马殷起身扶剑言道:"毕将军久战知兵,末将愿舞剑请将军品评。"说着拔出腰中宝剑舞动。毕师铎有勇无谋之人,见他舞剑反倒看得入迷。

马殷舞剑众人称好,只见他离毕师铎越舞越近,孙儒见时机已到,将手中酒杯摔在地上。马殷一剑刺怀。这一剑本想毕师铎必死无疑,怎知毕师铎用竹筷夹住宝剑,一声大吼掀翻酒案。酒宴一片大乱,左右侍卫纷纷来围毕师铎,毕师铎以竹筷为武器，竟然连杀数人。毕师铎冲至门口，猛见一将门前冒出，此人正是马殷。马殷一条蝎尾鞭打向对方天灵盖，毕师铎躲闪不及，命丧门槛。

毕师铎死后，孙儒吞并了他的兵马。接着令马殷为先锋率兵五万进犯扬州。杨行密闻报对军师袁袭说："今得扬州如同鸡肋，守护不易，舍弃不忍。孙儒大军将至，真是进退两难。"

袁袭曰："孙儒志在趁乱夺取扬州。自毕师铎作乱以来，扬州饥民成群，难以维济，主公可先回庐州，把这凋零之城让孙儒镇守，以后再见机行事。"杨行密遵照袁袭之言先退守庐州。

孙儒进驻扬州，麾下有一部将肖仁对孙儒说："当初毕师铎因一歌妓与高骈反目，未想世间竟有如此美貌女子，将军何不招这女子来见？"

此言正合孙儒之意，即令肖仁去城中寻找歌妓玉琴。未几，玉琴被士卒押来，孙儒见其果有闭月羞花之貌、沉鱼落雁之容，于是对她说："人言毕师铎因你兴兵造反，美人容貌果然不差。今毕师铎已死，扬州大乱，我欲与爱姬共保富贵，不知意下如何？"

玉琴被抓，吓得不知如何是好，闻听此言答道："贱妾能够侍奉将军，真是三生有幸。"孙儒见这风尘女子倒也明白，遂令玉琴当夜侍寝。

不久孙儒军中粮食开始短缺。虽然孙儒归附于朱温，但并非朱温嫡系，汴梁静观其变。此时军中又发生瘟疫，孙儒不闻不问，整日与玉琴共暖春宵。

孙儒军中发生瘟疫之事传至杨行密军中，参军戴友规道："孙儒军中发生瘟疫，孙儒不闻不问，可见溃败只在旦夕，主公此时发兵正逢时机。"军师袁袭也赞成出兵。杨行密就按二人之劝，率兵三万人大举反攻。扬州因三面被困，漕运商路堵塞，民不聊生，军队虽多却无战心。杨行密率兵攻城，云梯高耸，箭弩频射，扬州兵马难以抵挡溃败而散。

马殷死守西门，有士卒来报敌兵从南门攻入，孙刺史被擒。马殷拔剑猛砍城垛恨道："孙儒若不是贪恋妓女，岂有今日被擒之辱！传我将令撤回蔡州。"

马殷率领所部兵马逃回蔡州。朱温认为马殷胆识过人，久留中原必成大患，奏请天子加封马殷为荆南节度使。

却说杨行密端坐扬州帅府，有士卒将孙儒和玉琴捆绑押来。杨行密问孙儒："我与你往日无怨，近日无仇，我兴兵杀反贼，你却举旗来犯我，是何居心？"

孙儒答道："胜者为王，败者为寇。要杀便杀，何需多言！"

杨行密道："好，既然如此，我就借你人头以安民心，将孙儒街市斩首。"

杨行密再看玉琴，其美貌不凡，令人爱怜，有心放她一马。袁袭在一旁小声言道："若非此女，毕师铎、孙儒焉有杀身之祸？"杨行密闻言豁然大悟，乃大声道："快将此女推出斩首！"却说杨行密攻占扬州，斩杀孙儒，欲斩首玉琴，玉琴言道："将军杀一柔弱女子，岂是大丈夫所为？"

杨行密闻言说道："你若是贞洁烈女，我尚可饶你性命；但你乃扬州歌妓，风尘女子，有何可怜？"

玉琴答道："孙儒兴兵来犯扬州，杨将军尚且无胆量固守，弃城而逃。又何必怪小女子不守贞洁呢？我不从孙儒，其必杀我；我从了他，将军又要杀我！小女子里外是死，岂不可怜？"

杨行密觉得玉琴说的也有道理，于是说道："本官念你孤零漂泊，受孙儒欺凌亦是走投无路，今日饶你一死。"杨行密饶过玉琴，放她回家。

杨行密收拢孙儒部下精壮士兵五千人,当作自己的亲军,五千将士的铠甲都用黑布包裹,号称"黑云都"。从此杨行密名震江淮,割据一方,自称淮南节度使。

　　欲知后事如何,且看下回分解。

第二十二章　钱镠投军

诗曰：

> 贵逼身来不自由，
> 几年辛苦踏山丘。
> 满堂花醉三千客，
> 一剑霜寒十四州。
>
> 菜子衣裳宫锦窄，
> 谢公篇咏绮霞羞。
> 他年名上凌云阁，
> 岂羡当时万户侯？

却说钱王名镠，表字具美，小名婆留，乃杭州府临安县人氏。其母怀孕之时，家中时常有火光；及至救之，又复不见。举家怪异。忽一日，黄昏时候，钱公自外而来，遥见一条大蜥蜴，在自家屋上蜿蜒而下。头垂及地，约长丈余，两目熠熠有光。钱公大惊！正欲声张，忽然不见。只见前后火光亘天，钱公以为失火，急呼邻里求救。众人也有已睡的、未睡的，听说钱家火起，都爬起来。收拾挠钩、水桶来救火时，哪里有什么火？但闻房中呱呱之声，钱妈妈已产下一个孩儿。

钱公因自己错呼救火，惹恼了邻里，十分惭愧；又见了这条大蜥蜴，更觉古怪。想所产孩儿必是妖物，留之无益，不如溺死以绝后患。也是这小孩儿命不该绝。东邻有个王婆，平生念佛好善，与钱妈妈往来最厚；这一晚，因钱公呼唤救火，也跑来看。闻说钱妈妈生产，进房帮助；见养下孩儿，欢天喜地，抱去盆中洗浴。钱公劈手夺过孩儿，按在浴盆里面，要将其溺死。慌得王婆叫起屈来，倒身护住，定不容他下手。连声道："罪过，罪过！这孩子一难一度，投得个男身。作何罪业，要将他溺死？自古道：虎毒不食子，你老人家是何缘故？"钱妈妈也在床褥上嚷将起来。钱公道："这孩子临产时，家中有许多怪异，只恐不是好物，留之为害。"王婆道："一点点血块，那里便定得好歹。况且贵人生产，多有奇异之兆。反为祥瑞，也未可知。你老人家若不肯留这孩子时，待老身领去，过继与没孩儿的人家养育，也是一条性命。与你老人家也免了些罪业。"钱公被王婆苦劝不过，只得留了。取个小名，就唤作婆留。有诗为证：

五月佳儿说孟尝，
又因光怪误钱王。
试看斗文并后稷，
君相从来岂夭亡！

钱婆留长成五六岁，头角渐异，相貌雄伟，膂力非常。与里中众小儿游戏厮打，随你十多岁的孩儿，也弄他不过，只好让他为尊。这临安里中有座山，名石镜山。山有圆石，其光如镜，照见人形。钱婆留每日同众小儿在山边游戏，石镜中照见钱婆留头带冕旒，身穿蟒衣玉带，众小儿都吃一惊，齐说："神道出现。"偏是婆留全不骇惧，对小儿说道："这镜中神道，就是我！你们见我，都该下拜。"众小儿罗拜于前，婆留安然受之，以此为常。一日回去，向父亲钱公说知其事。钱公不信，同他到石镜边照验，果然如此。钱公吃了一惊，对镜暗暗祷告道："我儿婆留果有富贵之日，昌大钱宗，愿神灵隐蔽镜中之形，莫被人见，恐惹大祸。"祷告方毕，教婆留再照时，只见小孩儿的模样，并无王者衣冠。钱公故意骂道："孩子家眼花说谎，下次不可如此！"

次日，婆留再到石镜边游戏，众小儿不见了神道，不肯下拜了。婆留心生一计。那石镜旁边，有一株大树，其大百围，枝叶扶疏，可荫数亩。树下有大石一块，有七八尺之高。婆留道："这大树权做个宝殿，这大石权做个龙案。哪个先爬上龙案坐下的，便是登宝殿了，众人都要拜贺他。"众小儿齐声道："好！"

一齐来爬时，那石高又高，峭又峭，滑又滑，怎生爬得上？婆留身材矫捷，又且有智。他想着："大树在石头上，爬上去好借脚力。"于是跳上树根，一步步攀缘而上。约莫离石丈许，看得这块大石亲切，放手往下一跳，端端正正坐于石上。众小儿发一声喊，都拜倒在地。婆留道："今日你们服也不服？"众小儿都应道："服了。"婆留道："既然服我，便要听我号令。"

当下折些树枝，假做旗幡；双双成对，摆个队伍，不许混乱。自此为始，每早排衙行礼；或剪纸为青红旗，分作两军交战，婆留坐石上指挥。一进一退，都有法度；如违了，他便打。众小儿打他不过，只得依他，无不惧怕。正是：

    天挺英豪志量开，
    休教轻觑小儿孩。

未施济世安民手，
先见惊天动地才。

　　婆留长到十七八岁时，顶冠束发，长成一表人才；生得身长力大，腰阔膀开，十八般武艺，不学自高。虽曾进学堂读书，粗晓文义便抛开了，不肯专心，又不肯做农商经纪。在里中不干好事，惯于偷鸡打狗，吃酒赌钱。家中有些小家私，也都被他赌博，消费得七八了。爹娘若说他不是，他就憋着气，三两日出去不归。因此管辖他不下，只得由他。此时，里中都唤他作钱大郎，不敢叫他小名了。

　　却说钱塘县有个开赌场的，人称戚老汉，家中养下几个娼妓，专门招引赌客。这日婆留来到戚老汉家中问道："有甚好赌客在家？"戚老汉道："不瞒大郎说，本县录事老爷有两位郎君，好的是赌博，也肯使花酒钱。有多嘴的引他们到我家坐地，要寻人赌。他们都是现钱，分文不欠的。"婆留口中不语，心下思量道："两日正没生意，且去淘摸几贯钱钞使用。"便向戚老汉道："便对一局，打甚紧？只怕彩头短少，须吃他财主笑话。等会儿去赌时，我只说钱在你处，你与我招呼一声，得采时平分便了；若还输去，我自赔你。"戚老汉素知婆留平日赌性最直，便应道："使得。"

　　当下戚老汉同婆留进门，与二钟相见。这二钟一个叫作钟明，一个叫作钟亮，他父亲叫钟起，现为本县录事之职。戚老汉开口道："此间钱大郎，年纪虽少，最好拳棒，兼善博戏。闻知二位公子在小人家里，特来进见。"原来二钟也喜拳棒，正投其机；又见婆留一表人才，不胜欢喜。当下叙礼毕，闲讲了几路拳法。钟明就讨双陆盘摆下，身边取出十两重一锭大银，放在桌上，说道："今日与钱兄初次相识，且只赌这锭银子。"婆留假意向袖中一摸，说道："在下本来出来拜一个朋

友,戚老汉说公子在此,特来相会,不曾带得什么彩来。"回头看着戚老汉道:

"上次还有几十两放在你处,你替我答应则个。"戚老汉一时应承了,只得也取出十两银子,做一堆儿放着。便道:"小人今日不方便,先还你十两银子,做两局赌吗?"

一连两局都输。钟明收起银子,便道:"得罪,得罪。"教小厮另取一两银子,送与老汉,作为头钱。老汉虽然还有银子在家,只怕钱大郎又输去了,只得认着晦气,收了一两银子,摆出酒肴留款。婆留哪里有心饮酒,便道:"公子宽坐,容在下回家去,再取来决赌。何如?"钟明道:"最好。"钟亮道:"钱兄有兴,明日早些来。今日知己相逢,且共饮酒。"婆留只得坐了。

饮罢出得门来,自言自语道:"今日手里无钱赌得不爽利。还去借几贯钞,明日来翻本。"

第二天一早,婆留又来到戚老汉家。老汉兀自在床上躺着,被婆留叫唤起来,双手将两眼揩抹,问道:"大郎何事来得恁早?"婆留道:"钟家兄弟如何还不来?我寻他翻本则个。"又说道:"昨日未曾借到钱,恐怕又要烦你应采,以后一并还你。"戚老汉心里暗暗叫苦,假装去买早点,逃到儿子家去了。

却说钟明、钟亮在衙中早饭过了,袖了几锭银子,再到戚老汉家来。只听得打鼾之声,如霹雳一般的响。二钟吃一惊!寻到小阁中,猛见个丈余长一条大蜥蜴,踞于床上,头生两角,五色云雾罩定。钟明、钟亮一齐叫道:"作怪!"只这一声"作怪",便把云雾冲散,不见了蜥蜴。定睛看时,乃是钱大郎直挺挺地睡着。弟兄两个心下想道:"常听说异人多有变相,明明是个蜥蜴,如何却是钱大郎?此人后来必然有些好处。我们趁此先与他结交,有何不美?"两下商量定,等待婆留醒来。二人不言其故,只说:"我弟兄相慕信义,情愿结桃园之义,不知大郎允否?"婆留也爱二人爽快,当下就在小阁内八拜定交。因婆留年最小,做了三弟。戚老汉不在,这日也不赌钱,钟明把昨日赢的十两银子送还婆留,婆留哪里肯收。他说:"愿赌服输,戚老汉的十两银子,日后再还。"钟明只得收去了。

自此三个人时常相聚,时人称之为"钱塘三虎"。

唐朝后期实行严厉的食盐专卖政策,对走私食盐打击颇严,但是由于有厚利可图,因此私盐贩卖活动非常猖獗。为了对付官军的打击与查禁,私盐贩子往往也组织武装团伙,进行武装对抗。据说钱镠贩盐时,每担盐重二百余斤,可他却行走如飞。旧史说他"少拳勇,喜任侠,以解仇报怨为事",说明他少年时就有一身好武艺,喜爱抱打不平,颇具号召力。

后来黄巢兵起,攻掠浙东地方。杭州刺史董昌,出下募兵榜文。钟起闻知此信,对儿子说道:"即今黄寇猖獗,兵锋至近,刺史募乡勇杀贼。此乃壮士立功之秋,何不劝钱婆留一去?"钟明、钟亮道:"儿辈皆愿同他立功。"钟起欢喜。当下请到婆留,将此情对他说了。婆留摩拳擦掌,踊跃愿行。

一应衣甲、器杖,都是钟起支持;又将银二十两,助婆留为安家之费。改名钱镠,表字具美,取"留""镠"二音相同故也。三人辞家上路,直到杭州,见了刺史董昌。董昌见他身材魁梧,试其武艺,果然娴熟,不胜之喜。三人皆署为裨将,军前听用。

不一日,探子报道:"黄巢兵数万,将犯临安,望相公策应。"董昌就假钱镠以兵马使之职,使领兵往救。问道:"此行用兵几何?"钱镠道:"将在谋不在勇,兵贵精不贵多。愿得二钟为助,兵三百人足矣。"董昌即命钱镠于本州军伍自行挑选三百人,同钟明、钟亮率领,往临安进发。

到石鉴镇,探听贼兵离镇只十五里。钱镠与二钟商议道:"我兵少,贼兵多;只可智取,不可力敌,宜出奇兵应之。"乃选弓弩手二十名,自家率领,多带良箭,伏山谷险要之处。先差炮手二人,伏于贼兵来路;一等贼兵过险,放炮为号,二十张强弓,一齐射之。钟明、钟亮各引一百人左右埋伏,准备策应。余兵散布山谷,扬旗呐喊,以助兵势。

分拨已定,黄巢兵早到。原来石鉴镇山路险隘,只容一人一骑。贼先锋率前队兵度险,皆单骑鱼贯而过。忽听得一声炮响,二十张劲弩齐发。贼人大惊,正不知多少人马。贼先锋身穿红锦袍,手执方天画戟,跨一匹瓜黄战马,正耀武扬威而来,却被弩箭中了颈项,倒身颠下马来,贼兵大乱。钟明、钟亮引着二百人,呼风喝势,两头杀出。贼兵着忙,又听得四围呐喊不绝,正不知多少军马,自相蹂踏。斩首级五百余,余贼溃散。

钱镠全胜了一阵,想道:此乃侥幸之计,不可再也。若贼兵大至,三百人皆为齑粉矣。此去三十里外,有一村,名八百里。引兵屯于彼处。乃对道旁一老媪说道:"若有人问你临安兵的消息,但言屯八百里就是。"

却说黄巢听得前队在石鉴镇失利,统领大军,弥山蔽野而来。到得镇上,不见一个官军,遣人四下搜寻居民问信。少停,拿得老媪到来。问道:"临安军在哪里?"老媪答道:"屯八百里。"再三问时,只是说:"屯八百里。"黄巢不知"八百里"是地名,只道官军四集,屯了八百里路之远。乃叹道:"向者二十弓弩手,尚然敌他不过,况八百里屯兵乎?杭州不可得也!"于是贼兵不敢停石鉴镇上,径望越州一路而去。临安赖以保全。有诗为证:

> 能将少卒胜多人,
> 良将机谋妙若神。
> 三百兵屯八百里,
> 贼军骇散息烽尘。

却说越州观察使刘汉宏,听得黄巢兵到,一时不曾做得准备。乃遣人传话,情愿多将金帛犒军,求免攻掠。黄巢受其金帛,亦径过越州而去。原来刘汉宏先为杭州刺史,董昌在他手下做裨将,充募兵使。因平了叛贼王郢之乱,董昌有功,就升做杭州刺史,刘汉宏却升做越州观察使。汉宏因董昌曾是他手下,屡屡欺侮;董昌不能受,渐生嫌隙。今日巢贼经过越州,虽然不曾杀掠,却费了许多金帛;访知杭州倒被董昌得胜报功,心中愈加不平。有门下宾客沈苛献计道:"临安退贼之功,皆赖兵马使钱镠用谋取胜。闻得钱镠智勇足备,明公若驰咫尺之书,厚具礼币,只说越州贼寇未平,向董昌借钱镠来此征剿。哄得钱镠到此,或优待以结其心,或寻事以斩其首。董昌割去右臂,无能为矣。方今朝政颠倒,宦官弄权,官家威令不行。天下英雄,皆有割据一方之意。若吞并董昌,奄有杭、越,此霸王之业也。"刘汉宏志广才疏,这一席话正投其机。遂以手抚沈苛之背,连声赞道:"吾心腹人所见极明。妙哉,妙哉!"忙修书一封:

汉宏再拜,奉书于故人董公麾下:顷者巢贼猖獗,越州兵微将寡,难以备御。闻麾下有兵马使钱镠,谋能料敌,勇称冠军。今贵州已平,乞念唇齿之义,遣镠前来,协力拒贼,事定之后,功归麾下。聊具金甲一副,名马二匹,权表微忱,伏乞笑纳。

原来董昌也有心疑忌刘汉宏,先期差人打听越州事情,已知黄巢兵退。如今书上反说巢寇猖獗,其中必有缘故。即请钱镠来商议。钱镠道:"明公与刘观察隙嫌已构,此不两立之势也。闻刘观察自托帝王之胄,欲图非望。巢贼在境不发兵相拒,乃以金帛买和,其意不测。明公若假精兵二千付镠,声言相助。汉宏无谋,必欣然见纳。乘便图之,越州可一举而定。然后表奏朝廷,坐汉宏以和贼谋叛之罪。朝廷方事姑息,必重奖明公之功。明公勋垂于竹帛,身安于泰山,岂非万全之策乎?"董昌欣然从之。即打发回书,着来使先去。随后发精兵二千,付与钱镠。临行嘱道:"此去见机而作,万事小心。"

却说刘汉宏接了回书,知道董昌已遣钱镠到来,不胜之喜!便与宾客沈苛商议。沈苛道:"钱镠所领二千人,皆胜兵也。若纵之入城,实为难制。今俟其未来,预令人迎之,使屯兵于城外,独召钱镠相见。彼既无羽翼,唯吾所制。然后遣将代领其兵,厚加恩劳,使倒戈以袭杭州。迅雷不及掩耳,董昌可克矣。"刘汉宏又赞道:"吾心腹人所见极明。妙哉,妙哉!"即命沈苛出城迎候钱镠,不在话下。

再说钱镠领了二千军马,来到越州城外。沈苛迎住,相见礼毕,沈苛道:"奉观察之命:城中狭小,不能容客兵,权于城外屯扎;单请将军入城相会。"钱镠已知刘汉宏掇赚之计,便将计就计,假意发怒道:"钱某本一介匹夫,荷察使不嫌愚贱,厚币相招。某感察使知己之恩,愿以肝脑相报。董刺史与刘察使外亲内忌,不欲某来;又只肯发兵五百人。某再三勉强,方许二千之数。某挑选精壮,一可当百,特来辅助察使,成百世之功业。察使不念某勤劳,亲行犒劳;乃安坐城中,呼某相见,如呼下隶,此非敬贤之道!某便引兵而回,不愿见察使矣。"

说罢,仰面叹云:"钱某一片壮心,可惜,可惜!"沈苛只当是真心,慌忙收口道:"将军休要错怪,观察实不知将军心事。容某进城对观察说知,必当亲自劳军,与将军相见。"

说罢飞马入城去了。钱镠吩咐手下心腹将校如此如此。各人暗做准备。

且说刘汉宏听沈苛回话,信以为然。乃杀牛宰马,大发刍粮,为犒军之礼。

旌旗鼓乐前导,直到北门外馆驿中坐下,等待钱镠入见,指望他行偏裨见主将之礼。谁知钱镠领着心腹二十余人,昂然而入。对着刘汉宏拱手道:"小将甲胄在身,恕不下拜了。"刘汉宏气得面如土色。沈苛自觉失信,满脸通红,上前发怒道:"将军差矣!常言军有头,将有主。尊卑上下,古之常礼。董刺史命将军来与观察助力,将军便是观察麾下之人;今将军如此倨傲,岂小觑我越州无军马乎?"话音未绝,只见钱镠大喝道:"无名小子,敢来饶舌。"将头巾往上一拉,二十余人一齐发作。说时迟,那时快,钱镠拔出佩剑,沈苛不曾防备,一剑剁下头来。刘汉宏望馆驿后便跑。刘汉宏手下约有百余人,一齐上前来拿钱镠。怎奈钱镠神威勇猛,如砍瓜切菜般杀散众人,径往馆驿后园来寻刘汉宏,并无踪迹。只见土墙上缺了一角,已知爬墙去了。钱镠懊悔不迭,率领二千军众便想攻打越州。看见城中已有准备,自己后军无继,孤掌难鸣,只得拨转旗头,重回旧路。城中刘汉宏听说钱镠回军,即忙点精兵五千,差骁将陆萃为先锋,自引大军随后追袭。

却说钱镠料定越州军马必来追赶,昼夜兼行。来到白龙山下,忽听得一声锣响,山中拥出二百余人,一字儿排开。为首一个好汉生得浓眉大眼,紫面拳须。钱镠出马准备交战,不料那好汉撇下刀纳头便拜。

钱镠认出他是老家的和尚顾三郎,名唤顾全武。看着这个英武灵秀的和尚,钱镠很是喜欢。立即决定将顾全武收在身边做亲校。从此顾全武再不用晨钟暮鼓、青灯黄卷诵弥陀;而是搅金伐鼓、陷阵冲营做先锋,成为钱大王钟爱的一员大将。这是后话。

却说此时顾全武问道:"大郎,久别!如何却在此处?"钱镠把刘汉宏事情备细说了一遍。便道:"今日幸遇三郎,正有相烦之处。小弟算定刘汉宏必来追赶,因此连夜而行。他自恃先达,不以董刺史为意。又杭州是他旧治,追赶不着,必然直趋杭州,与董家索斗。三郎率领二百人,暂住白龙山下,待他兵过,可行诈降之计。若兵临杭州,只看小弟出兵迎敌,三郎从中而起,汉宏可斩也。若斩了汉宏,便是你进身之阶。小弟在董刺史前一力保荐,前程万里,不可有误。"顾全武道:"大郎吩咐,无有不依。"两人相别,各自去了。正是:

太平处处皆生意,
衰乱时时尽杀机。
我正算人人算我,
战场能得几人归?

却说刘汉宏引兵追到越州界口,先锋陆萃探知钱镠星夜走回,来禀汉宏回军。

汉宏大怒道:"钱镠小卒,吾为所侮,有何面目回见本州百姓!杭州吾旧时管辖之地,董昌吾所荐拔;吾今亲自引兵到彼,务要董昌杀了钱镠,输情服罪,方可饶恕。不然,誓不为人!"当下喝退陆萃,传令起程,向杭州进发。行至富阳白龙山下,忽然一棒锣声,涌出二百余人,一字摆开。为首一个好汉,手执大刀,甚是凶勇。汉宏吃了一惊,正欲迎敌。只见那汉约住刀头,厉声问道:"来将可是越州刘察使吗?"汉宏回言:"正是。"那好汉慌忙撇刀在地,拜伏马前道:"小人等候久矣。"

刘汉宏问其来意。那汉道:"小人姓顾,名全武,乃临安县人氏。因贩卖私盐,被州县访名擒捉,小人一向在江湖上逃命。近闻同伙兄弟钱镠出头做官,小人特往投奔。何期他妒贤嫉能,贵而忘贱,不相容纳,只得借白龙山落草。昨日钱镠到此,小人便欲杀之。争奈手下众寡不敌,怕不了事。闻此人得罪于察使,小人愿为前部,少效犬马之劳。"刘汉宏大喜!便教顾全武代了陆萃之职,分兵一千前行。陆萃改作后哨。

不一日来到杭州城下。此时钱镠已见过董昌,预作准备。闻越州兵已到,董昌亲到城楼上叫道:"下官与察使同为朝廷命官,各守一方。下官并不敢得罪察使,不知到此何事?"刘汉宏骂道:"你这背恩忘义之贼!若早识时务,斩了钱镠,献出首级,免动干戈。"董昌道:"察使休怒,钱镠自来告罪了。"

只见城门开处,一军飞奔出来,来将正是钱镠。左有钟明,右有钟亮,径冲入敌阵,要拿刘汉宏。汉宏着了忙,急叫:"先锋何在?"旁边一将应声道:"先锋在此!"手起刀落,斩汉宏于马下。把刀一招,钱镠直杀入阵来,大呼:"降者免死!"五千人不战而降,陆萃自刎而亡。斩汉宏者,乃顾全武也。

董昌见斩了刘汉宏,大开城门收军。钱镠引顾全武见了董昌,董昌大喜!即将汉宏罪状申奏朝廷,并列钱镠以下诸将功次。那时朝廷多事,不暇究问,乃升董昌为越州观察使,就代刘汉宏之位;钱镠为杭州刺史,就代董昌之位;钟明、钟亮及顾全武俱有官爵。钟起将亲女嫁与钱镠为夫人。董昌移镇越州,将杭州让与钱镠。钱公、钱母都来杭州居住,一门荣贵,自不必说。

欲知后事如何,且看下回分解。

第二十三章　董昌称帝

　　却说临安县有个农民，在天目山下锄田，锄起一片小小石碑，镌得几行字。农民不识，把与村中学究罗平看。罗学究拭土辨认，乃是四句谶语。道是：

　　　　天目山垂两乳长，
　　　　龙飞凤舞到钱塘。
　　　　海门一点巽峰起，
　　　　五百年间出帝王。

　　后面又镌"晋郭璞记"四字。罗学究以为奇货，留在家中。次日，怀了石碑，走到杭州府，献与钱镠刺史，密陈天命。钱镠看了大怒道："匹夫造言欺我？合当斩首！"罗学究再三苦求，方免。喝教乱棒打出，其碑就庭中毁碎。原来钱镠已知此是吉谶，合应在自己身上。只恐声扬于外，故意不信。乃见他心机周密处。

　　罗学究被打，深恨刺史无礼，好意反成恶意。心生一计，"此碑虽然毁碎，尚可凑看。不若献与越州董观察，定有好处。"乃私赂守门吏卒，在庭中拾将出来。原来只破作三块，将字迹凑合，一毫不损。罗平依旧包裹石碑，取路到越州去。

行了二日,路上忽逢一簇人,攒拥着一个十二三岁的孩儿。那孩子手中提着一个竹笼,笼外覆着布幕,内中养着一只小小翠鸟。罗平挨身上前,问其缘故。众人道:"这小鸟儿,又非鹦哥,却会说话。"话声未绝,只见那小鸟儿将头颠两颠,连声道:"皇帝董!皇帝董!"罗平问道:"这小鸟儿还是天生会话?还是教成的?"孩子道:"我爹在乡里砍柴,听得树上说话,却是这畜生。将栖竿栖得来,是天生会话的。"罗平道:"我与你两贯足钱,卖与我罢。"孩子得了两贯钱,欢欢喜喜地去了。罗平捉了鸟笼,急急赶路。

不一日来到越州,口称有机密事,要见察使。董昌唤进,摒开从人,正要问时,那小鸟儿又在笼中叫道:"皇帝董!皇帝董!"董昌大惊!问道:"此何鸟也?"罗平道:"此鸟不知名色,天生会话,宜呼曰'灵鸟'。"因于怀中取出石碑,备陈来历:"自晋初至今,正合五百之数。方今天子微弱,唐运将终。梁、晋二王,互相争杀。天下英雄,皆有割据一方之意。钱塘原是察使创业之地,灵碑之出,非无因也。况灵鸟吉祥,明示天命。察使先破黄巢,再斩汉宏,威名方盛,远近震悚。若乘此机会,用越、杭之众,兼并两浙。上可以窥中原,下亦不失为孙仲谋矣。"原来董昌见天下纷乱,久有图霸之意;幕僚吴瑶惊叹道:"郡王今得此碑,乃天降祥瑞,陛下当视为天瑞,以安民心。"董昌大喜,对罗平道:"足下远来,殆天赐我立功也。事成之日,即以本州观察相酬。"于是拜罗平为军师,招集兵马;又于民间苛敛,以充粮饷。命巧匠制就金丝笼子,安放"灵鸟",外用蜀锦为衣罩之。

原来朝廷加封董昌为检校太尉同中书门下平章事,封昌德郡王。董昌得寸进尺,奏请天子授予自己越王封号,但皇上不允,董昌便召集幕僚商议,怨道:"朝廷负我,本王奉金帛不赀,皇上又何惜赐我越王?圣上不封,我当自取之"。

董昌麾下幕僚黄碣、吴镣、张逊三人却心生忧患。黄碣首先劝道："今唐室虽危，但天下人心尚能归附，齐桓公、晋文公皆因辅佐周室成就一世霸业。主公从田间民夫历经艰辛，蒙朝廷恩惠，位至郡王。如今富贵至极，不可再出此谋逆之心，望主公三思而行。"

董昌把脸一沉道："我富有江浙，兵甲数十万，自立又有何妨？难道汝不愿为一国之相吗？"

黄碣答道："黄碣宁为唐臣而死，不为富贵谋逆而生。"

董昌大怒："好个大唐的奴才，三公之位你不做，阎王有路你偏行。今日本王先杀你以酬天命！"说完命左右卫士将黄碣推出斩首。

吴镣起身劝道："郡王富有江浙，不愿世袭传于子孙，却要逆天道自取灭亡，臣泣血恳请郡王好自为之。"张逊也随声附和。董昌首提此事却连遭三臣反驳，大为震怒，令人将三人枭首，并诛杀三族。其余官员见董昌为称帝肆虐无常，皆不敢言，纷纷奉承董昌称帝。

乾宁二年（895）二月初三，董昌在越州僭位称帝，号大越罗平，年号天册。自称"圣人"，铸银印，方四寸，曰"顺天治国之印"。其下制诏，皆由自己署名。董昌道："若不亲署，天下怎知我为天子？"即榜南门曰"天册楼"。

董皇帝的大越罗平国刚刚出炉，立刻引发了大唐朝的政治地震。尽管这时的大唐早就今非昔比，完全靠着看强藩的眼色行事，但那么多大佬还没敢打破尘封已久的政治规矩，一个远离中原的边镇鸟人竟敢率先与朝廷抗礼，是可忍孰不可忍？稳居强藩排行榜第一的朱老三就很是不忿，在他心中，称帝是个凭实力讲话的技术活儿，怎么也轮不到姓董的鸟人。于是，他毅然与朝廷站在一起，支持朝廷讨伐叛臣，其他诸道军阀也大多恼怒董昌动了他们的奶酪，纷纷发表讨逆声明。但是大家都有忙不完的公事，唐昭宗也差遣不动他们，只好下令羽翼渐丰的钱镠讨伐。

钱镠与董昌的蜜月期早就变成七年之痒了。大越罗平国成立的事就是钱镠第一时间向朝廷奏报的，他必须尽快撇清自己。不过钱镠顾及当年并肩战斗的情谊，给董皇帝写信劝道"与其闭门作天子，不如开门作节帅"。哪知道做皇帝就如鸦片瘾发作，董昌一旦吸上哪里收得住。钱镠见董昌不听，也就不再顾念旧情，反而觉得自己消灭董昌，独据两浙的机会来了。

此时皮光业进言道："钱将军此时发兵，出师有名，必能成就大业。"钱镠大悦，命皮光业留守湖州，令大将顾全武召集所部兵马三万人于点将台，钱镠头戴黄金凤翅盔、身披柳叶凤翅甲，手扶腰中剑，足踏海龙靴，点将台上威风凛凛。点将台下，江浙将士三万余众，手持兵刃寒光袭人，列队成阵，整装待发。钱镠喝道："今日点兵，乃为社稷。董昌祸乱江浙，滥杀忠良，人伦大变。钱镠身为大唐命臣，尔等亦是大唐勇士。今万民有倒悬之危，朝廷生累卵之急，我等不举义师，有负皇恩！"说到这里，只见钱镠拔剑高呼："诛杀叛贼，匡扶唐室！"

钱镠走下点将台，跨上青鬃马，下令发兵。大军一路之上旌旗蔽日士气高涨，浩浩荡荡直逼越州城下列阵。

钱镠发兵突然，董昌仓促率兵于城西迎恩门列阵，越州兵马阵中高挑一面大旗，上书五字曰"大越罗平国"，董昌头戴九龙盘珠冠，身着杏黄缎子莽龙袍，胯下一匹千里银河白龙驹，如同帝王模样。钱镠拱手道："千岁在上，恕钱镠甲胄在身，不能下马叩拜。"

董昌问道："钱镠将军，当初你我共创大业，情同手足，如今因何心怀异志，发兵讨我？"

钱镠答道："千岁位居将相，爵至郡王，享有江浙富庶之地，竟敢自立称帝，祸乱天下。钱镠率兵此行，乃望千岁伏罪改过。亡羊补牢，为时不晚，苦海无边，回头是岸，望千岁珍重。"

董昌心里明白，钱镠大军士气正旺，兵马雄厚，倘若一战，越军必败。想到这里，董昌道："钱将军，本王也想悔过，望将军容我思虑一夜，明日定有答复。"

钱镠道："千岁请便，钱镠在此恭候。"董昌下令收兵回城。

董昌回至行宫，急召谋士李瑜商议道："今钱镠率兵三万，一路所向披靡，各道兵马观望不敢出战，如之奈何？"

李瑜问道："当日劝千岁自立称帝的吏官是谁？"

董昌答道："乃是大学士吴瑶。"

李瑜言道："大王可知大唐玄宗皇帝李隆基，因渔阳三镇叛乱，驾幸西蜀，马嵬驿六军哗变，玄宗便借杨国忠、杨玉环兄妹人头以定军心。如今援兵难解燃眉之急，大王可效仿前人，诛杀劝位称帝的吴瑶，以谢罪当今万岁，可保钱镠退兵。"

董昌思虑片刻道："实出无奈，也只有如此。"当晚派三百甲兵将大学士吴瑶缉拿，吴瑶被押至越王府，哭泣问董昌："为臣何罪，陛下要拿我是问？"

董昌道："本王知道你辅佐我开国有功，奈何钱镠率军问罪，所向披靡，只得借汝项上人头，缓解越州危急了。"吴瑶一声慨叹，悔之不已。其实董昌自己想称帝，吴瑶不过是附和而已。正是：

昔日辅佐劝称王，
今朝问罪替主当。
大业沉浮随江海，
点点露水化寒霜。

次日天明，越州城门大开，只见董昌改着郡王袍，左右只有亲兵千余人。前边绳捆索绑，押着吴瑶一家满门四十口。钱镠率兵列阵，见董昌出城，钱镠问道："千岁一夜熟虑如何？"只见董昌翻身下马，跪地言道："昌德郡王董昌特来请罪。"

钱镠下马扶起董昌："郡王千岁能浪子回头，乃江浙之幸、社稷之幸，钱镠愿为千岁禀奏当今圣上，以息圣上之怒。"

董昌不觉泪下，对钱镠哭诉道："董昌犯下谋逆大罪，惭愧不已。今已缉拿劝我称帝的佞臣吴瑶满门，献于将军麾下，请朝廷治罪。另有钱财两百万两，绫绢八百匹赠予将军犒赏三军。"

钱镠拱手称谢，并将吴瑶满门押赴京师问罪，三万大军回兵班师。昭宗皇帝李晔念董昌当初进贡纳赋颇有功劳，颁诏赦免董昌罪过。朝廷将谋臣吴瑶以谋逆大罪满门抄斩。

却说董昌闻钱镠退兵，又对麾下文武官员说："钱镠退兵，相距甚远，我欲再立大越罗平国，诸位以为如何？"

谋士李瑜道："钱镠刚刚退兵，千岁既已改过，二度称帝恐失信于天下。"

董昌道："先生多虑，钱镠本欲灭我，奈何本王命系于天，天不灭我，区区一个钱镠又能奈我何？此番本王先下手为强，以免再让钱镠乘虚而入。"董昌遂令再立大越罗平国旗号，改年号为顺天元年，令谋士李瑜为宰相，李畅之为大将军。于浙北设立乌敦大营、光福大营，以备钱镠南下。

一日，钱镠在府中与皮光业、顾全武二人论画。忽有下人禀报："董昌再度称帝，改年号顺天，设乌敦、光福大营，恐有兴兵北上之意。"

钱镠闻言大怒："董昌贼子，反复无常，吾当再度南下，诛杀乱贼。"

遂令顾全武率兵一万驰援嘉兴，钱镠即刻起草奏章，飞报京师。

却说董昌为拒钱镠兵马，在嘉兴城外设有乌敦、光福两座大营，各有兵马一万人。乌敦大营主将名叫徐淑，湖州人氏；光福大营主将名叫魏约，淮南人氏。二将围困嘉兴，顾全武率一万兵马据守嘉兴。顾全武率兵出城，兵临乌敦寨前，乌敦寨大将徐淑出寨迎战。顾全武出马叫阵，有越州小将白正出阵迎战。二将交锋，仅战四五回合，白正便被顾全武枪挑马下。徐淑大怒，亲自上阵，顾全武挺枪相迎，大战十个回合，徐淑竟不能胜，虚晃一枪败回阵中。顾全武对部下高声呵道："破敌夺寨，就在今日！"只闻得鼓点急促，擂声大震。杭州将士直扑越兵大营。徐淑慌忙下令退回寨中。顾全武杀至寨前，只见寨中土堡之上碎石纷飞，乱砸而下；箭楼之中，弓弩交替不息，射杀甚急。此寨五丈设一箭楼，十丈筑土堡，栅栏连环，上绑尖刃，埋伏弓手甚是厉害。顾全武未曾想此寨箭楼、土堡相互呼应，中间夹有弓手，竟难以攻破，又见左右折去兵马甚多，只得退兵。

三日之后，顾全武率兵欲从光福大寨，破袭越兵。光福大寨主将魏约更是固守不出，逢杭州兵马来战，只以飞石乱箭驱之，顾全武只得收兵。

两军相持数日，董昌所设二寨坚固难破，顾全武对军师吴程说："今观乌敦、光福二营，隔五丈设一箭楼，十丈筑土堡。营寨坚固，且环环相扣，相持日久，恐粮草不济。"

吴程道："吾观此二寨，几近相同。此寨土堡、箭楼甚多，使得营寨坚固，却不灵便，外固而内松。倘若直攻其寨内，必可乱其军心。"

顾全武道："军师所言极是，但兵马尚不能靠近营寨，又如何直攻寨中。"

吴程道:"若使其寨中内乱,非火攻不能败敌。"

顾全武道:"若用雕翎箭绑火药射出,箭头沉甸恐不能高远,离寨太近,又伤及自身。"

吴程道:"下官正要献上一具火器,以破敌寨。"言罢,吴程令人取来竹筒一只,立于中军帐内。顾全武端详一番,纳闷问道:"先生献此竹筒,如何使其破寨?"

吴程道:"将军看其貌似竹筒,其筒名曰'火珠炮'。内填硫硝药球五十枚,由引线相连。可用火燃其引线,筒内药球遇火则猛喷而出,火球似流星一般,可飞落敌寨。每筒药球五十连发,定可火烧敌寨。"顾全武大喜,遂令士卒仿造此炮,制作五百支。

三日之后,五百支火珠炮制作完成,顾全武令整备兵马夜间直逼乌敦大寨。乌敦寨大将徐淑得知顾全武率领兵马而来,只命兵卒固守土堡、箭楼。顾全武见徐淑墨守成规,便令士卒架设火珠炮,一声号令,百炮齐发。顿时天空火球齐飞,似流星落雨,纷纷打进乌敦大营。每筒有火药球五十枚,连发间隔不过眨眼工夫。五百火珠炮交替发弹,守寨士兵只知固守土堡,却没在意火球纷飞。火球落入寨中营帐,篷布遇火即燃。不过半个时辰,乌敦大寨外围固守依旧,但内营却火光冲天。有巡营士卒见营中起火,慌忙跑到中军大帐,禀告徐淑道:"启禀将军,天空有火球如雨,已燃着营帐甚多。"

徐淑闻言大惊,即刻披挂铠甲冲出中军大帐,此时军中已是火光冲天。徐淑传令各寨将士救火,奈何火珠连射不断,大火蔓延,营中自是人心大乱,士卒只顾各自逃命,哪有心情救火。虽有士卒逃出乌敦寨,顾全武早已命士卒埋伏寨外,凡欲逃出的越州士卒,尽皆杀之。

乌敦寨中已是大乱,顾全武下令攻寨。杭州将士趁乱架设云梯,攀越土堡。守卫兵卒无心抵挡,纷纷逃散。营寨栅栏推翻，顾全武跃马入寨，马步军亦追随涌入。徐淑不知大寨已破，猛见顾全武挥枪刺来，未曾提防，一命呜呼。

乌敦大寨攻陷，顾全武率兵反围光福大寨。光福大寨主将魏约固守不出，顾全武又令火珠炮打入营内。光福大寨也如火海一般，魏约战死寨中。

嘉兴大捷，顾全武连破二寨，飞马探报传至越州。大越国皇帝董昌接到败报大惊，召集文武官员商议御敌之策。丞相李瑜道："臣启陛下，乌敦、光福两座大寨被敌兵击破，为今之计，只有求淮南节度使杨行密。淮北兵精马壮，倘若与越州兵马遥相呼应，定可大败钱镠。"

董昌道："但不知何人前往，可说动杨行密发兵。"

李瑜道："杨行密乃世之枭雄，臣愿亲自前往淮北说服杨行密发兵。"

董昌道："如此甚好，朕当亲自为爱卿送行。"董昌在越州城下率大越罗平国官员为李瑜壮行，李瑜富商打扮，率护卫侍者五十余人前往扬州。

欲知后事如何，且看下回分解。

第二十四章　罗隐出山

却说一天傍晚，钱镠亲自巡营，察看营盘兵马。巡至城外大营，忽见西南方在残阳映射之下，有青白二气扶摇而生，钱镠叹道："此间生有祥瑞，必是天赐贤才于我。"遂令左右精壮护卫二十余人，奔往西南方向。钱镠飞马奔驰，见离青白烟雾越来越近，且有人家炊烟袅袅。忽闻得有人唱道：

抛掷南阳为主忧，
北征东讨尽良筹。
时来天地皆同力，
运去英雄不自由。
千里山河轻孺子，
两朝冠剑恨谯周。
唯余岩下多情水，
犹解年年傍驿流。

钱镠望去，见一老樵夫坐在青石之上，尽兴吟唱。钱镠近前问道："敢问老者，此间何处？"

樵夫答曰："此乃新登镇双江村。"

钱镠问道："我见村中有青白二烟扶摇升起，是何缘故？"

樵夫曰:"此青白二气出自鼍江之上,人言'独异二公生不凡,青白二气吐波间'。这白烟乃指杜建徽,已经出仕。青烟乃指村中隐士罗隐,人称江东生。方才我所唱之歌,便是罗先生所做。"

罗隐,可能很多人都觉得这个名字眼生,不过提起他的诗,估计各位一定如雷贯耳:"今朝有酒今朝醉,明日无钱明日愁。"就是这位罗大才子的名言。

这句话,现在已经演变成很多人的口头禅了。

更令人称道的是罗隐在《筹笔驿》中,对诸葛亮的那句感叹之语——"时来天地皆同力,运去英雄不自由。"真可谓咏史诗中的千古佳句!

后蜀王昭远兵败之后,天天吟诵的就是这一句,借以安慰自己那颗受伤的心灵。

可见罗隐的诗名在唐末五代时就已经颇具影响了。

时任宰相郑畋很欣赏罗隐的才气,郑畋的女儿更是罗隐的超级粉丝,非常喜欢罗隐的诗,于是郑畋特地把罗隐请到家里做客。

郑大小姐听说罗隐登门,高兴得喜不自胜,也顾不得什么封建礼教,兴冲冲地跑到客厅,隔着门帘偷窥了一眼她心中的风流才子,不料罗隐相貌奇丑,郑大小姐大失所望,连罗隐的诗也不再读了。

罗隐一生命运多舛,不仅桃花运不济,事业运也不顺,他从26岁开始考进士,陆陆续续考了十几年,就是考不中。

传说罗隐第一次去考试,可能觉得考得不错,晚上喝花酒时与一个叫云英的妓女在一起,彼此印象很深刻。

十二年后又一次落榜,罗隐去喝酒解愁。谁料有情人实在有缘,又碰上了云英姑娘。

云英拊掌大笑,"罗秀才犹未脱白矣!"笑他还不能中举而穿绿衣。罗隐自我解嘲地写了首诗：

> 钟陵醉别十余春，
> 重见云英掌上身。
> 我未成名君未嫁，
> 可能俱是不如人！

(《赠妓云英》)

罗隐多次赴考，落榜落得没了脾气，跟随他的小书童有次对他说："少爷啊，你天天背的之乎者也连我都听成熟经了，再考不上，我可不跟你跑来跑去了……"

日往月来，星移斗换，不觉又十载有余。时僖宗乾符三年，黄巢作乱，天下骚动，百姓流离。君王幸蜀，民舍宫室悉遭兵火，一无所存。晋王李克用兴兵灭巢，僖宗龙归旧都，天下稍定，道路始通。

罗隐恃才自傲，经常借古讽今，对当时唐朝的政治、风气多有批评，还时不时拿朝中的显贵开涮。

这天罗隐乘船游历，兴之所至，即兴赋诗。船工不知趣地打断，告诉他舱中有朝廷官员。罗隐大怒："什么达官贵人！我罗某人用脚趾头写点东西也比他强！"船舱中坐的正是当朝大臣韦贻范（后来做过宰相），听了罗隐此语，韦贻范恨之不已。从此，罗隐狂妄不羁之名传遍朝中。

后来有一天，唐昭宗想把名满天下的罗隐录用，有大臣立刻举出罗隐的《华清宫诗》：

> 也知道德胜尧舜，
> 争奈杨妃解笑何！

唐昭宗见他竟敢把玄宗那点风流韵事写到诗中,还捎带讽刺,于是气呼呼地将罗隐的名字划掉了。

罗隐赶考不中,不过说什么就灵验什么。大家都想讨他说好话,又怕罗隐讲坏话。

有个财主得了一个孙子不满足,还想再要几个,以图"儿孙满堂"。为孩子办"对岁酒"的时候,财主想讨罗隐讲一句"孙多"的应验话,做了满桌的"酸菜"。什么甜酸鲤鱼、甜酸排骨、卤酸扣肉等,五花八门,样样关酸。财主亲自陪罗隐入席。菜上来了,众宾客举杯动筷,狼吞虎咽。老财主频频劝酒,满面春风,接着问宾客:"这味道是不是酸(孙)多?"众宾客七嘴八舌地说:"酸(孙)多!真酸多!"财主一听吉利话,乐得眉开眼笑,又夹一块卤酸扣肉送到罗隐面前,满以为他也会说一句"酸(孙)多"。谁知罗隐一咬那块卤酸扣肉,大叫道:"哎哟!酸死了!"

结果宴席还没有散,财主的孙子果真死了。一场庆喜的"对岁酒",竟变成了晦气的"丧家酒"。

后来罗隐流浪天下,先投到当时的淮南节度使、唐朝诸道行营兵马都统高骈门下,结果发现高司令酷爱仙术道法,大搞封建迷信,罗隐的直性子又来了,便在庙里题诗讥讽,随后连夜跑路。

辗转来到北方之后,罗隐经过著名的军镇魏博军(今河北省邯郸市)时,给节度使罗绍威写了封信,顺便还排了排辈分,称呼罗绍威为侄儿。

罗绍威在城外大摆仪式,行晚辈跪拜礼,隆重欢迎这个天上掉下来的"叔父",罗隐毫不谦让,坦然接受。

罗绍威好酒好菜招待了一段时间,罗隐吃得心满意足,抹抹嘴,拍拍屁股,又回到浙江老家。

除了罗绍威,割据青州的王师范也很喜欢罗隐的诗,经常派人送信送财物给罗隐,求他赠诗,得到后便大喜不已,爱不释手。有个朋友中了进士,罗隐写诗祝贺,朋友的父亲却说:"儿子及第我并不高兴,高兴的是得到罗公的诗文一篇。"可见罗隐在当时的名气之大。

却说钱镠听了樵夫之言,急忙打听罗隐住处,樵夫指点之后,钱镠便往村中去了。

一会儿见有竹园一座,钱镠轻叩竹门,见一小童开门。钱镠问道:"此宅可是罗隐罗昭谏之宅?"

小童打量钱镠一番言道:"正是,敢问官爷可是兴兵南征的临安钱镠将军。"

钱镠一惊言道:"在下正是临安钱镠,不知仙童如何知道本官姓名?"

小童道:"我家师傅说今天必有贵人来访,江浙首贵乃临安钱镠也。"

钱镠笑道:"你家师傅果然神算,有劳仙童带我前往拜访。"

小童道:"钱将军可随我来。"钱镠令左右门外守候,自与小童前往内宅,小童引钱镠进入内堂,见一书生模样之人正秉烛而读。小童躬身言道:"师傅,钱镠将军已经迎到。"

罗隐放下书本转身相迎,只见他身长七尺,风骨奇伟,发髻之上扎着一顶清风五行冠,身着青色长衫。钱镠拱手行礼道:"临安钱镠,久闻先生大名,如雷贯耳,南征之余特来拜访。"

罗隐还礼道:"小儒罗隐未曾远迎,还望钱将军多多海涵。"言罢二人分宾主而坐,罗隐令小童奉茶。钱镠品茶环顾,见东墙之上有罗隐自题诗一首,上书:

六载辛勤九陌中,
却寻归路五湖东。

> 名惭桂苑一枝绿,
> 鲙忆松江两筋红。
> 浮世到头须适性,
> 男儿何必尽成功。
> 惟惭鲍叔深知我,
> 他日蒲帆百尺风。

饮茶片刻,钱镠问道:"久闻新登镇有名士江东生,今日得见三生有幸,先生胸怀大志隐居于此,何不报效朝廷,成就一番功业?"

罗隐笑道:"村间野外之人,将军怎言我胸怀大志?"

钱镠道:"墙上自题诗中'浮世到头须适性,男儿何必尽成功。'之句,可见先生早年志向高远,却怀才不遇。'他日蒲帆百尺风'足见先生隐于村野,却尚存志士豪情。"

罗隐摇头叹道:"我早年也曾有举士之心,岂不闻'出身论门第,做官靠援引',奈何朝廷昏庸,民变四起,倒不如隐于村间,藏身山林,倒也安宁快活。"

钱镠道:"先生有定国安邦之志,且才高八斗博闻强记。镠欲请先生出山共举大事。不知意下如何?"

罗隐道:"世人皆称海龙王乃江浙当世贵人,在下愿闻将军之志?"

钱镠道:"当今天下,李唐衰微,群雄四起。朱温一介泼痞独霸中原,拥兵百万;李克用漠北胡虏虎踞三晋,猛将如云;荆楚赵匡凝、江淮杨行密、两川王建、西岐李茂贞各存雄兵虎视皇纲。钱镠有心平定诸侯而服四海,匡正李唐以定天下,奈何兵不及梁,将不如晋。今日到此拜访先生,以求成大事之计。"

罗隐道:"我闻将军之言,句句出自肺腑,梁王朱温、晋王李克用鼎力中原，却离将军于千里之外，不足惧也。西岐李茂贞、荆楚赵匡凝不过一镇兵马，难成大事。我夜观乾象，将军此番南征，必可成就大业于江浙。将军当年渡江夜袭刘汉宏，将帅之才，江浙无人不知，今又两番讨逆董昌，忠心铭于朝廷，信义诚服社稷，占据江浙，海龙王何愁大业不成。"

钱镠叹道："闻先生之言，乃孔明在世，魏征重生，一席教诲使钱镠如拨云见日，令我茅塞顿开。今欲请先生出山，不知尊意若可？"

罗隐道："将军言重了，在下只是胡言一番，安敢为将军兴邦定业。"

钱镠道："钱镠求贤若渴，江浙此番大战，有伤黎民百姓。还望先生应苍生之愿，上扶朝廷，下安黎民，实乃江浙百姓之幸。"

罗隐沉思片刻，起身跪倒于地，对钱镠道："罗隐生不逢时，却得将军信赖。男儿当背万民之苦，身兼社稷之忧。今遇明主，安能不从。"钱镠大喜，赶忙扶起罗隐，欲邀往大营，罗隐道："家事尚未交代，明日天明定当投报。"钱镠应允，辞别罗隐回至大营。

次日天明，罗隐安置家人妥当，一路前往钱镠营中。钱镠在杭州大营列队相迎，引罗隐与众人相见，诸将官也曾闻罗隐有才，各有称道。正是：

枭雄欲立访贤良，
良弼共辅可兴邦。
济世安民成凤愿，
江浙成就海龙王。

欲知后事如何，且看下回分解。

第二十五章　你死我活

却说淮南节度使杨行密正在府中下棋，有下人来报："启禀老爷，有大越国密使求见。"杨行密心中一愣，暗想董昌自封大越，兴兵造反，今派密使，不知有何要事。杨行密对下人道："快快有请，后堂召见。"下人得令，转身便去请大越密使。

杨行密来至后堂，只见这位密使一对鹰目，尖长脸，八字胡，一身富商打扮，此人正是李瑜。李瑜一见杨行密赶忙施礼道："大越罗平国使者李瑜见过杨大人。"

杨行密冷笑道："原来是逆贼臣子，董昌命汝前来意欲何为？"

李瑜道："下官水陆兼程日夜星驰，特来为我主求杨将军救兵，共破钱镠。"

杨行密闻言大笑道："好个不知羞耻的大越皇帝，祸乱江浙，目无君主。钱镠举义剿贼，乃顺天应人之意，吾岂可助纣为虐！"

李瑜道："杨将军以为钱镠剿灭大越，这江淮就能稳如泰山？杨大人知足常乐，而钱镠却是虎视眈眈。"

杨行密顿时皱起眉头问道："先生此言怎讲？"

李瑜道："岂不闻'唇亡齿寒，户破堂危。'我主称帝不过贪图浙东富庶也,而钱镠雄心大略,又能征善战,非常人可比。倘若杨将军坐视不管,钱镠一旦盘踞江浙兴兵北上,淮北志士又何以御敌?"

杨行密微微点了点头,李瑜又道:"钱镠人称'海龙王',广寻英豪,招纳文武。武将有顾全武、阮结、杜陵父子,百万军中取上将首级如探囊取物;又拜吴程、罗隐、皮光业等为宾客,修治政律,安民济世。人才济济,虎将云集。日后羽翼丰满,江淮必为钱镠所图啊!"

杨行密道:"听君一席话,胜读十年书。如此说来我若不发兵,乃是坐以待毙。"

李瑜翘指赞道:"将军高见,正是如此。"

杨行密道:"既然如此,杨某定当出兵相助,望先生回去禀告董昌,我将不日发兵。"

李瑜道:"李瑜代我主谢过杨将军,事不宜迟,下官告退。"

杨行密亲自将李瑜及其左右人等送出府宅。然后速召文官武将进帐议事。部将徐温道:"钱镠志向高远不可不防,主公何不用'假道伐虢'之计借道苏州?"杨行密以为可行,令大将徐温为先锋进兵苏州。

钱镠得苏州府急报大惊,即命顾全武为主将,阮结为副将率两万人马,立刻驰援苏州。罗隐在袖中取出锦囊一只交与顾全武道:"顾将军为难之时,可按囊中所写依计行事。"

顾全武道:"先生放心,全武此去定保苏州不失。"

顾全武知道苏州城高池阔,强攻必然伤亡惨重,就决定围城迫降。终于,城中粮绝,守将台濛只得弃城逃跑。顾全武尽取苏州、无锡诸城,兵锋直指昆山城。

昆山城是杨吴的一处要隘,杨行密派出有着"打虎将"美誉的骁将秦裴率兵三千防守。顾全武亲率万余军士猛攻昆山,不想久攻不下。顾全武爱惜秦裴的武勇，派人入城劝降。

秦裴封了一个厚厚的信封回敬顾全武，顾全武以为是降书，高兴地召集众将观看。哪知道打开信函后，赫然是一卷经书。顾全武顿时面红耳赤，这不是当着和尚骂"贼秃"吗，想着自己在寺中修行的旧事，顾全武勃然大怒道："你秦裴难道不怕死吗？竟然敢用此物来戏弄我！"当即增调兵力猛攻城池，同时引水灌城，没多久城墙崩坏，又加之城中食尽，秦裴不得已率军投降。

面对这个曾经羞辱自己的敌人，顾全武并没有失去理智，而是奉表替秦裴向钱镠说情，说他不过是受人之命，忠人之事，如果杀之，不仅于事无补，还会因此得罪杨行密。钱镠十分叹服顾全武不以私废公的高尚品格，于是下令不杀秦裴和降卒。

杨行密听说秦裴食尽而降，不觉伤心落泪，他一面大骂钱镠是"盐贩子"，骂顾全武是"秃驴"；一面派出大将李神福率军全力迎战顾全武。吴与吴越的第一战将终于对决疆场。

顾全武扎营运河以南，杨行密扎营运河以北。为阻挡淮北兵马南下，顾全武令水军在运河安置水栅栏。杨行密见运河之中设有栅栏难以渡河，正踌躇不决，军师袁袭道："今浙兵据于南岸，以栅栏相阻，主公若战于南岸，胜算难测；若诱敌至北岸，则可反戈一击。"杨行密即命台蒙、柯厚二将选拔水性好的士卒五百人，趁夜色昏暗拆除水栅栏。

南岸守卒见有人夜拆水栅栏，急报顾全武。顾全武对副将阮结说："今夜杨行密命人夜拆水栅栏，阮将军以为当如何处置？"

阮结道："军师罗隐临行之前曾给将军锦囊一只，今晚事发突然，何不扯囊一看？"

顾全武从怀中取去锦囊打开一看，有布帛一块，上书十六字，曰："扼守咽喉，以逸待劳。据守河道，决胜南岸。"

阮结道:"军师之意乃是令我等死守南岸要害。"

顾全武点头道:"阮将军可令各营将士今夜整装待战,只要淮军渡河,立刻沿岸击之。"阮结依顾全武之命传令各营。

台蒙、柯厚二将半个时辰就拆下运河之上的水栅栏,引百余只小战船渡河。顾全武与阮结早已在岸边设下伏兵,待小船登岸,只见南岸伏兵四起,火把通明。台蒙、柯厚知道中计,只得率败兵乘船北去。顾全武见淮兵大败,下令追击。阮结劝道:"军师锦囊曾言据守河道,决胜南岸,敌军虽败,亦应扼守,不宜追击。"

顾全武道:"南岸已经得胜,自当追击。不入虎穴,焉得虎子。"即命浙兵向北岸进逼。阮结苦劝无效,也只得带兵随后。

顾全武带兵杀至北岸,连破淮兵营寨十五座,但所破营帐虽多,却未见淮兵大队。阮结道:"方才所烧三座大营,皆是空营,恐是中计。"

顾全武不觉倒吸一口凉气,言道:"我亦有此感,传令后队改前队,速速回营。"话音刚落,只听号炮连鸣,喊杀四起,杨行密率淮兵五万人马将顾全武团团围困,顾全武急喊道:"我等中计,各部速速突围!"一时间两军厮杀一团,台蒙、柯厚二将回马杀来,顾全武先挑台蒙,后刺柯厚,连诛杨行密帐下偏将七人,却被绊马索绊于马下。战至天明,杨行密生擒顾全武,阮结率五十军卒逃回杭州。

顾全武被生擒,钱镠惊怒不已,问阮结道:"何以如此大败?"

阮结答道:"我二人本按罗军师之计在南岸御敌,击败杨行密兵马数千,奈何顾将军乘胜追击,不肯固守南岸。在北岸破营十五座,不料都是空寨,此时方知中计,不过为时已晚,几经突围,顾将军仍是生死不明。"

罗隐道:"苏州失守,危及湖州,杨行密士气正盛,不宜再战。"

钱镠问道:"军师可有良策否?"

罗隐道:"兵法云'不战而屈人之兵',若使杨行密退兵,必用能言善辩之人,游说杨行密还兵北归。"

钱镠道:"此事我看非罗军师亲自前往,金银玉帛我皆不爱,唯有顾全武将军跟随我征战多年,不忍舍弃,我愿以长子钱元僚为人质换回顾全武将军。"

罗隐道:"主公放心,下官此去定能说走杨行密,换回顾全武。"

话说罗隐奉钱镠之命,前往苏州游说杨行密。来至苏州大营,有士卒拦住盘问,罗隐道:"我乃镇海节度使钱镠遣使,有要事求见淮南节度使杨行密,烦劳通报一声。"小卒令其营外等候,自往中军通禀。少顷,小卒引一书生模样的文官来至营门外,这文官正是袁袭,罗隐行礼道:"在下罗隐奉我主钱镠之命,特来拜访淮南节度使杨大人。"

袁袭还礼道:"在下庐江袁袭,闻钱镠将军派使前来,特来迎候。"罗隐与袁袭来至中军大帐,只见堂上端坐一人,浓眉虎目,宽脸方口,头戴赤金盔,身披龙鳞火红甲,袁袭道:"罗先生,这位便是我家主公杨将军。"

罗隐赶忙躬身行大礼道:"镇海节度使钱镠麾下罗隐特来拜访将军。"

杨行密道:"既是钱将军之使,当为先生看座。"

罗隐坐定一边拱手言道:"我主钱镠闻杨将军威震淮北,又在淮南大捷,生擒大将顾全武,令人敬畏,特遣在下请和。"

杨行密道:"钱镠存心不正,有吞并江浙之心,我举义兵来伐,为何不来受降?"

罗隐道:"胜败未决,我主焉能来此投降?"

杨行密道："既然不降，钱镠又凭什么与我议和？"

罗隐道："在下此行，只为杨将军此番南征有十不利，所以甘为遣使，劝说两家议和。"

杨行密心中暗想，这罗隐好大的口气，敢言我出兵有十不利。杨行密道："汝可尽说我出兵之十不利，倘若说得有理，我愿议和；若是说的无理，我即取汝性命！"

罗隐道："我主出师讨贼有天子诏书，杨将军出师无名，恐被人疑与董昌有通谋之罪，乃一不利。将军居淮，我主居浙，井水不犯河水，杨将军首先发难，此二不利。淮北诸镇前番刚遭毕师铎、孙儒等辈战乱，而杨将军不思养生安民，却穷兵黩武，不得民心，此三不利。我主久居浙北，与民秋毫无犯，人心所向者乃钱镠，而非杨公，此四不利。将军南下，仅是渡河小船，那钱塘江水急浪大，我主隔江据守，那小船安能过江，此五不利。岭北马殷坐镇长沙府，此人孙儒旧部，与我主无仇，却与将军有恨，若是发兵相助，淮兵必败，此六不利。江浙水道蜿蜒，杨将军帐下大将朱瑾、李承嗣等人皆是北方人氏，不习水战，此七不利。梁王朱温视公等如心腹大患，若是与我主首尾呼应，恐江淮要易手他人，此八不利。两浙乃富庶之地，我主若是与公鏖战，兵马钱粮可供五年有余，而将军辎重难撑半年，此九不利。当初时溥曾引黄河故道之水大败梁王兵马。今两浙将士同仇敌忾，若引大江之水，亦与杨将军同付汪洋。此十不利。还望明公权衡利弊。"

杨行密听罢这一番话，心想这罗隐口出不凡，说话开门见山，句句在理。杨行密一时不知如何是好，他扭头看了看坐在一旁的袁袭。袁袭心领神会，起身言道："罗先生之言，却有道理，但不知钱镠怎样议和？"

罗隐道："淮河之北尽属将军所有，淮河之南归属我主。馈赠将军黄金两千两，白银三万两，布帛玉珠更是不计其数。

我主愿散落钱财,给江东百姓一世太平。"

袁袭听罢对杨行密道:"在下以为可和,请主公斟酌。"

杨行密心想若能得此厚赠,也不算枉来淮南,对罗隐道:"罗先生之言均可答应,还望先生回禀钱镠。"

罗隐道:"我主还有一事,未知将军肯纳否?"

杨行密道:"但讲无妨。"

罗隐道:"杨将军所擒顾全武,乃我主爱将,情同手足。我主愿用长子钱元僚为人质,换顾全武回营,不知将军意下如何?"

杨行密道:"罗先生请回复你家主公,钱镠既然如此爱将,我愿招令子为婿,永结秦晋之好,永不相负。"

罗隐闻言大喜:"既然如此,罗隐即刻回复我主钱镠,不负将军之托。"杨行密与袁袭遂送罗隐出营。

罗隐南归,此时钱镠已驻兵湖州。罗隐来至中军大帐面见钱镠,把苏州大营来回经过讲述一番,钱镠大悦,当即派罗隐与儿子钱元璙同往淮南结盟。钱元璙顺利娶到杨行密的女儿,并与其达成盟约。

董昌听说杨行密退兵,立即召集众臣言道:"杨行密不肯发兵,如今大势已去,越州危在旦夕。"

大将军李畅之道:"末将统领越州六军,愿为陛下与钱镠决一死战。"

董昌道:"大越罗平国成败与否全在将军!"遂令李畅之统率越州兵马三万余人,在越州北门列阵。

钱镠拥兵五万会集越州,两军阵前,李畅之手提银龙锁日砍山刀出马喊道:"大越罗平国擎天大将军李畅之在此,尔等谁敢与我大战三百回合。"

钱镠阵中有老将杜陵答道:"贼将休狂,杜陵在此。"杜陵催马跃出,挥舞一杆昆仑槊直取李畅之,二将大战五十回合未分胜负，这边急坏了杜陵之子杜建徽。杜陵与李畅之交战正酣，忽闻耳畔有人喊道："父亲且住，孩儿在此。"话音未落，杜建徽已杀至近前，杜陵调转马头回至阵中。杜建徽与李畅之大战十个回合，二马错镫，杜建徽一把将李畅之揪下战马，枪横马鞍，双手将李畅之举起摔出数米，李畅之顿时七窍流血命丧疆场。钱镠见越州主将被诛，下令击鼓进兵。越州守兵慌忙应战。半日厮杀，越军大败，钱镠率兵趁势攻城，越州继而失守。

越州失守，周围郡县皆纳降表归附钱镠。董昌被反手捆绑押至钱镠近前，钱镠叹道："我曾劝公官至郡王富有江浙，可传袭万代，汝不听劝方有今日兵败之耻。"

董昌面带惭愧地说："我昔日曾经提携将军，何不放我一条生路，以后我愿永世为民。"

钱镠怒道："当初我兵临城下，汝曾自言悔过谢罪朝廷。而大兵退后，汝又反复无常二次造反，失信于天下。我能容你，上天不容！"即命将董昌押赴京师问罪。

当船行至一个叫西小江的地方，负责"押送"的将军吴璋突然拔出宝剑，逼迫董昌自尽，曾经自诩圣人再世的董昌无比凄怆地说："我与钱婆留自乡里起兵，我若称帝，必封他为王！何必非要置我于死地呢？"吴璋骂曰："反贼不自量力死有余辜，何贪生也！"董昌无奈，只好投水而死。

钱镠得知董昌已死，心中的一块石头终于落了地，命人割下董昌首级，传示长安。同时，夷灭了董昌全族以及附逆的伪臣，并掘开董昌祖坟。

董昌称帝固然不对，钱镠赶尽杀绝未免过分！真没想到，后世风评极佳的钱大王对于故主会如此怨毒。若论谋反，后来朱温胜董昌远矣，钱镠却不敢有半句怨言。

欲知后事如何，且看下回分解。

第二十六章　衣锦还乡

诗曰：

> 怒气雄声出海门，
> 舟人云是子胥魂。
> 天排雪浪晴雷吼，
> 地拥银山万马奔。
> 上应天轮分晦朔，
> 下临宇宙定朝昏。
> 吴征越战今何在？
> 一曲渔歌过晚村。

这首诗单题杭州钱塘江潮，原来非同小可。一日两番，刻时定信，并无差错。

钱塘江自古唤作罗刹江，因为风涛险恶，巨浪滔天，以此名之。南北两山，多生虎豹，名为虎林。后因虎字犯了唐高祖祖父御讳，改名武林。又因江潮险迅，怒涛汹涌，冲害居民，又取名宁海军。

904年，钱镠受封吴王，兼有吴越两地。此后，吴越政权相对稳定，君臣和睦、百姓安泰。

钱镠在杭州建都，虽然国中宁静，不过地方狭窄，更兼长江汹涌，心常不悦。忽一日，有司进到金色鲤鱼一尾，长三尺有余，两目炯炯有光，将来作御膳。钱王见此鱼壮健，不忍杀之，令畜之池中。夜梦一老人来见，峨冠博带，口称小圣："夜来孺子不肖，乘酒醉，变作金色鲤鱼，游于江岸，被人获之，进与大王作御膳，谢大王不杀之恩。今者小圣特来哀告大王，愿王怜悯，差人送往江中，必当重报。"钱王应允，龙君乃退。钱王飒然惊觉，得了一梦。次早升殿，唤左右打起那鱼，差人放之江中。当夜，又梦龙君谢曰："感大王再生之恩，将何以报？小圣龙宫海藏，应有奇珍异宝，夜光珠、盈尺璧，任从大王所欲，即当奉献。"钱王乃言："珍宝珠璧，非吾好也。唯我国僻处海隅，地方无千里；更兼长江广阔，波涛汹涌，日夕相冲，使国人常有风波之患。汝能借地一方，以广吾国，是所愿也。"龙王曰："此事甚易，然借则借，当在何日见还？"钱王曰："五百劫后，仍复还之。"

　　龙王曰："大王来日，可铸铁柱十二只，各长一丈二尺，请大王自登舟，小圣使虾鱼聚于水面之上，大王但见处，可即下铁柱一只，其水渐渐自退，泥沙涨为平地。大王垒石为塘，其地即广也。"龙君退去，钱王惊觉。次日，令有司铸造铁柱十二只，亲自登舟，于江中看之。果见有鱼虾成聚一十二处，乃令人以铁柱沉下去，江水自退。王乃登岸，但见无移时，沙石涨为平地，自富阳山前直至海门舟山为止。钱王大喜，乃使石匠于山中凿石为板，以黄罗木贯穿其中，排列成塘。因凿石迟慢，乃下令："如有军民人等，以百斤石板，将船装来，一船石换一船米。"各处即将石板载来换米，因此砌了江岸。

　　钱王治国，最头疼的一件事就是钱塘江两岸海塘的修筑问题。由于钱塘江潮的潮头极高，潮水冲击力量又猛，因此钱塘江两岸的海塘，总是这边修好，那边已经坍塌，以至于出现了"黄河日修一斗金，钱江日修一斗银"的说法。

当时有人告诉钱王，海塘难修，是因为钱塘江潮神作怪的缘故。于是生性勇猛的钱王，便在农历八月十八潮神生日这一天，精选了一万名弓箭手到江边聚集。由于途中需要经过一座宝石山，而这个地方山路狭窄，只能容纳一人通过，钱王便用脚把这座山蹬成了两半，使山中间出现了一条宽宽的道路。从此，这儿被叫作"蹬开岭"，钱王那双硕大无比的脚印，至今还深陷在石壁上。

当弓箭手在江边聚齐后，钱王又奋笔写了两句话："为报潮神并水府，钱塘且借与钱城。"并把这两句话扔进了江中。但潮神却仍然不理不睬，还是像往常一样，凶猛地扑了过来。钱王见此，大吼一声："放箭！"并抢先射出了第一箭。顿时，万箭齐发，直射潮头。围观的百姓们都跺脚拍掌，大声呐喊助威。一会儿工夫，便连续射出了三万支箭，竟逼得潮头不敢向岸边冲击过来。钱王又下令："追射！"那潮头只好弯弯曲曲地向西南逸去，最后消失得无影无踪了。从那时起，钱塘江海塘的修筑工程才能顺利地进行。

却说一日无事，钱镠叹曰："古人云：富贵不归故乡，如锦衣夜行耳。"乃择日往临安，展拜祖父坟茔，用太牢祭享。旌旗鼓吹，振耀山谷。改临安县为衣锦郡，石鉴山名为衣锦山。用锦绣为被，蒙覆石镜，设兵看守，不许人私看。初时所坐大石，封为衣锦石；大树封为衣锦将军，亦用锦绣遮缠。风雨毁坏，更换新锦。旧时所居之地，号为衣锦里，建造牌坊。贩盐的担儿，也裁个锦囊韬之，供养在旧居堂屋之内，以示不忘本之意。杀牛宰马，大摆筵席，遍召里中故旧。不拘男妇，都来宴会。其时，有一邻妪，年九十余岁，手提一壶白酒，一盘角黍，迎着钱镠，呵呵大笑，说道："钱婆留今日直恁长进,可喜,可喜!"左右正欲吆喝,钱镠道:"休得惊动了她。"慌忙拜倒在地,谢道:"当初若非王婆相救,留此一命,怎有今日?"王婆扶起钱镠,将白酒满斟一瓯送到,钱镠一饮而尽;又将角黍供去,镠亦啖之。说道:"钱婆留今日有得吃,不劳王婆费心,老人家好去自在。"命县令拨里中肥田百亩,为王婆养终之资。王婆称谢而去。

只见里中男妇毕集,见了钱镠蟒衣玉带,天人般装束,一齐下跪。钱镠扶起,都教坐了,亲自执觞送酒。八十岁以上者,饮金杯;百岁者,饮玉杯。那时饮玉杯者,也有十余人。钱镠送酒毕,自起歌曰:

三节还乡挂锦衣,
吴越一王驷马归。
天明明兮爱日挥,
百岁茬兮会时稀。

父老皆是村民,不解其意,面面相觑,都不作声。

明日又会,如此三日,各各有绢帛赏赐。开赌场的戚老汉已故,召其家,厚赐之。仍归杭州。

后人有诗赞云:

将相本无种,
帝王自有真。
昔年盐盗辈,
今日锦衣人。

石鉴呈形异,
廖生决相神。

> 笑他皇帝董,
> 碑谶枉残身。

钱镠是个非常有忧患意识的人。他晚上睡觉,为了不让自己睡得太熟,就特意把一段滚圆的木头和一个铜铃当作枕头,称为"警枕"。如果睡熟了,脑袋从枕上滑下,铜铃就会发出声响,钱镠也就立即醒来了。如此一来,外面一有风吹草动,钱镠都能很快知道。

钱镠寝室内置一粉盘,有所记忆即书盘中,至老不倦。平时立法颇严,一夕微行,还叩北城门,门吏不肯启关,自内传语道:"就使大王到来,亦不便启门!"诘旦钱镠乃从北门入,召入守吏,嘉他守法,厚给赏赐。

有宠姬郑氏父,犯法当死,左右替他乞免。钱镠怒道:"为一妇人,欲乱我法吗?"并命宫人牵出郑姬,斩首以徇。

当上吴王后,钱镠摆起阔绰来。在杭州盖起豪华的住宅,出门时坐车骑马,都有士兵护卫。父亲对他的做法很不满意,每次见到钱镠出门就有意避开。

钱镠得知父亲回避他,心里不安,有次他不用车马,不带随从,步行到他父亲家里,问老人为什么要回避他。

老人说,我家世世代代都是靠打鱼种庄稼过活的,没有出过有财有势的人。你现在挣到这个地位,周围都是敌对势力,还要跟人家争地夺城,我怕将来我家要遭难呢!

钱镠听了,表示一定记住父亲的嘱咐。从那以后,他变得小心翼翼,只求保住现有的割据地区。

钱镠结发之妻姓吴,人称庄穆夫人,知书达理、聪灵贤惠。

夫人每年都会在开春的时候翻过一座山岭回娘家横溪郎碧村住上几日,看望并侍奉双亲。

这天钱镠处理完朝堂政事后出宫外散步,看到凤凰山脚下,西湖堤岸旁已经鲜花盛开。

于是他突然想起夫人曾跟随南征北战之时,在野外对他说的话。夫人说喜欢这漫山的野花和泥土的芬芳。

他迅速回到城内,写了一封信,然后命人策马送给夫人。

夫人徐展锦书,上面只有九个字:

"陌上花开,可缓缓归矣"。意为田间阡陌上的花开了,你可以一边赏花,一边慢慢回来。

王妃阅罢,当即感动落泪。

陌上花开,侧面的意思就是,钱镠对他的王妃撒娇表示对妻子迟迟不归的不满。"你是早春的时候离家的,如今已是晚春,连路上的花都开满了,可你却还未归家"。但是钱镠深爱王妃,又怕王妃觉得自己责怪与她,因而又矛盾地加了一句,可缓缓归矣。劝王妃回来的路上慢行,不用着急,内心是急盼王妃早归。表达了钱镠思念自己的王妃,希望她早早归来,却又在家书中只提及春色已晚,可缓缓归矣,则更是表达了钱镠对王妃的深情和怜惜。

明明身居高位,可以三宫六院,却只忠诚于糟糠之妻;明明相思心切,偏不直言抒发,而是曲径通幽,内敛深沉地表达。

流传千古的不是君王的天下和财富,而是君王的感情和文字。

后来钱镠重修了这条夫人回娘家的路,因为时间有限还没来得及加上栏杆,钱镠便离开了人世。但是后人为此山取名为栏杆岭。

后来苏东坡到杭州上任,为此写下三首《陌上花》。其中有一首比较出名:

陌上花开蝴蝶飞,
江山犹是昔人非;

遗民几度垂垂老，
　　　游女长歌缓缓归！

欲知后事如何，且看下回分解。

第二十七章　昭宗遇害

　　话说黄巢覆亡后，唐帝国名存实亡，各方节度使形成拥兵自重的局面，其中以宣武节度使朱温、河东节度使李克用、凤翔节度使李茂贞、卢龙节度使刘仁恭、镇海节度使钱镠、淮南节度使杨行密等人势力最大，史载"郡将自擅，常赋殆绝，藩镇废置，不自朝廷""王室日卑，号令不出国门"。
　　却说杨行密占据江淮，如今又联合钱镠，朱温日夜坐卧不宁，遂生收复江淮之心。朱温召集军师谢瞳、参军敬翔、谋士张全义商议。军师谢瞳道："闻主公有收复江淮之心，下官以为时机未到。"
　　朱温不解地问："我南破秦宗权，东讨朱瑄兄弟，北逐李克用回河东，怎能放过那庐州小吏杨行密呢？"
　　谢瞳道："主公在中原无人能及，但李克用盘踞三晋，时刻危及主公后方。"朱温问道："以军师之见，此时可攻李克用否。"
　　谢瞳道："今闻丞相张浚在晋州大败，十万禁军几乎丧尽，万岁手中已无重兵，主公何不以护驾之名进军长安，借天子之意，讨伐李克用则出师有名。"
　　朱温问道："我若兵进长安城，只恐有诸侯兵马不服，合兵来犯。"

谢瞳道:"那就要看主公是求王道?还是求臣道?"

朱温道:"何为王道?何为臣道?"

谢瞳道:"若论王道,当属东汉丞相曹操,挟天子以令诸侯,留大业以传子孙,雄心存乱世,豪情染百载;若论臣道,当属西汉太尉周勃,杀吕氏以扶朝纲,握重兵却生隐退,流芳传千古,史册著忠良。"

朱温道:"王道、臣道我都不爱,我只想求面南之术,以平天下。"言罢拂袖而去。

见朱温走远,敬翔对谢瞳言道:"主公志向高远,非你我可测呀!"

谢瞳边捻胡须边说:"主公有面南之心,乃是帝道之人。"

光化三年(900)十一月,唐昭宗出猎皇家猎场,酒醉夜归。小太监及宫女侍候不周,昭宗手起剑落杀了好几个。第二天早朝,群臣等候多时宫门不开。刘季述已知内情,随即带领事先准备好的禁兵一千人破门而入!

不久刘季述出宫向大臣们报告昨晚发生的事情,最后说主上如此作为,怎么可以治理天下?废昏君,立明主,自古如此。今为国家,请立太子,愿大臣们联名上书,劝上禅位!崔胤等大臣见殿前陈列着许多兵甲,谁敢不从!于是都用发抖的手在联名状上签上了自己的名字。

有了大臣们的联名状,刘季述有恃无恐,带领甲士包围了昭宗所在的乞巧楼。甲士们逢人就砍,见人就杀,可怜宫女太监们服侍皇帝不周要被杀,忠于、保护皇上同样要被杀!

昭宗见宫女、太监被杀,吓得从床上翻滚在地,又挣扎着爬起来逃命。刘季述、王仲先上前扶住。见左右甲兵林立,昭宗吓得说不出话来。

这时何皇后听到报告,立即赶来向刘、王二人拜请,说二位不要惊吓陛下,有事大家商量!

刘季述见皇后如此镇定，反而没了主张。良久，他拿出百官联名状，大声说陛下厌倦政事，中外都要陛下退养东宫少阳院，请太子监国……

听说要废掉自己，昭宗顾不得甲士林立，大声抗辩道："朕昨夜打猎饮酒过度，回来错杀了几个宫女，就凭这点你们就要废掉我？"

刘季述双手一摊："这不是我的意思，都是南司大臣们的请求。陛下还是快到少阳院，以后再说吧！"

何皇后知道事情无法挽回，便劝昭宗依了刘季述。然后将传国玉玺递给刘季述，扶昭宗上车。

刘季述将昭宗及何皇后关进少阳院，然后假传昭宗诏令，请求朱温回京登位。

朱温听到这个消息求之不得！天平军节度副使李振献计说："现在即位为时尚早。阉竖幽辱天子，大王何不借此机会讨伐他们，以后挟天子以令诸侯？"

一句话提醒了朱温，他立即将来使斩杀，然后派李振、蒋玄晖出使长安，与宰相密议诛杀刘季述、王仲先等事。

有了朱温的支持，崔胤胆壮气粗，命侍卫将军孙德昭诛杀了刘季述、王仲先，迎昭宗回宫主政。一场废立闹剧，至此收场。

刘季述死后，代替他的宦官头目是韩全诲，他从同辈被杀中接受教训，依靠近在长安的两大藩镇凤翔李茂贞、邠宁王行瑜作为盟友，李、王也想进一步控制昭宗，遂以宿卫京师保卫天子的名义，派三千精兵进驻京师。

昭宗一看大事不好，立即召请朱温火速进京。

朱温于是出兵七万，西向夺取同州，又攻下华州，逼近长安。

韩全诲知道朱温进京之后，刘季述的下场就是自己的下场，于是急命宿卫京师的凤翔、邠宁精兵，挟持昭宗，出奔凤翔。在韩全诲的逼迫下，昭宗罢免了崔胤的相位，同时飞诏朱温还镇。朱温遂命兄子朱友宁驻守京城大梁，然后以诛杀阉党之名，令大将张归霸为先锋兴兵五万进逼凤翔。韩全诲逼迫昭宗拟旨，加封江淮杨行密为吴王，两川节度使王建为蜀王，企盼二候出兵，以抵抗朱温。敕命传至扬行密与王建，二人阳奉阴违，散发檄文声讨朱温，其实却按兵不动。

朱温过凤鸣关，正遇西岐大将王行瑜。张归霸出战大败王行瑜，梁军直逼凤翔城下。凤翔节度使李茂贞见蜀、吴二王援兵迟迟不到，自己难以与朱温相争，其子李继徽道："厌恶朱温之人，并非是当今万岁，而是韩全诲一帮阉党。与朱温长此以往，对我西岐不利。"

李茂贞道："继徽之言，莫非要诛杀阉党，以退朱温大兵？"

李继徽道："父帅与朱温动兵，上无天子决心，下无诸侯响应。若剿灭阉官，送万岁还京。万岁必不会怪罪父亲，朱温也自然可以退兵。"李茂贞应允，遣密使往朱温大营求和，并愿缉拿挟持皇帝的大太监，并送御驾还都长安。朱温之心全在劫持皇帝，并无心夺取西岐，便与李茂贞言定送回御驾，缉拿阉党后便班师回朝。

李茂贞得朱温书信，便亲率兵马夜袭皇帝行宫，缉拿韩全诲等大太监十七人，捕获小太监近百人。李茂贞面见天子，请驾还朝，昭宗李晔本是无奈于阉党挟持，今闻阉党平定，龙颜大悦，以平乱有功加封李茂贞为岐王。

两日后，李茂贞将昭宗李晔送出凤翔城，朱温五里外迎接升驾。皇上以朱温有迎驾之功，晋升朱温为大丞相尚书令。

却说朱温帐下文武之中，唯养子朱友恭心眼最多，且为人阴险。有次对朱温说："长安宫廷之中，多有万岁身边耳目，父王何不奏请迁都洛阳，使万岁再无依赖之人。若有不愿迁都者，必是异心之人，父王将其处死。此乃一举两得。"

朱温点头道："吾儿妙计，明日我便奏请皇上迁都。"

次日，朱温入朝奏道："臣启陛下，长安贵为大唐之都，历经黄巢贼寇作乱，百姓不耕种，商贾不往来，实乃颓废之兆也，臣请陛下迁都洛阳。"昭宗还未开口，宰相崔胤对昭宗言道："臣以为陛下不可迁都，想我高祖皇帝在长安开我大唐国基，传帝十九世，祖先开基宝地岂可变更。"

京兆尹郑元规也随声奏道："崔丞相所言极是，长安自汉代便是龙脉祥瑞之地，万不可违背祖制。"朱温说话比不得这崔胤、郑元规，也没有当庭相争，他心中正想杀几个大臣吓唬昭宗。

退朝之后，朱温命养子朱友恭率一千人马分别查抄崔胤、郑元规二人府第。等到次日早朝，昭宗李晔见崔胤、郑元规未曾上朝，便问朱温："梁王，今日崔胤与郑元规二位爱卿，为何不来早朝？"

朱温道："崔、郑二人犯下谋逆之罪，臣已将二人缉拿。"遂命朱友恭将崔胤与郑元规押上朝堂。崔胤一看朱温就骂道："朱温你这个乱臣贼子，颠倒黑白、指鹿为马，定不得好死。"郑元规也随声大骂。

朱温怒道："汝二人安敢在朝堂之上乱咬乱骂，实乃目无君主。金瓜武士安在？"只见朝门外涌入官军数人，个个手持金瓜锤。朱温怒道："将这二人给我金瓜击顶！"只见崔胤、郑元规被按在朝堂门外，"啪！啪！"两锤，二人被砸得脑浆迸裂，惨不忍睹。朱温在朝堂之上肆意胡为，吓得群臣无人敢言。朱温道："臣请陛下三月之后迁都洛阳。"昭宗吓得哆哆嗦嗦，低声言道："朕准奏。"

话说朱温诛杀谏臣崔胤、郑元规后，逼唐昭宗李晔迁都洛阳，行至华州，人民夹道呼万岁，昭宗泣谕道："勿呼万岁！朕不能再为汝主了！"说完泪下沾襟。左右莫能仰视。

昭宗到达洛阳时，唐廷的六军侍卫之士，已经散亡殆尽，昭宗身边卫士及宫中之人均为朱温派来的人。从长安至洛阳途中，昭宗身边尚有小黄门及打球、内园小儿二百多人，对于这些人朱温也不放心，命人灌醉后全部坑杀。然后换上年貌、身高相当的二百人顶替，昭宗初不能辨，后来才有所察觉。

昭宗已入牢笼，专仰诸人鼻息，事事被牵制，抑郁无聊，乃封钱镠为越王，罗绍威为邺王，尚望他们热心王室，报恩勤王。又密书绢诏，遣使至西川、河东、淮南，分投告急。诏中大意："朕被朱温逼迁洛阳，迹同幽闭，诏敕皆出彼手，朕意不得复通。卿等可纠合各镇，速图匡复"云云。

李茂贞、李克用、王建、杨行密等接到绢诏，乃移檄往来，声讨朱温，均以兴复为辞。朱温索性一不做二不休，遣判官李振至洛阳，与蒋玄晖、朱友恭、氏叔琮等，共谋弑君大事。

是年仲秋，昭宗夜宿椒殿，玄晖率牙官史太等百人，夜叩宫口，托言有紧急军事，当面奏皇帝。

后宫夫人裴贞一听见敲门声音急切，只好披衣起床，趿着鞋出来开门，门刚打开，迎面霎时涌上了六七盏灯，当即耀眼生花，好大一会儿才看清楚一张张凶神恶煞的面孔，不由心慌，问："急奏用得着带这么多甲士吗？"一句话没说完，哎呀一声惨叫，史太已经当头一刀砍来，裴贞一被砍在地。

众人一拥而入，蒋玄晖高呼："皇帝在哪儿？"深夜中这一句喝问声震屋宇，响彻云霄。

朱友恭领兵一齐拥入，昭仪李渐荣见官兵持刀杀入，知道大事不好，高声喊道："宁杀我曹，勿伤大家（大家指皇上）！"这一嗓子倒把昭宗惊起。昭宗李晔见杀机四起，便赤脚跑出寝门，朱友恭手下的刽子手史太持刀便追。李晔赤脚逃走，未出百米，便被史太追上，昭仪李渐荣赶忙扑到昭宗身上，以身挡刀，史太一刀落下，李晔与李渐荣一命呜呼。昭宗卒年三十八岁，在位一十六年，卒时年号天祐。

　　辉王李柷年仅十三，朱温命何皇后降诏封李柷为太子，在昭宗皇帝灵柩之前即位，何皇后为太后，奉居积善宫，史称积善太后。天子封朱温为相国，总领百官，兼领二十一镇兵马节度使，赐九锡。朱温官至极品，位极人臣。可他并不满足，心想做相国还不如自己称帝。

　　欲知后事如何，且看下回分解。

第二十八章　朱温篡唐

这时汴梁传来消息：张夫人抱病甚剧，势将不起。朱温将篡位大事暂放一边，回汴探妻。爱江山更爱美人，这一点倒是毋庸置疑。

既返军辕，见爱妻僵卧榻中，已是骨瘦如柴，奄奄待毙。想这朱温少年之时，迷恋张氏女，随黄巢造反，却与张氏乱世有缘，相会同州。张氏等朱温已是良久，而朱温虽好色成性，但对张氏情有独钟。张氏声音微颤地言道："臣妾知命，此番疾病非药物能解，以后恐难再侍候千岁。"

朱温霎时老泪纵横，对张氏道："夫人伴孤王辗转厮杀，主王府之事于内，系万民安危于外，颠簸半生还未曾享几日富贵。"

张氏道："贱妾流落乱兵之灾，蒙千岁恩宠，娶为正室，册封王妃，今生足矣。"

朱温道："孤王对不住你，如今诸侯畏惧，李唐衰败，孤王将登大宝之时，夫人却病不能起，孤王遗憾此生呀。"

张氏道："千岁威名天下，当尽人臣之道，辅佐李唐重兴，尚能留下周公之德于后世，何必断那李唐香火。"

朱温道："今乃天命所归，我当顺天而行，继承帝位也理所应当。"

张夫人叹道："大王既有大志，妾亦无能挽回。但上台容易，下台为难，大王总宜三思后行。果使天与人归，得登九五，妾尚有一言，作为遗谏，可好吗？"

温答道："夫人尽管说来，无不乐从。"

张夫人半晌才道："大王英武过人，他事都可无虑；惟'戒杀远色'四字，乞大王随时注意！妾死也瞑目了。"

说至此，不觉气向上涌，痰喘交作，延挨了一昼夜，竟尔逝世。温失声大恸。汴军亦多垂泪。原来温性残暴，每一拂性，杀人如草芥，部下将士，无人敢谏，独张夫人出为救解，但用几句婉言，能使铁石心肠，熔为柔软，所以军士赖她存活者，不可胜计，生荣死哀，也是应有的善报。

温有嬖妾二人，一姓陈，一姓李，张夫人和颜相待，未尝苛害。史家称她以柔婉之德，制豺虎之心，可为五代第一贤妇。张氏受唐封为魏国夫人，生子友贞。后来温篡唐室，即位改元，追封张氏为贤妃，寻复追册为元贞皇后。

张氏既殁，丧葬告终。朱温心想篡位时机已到，一日带剑上殿，皇帝见了唬得魂不附体。温曰："今日大事，众官听察！"众皆起身侧耳。温曰："天子为万人之主，无威仪不可以奉宗庙社稷，留此昏君何用？可将大位让与我！"众官听罢，默然无语，各低头觑地。

忽宴上一人推桌直出，立于筵上大叫："不可！梁王焉敢发此语，欺俺唐朝无人物耶？主上又无过恶，安敢无理！吾知汝怀篡逆之心久矣！"众皆大惊。朱温视之，此人乃保驾大将军，姓凌名圭，遂向桌上绰起一把金壶，朝朱温迎面打来。梁将王彦章一掌将金壶打飞，叱之曰："朝廷大臣，尚不敢言，汝何等之人，敢如此大胆？"即拔剑将凌圭斩之。帝见杀了凌圭，下殿便走。彦章赶上，扯之曰："陛下肯与不肯早决！何故走乎？"帝闻言惊得面如土色。曰："容朕思之。"

左仆射张文蔚曰:"陛下差矣!古之帝王,无德让有德,天下者,非一人之天下,乃天下人之天下也。梁王南征荆州得五色宝芝,乃世之祥瑞,此宝古今罕有,乃是梁王恩泽万邦普降甘露,天下苍生沐浴宏恩之祥兆。如今梁王德佩四海,仁爱众生,功过五帝,德比三皇。臣等群议,以为朱梁当兴,李唐祚终。望陛下以社稷大业为重,以生灵福祉为盼,效仿尧、舜之道,禅位于贤明之君。实乃国家大幸,请陛下圣断。"中书门下杨涉曰:"自古以来,有兴必有废,有盛必有衰,岂有不亡之国,安有不败之家?唐朝相传已二百余年,气运已极,不可自决而惹祸也!"帝曰:"朕想高祖、太宗,东荡西除,南征北伐,苦争血战,混成一统天下,传流一十七世,今日让与奸臣,朕有何面目见高祖于地下乎?"

朱温见皇帝竟然呼自己为奸臣,提剑自欲杀之,右仆射止之曰:"不可造次!尚容再议。"温怒乃止。帝哭回后殿,百官皆哂笑而退。

次日,百官又聚于大殿。王彦章带领铁骑布列殿前,召令宦官。帝不敢出,温又遣人三次逼之,乃更衣出殿。苏循奏曰:"昨日梁王与陛下所言之事,陛下考虑如何?"帝曰:"卿等食唐禄久矣!中间多有唐朝子孙,直无一人分朕之忧耳?"苏循曰:"陛下之意,不欲以天下禅于梁王,曾见昨日之风景否?"帝曰:"汝众大臣,何无见怜之心?"循曰:"天下之人,皆知陛下无人君之福,以致四海大乱。今梁王英雄,累建大功,尚不知恩以报德也,直欲令天下之人,共伐之乎?"帝曰:"昔桀纣无道,残暴生灵,故天下人伐之;朕即位以来,小心谨慎,未尝敢行半点非礼之事,天下之人,谁忍伐之。"

苏循怒曰:"陛下无德无福,而居天位,甚于残暴之道也!"帝拂袖而起,张文蔚目视苏循,循纵步向前,扯住帝袍，曰："陛下肯与不肯，乞早一决！"帝战栗不能答。忽阶下梁将王彦章、葛从周、齐克让等，各带剑上殿；又见殿阶之下，环甲持戈数百人，皆兵士也。

帝乃流涕出血，叹曰："诸位爱卿令朕退位，朕将何往？"

张文蔚道："陛下享王侯俸禄，清闲自得，不失富贵。"

大唐天祐四年（907）三月，哀帝李柷被挟至汴梁。朱温登基大典设在梁王行宫建昌宫，院内有金甲兵士三百人，侍者八十人列队庭内，又有百盏五色祥龙幡林立建昌宫金祥殿之外。朱温头戴双龙通天黄金冕、身着镶金缎子衮龙袍，脚踏丹凤乌龙靴，立于金祥殿台阶之上。宰相张文蔚、杨涉率文官列队于东侧，敬翔、谢瞳、张全义、贺瑰跟随其后；大都督葛从周，副都督张归霸率武将列队于西侧，张归厚、张归弁、王彦章、杨师厚、符道昭等人跟随其后。内庭中间筑造一座受禅台，高约三丈六，上设香案焚炉。太监王殷、赵衡左右一边一个将哀帝扶上受禅台，点香祭拜天地之后，哀帝李柷手捧传国玉玺奉在香案之上，旁边王殷递上草拟好的诏书。哀帝手持诏书宣道：

"天命延祚，特旨诏曰：龙位受命于天，君主德归于民。朕在位四载，上赖祖宗灵佑，下依群臣扶保，延运唐室至今。然江山多舛，生灵维艰，朕无上祖才德，以致天命将终，国祚衰微。故朕欲以上古贤君之德，尧、舜帝君之道，择禅明主。梁王朱温广施仁义，名播恩惠，才过五帝，德比周公，天命交运，当兴朱梁。特旨禅位于梁王朱温，以济苍生之愿，成就三皇之志。钦此。"

圣旨读罢，宰相杨涉登受禅台，哀帝又捧起传国玉玺交于杨涉。杨涉高呼："请梁王朱温上受禅台接承天命。"只见朱温大摇大摆由金祥殿走下，登上受禅台。朱温燃香三柱，祭祀天地。礼毕，杨涉将传国玉玺交于朱温。

朱温临朝登基，令敬翔草拟诏书，当庭册封百官。其诏曰：

"奉天承运，皇帝诏曰：朕新登大保，荣尊九五，大赦天下，册封百僚。改枢密院为崇政院，太府卿敬翔封崇政使；张全义封河南尹，兼任忠武节度使；谢瞳封工部尚书，兼宣义节度使。张文蔚、杨涉封门下侍郎，御史大夫薛贻矩封中书侍郎。葛从周拜左金吾卫上将军；张归霸拜左骁卫上将军；拜张归厚右骁卫上将军；王彦章拜左监门卫上将军；张归弁拜右监门卫上将军。另诏李唐内外文武旧臣，仍为梁用，晋爵半级。精诚竭虑，勿负朕心。钦此。"

朱温篡得皇位，以日光中天，普照万邦之意，改名朱晃，废大唐年号天祐，改元开平，定国号为梁。

欲知后事如何，且看下回分解。

第二十九章　王建称帝

却说唐祚已移,正朔复改,梁廷传诏四方,不准再用前唐年号。各镇多畏梁主势力,不敢抗命,独有四镇未服,仍奉唐正朔,且移檄讨梁,兴复唐室。看官道是哪四镇?就是上文所说的晋、岐、吴、蜀。小子略述来历如下:

晋国即河东,由沙陀人李克用占据。李克用原姓朱邪,父亲叫朱邪赤心,因为有功,被任命为云州刺史,赐姓名李国昌。李克用摔死国舅段文楚后,占据云州。后因讨伐黄巢有功,官拜河东节度使,加封晋王。

岐国即凤翔,由深州人李茂贞占据。李茂贞本姓宋,因为讨黄巢有功,改赐国姓,官拜凤翔节度使,累封至岐王。

吴国即淮南,由庐州人杨行密占据。杨行密年轻时做强盗,后来入伍参军,乘乱占据了庐州,因为平乱有功,官拜淮南节度使,晋封吴王。唐哀帝时杨行密去世,由其子杨渥袭封。

蜀国即西川,由许州人王建占据。王建本来是一位大盐商,后来讨伐黄巢有功,被封为禁军都头,入蜀后受封为蜀王。

却说晋王李克用曾与阿保机约为兄弟,共举兵击梁,临别时赠遗甚厚。阿保机亦酬马千匹。不意梁既篡唐,阿保机竟背盟食言,反使袍笏梅老诣梁,袍笏系番官名。献上名马貂皮,求给封册。朱温遣使答报,令他翦灭晋阳,方给封册,许为甥舅国。

李克用与阿保机结为兄弟,阿保机呼朱温为舅,李克用不是也比朱温小了一辈吗?李克用得此消息,能不引为大恨吗?

这天李克用卧病在床,嗣子李存勖来报:"父王,蜀王王建遣使送书信一封。"

李克用道:"亚子速为孤王念来。"李存勖拆信读道:

"悉闻朱温心生谋逆,篡夺皇位。吾与王兄俱为唐室旧臣,当报效李唐社稷,奈何如今李唐香火已断,龙脉已终,此乃天命所致。朱贼既已无故称帝,吾与王兄可自立为君,割据一隅。不知王兄尊意若可。"

李克用听得此信,问李存勖:"王建劝我自立为帝,亚子以为孤王当如何处置?"

李存勖道:"孩儿以为朱温篡位称帝,乃天赐晋军南征之名。父王当广布恩义,以讨贼为名,东连吴王杨行密,西和岐王李茂贞,既而定鼎中原,成就霸业。"

李克用喜道:"亚子远谋,定可承吾基业。"即命准备笔墨,写下书信一封。信写完毕,李克用对李存勖道:"亚子传孤王令,命参军郭崇韬为使携信出使西蜀。"李存勖遂按李克用之命,派遣郭崇韬出使西蜀。

郭崇韬有一好友孟知祥,字保胤,邢州龙冈人氏,乃是李克用军中左军教练使。听说郭崇韬将往西蜀,孟知祥往晋阳西门外送行。孟知祥临行前对郭崇韬说:"安时兄此番入蜀,一路艰辛;只是弟有一事不明,还望兄长不吝赐教。"

郭崇韬道:"保胤有何顾虑,尽管说来?"

孟知祥道:"晋王遣使者送信,本可遣派一通吏前往,因何派兄长这辅弼之臣出使西蜀?"

郭崇韬道:"保胤以为晋王何许人也?"

孟知祥道:"乃世之英雄也。"

郭崇韬道："晋王心存大志，久有图谋霸业之心。崇韬虽是送信使者，实乃晋王令我往西蜀勘察地形，日后朱梁若灭，晋王必谋西蜀。"孟知祥闻言频频点头，二人诀别自是不提。

却说郭崇韬到了成都将信交与蜀王王建，便返回晋阳，又一路勘察地势，画定草图，不再详说。

蜀王王建，字光图，许州舞阳人氏。长得隆眉宽额，相貌伟然，因黄巢起义时保驾有功，官封蜀王。王建得了李克用书信，拆信读之，信曰：

"仆经事两朝，受恩三代，位叨将相，籍系宗支，赐铁钺以专征，征苞茅而问罪。鏖兵校战，二十余年，竟未能斩新莽之头颅，断蚩尤之肩髀，以至庙朝颠覆，豺虎纵横。俯阅指陈，不胜惭恧。然则君臣无常位，陵谷有变迁，或箄塞长河，泥封函谷，时移事改，理有万殊。即如周末虎争，魏初鼎据。孙权父子，不显授于汉恩；刘备君臣，自微兴于涿郡。得之不谢于家世，失之无损于功名，适当逐鹿之秋，何惜华虫之服。唯仆累朝席宠，奕世输忠，忝佩训词，粗存家法。善博弈者惟先守道，治蹊田者不可夺牛。誓于此生，靡敢失节，仰凭庙胜，早殄寇雠。如其事与愿违，则共臧洪游于地下，亦无恨矣。

唯公社稷元勋，嵩、衡降祉，镇九州之上地，负一代之鸿才，合于此时，自求多福。所承良讯，非仆深心，天下其谓我何，有国非吾节也。凄凄孤恳，此不尽陈。"

王建读李克用之信，知其并无称帝之意，便召集文武官员商议自立之事。王建将晋王书信传于众人观看，幕僚韦庄道："岂不闻'天与不取，反受其咎；时至不行，反受其殃。'千岁乃唐室忠臣，如今李唐社稷失传，千岁正可借此时机称帝。"

幕僚冯涓道："如今朱梁篡唐，李唐宗室尚存，千岁自立称帝为时过早，当以蜀王之名代行天子之事，望千岁三思。"

韦庄劝道："冯先生多虑了，昔日汉昭烈帝刘备以两川为基,称帝于蜀。如今蜀王亦可效仿前人,在蜀中即位。唐室虽有族裔,蜀王可哀哭唐帝三日,以示忠节。"王建以为韦庄之策可行,便着令成都百姓先为唐天子戴孝,再自立称帝。

三日后,蜀王王建率万余名官吏臣民在成都城外,向东而跪哭悼唐哀帝三日。907年,后梁开平元年,蜀王王建于成都称帝即位,定国号为蜀,改元武成,于南郊祭天,大赦天下。

岐王李茂贞见王建称帝,虽然也想这样做,但因为自己的地盘狭小,兵力虚弱,迟迟不敢称帝,只是一切的言行举止,和皇帝并没有什么分别。

据史籍记载,李茂贞在岐期间,性格宽厚,境内百姓都安居乐业。有人诬告部将符昭谋反,李茂贞就亲自去符昭家,屏退左右随从,在符昭家安稳熟睡了一晚上才回去,以生命去赌符昭不会谋反,以示自己相信符昭;当兵的有打斗事件发生,李茂贞就让打输的士兵去打赢的士兵家里吃一顿饭,两不相帮又两不相欠,所以人心皆服。同时,李茂贞尤善事母,他的母亲去世之时,号啕大哭差点丢了性命,闻者皆嘉之。

总之,称王称帝事在人为,若人无其志,所求非此,就是有再大的地盘,再大的权势,他也不会这么做。

欲知后事如何,且看下回分解。

第三十章　李克用遗命三支箭

却说李克用在统治河东的时候,名声响得不得了。当时盘踞在淮南的吴太祖杨行密,英雄惜英雄,所以很想看看李克用到底长的是什么模样。

杨行密秘密找了一个画家,叫他假扮成商人到河东地区去,利用一切机会去偷画李克用的面貌。不料这个画家刚到河东地界,立刻被事先得到该情报的河东军士俘虏。

李克用很生气地对部下说:"我本来就少一只眼睛,已经长得很难看了,现在居然还有人要当面丑化我。快去把这个画家叫来,让他当场来画画,我倒要看看他是怎么画我的。"

画家进来后,李克用立刻给他一个下马威,拍着膝盖大怒道:"既然杨行密胆敢派你来画我,想必你是画家中画得最好的一个了。我明确告诉你,如果你今天画我画得不好,那么这里就是你的葬身之地!"

画家磕拜李克用后,就开始用心地画起来了。

当时正值盛夏,李克用手里正好拿着一把八角扇子。

画家灵机一动,以此为题,画了一幅李克用挥扇纳凉图,画面中的一角扇角,正好遮住了李克用那只失明的眼睛。

李克用看后不满地说:"你这是拍我马屁啊。重新画。"

画家思索片刻再次下笔,这次画家更加精心精致,画的是李克用弯弓射箭图。画的正面是李克用正准备弯弓射箭，其中的一只眼睛圆目怒睁，一只眼睛闭目拢着，呈现出一副专心致志看长箭、聚精会神瞄目标的神情。

李克用看后转怒为喜，连声赞到："画得好，画得好，把我威震天下的精气神儿，全部画出来了。你听好了，我决定不杀你了，你把这张画带给那个死老头杨行密去看看吧。"

李克用随后不但放走了这个画家，还重重地给了他奖赏，并且还一路派人护送画家回淮南交差。

那是几年前的事了，如今李克用因军务忧劳交集，竟致疽发背中。卧床数日，疽患尤剧，无药可疗，自知病将不起。

张承业与李嗣源听说后赶忙来至寝室，只见太妃刘夫人、次妃曹夫人在一旁不住流泪。晋王之弟李克宁与三太保李存勖见张承业来到，也只是拱手行礼不敢多言。

等候少顷，见太医从屏障之后走出，张承业凑近问道："晋王之病可否医治？"

太医道："晋王之症，乃是情志难酬，气血失调已成内伤，非药物可医。"众人一听哭的哭，急的急，忽闻屏障之后李克用言道："方才言语者，可是张承业？"

张承业隔帐答道："正是老奴。"

李克用道："承业到孤近前说话。"张承业轻步绕过屏障来至内室，只见李克用面容憔悴，毛发已白大半。张承业不觉潸然泪下，跪地道："老奴张承业拜见晋王千岁。"

李克用无力地盯着张承业说："承业快快平身，承业虽是内侍臣出身，但为人忠正，处事深谋远虑，有匡扶宇宙之才，孤麾下众人无人可及。孤欲立存勖继承老夫之志，官场险恶，还望承业多多教诲。"

张承业跪地道："晋王之托，老奴没齿不忘。"

李克用道："承业去唤八太保来见。"张承业滴泪而退。

张承业出来,转而唤来八太保李存璋,李存璋跪地生泪,李克用道:"存璋自十岁伴孤为仆,护卫左右,形影不离,可谓忠肝义胆,赤诚可见。孤将立存勖继嗣王位,奈何诸将各握重兵,各有所想,恐存勖年少稚嫩难辨是非。存璋今后要护卫存勖左右,倘若有人心存二志,存璋尽可杀之,孤王只此一托。"李存璋泪流面额,叩首明誓。

李存璋出了屏风,告知晋王欲见王叔李克宁。李克宁转入内室跪地而哭。李克用道:"克宁快坐下说话。"李克宁坐于木凳之上,紧握克用之手道:"兄长自有神命护体,定能挺过此症。"

李克用道:"为兄已知天命,岂敢再有他图。想我朱邪世家个个为社稷战死沙场,马革裹尸。如今只剩你我兄弟。克宁为人仁孝,诸兄弟之中最贤。今为兄欲立亚子继承王位,克宁乃其叔父当为众将之首,上则匡主,下则正臣,以保存勖成就大业。"

李克宁抽涕言道:"兄长之托,克宁铭记于心。"

李克用道:"还有一事,倘若存勖有悖人伦,不能成器,克宁当杀而代立。"

李克宁赶忙跪倒曰:"愚弟发誓宁为伊尹、周公,绝不负兄长之托。"

李克用没有说什么,只是让克宁唤进李嗣源。片刻,李嗣源转入屏障之后,见李克用虚弱至极,亦跪地哭道:"孩儿嗣源拜见父王。"

李克用道:"嗣源十三岁随孤出兵,乱云州,战阴山,攻长安,追黄巢。功居众人之上,可继承孤王之位也。"

李嗣源闻言吓得浑身寒战,伏地言道:"孩儿蒙父王养育之恩,万不敢生此邪念。少主人存勖乃父王嫡子,存父王雄风,嗣源愿尽人臣之道,永不相负!"

李克用脸生红光，欣慰言道："人言嗣源重情重义，可堪大任。孤赐你柱国将军之号，永镇各太保之首。"李嗣源叩首谢恩退下。

李克用又令刘、曹二位夫人入内。二位夫人跪于床前哭泣不止，李克用手扶刘夫人之头，眼观曹夫人之容，哀声言道："二位夫人伴随克用转战南北，多受颠簸。今孤命在旦夕，以后二夫人当深居宫中，以勤俭持家，不可挥霍朝廷财资，而负国家。"二位夫人连连点头称是。

李克用令人撤掉屏障，众人知晋王将有训谕，便全部跪倒。李克用道："孤王将承天命而去，有负李唐君恩，恨不能定鼎中原，收复河山。将别诸公之际，以家事相托。亚子存勖仁孝忠勇，公等当尽心辅佐以图霸业，勿负孤心。"

此时李克用生命垂危，他用一只眼注视着李存勖说："亚子取我箭囊来。"李存勖赶忙捧上李克用随身金帛箭囊，克用抽出雕翎三支，先交存勖一支，略带怒气地说："奸贼朱温弑君篡位，与孤相争十年未能平定，乃遗恨一也。"言罢，将箭交与存勖。克用又抽出二支雕翎，仍略带怒气言道："幽州刘仁恭是我保举上去的，如今反复无常，背晋降梁，未能诛杀，乃遗恨二也。"又将二支箭再交存勖。李克用双手颤抖抽出第三支雕翎，提声怒道："我与契丹首领耶律阿保机换袍易马结为兄弟，未想阿保机背信弃义，暗结朱贼，自食其言，乃孤平生遗恨三也！"再将三支箭交予存勖。李克用勉强言道："只此三愿未平，令孤遗恨今世。"话音未落，李克用心口深感剧痛，胸口一挺，两目上翻，一命呜呼，终年五十三岁。李克用终生不用朱梁年号，亡时乃大唐天祐五年正月辛卯，灵柩葬于雁门。正是：

　　　　时危思良将，

勤王赴长安。
福祸聚一身，
忠奸分两边。
嘱命三支箭，
梁燕并契丹。
国仇嗣子报，
后世整江山。

欲知后事如何，且看下回分解。

第三十一章　生子当如李亚子

李克用病故之后，晋阳文武群臣尽皆举哀悼念。李克宁、张承业治丧忙碌，灵柩停于前堂。李存勖继承晋王之位，亲自为父亲守灵三夜，哀声恸哭不止。

克用在日，养子甚多，衣服礼秩，与存勖相等，十三太保中，还有六七人。存勖嗣位，彼等心怀不服，捏造谣言，意图作乱。克宁久握兵权，又为军士所倾向，因此也涉嫌疑。监军张承业本是唐朝宦官，当朱温凰驾入京时，冒死送昭宗血诏给晋王。朱温篡唐后，曾令各镇悉诛太监。李克用与承业友善，根本不买朱温的账，承业仍监军如故。见存勖久居丧庐未曾视事，乃入语道："大孝在不坠基业，非寻常哭泣可了。目今汴寇压境，谣言百出，一或摇动，祸变立至，请嗣王墨缞听政，勉持危局，方为尽孝。"

李存勖道："公公之言，我心中亦有所思，只是父王归天，兄弟太保多有数人，或掌内政，或握重兵，内势不明，怎好发号施令。"

张承业道："王叔李克宁辈长位尊，少主人可先将王位假意谦让克宁，探视其心。只要李克宁忠心主人，其余人等皆可臣服。"

李存勖道："公公高见，我即去拜访叔父。"

李存勖回至内室,令李存璋邀李克宁来此相见。叔侄见礼,李存勖凄然说道:"侄儿年幼,童心仍存,又闻多有不服者,难以主持军政要务,恐负先王重托。今叔父德高望重,资深辈长,我欲以王位让与叔父,以保先王大业。"听起来情真意切,就像是真的一样。

　　此言一出,李克宁始料未及,乃厉声道:"存勖乃王兄嗣子,且有王令相托,谁人胆敢妄言。"李克宁请存勖前往晋阳大营,邀来文武官员,击鼓号令三军。李克宁立于点将台上,高声训道:"少主人李存勖乃晋王托孤之主,克宁位居首辅,在点将台前拥戴存勖袭晋王爵位,立誓永不相负!"言罢,李克宁撩袍跪倒,叩首而拜,身后李嗣源、张承业、郭崇韬、孟知祥、石绍雄、安休休以及晋王其余庶子太保尽皆跪地而拜。三军将士伏地高呼千岁。

　　天色将晚,李克宁回至府邸。忽闻下人来报,六太保李存颢求见。李克宁不知何事,见存颢来府,疑惑问道:"贤侄深夜来此,所为何事?"

　　李存颢道:"今日点将台前叔父怎可拥立亚子为王?"

　　李克宁道:"贤侄何出此言?吾家三世父慈子孝,先王英灵自有所归,安敢生有二心。"

　　李存颢道:"兄终弟及世人皆知,排资论辈岂能轮到亚子继位?"

　　李克宁面带怒色言道:"我奉家兄王命,扶保存勖为王,号令河东,岂可乱了体统。"

　　"叔要拜侄,又成何体统?"内房有一女人言道。只见李克宁之妻孟氏面色生硬、目生寒光从内房走出。

　　李克宁道:"妇人不得干政。还不快快退下。"

　　孟氏道:"老爷好糊涂呀,自古以来身居高位者哪个有好下场,那李亚子借老爷之名号令三军。待其翅膀长硬,岂能把你放在眼里。"

李存颢随声说道："婶婶所言极是，前朝杨广即位陷害忠良，残戮兄弟，暴虐至极。我料那李存勖日后必是歹毒之人。"

李存颢见李克宁犹豫不决，又劝道："叔父难道不闻当年伍子胥辅佐吴王夫差，反遭其杀害，前人之鉴屡见不鲜，叔父威名显赫三军，兄终弟及也不为过。"孟氏同这位太保轮番相劝，李克宁为人仁厚，但少有主见，被劝得左右摇摆不定。李存颢告辞回往军中。

在晋阳留守太保仅有大太保李嗣源、六太保李存颢。李存颢恐李嗣源年长不宜差遣，当晚便把文吏史敬镕唤至密室，商议谋反。史敬镕道："今潞州大战在即，倘若内讧，恐朱温坐收渔利。"

李存颢道："如今梁强晋弱，不如暂且称臣于梁，作为缓兵之计。我意欲拿李存勖与其母曹氏献于朱温，换取河东、大同、雁门三镇。上可保官爵，下可免战乱。"

史敬镕为人耿直，厉声说道："六太保昔日为柳汉璋家奴之时忠贞救主，如今官禄名利却使得你有屈膝投敌之心，晋王尸骨未寒，望太保好自为之。"言罢拂袖而走。

史敬镕离开李存颢府邸，直奔晋王府求见刘、曹二夫人。二位夫人和衣召见。史敬镕低声说道："六太保李存颢勾结李克宁，准备谋篡王位。"二位夫人闻言惊骇无措。

史敬镕道："二位夫人快将此事告知少主人，下官不便久留，暂且告退。"

史敬镕慌忙离开晋王府，一路之上再三思虑，想这晋阳城内掌握兵权之人首数李克宁，其次便是李嗣源。若想保存勖性命，必须有李嗣源控住兵马，否则一旦兵变，李存勖一人将难以应付，想到这里便前往李嗣源住处。

大太保李嗣源早已入睡，闻下人来报史敬镕有急事求见，便在后堂召见。史敬镕一见李嗣源,便将李存颢等人谋反之事告发,李嗣源顿时怒火填胸,对史敬镕道:"先生深明大义,李氏满门定当厚报,我即刻点兵以防生变。"李嗣源披甲上马直奔晋阳城外的亲兵大营。

再表李存勖得知李存颢谋反,遂与李存璋、张承业夜会晋王府。李存勖含泪说道:"叔父李克宁与六弟欺我年幼母寡,欲篡王位,吾当让贤于叔父,免得祸殃全家。"

张承业道:"晋王仁爱之心世人皆知。老奴受命于先王,临终遗言犹在耳边。如今李克宁先行不义,晋王又何惜大义灭亲,老奴请晋王诛杀李克宁及六太保。"

李存勖道:"母亲方才对我讲史敬镕已向大太保求兵,尚不知大太保心意如何?"

张承业道:"眼下先令存璋调集王府亲兵伏于府内,以防生变。晋王明日可约李克宁及众文武来府内会宴,然后伏兵杀之。"李存璋亦赞许此策。忽有侍卫来报:"启禀少主人,史敬镕半个时辰之前遇刺客劫杀,又被暗箭射中,死于城东。"

李存勖、李存璋、张承业三人闻言大惊,李存勖问道:"此事尔等如何得知?"

侍卫道:"司寇安金全封闭晋阳四门,正在城内巡捕刺客。"

侍卫退下,李存璋问道:"史敬镕向来为人忠直,我看定是李存颢所为!"

张承业道:"无论何人所为,意在交兵。虽史敬镕丧命,但奸党阵脚未乱,晋王当稳居府内,万不可打草惊蛇。"三人俱留晋王府过夜。

次日,李存颢又密见李克宁,二人内室叙话,存颢道:"我已命七太保李存实率一千兵马驻扎晋阳北营,以助叔父擒拿李存勖。"

李克宁道:"今早晋王府来人送柬,李存勖邀请众人晋王府中会宴,是否存勖已有所察觉?"

李存颢道:"无论存勖有没有察觉,我等已是箭在弦上,不得不发。叔父可借赴宴之时,令七太保率兵包围晋王府,擒拿李存勖,当庭号令群臣,顺者昌,逆者亡。"

李克宁道:"老夫出生入死几十年,未尝如此。如今你死我活,不得不从。"

此时,李存勖派人召司寇安金全来见。安金全,为人骁勇敏锐,又善骑射。一见存勖单膝跪地抱拳言道:"晋阳府司寇安金全拜见晋王千岁。"

李存勖道:"司寇大人免礼,左右赐座。"安金全坐于一侧,李存勖问道:"本王昨夜闻听史敬镕被歹人所刺,司寇巡查可有眉目?"

安金全道:"杀史敬镕者非一人所为,史敬镕乃是中箭而亡,所射之箭上刻有三字'儿郎军',可见是众家太保之中遣派的刺客。"

李存勖道:"安将军以为此事会是何人所做?"

李存勖目光尖锐,安金全心有顾忌地说:"昨晚城门军卒所报,只见过大太保李嗣源乘马出城。"

李存勖不由倒吸一口凉气,呆坐不语。呆滞片刻,李存勖道:"昔日令兄安金烬为诛杀王彦童,在鸡宝山马革裹尸。如今有奸佞之人,欲把本王送于朱温以图富贵,不知司寇有何见解?"

安金全起身道:"竟有如此无耻之徒,安金全受先王厚恩无以为报,愿为殿下除此奸贼!"

李存勖走到安金全跟前,一把抱住道:"司寇果真忠义之士,今晚我会宴百官,欲席间除贼,奈何内无良将,外无援兵。金全可命部下将士把守四门,以防乱兵入城哗变。"

安金全抱拳道:"千岁放心,金全粉身碎骨在所不惜。"

当晚黄昏,筵宴摆定,李存勖在府内召集精壮亲兵二十人,牙兵五十人来至晋王内庭院中。李存勖内着细铠,外罩蟒袍,头戴凤翅亮金冠,一身的英气明锐。张承业与李存璋各站于一旁,李存勖对二十个亲兵言道:"存勖身负先王大丧,心系河东生灵。一令未发,却遭叔、兄陷害。今夜本王誓要诛杀李克宁,悬首以谢先王。尔等皆是忠义之士,本王以酒壮行,共立大业。"旁边有侍人将酒端上,李存勖将酒饮下,"砰"的一声,酒杯被摔得粉碎,存勖厉声言道:"本王摔杯立誓,誓杀李克宁!"李存璋率领众将士皆率杯效忠,立誓除贼,拥戴少主。

天色昏暗,受邀文武官员纷纷来到晋王府武英殿赴宴,李存勖殿前迎候,各部文武接踵而来。众人坐定,李存勖端坐上位,左边站着张承业,右边站的是李存璋。李克宁、李存颢、郭崇韬、孟知祥、丁会等相继来到。

酒宴席间李存勖举杯言道:"亚子即位,全凭诸位臣公鼎力相扶,请诸公满饮此杯。"左右文武纷纷称谢,一饮而尽。李存勖扫视两旁,众人饮酒正酣,唯独六太保李存颢坐而不饮。李存勖对李存颢问道:"人言六太保颇有酒力,今日因何滴酒不饮?"

李存颢道:"父王谢世归天,尸骨未寒,存颢身有大孝,岂敢在此纵情酣饮。"

李存勖故意激道:"六弟既知父王归天,昨夜召集部众密谈何事?"

李存颢闻言心中一惊,强作镇定问道:"千岁所言,不知从何说起?"

李存勖道:"莫不是劝李克宁兄终弟及,篡夺王位吧?"

"亚子此言何意?"李克宁拍案而起。只见门外埋伏的二十名亲兵抽刀而出涌入殿门,其余众人皆是惊恐万分。

李存勖厉声说道:"六太保勾结叔父谋反,今日我替父除贼!"话音未落,只见有一士卒慌忙跑进英武殿伏地报道:"启禀晋王,李存实率兵攻陷西门,正往晋王府杀来。"李存颢哈哈大笑,拔出腰刀对众人说:"拥立李亚子者,杀无赦!"

两班人马剑拔弩张,只闻得"报——!"又有一名士卒来报:"启禀晋王,大太保率精兵三千与李存实在王府外混战一团。"李存勖暗想史敬镕被害之夜,李嗣源趁机出城,今夜莫不是要一网打尽,自作晋王。忠奸难辨,混淆不清,武英殿内僵持无声,而府外传来喊杀声,接连不止。

又过少时,喊杀声渐渐消退,只见两队官兵涌入殿前,远远望见大太保李嗣源手提宝剑走入殿中,身后跟随三人,分别是石绍雄、安金全、安休休。

李嗣源来至殿内,对左右士卒说道:"将反贼李克宁、李存颢拿下!"李克宁、李存颢束手就擒。李存勖心中又惊又喜,几步来至李嗣源面前,相扶问道:"兄长兵马缘何至此?"

李嗣源道:"史敬镕那夜告发反贼,我便率兵勤王。安金全不准入城,后闻乱兵攻陷西门,才引我等杀至王府,叛贼李存实已被拿下,请晋王发落。"

武英殿内,众人早已无心酒宴,李存勖令人将李克宁、李存颢、李存实押解殿前。李存勖问道:"昨夜史敬镕被歹人所害,可是尔等所为?"

李存颢道:"此事乃我与李存实商定,与叔父无关。"

李存勖又问李克宁:"前日我曾将王位让与叔父,叔父点将台前誓言永不相负,拥立侄儿为王。如今为何自食其言,欲将我母子献于朱梁?"

李克宁冷笑道:"欲加之罪,何患无辞!外贼未除,先灭自家!这江山打下来又有何用?"说完再不开口。左右文武纷纷请诛反贼。李存勖令人摆放李克用灵牌，又焚香祭祀，才令人将李克宁、李存颢、李存实三人枭首，李克宁之妻孟氏赐毒酒自尽。

最是无情帝王家，谁也说不清对错！

908年，朱温趁李克用新丧，调集重兵围攻潞州，想着一举消灭自己的心头大患。没想到小李比老李更难斗，李存勖闻讯后急派史建瑭作为先锋，与大将周德威一同驰援潞州。

先锋先锋，有事先行。年轻气盛的史建瑭面对兵强马壮的梁军，竟然视若无物，也不等周德威的大军，而是自引精骑前出，在接近梁军大营后，出其不易，攻其不备，或设伏擒生，或夜袭梁营，先后斩杀梁军数千人，使梁军防不胜防，不敢轻易出营。梁军空有数万大军，却要时刻担心史建瑭的袭扰，只得一再相互提醒避开史建瑭的偷袭。史建瑭将看似平淡无奇的袭扰战打得有声有色，不仅让梁军草木皆兵，也坚定了潞州守军的军心，为晋军援兵争取到了时间。

话说李克宁等皆已伏诛，存勖乃召诸将会议，首先开言道："潞州为河东藩蔽，若无潞州，便是无河东了。从前朱温所患，只一先王，今闻我少年嗣位，必以为未习戎事，不能出师，我若简练兵甲，倍道兼行，出他不意，掩他无备，以愤卒击惰兵，何忧不胜？解围定霸，在此一举！"

张承业在旁应道："王言甚是，请即起师。"诸将亦同声赞成。

存勖乃大阅士卒，命丁会为都招讨使先行，自率军继进。到了三垂岗下，距潞州只十余里，天色已暮，存勖命军士少休，偃旗息鼓，衔枚伏着。待至黎明，适值大雾漫天，咫尺不辨，驱军急进，直抵夹寨。梁军毫不设备，刘知俊尚高卧未起，陡闻晋兵杀到，好似迅雷不及掩耳，慌忙披衣跂履，整甲上马，召集将士等，出寨抵御。哪知西北隅已杀入李嗣源，东北隅已杀入周德威，两路敌军，手中统执着火具，连烧连杀，吓得梁军东逃西窜，七歪八倒，知俊料不能支，领了败兵数百，拨马先逃。梁招讨使符道昭，情急狂奔，用鞭向马尾乱挥，马反惊倒，把道昭掀落地上。凑巧周德威追到，手起刀落，剁成两段，梁军大溃，将士丧亡逾万，委弃资粮兵械，几如山积。败报到了汴梁，梁主温惊叹道："生子当如李亚子，克用虽死犹生！我的儿子与之相比，就像猪狗一样！我经营天下三十年，不意太原余孽更昌炽如此！我观其志不小，天复夺我年，我死，诸儿非彼敌，吾无葬地也！"正是：

晋阳一鼓奋雄师，
夹寨摧残定霸基。
生子当如李亚子，
虎儿毕竟扫豚儿。

夹寨已破，晋王李存勖与周德威等催马来至潞州城下。李嗣昭即命人大开城门，迎接少主，潞州被围数月，李存勖与李嗣昭君臣相见有喜又悲，喜的是八寨夹城被攻破，悲的是李克用已远离人世。

德威请进攻泽州，李存勖令与李存璋等偕行。适梁抚遏使牛存节，率兵接应夹寨，至天井关遇见溃兵，才知夹寨被破，且闻晋军有进攻泽州消息，便号令军前道："泽州地据要害，万不可失，虽无诏命，亦当趋救为是！"

大众都有惧色，牛存节又道："见危不救，怎得为义？畏敌先避，怎得为勇？诸君奈何自馁呢！"

遂举起马鞭，麾众前进，到了泽州城下，城中人已有变志，经存节入城拒守，众心乃定，周德威等率众到来，围攻至十余日，存节多方抵御，无懈可击。刘知俊又收集溃兵，来援存节，德威乃焚去攻具，退保高平。

潞州一战，新晋王李存勖扬名立万，军队的士气也大涨。李存勖乘势以"光复唐朝"为口号，发兵讨伐后梁。双方在柏乡又展开了一场血战。在这次战役中，梁军有王景仁率的禁军和魏博兵八万之多，而晋军只有周德威率领的三千骑兵和镇州、定州的军队，实力相差很大。而且梁军守柏乡、以逸待劳，而晋军则长途奔袭，自然疲惫。所以，此战必须以计谋巧胜。李存勖采用周德威的建议，没有贸然攻城，而是用计引诱梁兵出城，然后聚而歼之，并且故作不敌，主动后退。梁军主将王景仁本来就自恃兵力战备优势而轻敌，一见晋军后退，马上发动全部军队出城追赶逃兵。结果正中了李存勖的计策，梁军大败，八万余人死伤殆尽。这一次著名的以少胜多的战役，使得梁军丧失了对河北的控制权，大大地打击了梁军的气势，也为晋国的崛起谋求了可贵的时间。

李存勖用心训练兵士，整顿军纪，规定骑兵不见敌人不准骑马，违犯军令者一律斩首，从而将散漫的沙陀兵训练成一支精锐劲旅。他将父亲给的三支箭供奉在家庙中，每临出征，就派人去取来，放在一个精致的丝套里，带着上阵，打了胜仗，才送回家庙。他喜欢冒险搏斗，勇而少谋，将战争看作游戏，常常只身冲锋陷阵，几次陷入重围，差一点儿被敌人生俘。部将们死战将他救出，劝他要持重，他却反说部将们妨碍他大杀敌兵。

柏乡之役之后，晋军的队伍成了不可战胜的神话，一时间让后梁君臣闻风丧胆。但是战神李存勖并没有自信心膨胀，发动更大规模的战役。而是息兵行赏，命德威为振武军节度使，以兄事张承业。张承业升堂拜母，赐遗甚厚。一面饬州县举贤才，宽租税，申冤滥，禁奸盗，境内大治。复训练士卒，严定军律，信赏必罚，蔚成强国。潞州经李嗣昭抚治，劝课农桑，宽租缓刑，不到数年，军城完复，依旧变作巨镇。自是与朱梁争衡，成为劲敌。

欲知后事如何，且看下回分解。

第三十二章　刘守光之死

　　唐朝中后期政治的特征之一，是藩镇割据。这些藩镇的节度使割据山河，俨然一方诸侯，在当时都是威风八面的人物。但是，节度使们也有他们的难处。他们除了管理本镇一应兵马钱粮军民事务之外，还得时常应付朝廷的讨伐、邻镇的侵扰，更要时时防范自己手下的骄兵悍将，甚至身边的父子兄弟，一不小心连整个家族的命都得搭上。

　　却说幽州节度刘仁恭，也是雄踞一方的土皇帝。他的爱好只有两个，一个是喜欢享受荣华富贵，另外一个就是喜欢结交一些道士炼丹，期望能够长生不老。据《新五代史》记载，刘仁恭"骄于富贵。筑宫大安山，穷极奢侈，选燕美女充其中。又与道士炼丹药，冀可不死。令燕人用堇土为钱，悉敛铜钱，鏊山而藏之，已而杀其工以灭口，后人皆莫知其处"。

　　有了父亲做榜样，儿子也不是省油的灯。刘仁恭有个爱妾罗氏，"生得杏脸桃腮，千娇百媚"，于是他的次子刘守光就趁老爷子不在与罗氏私通。他立即下令把刘守光抓来，一通乱棍痛扁，"逐之"。这不像是父亲教育儿子，倒像是对付情敌用的招数。

　　如此不体面的事情发生以后，刘仁恭更加珍惜这来之不易的富贵生活，绝不允许别人动了他的奶酪。不过刘仁恭还是有点能力的，尤其在打仗方面，非常有一套，作战时擅长挖地道攻城。然而没过多久，他的老对头朱温趁其不备派大将李思安领兵去攻自己的老巢幽州。李思安"营于石子河，仁恭在大安山，（幽州）城中无备"，当时正在逍遥的刘仁恭听到这个消息后顿时慌了手脚。

正当刘仁恭束手无策的时候，他的儿子刘守光已经领兵疾奔幽州，抢在李思安军队前面先进了城。经过一番周旋，李思安败退。刘仁恭知道后很是欣慰：这小子虽然作风不检点，但还是个好娃，不记仇，知道我危险了还能第一时间来支援，不像某些人到了关键时刻跑得比兔子还快。

谁知正当刘仁恭欣慰的时候，另一件事却让他料想不到。刘守光自从搬进幽州城后，就再也不肯挪窝了，甚至宣布由自己来担任卢龙节度使，不声不响地罢了父亲的职务。刘仁恭知道后又把鼻子气歪了，负负得正，算上上一次把鼻子气歪，这回刚扶正。气急之下的刘仁恭正准备纠集军队的时候，刘守光从外引兵到来，遣部将李小喜、元行钦等，袭入大安山，把仁恭拘来，幽住别室，自称卢龙节度使。

乃兄守文为义昌军（治沧州）节度使，闻父被囚，召集将吏，且泣且语道："不意我家生此枭獍，我生不如死，誓与诸君往讨此贼！"

将吏应诺，守文遂督众至芦台，与守光部兵对仗。战了半日，互有杀伤，两下鸣金收军。越日，守文再进战蓝田，反为守光所败，返兵至镇。守光恐守文复至，差人至梁，赍表乞降。梁主温即颁发诏命，实授守光为卢龙节度使。于是幽州一方面，也为朱梁的属镇了。

无奈之下，刘守文只好向契丹和吐谷浑求援，援兵四万人到达后帮助刘守文打败了刘守光。守文见外兵得胜，也骤马出阵，且驰且呼道："勿伤我弟！"语尚未绝，忽听得飕的一声。知有暗箭射来，急忙勒马一跃，那来箭不偏不倚，射中马首，马熬痛不住，当场掀翻，守文亦随马倒地。仓促中不知谁人把他掖起，夹入肘下疾趋而去。仔细辨认，才晓得是守光部将元行钦。此时暗暗叫苦。

刘守光见状，精神顿时焕发起来，指挥手下反败为胜。刘守光要做就把事情给做绝，让你没有话说。于是，他在打败刘守文后又率领军队去攻打沧州。

沧州守卫孙鹤知道情况后，拥立刘守文的儿子刘延祚为首领，率领将士坚守沧州。

这一坚守就是几个月，沧州"城中食尽，米斛直钱三万，人相杀而食，或食墐土，马相食其骏尾"。文弱的书生外出，常常被长得粗壮的人杀掉当粮食吃。无奈之下，刘延祚、孙鹤只得投降。孙鹤为刘守光效力。

沧州攻下之后，刘守光遣人刺死守文，佯为涕泣，归罪刺客，把他杀死偿命。

刘守光鸣鞭奏凯，得意班师。且遣使告捷梁廷，并代父乞请致仕。朱温准如所请，命仁恭为太师，养老幽州。封守光为燕王，兼卢龙、义昌两军节度使。

刘守光既封燕王，且贻书晋、赵，大略说燕有精兵三十万，愿为诸公前驱，但三镇连兵，必有盟主，敢问当属何人？王镕得书，转递存勖。存勖怒道："是子也配称盟主吗？我正要兴兵问罪，他还敢夜郎自大吗？"

诸将入谏道："守光罪大恶极，诚应加讨，但目今我军新归，疮痍未复，不若佯为推尊，令他稔恶速亡，容易下手，大王以为何如？"

存勖沉吟半晌，才微笑道："这也使得。"

便复报王镕，姑尊他为尚父。镕即遣归燕使，允他所请。义武节度使王处直，也依样画着葫芦，与晋、赵二镇，共推守光为尚父，兼尚书令。

守光大喜，复上表梁廷，谓晋、赵等一致推戴，唯臣受陛下厚恩，未敢遽受，今请陛下授臣为河北都统，臣愿为陛下扫灭赵、晋。两面讨好，恰也心苦。梁主温笑他狂愚，权令他任河北招讨使，遣使册命。

守光命有司草定仪注，加尚父尊号。有司取唐册太尉礼仪，呈入守光。守光瞧阅一周，便问道："这仪注中，奈何无郊天改元的礼节？"

有司答道："尚父乃是人臣，未得行郊天改元礼。"

守光大怒，将仪注单掷向地上，且瞋目道："方今天下四分五裂，大称帝，小称王，我拥地三千里，带甲三十万，直做河北天子，何人敢来阻我！尚父微名，我不要了！你等快去草定帝制，择日做大燕皇帝！"

有司唯唯而退。

守光遂自服赭袍，妄作威福，部下稍稍怫意，即捕置狱中，甚至囚入铁笼，外用炭火炽热，令他煨毙，或用铁刷刷面，使无完肤。孙鹤看不过去，时常进谏，且劝守光不应为帝，略谓"河东伺西，契丹伺北，国中公私交困，如何称帝？"

守光不听，将佐亦窃窃私语。守光竟命庭中陈列斧锧，悬令示众道："敢谏者斩！"梁使王瞳、史彦章到燕，竟将他们拘禁起来。各道使臣，到一个，囚一个，定期八月上旬，即燕帝位。孙鹤复进谏道："沧州一役，臣自分当死，幸蒙大王矜全，得至今日，臣怎敢爱死忘恩！为大王计，目下究不宜称帝！"

守光怒道："汝敢违我号令吗？"便令军吏捽鹤伏锧，剐肉以食，鹤大呼道："百日以外，必有急兵！"

守光益怒，命用泥土塞住鹤口，寸磔以徇。

越数日即皇帝位，国号大燕，改元应天。从狱中释出梁使，胁令称臣，即用王瞳为左相，卢龙判官齐涉为右相，史彦章为御史大夫，这消息传到晋阳，晋王存勖大笑道："不出今年，我即当向他问鼎了。"

张承业请遣使致贺，令他骄盈不备。存勖乃遣太原少尹李承勋赴燕，用列国聘礼。守光命以臣礼见，承勋道："我受命晋王，为太原少尹，燕王岂能臣我？"

守光大怒，械系数日，释他出狱，悍然问道："你今愿臣我否？"

承勋道："燕王能臣服我主，我方愿称臣，否则要杀就杀，何必多问？"

守光怒上加怒，竟命将承勋推出斩首。晋王闻承勋被杀，再也不觉得可笑，遂命李嗣源率兵伐燕。

李嗣源将兵扎营大安山下，观望敌寨。副将石绍雄道："今观此寨，多有巨石垒筑，足见已经营多年。"

李嗣源叹道："我观此寨，强攻必不能下，需诱敌而出。"

身后参军郭崇韬献策道："将军何不命后队推运粮草，过山诱其出战。"

"妙哉！"李嗣源道，"安时之计，必能诱敌而出。"又对石绍雄道："石将军可打我旗号，伏与东面林中，我打将军旗号亲自押粮，倘遇燕兵大将，就地杀之。"众人商议而定，便分作前后两队押粮过山。

李嗣源打"石"字旗号扮作押粮官，由山坡而过。这山北大寨之上正有一名副将巡视，此人名曰高行周，字尚质，幽州人氏。忽见晋军粮车欲过山坡，赶忙令人报之大将元行钦，元行钦到寨头观看，拍腿喜道："此时若由坡而下，必败晋兵。传令点兵出寨。"

元行钦与高行周各领三千马步军分驰而下，一路袭劫队首，一路袭劫队尾。李嗣源正在队尾慢行，等候燕兵。忽闻战鼓急擂，喊杀震天，李嗣源对左右士卒喊道："燕兵出寨，尔等抽刀！"只见押粮车内，覆盖草席掀开，晋兵将士挥刀跃出杀向燕兵。来袭队尾之人正是元行钦，李嗣源对其喝道："燕将认得李嗣源否？！"元行钦不容分说挥动金锋枪，催马杀来。李嗣源并未把元行钦放在眼中，元行钦也不认得李嗣源，二人打得难解难分，交战五十回合未分胜负。

燕兵未想晋兵藏于粮车之中，反中了埋伏，被杀得节节败退。酣战中的元行钦见粮草队有埋伏，自知中计，虚晃一枪便领兵败退。李嗣源率兵直追山寨，奈何寨头之上有弓弩防备，晋兵纷纷退回。

李嗣源虽斩杀不少燕兵，却并未胜过元行钦，只得回营。碰巧石绍雄也领兵回营，李嗣源问道："石将军此战胜负如何？"

石绍雄答道："未想这山中大营有一年轻武将枪法了得，旗号为'高'，与其大战六十回合险些被他杀败。"

李嗣源道："我亦如此，元行钦今日交战五十回合难分胜负。"二人无果而归。

话说次日，李嗣源在山下，摆开阵势，元行钦前番交战已对李嗣源等有所见识，便令高行周留守大营，自己率兵下山交战。两军阵前，李嗣源喊道："元行钦！汝敢大战三百合否？"

元行钦答道："李嗣源，今日正欲取汝人头献于燕王麾下。"说着催马出枪直取李嗣源。李嗣源横枪相迎，两人大战一百回合不分胜负，战鼓连擂五通未决雌雄。

元行钦见难胜李嗣源，调转马头向东跑去，李嗣源紧随其后，一路追杀。二人也不知跑了多远，李嗣源被甩在后。李嗣源搭弓上箭，"嗖！"的一箭正中元行钦右臂，元行钦一阵疼痛丢掉手中金锋枪，缓过劲来反射一箭，正巧射中李嗣源大腿。李嗣源痛叫一声坠落马下。元行钦见李嗣源落马，调转马头翻身下马，拔出宝剑与其步战，李嗣源一瘸一拐地抽出宝剑相迎，一个伤腿，一个伤臂，二人又是一场恶斗。

又战了六七十回合，元行钦的宝剑被李嗣源的长歌剑砍断，元行钦只得捡树枝应战，李嗣源看后哈哈大笑，也仍掉宝剑以马鞭为兵器大战树枝。二人酣战之时，只闻远处传来马蹄行军之声，定睛一看原来是郭崇韬率一千马步军前来捉拿元行钦。晋兵将二人包围其中，元行钦累得筋疲力尽，坐在地上认输。郭崇韬道："左右将元行钦拿下！"

"慢！"李嗣源喊道，"放元将军回营。"众人大惊，只得让开一条退路。李嗣源一瘸一拐地走到元行钦近前，将自己的马鞭交与他。元行钦无奈接过马鞭，抱拳还礼上马离去。

李嗣源被士卒架上战马，郭崇韬问道："将军因何放他离去？"

李嗣源答道："方才我已箭伤其臂，此人还我一箭伤我腿，却不忍伤我性命。我坠落马下，他也下马。如此武艺高强忠义之士，我不忍仗兵多擒之。"

郭崇韬道："将军之意，莫非欲以大义招降此人？"

李嗣源不觉笑道："知我者安时也。"二人说笑而回。

元行钦回至山寨大营，高行周问道："今日将军与李嗣源交战如何？"

元行钦道："久闻李嗣源武艺高强，上有威名，下得军心，今日交锋乃真英雄也。我本当被擒，却被李嗣源释放而回，日后怎有脸面再去叫战？"

高行周问道："那将军之意……"

元行钦道："我欲率众归降，以报李嗣源放我回营之恩。"

高行周道："我等跟随将军北阻契丹，南拒晋兵，倘若将军率众归降，我等至死追随。"

元行钦道："行周忠义之士，令我钦佩，若有此心，明日共赴晋营请降。"

"我意也是如此。"高行周道。二人商榷已定,归降晋王。

次日清晨,元行钦令一万八千幽燕将士列队山下,李嗣源腿伤未愈,不想出战,后来听说燕军请降,乃大喜道:"诸公随我去迎。"

李嗣源、郭崇韬、石绍雄率左右将官来至大营门外,只见元行钦与高行周二将下马单膝跪倒,元行钦道:"罪将元行钦率一万八千将士前来请降。"

李嗣源一瘸一拐将元行钦、高行周扶起,为其松绑言道:"请将军上马。"二人心中纳闷,李嗣源拉住二人缰绳,亲自牵马引路。

来至中军大帐,石绍雄认出跟在元行钦身后的高行周,便对李嗣源道:"正是这位小将军与我大战六十回合未分胜负。"

李嗣源问道:"此乃何人?"

元行钦道:"此人是我手下副将高行周,其父乃是昔日大名鼎鼎的幽州神枪将高思继。"

李嗣源叹道:"昔日曾闻高思继与铁枪王彦章大战一百回合不分胜负,今日小将军枪法定能勇冠三军,令人钦佩。"高行周也赶忙向李嗣源还礼。正是:

> 从来不打不成交,
> 只恨英雄多飘摇。
> 交战岂止比武艺,
> 还观谁家品德高。
> 相逢沙场三百合,
> 一朝归附成挚交。
> 义比流云随风去,

情同大浪入波涛。

　　却说刘守光连接败报，惊惶得了不得，卑辞厚币，向梁求援，正值梁廷内乱，不暇应命。刘守光狗急跳墙，即刻修书一封，命密使骑八百里快马往契丹求援。

　　刘守光只待一日，周德威便率三军兵临幽州城下。守光自知兵力不支，不得已致书乞怜，愿为城下盟。德威笑语来使道："大燕皇帝，尚未郊天，何故雌伏如此！我受命讨罪，不知他事，继盟修好，更非乐闻，请为我转语燕帝，休想乞和，快来一战。"

　　遂斥退来使，不答一字。守光闻报，越加窘迫，又遣将周遵业，赍绢千匹，银千两，锦百段，献入晋营，哀求德威道："富贵成败，人生常理，录功叙过，也是霸主盛业。我王守光，不欲为朱温下，所以背梁称尊。哪知得罪大国，劳师经年，现已自知罪庆，还祈少恕！"

　　德威道："能战即来，不能战即降，何必多言！"

　　遵业尚欲开口，见德威起身入内，只好怏怏退还，报知守光。守光搔首挖耳，无法可施。踌躇了许多时候，突闻城外喊声大震，又来攻城，不得已硬着头皮，登陴巡守。遥见周德威跨着骏马，手执令旗，指挥战士，遂凄声遥呼道："周将军！汝系三晋贤士，奈何迫人危急，不开一网呢？"

　　德威答道："公已为俎上肉，但教责己，不必责人！"守光语德威道："我已力屈计穷，只求将军少宽一线，俟晋王亲至，我便开门迎谒，泥首听命！"

　　德威乃托张承业返报晋王。晋王命承业居守，权知军府事，自诣幽州，单骑抵城下，呼守光与语道："朱温篡逆，我本欲会合河朔五镇兵马，兴复唐祚，公不肯与我同心，乃效尤逆温，居然僭号称帝，且欲并吞镇、定，是以大众愤发，至有今日。成败亦丈夫常事，必须自择所向，敢问公将何从？"

守光流涕道："我今已为釜中鱼，瓮中鳖了，唯王命是从！"

晋王也觉动怜，即折断弓矢，向他设誓道："但出来相见，保你无虞。"

守光闻言，又道他是仁柔易欺，便含糊答应道："再等三日！"李存勖言道："既然汝真心悔过，本王可免汝罪过，保得富贵。"

刘守光闻听李存勖信了自己的话，抱拳谢道："守光这里谢过晋王千岁！"

李存勖令三军在幽州城外等候三日。却未想这刘守光却并未安抚百姓，反倒强抓壮丁，增加徭役，储备滚木雷石。

三日过后，李存勖率军令刘守光开成投降，而刘守光却焦虑契丹兵马因何迟迟不到，拒不开城。李存勖对城上怒道："刘守光！汝既与本王约定三日为限，因何三日已到，却不肯献城？"

刘守光哈哈大笑道："李存勖！此乃我缓兵之计，我堂堂大燕皇帝，怎能屈膝于汝？"

晋王且笑且愤，返入德威营中，决定明日督军猛攻，誓入此城。是夕有燕将李小喜，缒城来降，报称城中力竭。

看官道这小喜是何等人物？他原是守光嬖臣，教守光切勿降晋，守光被他哄动，遇着危急时候，不得不作书乞降，其实是借此缓兵，并非实心投诚，不料小喜却先走一着，竟已奔投晋营。晋王存勖，即命五更造饭，饬各军饱餐一顿，俟至黎明，一声鼓角，全营涌出。晋王亲披甲胄，督令进攻，这边竖梯，那边攀堞，四面八方，同时动手。燕兵已经力尽，哪里还能支持，就使有心拒守，也是防不胜防，霎时间合城鼎沸，纷纷乱窜。晋兵一齐登城，拔去燕帜，改张晋帜，趁势下城往捉守光。守光已挈妻李氏、祝氏，子继珣、继方、继祚等，逃出城外，南走沧州，只有乃父仁恭，还幽住别室，被晋军马到擒来。此外有家族三百口，逃奔不及，一齐作了俘囚。

晋王存勖入幽州城，禁杀安民，授德威卢龙节度使，兼官侍中，改命李嗣本为振武节度使，更遣别将追捕守光。可怜守光抱头南奔，途次又复失道，向荒径中走了数日，身旁未带干粮，只是枵腹逃难。到了燕乐界内，见有村落数处，乃遣妻祝氏乞食田家。田家见她衣服华丽，并没有乞人形象，遂向她盘问，祝氏直言不讳。田家主人张师造，假意留她食宿，且令家人往给守光，一同到家，暗中却飞报晋军。晋军疾趋而至，将守光及二妻三子，一并捉住，械送军门。晋王存勖，方宴犒将士，见将吏擒到守光，便笑语道："王是本城主人，奈何出城避客？"守光匍匐阶下，叩首乞命。晋王命与仁恭同系馆舍，给予酒食。

守光正是腹饥，乐得一饱。

越数日，晋王下令班师，令守光父子，荷校随行。守光父母，对着守光，且唾且骂道："逆贼破灭我家，竟到这般！"守光俯首无言。

路过赵州，赵王镕盛帐行幄，迎犒晋军。且请晋王上坐，奉觞称寿，酒酣起请道："愿见大燕皇帝刘守光一面。"

晋王乃命将吏牵入仁恭父子，脱去桎梏，就席与饮。仁恭父子拜镕，镕亦答拜，又赠他衣服鞍马，守光饮食自如，毫无惭色。

及晋王辞别赵王返至晋阳，即将仁恭父子，用白链牵入太庙，自己亲往监刑，守光呼道："守光死亦无恨，然而劝我不投降的人是李小喜，如今罪人不死，我到了地下也不会安生。"李存勖派人召李小喜，李小喜侧目而视、斥责刘守光说："你因父杀兄，奸淫父妾，难道也是我教你的吗？"

晋王怒指小喜道："你究竟做过燕臣，不应该如此无礼！"便喝令左右，先将小喜枭首，然后命斩守光。

守光又呼道："守光素善骑射，大王欲成霸业，何不开恩赦罪，令得自效！"刘守光以为他是吕布，可晋王不是董卓，也不是曹操，他不需要守光。

二妻恰在旁叱责道："事已至此，生亦何为？我等情愿先死。"即伸颈就戮！

刘守光仍不死心："下官知罪，我父刘仁恭背信弃义，出卖晋王。罪臣愿献上家父，只求晋王留我性命。"

李存勖冷笑道："人生天地之间，忠孝乃立身之本，汝却囚父杀兄，自称帝号，如此无君无父之人，岂可饶恕。将刘仁恭、刘守光打入囚车，押赴刑场祭奠先王！"

军士将刘仁恭、刘守光父子二人押至李克用墓前，李存勖祭出三支遗箭，众人随李存勖三拜九叩，存勖言道："父王李克用在上，孩儿存勖以三晋骠勇之师，收复赵魏，平定幽燕。今生擒刘仁恭父子，押至父王目前，以雪父王生前三恨。"

左右刀斧手开刀问斩，刘仁恭父子早已胆破腿软，两颗人头瞬间滚落尘埃。士卒将刘仁恭父子人头端至墓前，李存勖取下雕翎一支，对墓言道："一箭之恨已除，儿当断箭告父。""啪"的一声折断一箭。

欲知后事如何，且看下回分解。

第三十三章　同室操戈

却说梁太祖朱温一日泛舟九曲池，池不甚深，舟又甚大，本来没甚危险，不料荡入池心，陡遇一阵怪风，竟将御舟吹覆。梁主温堕入池中，幸亏侍从竭力捞救，方免溺死。别乘小舟抵岸，太祖拖泥带水，惊悸不堪。

时方初夏，天气温和，急忙换了龙袍，还入大内，嗣是心疾愈甚，夜间屡不能眠，常令嫔妃宫女，通宵陪着，尚觉惊魂不定，寤寐彷徨。梁主病不能兴，召语近臣道："我经营天下三十年，不意太原余孽，猖獗至此，我观他志不在小，必为我患，天又欲夺我余年，我若一死，诸儿均不足与敌，我且死无葬地了！"

语至此，哽咽数声，竟至晕去。近臣急忙呼救，才得复苏。朱温只怕晋王，谁知祸不在晋，反在萧墙之内。嗣是奄卧床褥，常不视朝，内政且不能理，外事更无暇过问了。

话说朱温初欲立郢王朱友珪为太子，后又欲立博王朱友文，因此，导致大梁一场内患。却说朱友珪自身权柄微薄，便邀请交情深厚的王彦章与张归厚到府上商议，刚把房门关好，朱友珪便跪倒在地痛哭道："二位将军救我性命！"王彦章和张归厚赶忙将朱友珪扶起问道："殿下何必如此，莫非有不测之祸？"

朱友珪挤着眼泪痛诉道:"父王要立博王为太子,欲将友珪贬往他乡。倘若如此,朝中定然大乱。"

张归厚道:"博王乃圣上养子并非亲生血脉,岂能继承皇位?"

朱友珪道:"友珪乃众皇子之兄长,如今父皇要废长立幼,朱友珪恐怕命不保矣。"

王彦章怒道:"昏君!废长立幼,我等岂能坐视不理?"

朱友珪道:"我欲效仿唐太宗李世民,先正皇室,再正朝纲。"

王彦章道:"既是如此,我等可依计行事,请殿下带兵入宫拟诏称帝。"

朱友珪道:"有劳二位将军回府各自点兵,二更天时,我率兵入后宫,王将军封闭京畿要冲,张将军缉拿博王朱友文。"王彦章与张归厚立即赞成。

当夜二更,郢王朱友珪率一千亲兵冲入建昌宫,几个值夜的太监不等逃窜便被拿下,朱友珪问道:"本王奉密诏保驾,万岁何在?"

一个小太监答道:"今夜驾幸椒兰殿。"

朱友珪当即命手下包围椒兰殿。朱友珪带百余名士卒冲进大殿,殿内太监顿时惊呼唤乱,朱友珪对左右喝道:"椒兰殿内宫女太监格杀勿论!"众士卒得令一拥而上,斩杀宫女太监二十余人。忽闻屏障之后有个孱弱声音问道:"何人作声?"

朱友珪闻言绕到屏障之后骂道:"老贼,汝传位于朱友文,是何道理?"

朱温强打精神怒道:"孽畜!难道你要造反不成?"

朱友珪大骂:"无道昏君,禽兽之为!你为何去臣弑君,父纳子妻!孩儿今夜就送父皇去见玉皇!"朱友珪说着便指示自己的马夫冯廷谔砍杀朱温。朱温奋起,绕着殿内的柱子躲避。冯廷锷连劈三剑，都被朱温躲过，剑锋砍入柱子中。朱温正患着病，几次躲闪已经头昏眼花，支持不住，颓然跌倒在床上。冯廷锷抢上一步，一剑刺入朱温腹部，朱温挣扎了一会儿死去。

朱温被杀死时，时年六十一岁。临死前，他肯定没有料到，自己一生杀人无数，想不到最后却被自己的儿子所杀。

朱友珪杀死朱温，连夜草拟伪诏，黎明之时宣称朱温驾崩，传位于自己。早朝之时，百官见朱友珪已在金祥殿登基，文武大臣惊讶万分，在众人质疑之时，只见张归厚手提博王朱友文人头上殿，对众人喝道："博王朱友文心生叛逆，欲篡龙位，我奉先帝密诏诛杀反贼。"话音刚落，又有侍卫来报，大将军王彦章率五万精兵保驾京畿。左右大臣见生米已成熟饭，只得下拜朱友珪，高呼万岁。

却说友珪登位半年以后，枢密使敬翔去均王朱友贞府上求见。朱友贞问道："敬大人来此，不知有何要事？"

敬翔道："殿下，下官此来乃是为先帝立嗣之事。"

朱友贞问道："先帝传位于郢王，早就登基，有何异议？"

敬翔道："郢王乃是真正的乱臣贼子，篡权小人。"

朱友贞闻言倒吸一口凉气，轻声问道："敬大人此话怎讲？"

敬翔言道："先帝驾崩当日，曾拟密诏交与下官，但郢王连夜入宫，却于次日清早依诏登基。我料郢王入宫乃是杀父，先帝遗诏乃是伪诏。"

朱友贞惊异问道："先帝给大人的密诏，可曾携带。"

"内藏于身。"敬翔从怀中掏出朱温临终遗诏，交与朱友贞道，"此诏乃当日午时，陛下令为臣亲笔草拟，所立太子乃是博王朱友文，且有逐郢王为刺史之意。博王已卒，殿下乃先帝正宫张皇后所生，为嫡长子，理应继承大统，所以下官前来通禀。"

朱友贞手攥遗诏狠狠地说："我定为父皇除此逆贼，大人可有除贼之策？"

敬翔道："今观京畿，皆由王彦章、张归厚二人领兵把持，葛从周虽有虎符调兵，却卧病在床，早已足不出户。难以除贼，殿下之妻乃是张归霸之女，可与张归霸交好，以避祸端。再传言河北李存勖将举兵南下，哄郢王将王彦章调出，方有除贼之机。"

朱友贞道："原来敬大人早已成竹在胸，我即刻遣人传言李存勖将由冀州南下，调王彦章离开京师，至于何人可进京勤王，就全赖敬大人调遣。"

敬翔道："下官不便久留，就此告退。"

数日之后，朱友贞便前往张归厚府上。张归厚自以为拥立朱友珪有功，反倒妄自尊大起来。朱友贞一见张归厚便躬身道："叔父大人扫除奸贼，官升兵部尚书，小侄特备薄礼前来敬贺。"

张归厚美滋滋地言道："贤侄何必破费，非是我除贼有功，乃是仰仗郢王天威所至，满朝上下人心所向。"

朱友贞道："近日发生一件大事，不知叔父知否？"

"何等大事？"张归厚问道。

朱友贞道："晋王屯兵河北，意欲渡过黄河，直捣开封。"

"本官已有耳闻，街市百姓也有传言，且民心多有不安，不知贤侄有何高见？"张归厚道。

朱友贞道："以小侄之见，当派一大将在黄河北岸屯兵，修筑壁垒以防晋兵南下。"

张归厚问："友贞之言正合我意，不知何人能当此职？"

朱友贞言道："非大将军王彦章不可。昔日潞州城下，王彦章连诛李克用五员上将，以铁枪闻名，晋人闻听王铁枪之名皆畏惧万分，既可震慑晋人，又可安定民心。所以非王将军不可。"

张归厚点了点头道："贤侄所言有理，明日我便奏明天子，出兵驻扎黄河沿岸。"

朱友珪自登基以来对张归厚视如心腹，言听计从。不过数日，王彦章便率兵五万望黄河之北屯兵。

不久后的一天，开封城内热闹如常，均王府忽有兵士数千会集于此，朱友贞、敬翔、袁象先、寇彦卿、赵岩五人在此起事，均王朱友贞喊道："先帝经营大梁三十余年，却被贼子朱友珪所害，我等焉能面对先皇在天之灵！"

敬翔道："请出太祖画像以示众人。"众人见朱温画像，伏地而泣，朱友贞道："诛杀逆贼！"军士振臂响应，皆呼万岁，请均王朱友贞为君。朱友贞率精兵五百包围张归厚府第，袁象先、寇彦卿、赵岩等率兵五千冲入皇城。

张归厚见官兵进府，大喝道："尔等何处兵马，竟敢闯入兵部尚书府？"只见外院大摇大摆走入一人，此人头戴金凤展翅盔，身披金甲银叶铠，乃是均王朱友贞。张归厚一见朱友贞赶忙问道："贤侄此时用兵，却为何故？"

朱友贞怒道："吾乃均王千岁，这贤侄也是你做臣子该喊的吗？"

张归厚不知所措，只得改口道："均王殿下不知有何急事？"

朱友贞道："朱友珪有弑君之罪，汝乃帮凶，本王受众人拥立顺承天命。看在令兄的份上，汝自裁吧！"张归厚明白朱友贞已反，仰天而叹："皇上休矣！"言罢拔剑自尽。

再表袁象先、寇彦卿、赵岩三将率五千士兵进宫，那朱友珪本是平庸之辈，登上皇位之后只图玩乐，不理朝政。闻听太监来报乱军杀入，慌忙在后宫拼凑亲兵一支，不足千人，且太监居多，朱友珪率军与五千牙兵交战，少顷死伤将尽，朱友珪退至椒兰殿中。袁象先、寇彦卿、赵岩率兵又杀入椒兰殿。袁象先怒声喝道："朱友珪！汝天命已尽，快快束手就擒！"

由于城门已被朱友贞控制，朱友珪与妻张氏"趋北垣楼下，将逾城以走，不果"。想逃，没门路；想活，没可能。朱友珪当年弑父夺位的雄风，如今已是荡然无存。他明白自己落到朱友贞手里会是怎样的后果，万般无奈下，朱友珪命"冯廷谔进刃其妻及己"，享年37岁。朱友贞即位后，废朱友珪为庶人。朱友珪虽然当了八个月皇帝，在历史上却没有留下帝号。

朱友贞在开封即位称帝，欲缉拿朱友珪生前党羽，敬翔奏道："万岁倘若缉拿郢王旧部，恐驻扎黄河北岸的王彦章心生变故，不仅不可缉拿，反应重赏安抚方为上策。"朱友贞恩准，下诏追封张归厚为太师，并说是暴病而亡，加封王彦章为右金吾卫上将军，安定其心。

朱友贞无心改元，所以郊天大礼，也延宕过去。宠妃张氏又忽然得病，很是沉重。妃系梁功臣张归霸女，才色兼优，友贞早欲册她为后，张妃请待帝郊天，然后受册，友贞至妃病已剧，亟册她为德妃，日间行礼，夜半去世，也算有情。友贞悲悼了好几日，自觉形神俱惫，未晚即寝。到了夜间，梦寐中似有人行刺，正在彷徨时候，突闻御榻中有击刺声，越觉惊异。乃开匣取剑，披衣亟起，自言自语道："难道果有急变吗？"

言未绝，寝门忽启，有一人持刀直入，竟来行凶。不防梁主持剑以待，将他刺死。乃急呼卫士入室，令他验视尸骸，有人识得是康王友孜的门客，即令卫士往捕友孜。友孜正待刺客返报，一闻叩门，亲来启视，被卫士顺手牵来，押入内廷。梁主面加审讯，友孜无可抵赖，俯首无词，梁主喝令处斩。原来友孜系梁主幼弟，双目有重瞳，自谓有天子相，欲弑兄自立，不意弄巧成拙，竟至丧命。

越宿梁主视朝,顾语租庸使赵岩,及张妃兄弟汉鼎、汉杰道:"几与卿等不得相见!"

赵岩等尚未详闻,经梁主说明底细,方顿首称贺,且面奏道:"陛下践祚,已越三年,尚未郊天改元,致被奸人觊觎,猝生内变,若陛下早已亲郊,早已改元,当不致有此事了!"

友贞乃改乾化五年为贞明元年,亲祀圜邱,颁诏大赦,即命次妃郭氏暂摄六宫事宜。郭氏为登州刺史郭归厚女,亦以姿色见幸,无容琐述。

欲知后事如何,且看下回分解。

第三十四章　李存勖称帝

却说晋王灭梁已是大势所趋，李嗣源、冯道、郭崇韬、李存审、安休休、安金全、孟知祥、元行钦、高行周等联章请晋王称帝。李存勖也难抵帝位之诱，命人打制龙冠、龙袍，决意择吉日登基。

此事报至晋阳，监军张承业以为不可，从晋阳远道而来求见晋王。张承业此时已年老多病，来至魏州已僵卧病榻，李存勖亲来探望。张承业言道："大王父子与梁贼血战三十年，誓要为国家报仇，恢复唐室社稷。如今梁贼未灭，大王便要称帝，恐怕会令天下人失望。大王何不先诛除梁贼，为先帝报仇，迎立唐室后人为帝。您再扫平吴蜀，一统天下，到时又有何人能与大王争夺帝位。您谦让的时间越久，将来江山就越稳固，此其一也。若要称帝，朝廷需册命大礼，宗法乐章，新立宗庙，今尚无礼乐典制，此其二也。周文王三分天下有其二尚不敢称帝，而如今群雄并立，称帝难令诸侯归附，反失人心，此其三也。只此三条，千岁万不可称帝。中原朱梁、两川王建、南汉刘岩冒称帝胄，已失道义，千岁当以道义讨伐；荆王高季兴、吴王杨溥、越王钱镠、闽王王审之、楚王马殷五侯分据江南，千岁可用仁义抚之；那时面南而称孤，霸业可成矣。"

李存勖道："孤王也是受不住众人推举，才与承业商议此事。承业重疾染身，还需细细调理，待孤王平定朱梁之日，定复李唐江山。"李存勖遂命人将张承业送回晋阳养病。张承业自知难以劝阻，大哭道："诸侯们浴血奋战，本为恢复唐朝，现在大王却自取帝位，欺骗老奴啊。"他返回晋阳，从此一病不起。

　　李存勖送走张承业不过三日，有中军官来报，有五台山僧人献宝鼎一尊。李存勖令僧人来见，这和尚法号智谭，智谭和尚双手合掌说道："阿弥陀佛，老衲智谭从五台山掘得宝鼎一尊，特来献与晋王千岁。"说着令徒弟将宝鼎献上，李存勖令人为智谭看座，走至宝鼎近前，见此鼎虽有泥土相嵌，但仍金光耀眼、宝气逼人，左右文武将官也被此鼎折服。

　　李存勖问道："诸公可知此鼎何来？"

　　谋士冯道言："观此鼎纹，此鼎乃上古宝鼎，传国之宝。"

　　李存勖问："此鼎溯源快速速讲来。"

　　冯道言："上古大禹王治河划九州，以九州之青铜铸九鼎于荆山之下。华夏九州名山大川、福瑞奇景镌刻于九鼎之上。夏王视鼎为传国之宝。夏灭商兴，九鼎迁于商都亳京；商灭周兴，九鼎又迁于周都镐京。秦始皇一统六国，迁鼎于咸阳，国灭则鼎迁，九鼎历经战乱，已湮没于世，今却出于圣地仙山，定于魏州中原。赖此祥瑞，必能定鼎中原。"

　　参军郭崇韬道："为臣也曾听说楚庄王曾问鼎以成霸业，今得此祥瑞，乃帝命传承，臣请千岁顺应天命，制印称帝。"李嗣源、安休休、安金全、孟知祥、元行钦、高行周纷纷跪地请晋王李存勖设坛称帝，李存勖推让再三，才定于四月称帝。

　　后梁龙德三年（923）四月，晋王李存勖在魏州城南，高筑法坛，供奉宝鼎。五台山主持智谭登坛做法，坛下金幡千顶，列队两侧。李存勖在众人相拥之下，祭天称帝。废前唐年号天祐，改元同光，设魏州为东京，太原为西京，镇州为北都，国号为"唐"，大赦天下。追封祖父李国昌为献祖皇帝；父亲李克用为太祖武皇帝。李存勖以自身为李唐帝胄，追立唐高祖、太宗、懿宗、昭宗宗社，立宗庙于太原。此朝史称"后唐"。李存勖尊生母曹氏为皇太后，嫡母刘氏为皇太妃。刘氏毫不介意，依着故例，向太后曹氏处称谢，曹氏却有惭色，离座起迎，露出局促不安的神态。刘氏独怡然道："愿吾儿享国无穷，使我得终天年，随先君于地下，已是万幸！此外还计较什么？"曹氏亦相向唏嘘。嗣命宫中开宴，彼此对坐，略迹言情，尽欢而罢。后人共称刘太妃的美德。

李存勖封其长子李继岌为魏王，其余四子李继潼、李继嵩、李继蟾、李继峣皆因年幼未予封王。豆卢革拜为门下侍郎，卢程为中书侍郎，郭崇韬为中门使，冯道为太博学士。封李嗣源为上柱国大将军、太尉、蕃汉马步军都招讨，李存璋为柱国将军、中书令兼幽州卢龙节度使，孟知祥为柱国将军兼太原尹，元行钦为骠骑将军，安休休、高行周、安金全等众人也皆有封赏。丁会、阎宝病故任上，周德威、石绍雄、李嗣昭等战死者也皆有追封。李存勖在魏州称帝，各州郡传檄飞报更改年号，岐王李茂贞称臣归附，唯有监军张承业病故于晋阳，享年七十七岁。

欲知后事如何，且看下回分解。

第三十五章　朱友贞亡国

　　却说李嗣源在杨刘城与王彦章力战月余,粮草辎重输运困难,李存勖又修博州渡口,征发民力甚多。城中将士多有怨言。李嗣源对左右将官言道:"杨刘血战月余,万岁又修筑博州渡口,民力困乏,粮草不济,本帅欲退兵东昌府,以缓将士疾苦。"
　　众将也无对策,唯有安重诲道:"都督绝不可弃守杨刘,梁唐成败全在此战,恳请都督再坚壁数日,等待梁军营中生变。"
　　李嗣源咬了咬牙对众人说:"传我将令,即日起三军将士减餐一顿,本帅躬亲示范,各营将官坚守城池,效命者赏,贪生者杀。"众将得令,各自回营守城。
　　王彦章在大营之中日夜为攻城之策焦虑,梁朝廷却在自毁长城。
　　一日早朝,驸马赵岩奏道:"臣启陛下,杨刘不过小城,王彦章却久攻不下,延误战机。臣请陛下命段凝为帅,罢免王彦章之职。"
　　崇政使敬翔赶忙奏道:"陛下万万不可罢免王彦章,今唐兵在博州修筑渡口,但李嗣源率大部兵马皆在杨刘,只要兵围杨刘,李存勖必不敢率兵轻易南下。"

驸马赵岩道:"陛下,那王彦章本是郢王党羽,此番在杨刘与唐兵僵持,必是以兵权胁迫万岁。"

敬翔急向赵岩劝道:"驸马大人,如今大敌当前,临阵易帅乃兵家大忌。"

赵岩不理敬翔之言,对朱友贞道:"陛下,臣有一策可断定王彦章是忠是奸。"

朱友贞问道:"驸马速速奏来。"

赵岩奏曰:"陛下何不令王彦章回军博州,倘若王彦章回师乃是忠臣,倘若不回便是奸贼。"

"准奏!"朱友贞道。

敬翔顿时跪地哭道:"万岁,撤军杨刘,全盘皆输呀。"

"敬子振!"朱友贞厉声怒道,"卿乃相国,朕是天子,望爱卿勿要祸从口出,退朝。"敬翔已不敢再谏,泣声退朝,正是:

梁臣一哭痛开封,
听信谗言社稷崩。
敬翔不能将天补,
只是昏主龙命终。

这日,王彦章与段凝等人正在商议兵事,有中军官来报朝廷遣使送诏,王彦章与段凝等人帐外接旨,一个太监宣读诏曰:

"奉天承运,皇帝诏曰:今李存勖率兵在博州修筑渡口,有直捣开封之心。王彦章率兵久战杨刘仍不能下,特命王彦章回师博州,钦此!"

"臣领旨谢恩。"王彦章领得圣旨,把太监打发走后,闭口不谈撤兵之事,副都督段凝找王彦章问道:"都督既得圣旨,因何迟迟不下令退兵?"

王彦章道:"若是奉旨而行,我三军必败于唐,杨刘绝不可弃,本帅'宁伏受重诛之死,不忍为辱军之将',尔等不可再言撤兵之事。"

段凝闻言心中暗想,王彦章抗旨不遵,何不借此参他一本。段凝未与王彦章多言,回营写密信一封,遣心腹士卒乘八百里快马送往京师。

又过两日,开封命人传二道诏令,命王彦章退兵博州,王彦章仍是犹豫。

又过一日,三道诏令传到,王彦章仍不起寨,段凝便来劝道:"万岁四日之内三发诏令,都督再不退兵,恐万岁要龙颜大怒。"

王彦章沮丧地说:"一旦退兵,前功尽弃。"王彦章无奈之下,只得撤兵杨刘,向博州进发,黄河南岸仅留康延孝所部三千人镇守。

李存勖得知王彦章五万大军撤走,即命安休休、郭威等率兵撤回北岸,避开王彦章五万人马。王彦章在路上却得朝廷第四道圣旨:免去大都督之职,令段凝为大都督。

段凝并无将才,统率五万梁军一路向西,驻扎相州之北。又恐唐兵在黄河沿岸渡河,段凝便出了一个灭绝人伦的馊主意,征发黄河南岸十万民夫掘岸凿堤,自滑州之东、东阿之西、曹州之北绵延六百里河水泛滥,洪水成灾,民不聊生。正是:

庸才决堤漫城垛,
欲使唐船空漂泊。
生灵苦叹梁无道,
苍生流离且失所。
水淹中原六百里,

万家哀魂付漩涡。
成败在人非在天，
水退始见梁山泊。

五万梁军主力撤走，郓州的大将康延孝如坐针毡。康延孝早年在割据太原的晋王李克用麾下当士卒，后来因为犯罪逃亡到后梁，自队长升到部校，梁末帝时，多次立军功。

康延孝身边有一谋士名曰张延朗，乃汴州人氏，官居粮料使。张延朗见康延孝绸缪不决，便问康延孝："不知将军因何事如此焦虑？"

康延孝道："万岁三道诏令催王彦章还兵博州，可郓州势单力薄，倘若李嗣源举三万人马进兵郓州何以拒之？"

张延朗道："大梁大势已去，人言段凝已代王彦章为大都督，那段凝乃靠左右逢源才有今日。而唐帝李存勖已在魏州登基。李存勖灭幽燕、伐契丹、并赵魏、联西岐，人心所向，将军识时务者为俊杰。"

康延孝倒吸一口凉气，问道："先生要我降唐？"

张延朗道："若得今生伴明主，何愁他日不丈夫？"

"好！"康延孝道，"我即修书与唐主，归顺大唐。"

话说李存勖得康延孝请降书信，大喜不已，遂招百官商议纳降之事。宰相豆卢革问道："陛下，这请降之事，恐其中有诈。"

郭崇韬道："以为臣之见，陛下当亲历前往。一来李嗣源将军屯兵杨刘可保无忧；二来康延孝在郓州已是孤立无援，逢战必败。臣以为康延孝乃是走投无路，陛下亲往可使梁军将士心悦诚服，又可安抚当地百姓之心。"

李存勖大悦："郭爱卿之言甚合朕意，朕令郭崇韬留守魏州，朕往郓州受降。"

次日，李存勖辞别郭崇韬、豆卢革等人，由李从珂率三千兵马护送，前往郓州。康延孝将归降之地定在朝城，李存勖、李嗣源、李从珂、安重诲、石敬瑭、史建瑭等众将率八百精骑兵在朝城城下恭候。天至晌午，只见远远驰来一路人马，约有百余人。一面将旗之上绣有"康"字，来者正是康延孝。康延孝来至城下翻身下马，走至李存勖近前伏地高呼："罪臣康延孝拜见陛下。"

李存勖赶忙扶起康延孝，并且脱下御衣金带赐给他，道："康将军真心归附，令我大唐如虎添翼。朕封汝为南面招讨指挥兼博州刺史。"

康延孝感激之至又跪地高呼："谢陛下，吾皇万岁、万万岁！"李存勖得了康延孝及郓州等城，众人大喜自是不提。

却说康延孝投降李存勖，朱友贞龙颜大怒，朝堂之上对百官道："康延孝献出郓州重地，若唐军由此南下，开封危矣！"

驸马赵岩道："陛下何不将段凝再调回郓州？"

敬翔在一旁怒道："赵岩！若非尔等保举段凝，朝廷岂能有此困境？段凝掘开黄河沿岸，中原六百里洪灾泛滥，鸡犬不鸣。若从相州调回兵马再回郓州，足有千里之遥，洪水阻道怎得行军？"

赵岩无言以对，看不懂他为何信段凝不信王彦章！王彦章过去确是朱友珪心腹，朱友珪已死，他现在肯定忠于朱友贞啊！赵岩岂不闻管仲、魏征之事乎？

敬翔又奏道："眼下万岁只有调宫中禁军前往郓州。"

"准奏，准奏！"朱友贞道："但何人可为主帅？"

敬翔道："能为帅者，非王彦章不可。"

朱友贞面露愧色，无奈地说："朕即封王彦章为东路兵马都招讨，率宫中禁军北上郓州。"

三日之后，王彦章在开封府东门外点兵拜帅，命袁象先为监军。朱友贞亲自为王彦章壮行。东门之外，战马成阵，兵士列队，甲光向日，兵刃映影。点将台上朱友贞握住王彦章的双手说："当初只怪朕听信谗言才有今日。朝廷成败全赖将军，老将军勿负朕心。"

王彦章老泪纵横地对朱友贞说："陛下勿忧，待老臣退敌班师之日，定要杀尽奸臣以谢天下。"

王彦章刚到濮阳，有中军官来报，李嗣源已率兵扎营中都北门外，正在北门外摆阵叫战。王彦章闻言令城上打号炮三声，亲率兵马列阵城下。

李嗣源见王彦章居于阵前，对其说道："王老将军，我主天兵至此，还不快快献城归降？"

"这不是大太保李嗣源吗？只恨当初未曾把你打死，今日老夫当为主公报仇！"说着催马出阵。

高行周道："末将愿打头阵！"

"好，擂鼓助战！"李嗣源道。

高行周催马出战，王彦章喊道："来将通名！"

高行周道："我乃高思继之子高行周也，杀父之仇未敢相忘！"

"哦，原来是小仇家，今日老夫送你去见高思继。"说着王彦章出枪来战，二人大战三十回合未分胜负。史建瑭见高行周难胜王彦章，亦催马出阵。三人战至一处，正是：

银枪神枪战铁枪，
三枪威名震四方。
国恨家仇连并起，
老将六旬亦可当。

又战二十回合，王彦章力不能支，高行周一枪直奔他咽喉刺来,王彦章慌忙躲避。史建瑭一枪砸中王彦章后护心镜,王彦章顿时口吐鲜血,驳马便退。

两日之后,李存勖率大部人马会合李嗣源,共计八万人马驻扎城外。李存勖摆帐中军,各营将官分列左右。李存勖问道:"王彦章现在兵马如何?"

李嗣源答道:"王彦章仅有一万兵马。"

李存勖道:"自先帝征贼,今已有二十载矣。梁贼元气将尽,朱氏天命将终,朕令李嗣源由北面主攻,李从珂、石敬瑭出兵东门,安重诲、史建瑭出兵西门,朕率兵由南门劫杀逃窜之兵。"众将纷纷接令,李存勖又叮嘱道:"若能一战而胜,开封只需十日可破。还望诸位将军奋勉图功,力诛梁逆!"

"遵命!"左右众将齐声答道。

后唐将士傍晚饱餐一顿之后,天色将暗,阴风习习。李存勖等众将分兵而出,将梁营围得水泄不通。

守卒慌忙禀告王彦章,王彦章披甲挂剑,无助地说:"天意如此,非我不才。"又扭头对袁象先道:"今夜老夫当葬身此地。将军年少,大战之时可突围而去。"

袁象先眼中依稀,对王彦章说:"末将身陷敌阵,岂敢贪生,愿随老都督战死此地。"

王彦章道:"袁将军为人正直,我令将军突围非是他意,只求将军回开封替我报个丧。"众将闻言无不热泪纵横。

梁将之间正在生离死别,忽闻四面战鼓震天,喊杀四起,上万支火弩划破夜空,未过一个时辰,四门皆已告急。王彦章率五百精壮士卒从南门突围。李存勖正在南门外督战,见王彦章率兵从此杀出,李存勖对左右将士高声喊道:"诛杀顽贼!"万余将士蜂拥而上,王彦章挥铁枪左突右杀,挑死晋将一十六员,无人能阻。

王彦章力战晋军顿觉前日旧伤复发,心口剧痛,口中涌上一口鲜血喷出，自知无力再战，高呼道："我挡晋兵，袁将军速走！"王彦章血口怒吼，横枪拦兵，将袁象先等十余人护出重围，晋将夏鲁奇挥舞大刀，抄至王彦章身后，用刀攥猛磕王彦章后心窝。顿时王彦章嘴上鲜血淋漓，丢枪坠马。十几个晋兵一拥而上，将王彦章五花大绑，生擒南门。

天亮之时，梁营已失守，李存勖会合各路兵马于中军帐内，李嗣源率众将分列两侧。存勖端坐帅位言道："拿王彦章上堂。"

只见几个军士将筋疲力尽的王彦章架至帐内，王彦章虽旧伤剧痛，仍立而不跪。庄宗问道："孤已大获全胜，汝因何不跪？"

王彦章道："老夫被擒，一死而已，何必多问。"

李存勖道："左右为老将松绑！"两侧军士揭开绑绳，李存勖又言："看座！"有士卒搬过椅子，让王彦章落座。

李存勖问道："孤尝闻老将军将孤视作儿郎，今日生擒将军，心中可服？"王彦章扭头不语。存勖又问道："老将军率残余之兵为何以卵击石，不念后果？"

王彦章垂头丧气地说："吾主若听我之言安能有今日之败，大势已去，非老夫之勇一力能担。"

李存勖走至王彦章近前为其拭去身上尘土，王彦章却用手掌挡住李存勖手腕言道："老夫已存成仁之心，晋王切勿招降。"

李存勖道："存勖爱慕英杰，素来敬畏老将军威名，望老将军洞察时务，倒戈归顺，功成之日封拜万户侯，不知尊意若可？"

王彦章道："老夫出身穷苦，受梁主恩宠无数，今为败军之将，理当以死报国。陛下将为世之明主，老夫却不能朝秦暮楚，今只求一死。"

李存勖见王彦章宁死不降，看了一眼左右众人。李嗣源起身对王彦章施礼言道："我主一片真心，还望老将军三思。"

王彦章猛然起身对李存勖言道："大丈夫生而何欢，死而何惧？只可断头，不愿屈膝。彦章武人，不知书。不过俚语云：'豹死留皮，人死留名。'哪有当将领的人，早上替这个国家效力，晚上又为另一个国家做事的？所以请大王给我一刀。"

李存勖长叹一口气道："左右取酒来。"只见有士卒端上酒壶、酒碗，李存勖斟满一碗酒，端给王彦章："请老将军满饮此杯，孤为将军壮行。"

"谢陛下！"王彦章接过大碗一饮而尽，李存勖一挥手，两个刀斧手就走到王彦章跟前。王彦章把碗往脑后一扔，仰面大笑，随刀斧手走出中军帐。片刻之后，刀斧手献上王彦章人头，李存勖令人为其厚葬，王彦章终年六十一岁。正是：

> 铁枪威名誉九州，
> 驰骋半世谢白头。
> 久战中原三十载，
> 不负今生六十秋。
> 辅弼后梁三世主，
> 宁死不受晋封侯。
> 自古烈女侍一男，
> 从来忠臣不二投。

923年十月，李嗣源率李从珂、安重诲、石敬瑭、史建瑭等三万人为前军，李存勖率安休休、元行钦、高行周、夏鲁奇等五万人为后军，直逼开封，一路之上所向披靡，沿途州县望风而降。

此时驸马赵岩慌忙来见，赵岩奏道："陛下大事不好，曹州刺史李知节不战而降。倘若唐兵星夜兼程，明早即可兵临开封。"朱友贞不再理会赵岩，赵岩便悄悄退下，连夜出城逃走。其他臣子也纷纷逃离。

朱友贞从此以后，每天都抱着传国玉玺哭泣。有一天他起床，发现玉玺不见了。

朱友贞黔驴技穷，恍恍惚惚独自一人走到椒兰殿，然后跪在朱温画像前痛哭，左右太监宫女皆不敢过问。直到半夜，宫内禁军统领皇甫麟来至椒兰殿，奏道："启禀万岁，唐将李嗣源率三万人马已到开封城下。"

跪在地上的朱友贞摆了摆手，皇甫麟退下。待到五更天时，大将军袁象先、宰相张全义纷纷跪至椒兰殿请命，张全义道："臣启万岁，唐主李存勖命人下战表，晌午时分若不献城，将率兵攻城，请万岁定夺。"

朱友贞跪了一夜，有气无力地说："卿等拼死守城便是，退下。"几位大臣相互看了一眼，退出椒兰殿。

又过了一个时辰，皇甫麟再到椒兰殿奏道："启禀陛下，唐兵已经攻城，末将愿保万岁突围。"

朱友贞道："现在突围又待怎样？当年朱友珪杀父皇在此殿登基，朕诛兄长也在此殿登基。如今朱氏天命将终，朕欲从此殿升天以追随父兄。"一会儿又说："姓李的是我们梁朝的世仇，我不能投降他们，与其等着让他们来杀，还不如由你将我杀了吧。"皇甫麟忙说："臣下只能替陛下效命，怎么能动手伤害陛下呢！"朱友贞说："你不肯杀我，难道是准备将我出卖给姓李的吗？"皇甫麟拔出佩剑，想自杀以明心迹。朱友贞说："我和你一起死。"说着，握住皇甫麟手中的剑柄，横剑往自己颈项一挥，血流如注，倒地死去。历时十六年的后梁就此终结。八万唐兵将开封团团围住，攻势锐不可当。城中一来无兵,二来无将,满朝大臣会聚椒兰殿外商议对策。只见禁军统领皇甫麟提剑而出,对众人道:"诸位大人,万岁已自刎归天。"说完也哭着自刎而死。满朝官员无人流泪,百官均力主献城归降。朝中文武纷纷往东门之外迎降唐帝。

李存勖攻陷都城,颁发诏书赦免梁朝官僚,李振对敬翔说:"新主已有诏赦罪,我辈理当入朝。"敬翔慨然拒绝说:"我二人同为梁相,君昏不能谏,国亡不能救,新君若问及此事,将如何对答呢?"李振退出。当天夜里,敬翔宿于宅第。天将亮,侍从报告说:"崇政院李太保已入朝。"敬翔返回寝室叹道:"李振枉为大丈夫了!朱家与李家结为仇敌,当初我们共同谋划,如今少主自刎殉国,纵然新皇朝赦免我等罪过,又有什么脸面进入建国门呢?"于是上吊而死。

敬翔妻子刘氏,父亲任蓝田县令。黄巢之乱时刘氏为尚让所得。黄巢兵败,尚让携刘氏投降。尚让被杀,时溥纳刘氏为妾。梁太祖平定徐州,得到刘氏并宠爱她。敬翔丧妻,太祖又将刘氏赐给他,敬翔对她宠爱有加。但刘氏不守妇道,仍然公开去找朱温。还不时羞辱敬翔:"尚让是黄巢的宰相,时溥也是国家的忠臣,你看看你的门第,真是太羞辱我了。"敬翔宰相肚里能撑船,不想她到朱温那里说三道四,只好忍辱向她道歉。英雄末路,美人迟暮,现在可能没有人接受她了。

太傅张全义、大将军袁象先率领城中文武献城归降,献上后梁传国玉玺。

李存勖率兵入城,唐主命缉梁主友贞,有梁臣携首来献,当由唐主审视,怃然叹道:"古人有言,敌惠敌怨,不在后嗣。朕与梁主十年对垒,恨不得生见他面。今已身死,遗骸应令收葬;唯首级当函献太庙,可涂漆收藏。"左右闻谕,当然依言办理。

李存勖令人在椒兰殿前摆上李克用临终遗箭,祭祀亡灵,折断最后一支雕翎。正是：

克用当年志未酬，
不平三恨死不休。
庄宗一统中原日，
遥望已过二十秋。

三日后，梁将段凝杀驸马赵岩，将其人头献上归降后唐。李存勖大喜，封段凝为上将军之职，复为唐臣，并与后唐宰相豆卢革、卢程，中门使郭崇韬、太博学士冯道等共赴开封参议朝政。驸马赵岩一直保举段凝，排斥王彦章，可最终杀死他的却是段凝。画虎画皮难画骨，知人知面不知心！

段凝扬扬自得，毫无愧容。梁室旧臣，相见切齿。段凝遂暗地进谗，极力排斥。于是贬梁相郑珏为莱州司户，萧倾为登州司户，翰林学士刘岳为均州司马，任赞为房州司马，同日黜逐。段凝意尚未足，再与杜晏球联名上书，谓梁要人李振、张汉杰、朱珪等，窃弄威福，残害群生，不可不诛。唐主再下诏令，首罪敬翔、李振，说他党同朱氏，共倾唐祚，宜一并诛夷。朱珪助虐害良，张氏族属，荼毒生灵，一应骈戮。

这诏一下，除敬翔已死外，所有李振、朱珪、张汉杰、张汉伦等，均被缚至汴桥下，尽行处斩。所有妻孥人等，亦被收戮，敬翔家属及刘氏，也并受诛。赵岩家满门抄斩，自不必说。以上诸人虽然有罪，但由段凝上书诛夷，未免可气！唐主于凝何德？群臣于凝何仇耶？驸马赵岩还一直保举你呢！

李存勖追废朱温、朱友贞为庶人，毁去梁宗庙神主，并欲发朱温墓，斫棺焚尸。河南尹张全义自河南入朝唐主。唐主与语掘墓事，全义面陈道："朱温虽陛下世仇，但已死多年，刑无可加，乞免焚斫，借示圣恩！"

唐主乃止，只令铲除阙室，削去封树，便算了事。乃颁诏大赦，凡梁室文武职员将校，概置不问。令枢密使郭崇韬权行中书事，寻晋封为太原郡侯，赐给铁券，并兼成德军节度使。崇韬职兼内外，竭忠无隐，唐主亦倚为心膂。豆卢革、卢程等，本没有什么才能，无非因唐室故旧，坐受成命。

　　唐主命肃清宫掖，捕戮朱氏族属。所有梁主妃嫔，多半怕死，统是匍匐乞哀，涕乞求免，独贺王朱友雍之妃石氏，兀立不拜，面色凛然。唐主见她体态端庄，不禁爱慕起来，便谕令入侍巾栉。石氏瞋目道："我乃堂堂王妃，岂肯事你。头可斩，身不可辱！"

　　唐主怒起，即令斩首。继见梁末帝妃郭氏，缟裳素袂，泪眼愁眉，仿佛带雨梨花，娇姿欲滴，便和颜问她数语，释令还宫。此外一班妃妾，或留或遣，多半免刑。是夕召郭氏侍寝，郭氏贪生怕死，没奈何，宽衣解带，一任唐主戏弄。石氏宁死不受辱，郭氏忍辱偷生，其实都没有什么错误！

　　欲知后事如何，且看下回分解。

第三十六章　刘皇后不认生父

　　却说刘氏出身乡野，身世凄惨，自小死了母亲，跟着以算命为生的老爹艰难过活。当时适逢天下大乱，在一次战争中，只有五六岁的刘氏被李存勖的将领袁建丰虏获，送往晋王宫为婢。李存勖的母亲贞简太后见刘氏聪明伶俐，甚是喜爱，亲自教其乐器歌舞。久而久之，曹夫人的心里就形成了一个想法，将刘氏培养成自己未来的儿媳，也就是李存勖的妻子。她认为自己一手调教出的女子，定然在品行方面十分出色，能够成为李存勖的贤内助。

　　如何能让李存勖看上刘氏，曹夫人也是费了一番心思。有一次，李存勖去给曹夫人请安，闲谈之余，曹夫人表示有新曲子想让李存勖鉴赏一下。众所周知，李存勖有很高的音乐造诣，经常自己填词谱曲。他曾写出过"曾宴桃源深洞，一曲舞鸾歌凤。长记别伊时，和泪出门相送。如梦，如梦，残月落花烟重"这样的唯美词句。后人便取"如梦"二字，将这首词命名为《如梦令》。

　　就这样，早已精心打扮的刘氏拿着笙翩翩走出，坐下吹奏了一曲。曲罢，刘氏又以歌舞助兴。李存勖看着眼前这个曼妙女子，举手投足之间散发出无限的优雅气质，立即倾心，脸上露出欣喜之色。曹夫人偷偷观察李存勖的反应，见他痴迷沉醉，就知道好事已成，于是趁热打铁，当场将刘氏许配给李存勖当了妾室。时隔不久，李存勖又封刘氏为魏国夫人。

后来刘氏为李存勖生下了儿子李继岌，由于李继岌相貌和性格都与父亲李存勖极为相类，于是刘氏得到李存勖的专宠。待到李存勖建立后唐，刘氏又凭借着皇帝的宠爱，一举击败了争夺后位之人，成功登上了皇后的宝座。

刘氏父亲以卖药算卦为生，人称刘山人。在魏州时，刘山人前来认亲，唐主令袁建丰审视，建丰谓得刘氏时，曾见此黄须老人，挈着刘氏，偏刘氏不肯承认，且大怒道："妾离乡时，略能记忆，妾父已死乱兵中，曾由妾恸哭告别，何来这田舍翁，敢冒称妾父呢？"因命笞刘叟百下。可怜刘叟老迈龙钟，哪里禁受得起？昏晕了好几次，方得苏转，大号而去。

唐主明知此人就是刘后的亲生父亲，但也不便说破。唐主既好俳优，遂穿上与刘叟一样的衣服，背上药囊卦筹，命其子李继岌头戴破帽相随，直入刘氏寝宫，说："刘山人来探望女儿。"刘氏大怒，不好对唐主如何，只好把气撒在继岌身上，将其痛笞一顿赶出宫去。此事一时成为宫中的笑谈。

刘夫人善歌舞，唐主欲取悦刘氏，有时也粉墨登场，亲自表演，自取艺名"李天下"，有一次表演得兴头上时，四顾而呼曰："李天下，李天下何在？"伶人敬新磨上前打了他几个耳光，唐主一时不知所措，左右伶人大惊失色，抓住敬新磨责问道："如何敢打天子？"回答说："李天下者，一人而已，哪得二人？"李，取"理"字的谐音，理天下者即指皇帝。听到此话，左右皆大笑，唐主也非常高兴，厚赏新磨。

越数日出畋中牟，践害民禾，中牟令叩马前谏道："陛下为民父母，奈何损民稼穑，令他转死沟壑呢？"

唐主恨他多言，斥退中牟令，意欲置诸死刑，新磨追还该令，牵至马前，佯加诟责道："汝为县令，独不知我天子好猎吗？奈何纵民耕种，有碍吾皇驰骋！汝罪当死！"

唐主听了此言，也不禁哑然失笑，乃赦该县令之罪，仍使还宰中牟。（该令不失为强项，敬磨也会谲谏。）唯伶官流品混杂，有几个能如敬新磨呢？

刘后自念母家微贱，未免为妃妾所嫌，不如拜全义为养父，得借余光，乃面奏唐主，自言幼失怙恃，愿父事张全义。唐主慨然允诺。刘后遂乘夜宴时，请全义上坐，行父女礼。全义怎敢遽受？刘后令随宦强他入座，竟尔亭亭下拜，惹得全义眼热耳红，急欲趋避，又被诸宦官拥住，没奈何受了全礼。唐主在旁坐着，反喜笑颜开，叫全义不必辞让，并亲酌巨觥，为全义上寿。全义谢恩饮毕，复搬出许多贡仪，赠献刘后。俟帝后返宫时，赍送进去。

越日，刘后命翰林学士赵凤，草书谢全义。凤入奏道："国母拜人臣为父，从古未闻，臣不敢起草！"

唐主微笑道："卿不愧直言，但后意如此，且与国体没甚大损，愿卿勿辞！"

赵凤无可奈何，只好承旨草书，缴入了事。

唐主复采访良家女子，充入后庭。有一女生有国色，为唐主所爱幸，竟得生子。刘后很怀妒意，时欲将她捽去。可巧李绍荣丧妇，唐主召他入宫，赐宴解闷，且谕绍荣道："卿新赋悼亡，自当复娶，朕愿助卿聘一美妇。"

刘后即召唐主爱姬，指示唐主道："陛下怜爱绍荣，何不将此女为赐？"唐主佯为允许。不意刘后即促绍荣拜谢，一面即嘱令宦官，扶掖爱姬出宫，一肩乘舆，竟抬入绍荣私第去了。将得宠生子的唐主爱姬赐给别人，刘后也能做得出！唐主愀然不乐，好几日称疾不食，不过始终拗不过刘后，只好耐着性子，仍然与刘后交欢。

刘皇后贪婪已极，拥有大量的财富，仍不满足，又以皇后的名义经营商业，甚至樵果菜蔬也不放过，往来兴贩，乐此不疲。每年各地的贡献，先入后宫，除了写佛经、施僧尼外，靳惜不舍纤毫。同光三年（925），发生大水灾，河南、河北百姓，流离失所，无以为生。由于漕运路绝，京师供给不足，六军兵士，往往有饿死者。可是唐主与刘后却游猎宴乐不绝，所至之处，都要当地百姓供给，甚至售卖家具什器、拆毁房屋以供之。县吏畏惧，逃窜于山谷。次年春天，新粮未收，百姓军士仍然非常困苦。国库无钱，宰相请求打开内库以供应军队之需，唐主已经同意，而刘皇后却不肯。宰相在殿上再三论请，刘氏在屏风后窃听，遂闯至廷前，拿出自己妆奁首饰，并推出皇幼子满喜，对唐主说："诸侯所贡，给赐已尽，宫中所剩就这些了，请把它们卖了供军，如果不够就把满喜也卖了吧！"宰相哪里还敢多言，惶恐而退。后来魏州兵变，才拿出内库之物赏军，军士一面背负着赏赐之物，一面大骂说："我们的妻子儿女已经饿死了，现在要这些财物又有何用！"所以说唐主身败国亡，其妻刘氏也有不可推卸的责任。

却说前蜀王衍荒废国政，李存勖决定全取巴蜀以威慑天下。于是以自己的儿子魏王李继岌为都统，以郭崇韬为招讨使，兵发蜀国。郭崇韬知道蜀国山川险峻，对于进攻方来说困难很多，不仅兵力难以展开，而且粮秣不便转运。于是，他决定慎重行事，充分利用《孙子兵法》中"取用于国，因粮于敌"的战略原则，派兵先占凤州，不仅夺得大批粮食和兵员，而且也确保了归路畅通，免致腹背受敌。

接着，又出兵迫降三泉等地，充分补充了军需。此后，他利用前蜀君臣的矛盾，顺利展开攻击，唐军一路攻城拔寨、势如破竹，很多蜀军望风而降，仅仅70天，唐军攻入成都，王衍自缚请降。

盛极而衰，万物皆然。就在郭崇韬的功业一时无人能及的那一刻,一系列针对他的谗言、陷害也接踵而至。以前,郭崇韬在李存勖身边,李存勖对他颇为倚重,别人动不了他,只能干瞪眼。现在,郭崇韬远离李存勖,而且建立了不赏之功,那些忌妒、仇视郭崇韬的人如同翻身的咸鱼一样,疯狂地将各种脏水泼向了郭崇韬。

郭崇韬得罪得最狠的是宦官。由于众所周知的生理、心理原因,宦官大多贪财阴狠,而且他们日夜围绕在皇帝身边,让人防不胜防。所以很多大臣总会巴结一两个宦官以为内援。可是,才智过人、说话耿直的郭崇韬偏偏最恨宦官,他在入蜀的路上就曾对名义上的主帅李继岌说:"蜀地平定之后,大王就是太子了,等到将来登基后,最好优遇士族,尽除宦官,而且不单单是罢黜宦官,就连骟过的马也不要骑。"

此话一出,宦官们顿时如五雷轰顶,无不对郭崇韬咬牙切齿,就算张承业那样忠贞为国的宦官活着,也不会原谅郭崇韬说的这种充满攻击性和侮辱性的话。

不久,李从袭派手下宦官向延嗣带着李继岌的命令到达成都,命郭崇韬班师,郭崇韬听说是个小黄门传旨,竟然不肯按礼节郊迎,这让向延嗣气愤不已,回去就添油加醋地说郭的坏话。李从袭趁机对李继岌说:"魏王贵为太子,但郭令公却不把您放在眼里。我听说他的儿子郭廷诲更是无礼狂妄,穿戴做派像个王爷似的,还和蜀中的豪富奸人们狎妓作乐,不分昼夜。现在军中的将领全是郭氏一党,魏王无力自保,万一您逼迫急了,恐怕会生祸乱,那时我们还不知暴尸何处呢?"说完,与李继岌相对流泪。

向延嗣回到汴梁后,又变本加厉地向李继岌的母亲刘皇后诉苦,一向贪婪刻薄的刘皇后,秒忘了郭崇韬当年力主她正位中宫的恩德,哭着请求宦官想办法保全李继岌。

刚好,此时李存勖收到了蜀地报告,发现战利品不够多,颇为不满。向延嗣趁机进谗："臣问过很多蜀人，都说蜀地的珍宝美女进了郭崇韬的府内，少说也有黄金上万两，白银数十万两。郭崇韬的儿子郭廷诲贪得也不少。可是，您的儿子魏王，却只得到几匹老马而已。"本就对郭崇韬逗留蜀地不快的李存勖，立马怒容满面，命宦官马彦圭火速赶往蜀地去调查郭崇韬是否班师，如班师则已，假如有意推迟逗留，就和李继岌除掉他。

盛怒之下的李存勖昏了头，调查朝廷重臣岂能儿戏，更不能让本就对郭崇韬强烈不满的宦官主持，这不是明摆着把昔日的大功臣送到人家的刀口上吗？

马彦圭见李存勖似乎对于如何处置郭崇韬还没作出最后决断，生怕郭一旦回京，向李解释清楚就前功尽弃了，于是，他在临行之际阴险地到刘皇后那里说："祸乱发生，只在瞬间，怎么会有时间从数千里之外再请旨呢？"刘皇后一听就慌了，又去找李存勖，李存勖这时还没有糊涂透顶，仍坚持先调查再处理。一心挂念儿子安危的刘皇后见状，索性自己写了一道教令，让马彦圭交给李继岌，让他先动手杀掉郭崇韬。

看了母亲的教令，李继岌说："六军将发，郭令公并无其他过错，我怎么能做这种负心之事？你不要再说了！"李从袭等人痛哭流涕地说："圣上既然有口谕，大王如果不当机立断，万一中途机密泄露，我们就没命了。"李继岌说："圣上没有正式诏书，单凭皇后的教令怎么能杀朝廷大臣！"李从袭见李继岌不肯听从，又故意制造事端使郭崇韬得罪李继岌，然后再进行挑拨，李继岌毕竟年轻没有经验，不由得就站在了他们一边。第二天早晨，李从袭以李继岌的名义召郭崇韬议事，李继岌上楼躲开，心腹大将李环藏着铁锤，立在阶下。郭崇韬不知道已经发生了变故，昂首挺胸前来，刚走上台阶，李环举起铁锤猛力一击，正中郭崇韬的头颅，郭崇韬霎时间脑浆迸裂，死于非命。

继岌在楼上瞧着，见李环已经得手，即下楼宣示后教，收诛崇韬子廷诲、廷信。崇韬左右，统皆窜避，唯掌书记张砺，诣魏王府前抚崇韬尸，恸哭失声。推官李崧进语继岌道："今行军三千里外，未接皇上敕旨，擅杀大将，若军心一变，归路皆成荆棘了。大王奈何行此危事？"

继岌方着急起来，自述悔意，且向李崧问计。崧乃召书吏数人，登楼去梯，伪造敕书，钤盖蜡印，再行颁示，但言罪止及崇韬父子，不及他人，于是军心略定。

唐主饬继岌还都，命太原尹孟知祥就任西川剑南节度使。

欲知后事如何，且看下回分解。

第三十七章　李存勖亡命

　　后唐同光四年（926）二月，魏州太守赵在礼、邢州太守赵太、幽州太守高行周、博州刺史翟建，四路兵马起兵造反，扬言"杀伶官，诛倡优"。

　　各州郡飞章急报洛阳，唐主李存勖召见百官商议对策，太博学士冯道奏道："臣启陛下，四路兵马造反，来势汹汹，臣以为可急招镇州节度使李嗣源出兵讨伐。"

　　侍中景进道："李嗣源手握重兵，一直对京师虎视眈眈，启用李嗣源如同放虎归山。"

　　大将军药彦稠奏道："侍中之言虽有道理，但是眼下朝廷有累卵之急，万民有倒悬之危，若不启用李嗣源，别处调兵又费周折，请陛下三思。"

　　丞相豆卢革奏曰："陛下，李嗣源乃我大唐擎天得力柱，架海紫金梁，倘若不用，也无人可选。"

　　庄宗实出无奈只得降旨命镇州节度使李嗣源为内外诸军都招讨，出兵讨伐四路叛军，又令魏王李继岌率领入蜀兵马返回京师。

　　李嗣源封疆于镇州已近两年，整日庭院赋闲。庄宗诏书传至镇州，李嗣源看过诏书，即刻诏来左右副将商议对策。李从荣、李从珂、石敬瑭、安重诲、刘知会等众人分作两厢，李嗣源道："如今四路兵马揭竿而反，声言'杀伶官，诛倡优'。圣上令我发兵，诸位意下如何？"

李从珂道："父帅不如按兵不动，让万岁明白祸害忠良的报应。"左右众人连声响应。

安重诲道："主公若是按兵不动，诸侯必定蜂拥而起，中原必定大乱。倘若主公能平定四路乱兵，则中原收复三分天下有其二，霸业可成矣。"

李嗣源道："众人之言，唯有重诲之言颇具远见。传令摆帐中军，老夫要点将排兵。"正是：

> 赋闲两载气不衰，
> 老骥犹慕点将台。
> 乐宇茫茫久未到，
> 乱世浮沉卷土来。

李嗣源点兵三万，以李从珂为先锋官先讨荆州。荆州太守赵太亲自出城迎战。先锋官李从珂手提双锤不问姓名催马出战，赵太挥大刀相迎，李从珂两个回合便将赵太打落马下。

荆州将士见李从珂勇猛无比，无人敢与交锋，便献城归降。李嗣源率兵进驻荆州，犒赏三军，飞章告捷。

李存勖听说李嗣源首战告捷，传诏重赏三万将士，并急令出兵魏州。李嗣源得唐主急诏，又率大军南下魏州。

博州刺史翟建率五千援兵在魏州城内会合赵在礼，未过一日，李嗣源三万大军会集魏州城下。赵在礼、翟建二人来至城垛之上，见李嗣源命骑兵在前，步兵在后，射手压阵左右，排兵有序，列队成阵。赵在礼心中暗暗佩服，对翟建道："当年大太保威震寰宇，今见其阵，果然名不虚传。"

翟建道："观其布兵，只恐你我非李嗣源的对手。"

赵在礼道:"兄台所言极是,我已有献城谢罪之意。"翟建也自知难以抵挡李嗣源,赞成赵在礼谢罪献降之策。

只见魏州城门大开,赵在礼与翟建只率侍卫数人由城中而出。赵在礼喊道:"上柱国可否出阵一叙?"李嗣源催马而出问道:"汝乃何人?有何话叙谈?"

赵在礼抱拳道:"末将魏州太守赵在礼,请上柱国恕我铠甲在身不便下拜。"

李嗣源道:"赵将军既知我大军已到,为何只领数骑而不列阵?"

赵在礼答道:"末将有归降之心,不知将军肯容否?"

李嗣源道:"尔等既然有心造反,为何又不战而降?"

赵在礼答道:"我等造反,皆因宫中伶官倡优当权,残害忠良,滥杀无辜,只恐日后我等也变为伶官手下的冤死之囚。"

李嗣源道:"伶官当权,倡优乱政,我亦愤慨,但不可亵渎皇纲,肆意而反。倘若赵将军愿请罪归降,老夫念事出有因,自当奏明天子,赦免尔等罪名。"

翟建对赵在礼道:"李嗣源在朝中素有威名,言而有信,我看可降。"二人一拍即合,遂下马请降。李嗣源大喜,下马将二人扶起,令大军驻扎魏州城外,仅率五百亲兵入城。

话说这一夜,赵在礼在帅府宴请李从荣、李从珂等众将,忽然从帅府外跑来一人,正是督粮牙将郭威,郭威奉命往洛阳押领唐主赏赐三军的封赏。李从珂一见他便问道:"郭将军莫非押回了圣上犒劳三军的赏赐?"

郭威面带无奈,坐到椅子上说:"诸位将军有所不知,圣上与景进等人往沂州围猎,用了我等的饷银,今夜只是空手而归。"

李从珂拍案而起,怒道:"昏君!早知今日,何不共同反了这狗皇帝!"

"我等愿反！"石敬瑭、李从荣、赵在礼纷纷响应，唯有安重诲劝道："诸位将军，少安毋躁。我也欲反，只是上柱国不下令，我等又能奈何？"

赵在礼问道："不知安参军有何高见，愿洗耳恭听。"

安重诲道："仅凭我等三寸之舌，上柱国焉能听信。我等何不连夜煽动三万将士哗变，迫使上柱国起兵造反。"众人闻言纷纷赞许，商议一番便各自领兵去了。

待到三更天时，李嗣源尚在睡梦之中，忽然李从珂冲进寝帐摇醒李嗣源。嗣源问道："我儿何事惊慌？"

李从珂惊呼："大事不好，军中生变！"李嗣源赶忙起身穿衣披甲。霎时间窗外灯火通明，李嗣源在阁楼之上俯视窗外，只见城外士卒源源不断涌入城内，片刻之间已将嗣源所居府第围得水泄不通。

李嗣源走入园中，这园里已经拥满哗变的士卒，个个高举火把，挥舞刀枪。副将郭威走至李嗣源近前抱拳言道："启禀上柱国，末将由洛阳而回，当今圣上不仅未给封赏，且侵吞将士们的军饷，用于汴州围猎。末将赤手而归，三军将士震怒，请上柱国定夺。"

李嗣源问道："诸位将士连夜起兵，意欲何为？"

李从荣道："镇州、魏州两部将士请求上柱国起兵造反。"话音未落，只闻园子内外的将士振臂高呼"杀伶官，诛倡优！"呼号震天，群情激昂。

又见安重诲从队伍后面走来言道："启禀上柱国，两镇五万将士怒不可遏，末将欲止不能。"

原来从马直（注：皇帝亲兵的称号）军士张破败聚众闹事，杀死都将，烧毁军营，包围了中军大营。李嗣源大声呵斥，张破败大声说："我们跟随你十多年，身经百战，帮皇帝打下了江山。如今我们想回到家乡，但皇帝不同意，反而杀了我们许多弟兄。我们本来不想反对朝廷,如今被形势所逼,不得不死中求生。现在,大家已经和城里的弟兄商量好了,请求你在河南称帝。"

李嗣源不禁大惊失色,哭着劝解众人,众人始终不听,用刀逼着李嗣源进城。

李从荣劝导:"军心所向,天意如此,父帅不可再作犹豫。"李嗣源百般无奈,只得应允。正是:

春风拂醉唐主心,
郊猎忘却犒三军。
诸将共把天子怒,
欲将龙袍另加身。

李嗣源率兵直逼洛阳,一路势如破竹,所向披靡。洛阳快马急报,唐主李存勖郊猎正酣。景进持洛阳急报呈送唐主,唐主问道:"侍中何事惊慌?"

景进道:"启禀陛下,魏州急报,李嗣源反啦!"

唐主惊问:"报上怎讲?"

景进读道:"同光四年四月初九魏州哗变,乱兵由博州渡河,十万火急,奏请圣断。"

宰相豆卢革道:"李嗣源率兵已渡博州,万岁返回京师,扼守关隘,方为上策。"

"准奏。"唐主又道:"即刻传旨,起驾回都。"

李存勖游幸汴州,妃嫔彩娥跟随数千人,随行军卒有两万之众,车马辎重步履维艰。禁军统领元行钦奏道:"行装辎重使三军受累,恐叛军追上,请陛下决断。"唐主闻之有理,命禁军指挥使郭从谦率三千步兵押运辎重在后,唐主自率精兵与众宫娥先行回宫。

禁军指挥使郭从谦押辎重行军不过十余里，左右士卒接连叫苦。郭从谦心中暗骂唐主无道，猛然间雷雨大作，车马泥泞难行。郭从谦为难之际，有士卒来报："启禀指挥使，李嗣源已率兵攻陷开封。"郭从谦闻之大惊。

郭从谦本是个伶人，认大将郭崇韬为叔父。郭崇韬被李存勖杀死后，他在部属中为郭崇韬鸣冤叫屈，被李存勖知道，召去训斥说："你为什么要违背我而去依靠郭崇韬，想干什么？"郭从谦听了又怕又恨。

于是郭从谦召集麾下将士，泣血陈情道："李嗣源已破开封，若不能将车马押回京师，万岁必坑埋汝等。"左右将士群情愤慨，从谦进而说道："我欲与众将士杀回京师，灭族昏君，献降上柱国。"此言一出，士卒皆应。郭从谦摒弃车辆行装，率三千禁兵轻装返回京师。

洛阳城上守兵不知郭从谦已反，让其三千士卒入城。郭从谦身居禁军指挥使，宫城戍卒皆受其差遣。郭从谦统率禁军焚毁宫门，直杀内宫。唐主正在绛霄殿用膳，伶官史彦琼慌忙跑至，失声哭道："万岁危矣，郭从谦率禁军造反，杀入内宫。"

唐主惊道："内庭可有护卫？"

陪在一侧的景进答道："尚有元行钦将军统领的三百黄甲军。"

唐主道："令元行钦速挡之！"

禁军统领元行钦率三百黄甲军冲入宫院，拦住去路。元行钦怒喝道："尔等受唐主皇恩，怎敢生此叛逆？"

郭从谦答道："上柱国李嗣源替天行道，我等欲另立明主，元将军何不与我等共迎上柱国入城？"

元行钦答道："万岁视我如肱股，元某可死不可降！"遂率兵与三千禁军混杀一处。

须臾，禁军人多势众，黄甲军死伤已尽，几百禁兵与元行钦酣战一处，元行钦杀兵无数，奈何无马难逃，力竭而亡。

禁军攻入绛霄殿，李存勖一马当先，带领侍卫冲杀过去，将叛军赶出门外，并且关上大门。郭从谦又重新组织人马，放火焚烧兴教门，趁火势又杀入门内。李存勖与侍卫拼死抵挡，忽然飞来一箭，正中他的面门，痛得他几乎昏倒。鹰坊人（专事养鹰以供皇帝田猎的宫人）善友将他扶到绛霄殿廊房下，拔出箭矢，顿时血流如注。李存勖连叫口渴，宦官奉刘皇后之命奉上酪浆。李存勖一杯才下，遽尔殒命。年才四十二岁。符彦卿、何福进、王全斌等见唐主已殂，皆恸哭而去。善友敛乐器覆尸，放起一把火，将乐器及唐主遗骸，俱付灰烬，免得乱兵践蹋，然后遁去。

刘皇后最得恩宠，闻夫主伤亡，并不出视，亟与唐主第四弟申王存渥，收拾金宝贮入行囊，匆匆出宫，焚去嘉庆殿，引七百骑出狮子门，向西遁走。

是夕李嗣源已至罂子谷，闻唐主凶耗，泣语诸将道："主上素得士心，只为群小所惑，惨遭此变，我今将何归呢？"

诸将当然劝慰，才见收泪。于是驰书远近，报告主丧。

李存勖被诛，其宫室人等尽死乱兵刀下，伶官阉党多备缉拿。郭从谦召集文武大臣，众人不知宫中有何变故，只闻郭从谦厉声地说："伶官作乱，皇帝无道，本官承天下大义，已诛杀昏君，欲另立明主！"百官闻听李存勖驾崩，伶党被缉，竟无人悲痛，反而各自窃喜。忽士卒来报："李嗣源五万大军冒雨兼程，已临近洛阳二十里。"

郭从谦道："上柱国乃圣上皇兄，贵为帝胄，当承天命。"朝中文武无人敢驳，连声赞许。

未几，李嗣源率兵摆阵洛阳城下。众人商议献降之人，太博学士冯道对张全义道："张大人在百官之中老成持重，今日李嗣源兵马杀到，还请大人代为出使。"

张全义顿时脸色铁青，恐惧道："老夫虽然有心献城，不过李嗣源一直忌恨我这前梁旧臣，不肯相容。"

冯道道："李嗣源此番乃是为诛杀伶党而来，非忌恨前梁旧臣，李嗣源必不会责怪大人。下官与大人同去，定保你我安然无恙。"

张全义道："既然如此，可道与老夫同往敌营。"

洛阳城门大开，张全义、冯道二人各乘一马，带随从数人来至军前。冯道一看压阵的李从荣，拱手道："劳请少将军通禀一声，张全义、冯道为洛阳百姓来军中求议。"

李从荣道："先生稍等，我去禀告。"

片刻工夫，李从荣回马道："上柱国有请二位大人军帐中说话。"二人进入帐中行礼，只见李嗣源端坐虎皮宝座，横眉立目；两侧将官手扶剑柄，威仪严肃。李嗣源问道："二位大人来此何干？"

张全义道："大将军神威将至，下官特为洛阳百姓向将军祈求太平。"

"哼！"李嗣源言道，"若不是我举义兵讨伐伶党，今日绝不留汝狗命！"

张全义吓得连连称是，冯道道："我等身为人臣，饱受伶官专权之苦，今日上柱国神兵天降，匡扶正义，真乃社稷幸甚。臣等特来恭请大军入城。"

李嗣源道："既然是二位大人来请，我肯定不负诸公所望。二位大人回城告知百姓及众臣公，我只问罪伶官男宠，其余人等一概免罪。"张全义、冯道连声称谢，遂引李嗣源大军入驻洛阳城。

唐主称帝，仅及四年，先时承父遗志，灭伪燕，扫残梁，走契丹，三矢报恨，还告太庙，及家仇既雪，国祚中兴，几与夏少康、汉光武相似。偏后来妇寺擅权，优伶乱政，戮功臣，忌族戚，不恤军民，酿成祸患，就是作乱犯上的郭从谦，也是优人出身，平白地令典亲军，致为所弑。

一个曾威震中原的马上皇帝，最后死得如此凄凉，自然引起了后世诸多的感慨与思考。欧阳修专门为此撰写了《伶官传序》："故方其盛也，举天下之豪杰莫能与之争；及其衰也，数十伶人困之，而身死国灭，为天下笑。"后人有诗叹道：

<blockquote>
晋王临终三箭传，
中原四面扫敌番。
摔杯定计诛逆党，
北伐幽燕退契丹。
鏖战黄河灭朱梁，
迁都洛阳取蜀川。
少年得志老来哀，
不近贤能近伶官。
</blockquote>

欲知后事如何，且看下回分解。

第三十八章　李嗣源称帝

同光四年（926）正月二十七日，后唐大军东撤回朝，大军从成都出发，李继岌令康延孝以一万二千人为后军。二月六日，中军到达武连，朝中使者带诏书到，说西平王朱友谦有罪被处死，命李继岌杀掉他的儿子遂州节度使朱令德，康延孝闻讯大惊，李继岌不派康延孝去杀朱令德，而派董璋去，延孝怀疑后唐已经不信任自己了，接着董璋带兵到遂州，经过延孝率领的后军时，又不拜见，康延孝很愤怒，对各位军校说："南边平定汴梁，西边平定巴邛，策划谋略是郭公做出的，但汗马之劳，力摧强敌，是我。如以背弃伪朝归顺国家，辅佐而成霸业来论，就数西平王的功劳第一。西平王和郭公都以无罪而灭族，回朝廷后，下次该轮到我了。"

同光四年（926）二月九日，康延孝带军走到剑州，当时康延孝部下都是鄜州、延州、河中等地的后梁旧将，焦武等人知道西平王惨遭祸害，又杀了朱令德，都在军门大声痛哭，对康延孝说："西平王无罪，家中二百人被杀，河中旧将，没有不受牵连的，我们必死无疑。"这时魏王李继岌到泥溪，康延孝向李继岌报告说："河中士兵号哭，将作乱。"

二月十日，康延孝到剑州，于是带领众兵往回走，自称西川节度使、三川制置使，用檄文向蜀人招兵，三天之内，人数达到五万。

却说李嗣源率兵入洛阳,传令群臣于兴圣宫议事。李嗣源左右众将皆劝其登基称帝,李嗣源把冯道叫至身旁,问道:"众人欲保我即位,先生以为如何?"

冯道答曰:"李存勖诸子皆死于宫中乱兵刀下,唯魏王李继岌尚拥兵西蜀。若将军称帝,则魏王造反有名,陷公于不义。"

李嗣源问:"众人拥戴我,不知如何答复,望先生教我。"

冯道言道:"将军可以监国之名,代行君主理朝。"

过了少时,群臣会集兴圣宫,张全义道:"上柱国救社稷于危难,救万民于水火,功盖千秋。国不可一日无君,为臣斗胆奏请上柱国顺承天命,登基为君。"

李嗣源道:"本帅起兵乃是诛杀伶党,另立明君,魏王尚在西蜀,待其归朝,当立储君。我暂以皇叔之身代为监国,总理朝事。"文武众臣又请李嗣源登基,李嗣源依旧辞而不受,仍自称监国。李嗣源令人寻到李存勖尸骨祭奠于西宫,并存李存勖灵柩,待魏王归朝送柩登基。

李从荣、李从珂、安重诲、石敬瑭、刘知远、郭威六人闻知李嗣源有拥立魏王李继岌登基之意,连夜往兴圣宫求见李嗣源。李嗣源掌灯秉烛,众将分坐左右。李从荣道:"父亲大人,千万不可待魏王归朝登基!"

李嗣源道:"魏王乃先皇长子,理当即位。"

安重诲道:"今日朝堂之上,群臣两请监国登基,监国虽辞而不受,但魏王若是得知此事,必要加害监国大人。"

李嗣源问:"何以见得?"

安重诲道:"魏王为人面善而心狠,郭崇韬总揽朝政,魏王杀其满门;如今主公已是监国,只恐魏王更不能容。"

安重诲也劝道:"康延孝将军举兵在汉州起义,可命其阻杀魏王。倘若纵虎归山，则后患无穷。"李嗣源叹道："这一步之差，要让老夫背千古骂名。"

李从荣双膝跪倒，劝道："天与不取，反受其咎，机不可失，时不再来，父亲不可再犹豫！"安重诲、石敬瑭等也接连跪倒苦劝："监国不可犹豫。"李嗣源满怀焦虑，咬牙捶案，对众将道："传令康延孝出兵阻杀魏王！"正是：

半生忠烈成笑谈，
人随时势难上难。
从来忠奸只一步，
自古成败棋一盘。
欲迎和风陪春醉，
反遭冷霜伴秋寒。
西川断绝朱邪氏，
只教后唐另脉传。

却说康延孝得李嗣源命令，率三千精骑兵由汉州而发，烧魏王粮队。军粮被烧传至魏王军中，五万将士人心惶惶，魏王退至渭南，大军粮尽，五万大军溃散过半，逃兵难止。从袭语继岌道："大势已去，福不可再，请王早自为计。"

继岌彷徨泣下，徐语李环道："我已道尽途穷，汝可杀我。"

李环迟疑多时，乃语继岌乳母道："我不忍见王死，王若无路求生，当卧榻踣面，方可下手。"

乳母泣白继岌，继岌面榻偃卧，李环取帛套颈，把他缢死。从袭自往华州，也为都监李冲所杀。

二月二十七日，任圜带大军到达汉州，康延孝前来迎战，任圜令董璋用东川投降过来的懦弱士兵抵挡其前锋，把精兵埋伏在后面，康延孝击退东川之兵后急忙追杀，遇伏兵突起，康延孝被打败，逃回汉州，闭关不出。后唐镇守西川的孟知祥也带二万兵前来，与任圜联合攻打他。康延孝在汉州四面竖起竹木做栅栏。三月九日，任圜在金雁桥摆下阵势，随即率各军呼喊着前进，四面放火，烈焰腾空。这时康延孝十分危急，带骑兵出战，在金雁桥遇上敌阵，又失败了，带十几名骑兵逃奔到绵州，被何建崇追上抓住，任圜命用囚车运来。

　　孟知祥与任圜、董璋设酒宴聚会，令人把康延孝的囚车带到酒会上，孟知祥问道："您刚从梁朝脱身归顺，才平定汴州，节制陕郊，最近又领前锋，平定剑门以外，回归朝廷后，将授爵位封功勋，巨镇尊官，谁能与您竞争！无奈您急躁怨愤，自己毁了功劳，进了这辆囚车，成为三国时邓艾那样的人，我深深为您感到痛惜，你这样，谁能怜悯您？"孟知祥亲自倒满酒给他喝。康延孝说："我自己知道再大的富贵我也难以消受，现在的官职已经满足。但郭崇韬是佐命元勋，辅助皇帝成就大业，不动干戈收获两川，特殊功业谁也比不上，他并没犯下什么罪行，却全家被杀，我这类人还怎么能保住头颅呢？想到这些，我就不敢回朝廷去，天道不助我，一旦到这个地步，也是命该如此，还有什么话说呢！"

　　魏王李继岌死后，军中尚有两万余人，这时朝中使者带诏书来，下令将康延孝就地处死。（康延孝阻杀魏王本是奉命行事，李嗣源自然要杀人灭口。）

　　数日后任圜率两万人马回至洛阳，李嗣源闻之大喜，在兴圣宫大会群臣。安重诲劝道："天不可无日，国不可无君。魏王命已归天，如今监国上逢天时，下得地利，中和人心，龙命当兴。臣等奏请监国登基。"

　　冯道也劝："监国有尧舜之风，周公之德，功勋至极，贵为皇室，今承帝位上合天意，下应民心，如久旱得甘露，四海定神针，叩请吾主登基。"冯道伏地叩拜，殿上文武众臣纷纷跪倒，请李嗣源登基。

李嗣源面带苦色言道："先帝尸骨未寒，魏王客死他乡，我当先祭先帝，从简登基。"众人闻听，齐声高呼万岁。

926年四月丙午，文武百官随监国李嗣源身着白素，祭奠庄宗灵柩。祭奠礼毕，李嗣源加冕受册，百官易朝服称贺。

李嗣源称帝时，霍彦威、孔循等人都认为唐朝气数已尽，建议他更改国号。李嗣源却道："我十三岁便事奉献祖（李国昌），献祖以我为宗亲。我后又追随武皇（李克用）近三十年，对待我像对待儿子一样，追随先帝（李存勖）近二十年，参与了几乎全部的战争。武皇的基业就是我的基业，先帝的天下便是我的天下。世上岂有同宗异国的道理。"他命群臣再议。吏部尚书李琪奏称："若更国号，则先帝便与国家没有了关系，那他的梓宫当如何安放？这不仅让殿下有负三世君恩，我们做大臣的心中也难以自安。"李嗣源遂不改国号，仍旧称"唐"。

李嗣源登基之年已是五十九岁，改年号为天成元年。李嗣源颁诏降旨，废除伶官所担诸职，处死景进、史彦琼等伶党。裁革宫中宦官，遣散后宫嫔妃宫娥千余人。明宗李嗣源从俭治廉，丞相豆卢革身为首相勾结伶官，荒废朝政，被贬辰州刺史；户部尚书孔谦贪赃枉法，兼并民田，被斩首洛阳街市，抄没家产。又为郭崇韬、朱友谦二人平反昭雪，大赦天下。吴、越、荆南、楚、闽南方五侯皆遣使入朝称贺，向明宗称臣。

李嗣源降旨封长子李从荣为秦王；次子李从厚为宋王；养子李从珂为潞王，镇守重镇潞州。安重诲年轻有为，封左丞相；冯道老成持重，为右丞相，官拜枢密使执掌朝政；驸马石敬瑭官拜河东节度使；孟知祥为剑南西川节度使，其余众臣也皆有封赏。

刘后与存渥奔晋阳，昼行夜宿，备历艰辛。刘后恐存渥分离，索性相依为命，献身报德。存渥见嫂子多姿，风韵不减，乐得将错就错，与刘后结成露水缘。及抵晋阳，李彦超不纳存渥，存渥走至凤谷，被部下所杀。刘后无处存身，没奈何，削发为尼，就把怀金取出，筑一尼庵，权作羁栖。偏监国嗣源不肯轻恕，竟遣人至晋阳刺死刘后。一代红颜到此收场。

李嗣源娶妻三人，原配夏氏已故，追封晋国夫人，生子秦王从荣，宋王从厚；潞王从珂之母魏氏亦亡故，追封鲁国夫人；曹氏生一女为永宁公主，嫁与石敬瑭为妻。

朝廷易主，庶政维新。后人有诗叹曰：

　　　　得国非难保国难，
　　　　霸图才启即摧残。
　　　　沙陀派接虽犹旧，
　　　　毕竟雍陵骨早寒！

欲知后事如何，请看下回分解。

第三十九章　诸国现状

却说吴越国创建人钱镠，少时无赖，曾以贩盐为盗；后应募为兵，渐由偏将而升掌一州之兵。他在剪除刘汉宏、薛朗、董昌等势力的过程中，占有了两浙之地。唐昭宗天复二年（902），封其为越王。904年，改封吴王。及朱温建梁，始封其为吴越王。吴越地域狭小，极盛时，只辖有杭、越、湖、苏、秀、婺、睦、衢、台、温、处、明、福十三州；另又设有镇海、镇东、中吴、宣德、武胜、彰武等节镇。由于地狭兵少，实力不足，因此吴越一直以效忠于中原王朝为主要军略。在唐亡之前，钱镠忠于唐朝；在朱温篡唐建梁以后，他又效忠于后梁，由是亦从后梁得到了吴越国王、诸道兵马都元帅的头衔。后唐灭梁以后，钱镠又向后唐上表称臣，不仅得到了吴越国王、天下兵马都元帅的头衔，而且还得到了玉册金印，以示恩宠。凭此，吴越便有效地防御了周边割据势力对吴越国的侵扰。时钱镠一面称臣，一面则自为小朝廷；其府署不仅称朝廷、僚属称臣，而且还自立年号，共有天宝、宝大、宝正三个年号，直到其子钱元瓘继位，才改用中朝年号。同时，他还自行与新罗、渤海等国往来，又给他们行制册、加封爵，俨然中朝一皇帝。虽然如此，钱镠勤于政事，了解民间疾苦，如筑捍海塘等水利工程，就颇得民心。

928年七月，钱镠年事已高，想立钱元瓘为继承人，于是对他的儿子们说："你们各自讲讲你们的功劳，然后我选择你们中功劳多的人立为继承人。"钱元瓘的哥哥钱传璙、钱传璟等都一致推举钱元瓘。于是钱镠上奏请求后唐朝廷授给钱元瓘两镇。同年闰八月初五日，后唐朝廷下诏任命钱元瓘为镇海、镇东节度使。

932年三月，钱镠患病，召来文官武将对他们说："我这次患病必然不能再愈。我的几个儿子都愚昧懦弱，恐怕不能做你们的主帅，我要与你们永别了，你们当自己挑选出主帅。"将官们号哭着说："大令公有军功，品行贤德又有仁义孝道，已经主管两处藩镇，大王何苦这样说呢！"钱镠说："你们认为他可以吗？"将官们说："我们都愿奉他为主帅。"钱镠于是令人把印信、锁钥全部取出授予钱元瓘，并对他说："众位将吏推举你，你要妥善守护住。"

三月二十八日，钱镠去世，钱元瓘继承父位，并与兄弟们共同在一个帐幄内守丧，内牙指挥使陆仁章说："令公继承先王的霸业，将吏们早晚要进见，应当与诸位公子分开住。"便命令主事的人另设一帐，扶着钱元瓘住进去，并向将吏宣告："从今以后，这里只能谒见令公，禁止诸公子的随从未经允许随便进入。"于是，昼夜警卫，未尝休息。

马殷占据的地方在今湖南地区，国号楚。这马殷原来是个木匠，祖上八辈子都是务农的，祖坟上也没冒过青烟。因为干木匠活养不活老婆孩子，马殷一咬牙就参了军，投在孙儒旗下，南征北战立功不小。后来孙儒兵败身死，马殷就取而代之，率军攻入湖南，做起了土皇帝。

虽然也是一方霸主了，但马殷跟隔壁的军阀根本没法比，人家占的都是富得流油的江淮、四川等地，他占的却是湖南。要说在马殷之前的湖南，那是真的穷。虽然种水稻，但是亩产相当低,吃几顿就没了。黄巢之乱的时候,国家的钱都花得差不多了,其他地方刮不出油水来,就把手伸向了湖南,把它搞得穷上加穷,盗贼四起。

马殷也知道现在的湖南捞不到什么东西,但是自己拼了命也就占到了这块地方,必须得认。眼下最急迫的问题就是如何把湖南的经济搞上去,让自己的腰包鼓起来。

马殷一时半会儿想不到什么好办法,天天愁得吃不下饭,睡不好觉,快要愁死的时候,大臣高郁跟他说了几句话。马殷一听,立马来了精神,吃饭和睡觉都觉得倍儿香。

原来,湖南别的特产没有,却有个很有商业价值的东西,那就是茶叶。茶叶在古代可是第一饮品,开门七件事里就有茶没有酒。在晚唐,人们吃茶跟吃饭似的,不是一般的上瘾。因为需求量大,做茶叶生意就成了当时最赚钱的行业。当时因为战乱,江淮和四川的茶叶都不再外销,华北巨大的市场需求就出现了真空。高郁对马殷说:"您看,这就是我们的机会。"马殷茅塞顿开,马上下令开放湖南茶叶市场。这个消息马上把华北人的茶虫给勾出来了,华北商人成群结队地进入湖南,掀起了抢购狂潮。商人们把银子都送到了马殷手中,数钱数到手抽筋的马殷睡梦中都笑醒好几次。

茶叶产业的发达,也带动了很多其他行业的快速发展。除了茶叶商人,瓷器商人、药材商人、军火商人都来到了湖南,这些商人从国外过来的时候,又把他们当地的特产带了过来。楚国市场上的货物也是越来越多,到处都是卖特产的店铺。高郁这种放长线钓大鱼的政策,很快就让楚国的经济蒸蒸日上。马殷也从穷光蛋变成了腰缠万贯的阔佬。

在各种经济政策的刺激下,马殷和他的楚国都富得流油,以前对他不屑一顾的其他诸侯也产生了觊觎之心。

马殷死后,长子希振自愿让位,希声承袭父职,谁知二载即亡。弟希范向唐报丧，唐主准令袭职。

西川节度使孟知祥，姐姐即李克宁之妻，被赐死，妻子却是唐庄宗从姊（辈分有点乱，孟知祥既是庄宗的舅舅又是姐夫），925年，后唐灭掉前蜀后，李存勖安排孟知祥担任西川节度使，两川这样的重地，李存勖觉得还是交给自己的亲戚打理放心一些。那时候孟知祥还很"老实"，一心只想着去四川刮地皮捞油水，没想着要当四川王。

李存勖死后，明宗李嗣源继位。李嗣源对百姓好，但作为皇帝也不能过苦日子，就只好找土豪孟知祥要钱。孟知祥知道钱是自己享受生活的保障，哪里舍得，就上书给李嗣源说："臣是个穷光蛋，天天喝稀饭解决饮食问题，最多只能给您五十万，再多实在是拿不出了。"东川地区的董璋跟他是一般心思，不过董璋做得比孟知祥更绝，只答应给十万。

得到如此答复，李嗣源气得大骂："四川天府之国，你们都喊没钱，天下哪个还敢说有钱，你们把朕当作乞丐打发吗？"

孟知祥内恃帝戚，外拥强兵，权势日盛，唐廷颇加疑忌。客省使李严自请为西川监军，严母面谕道："上次你倡谋伐蜀，侥幸成功。今日还好再去吗？"

李严谓食君禄，当尽君事，竟不遵母教，请令即行。

李严此前曾出使前蜀，回朝后又献灭蜀之策，深为蜀地百姓所痛恨。孟知祥非常恼怒，他亲率大军至边境迎接，希望能吓退李严，使其不敢入蜀。但李严始终神情自若。

既至成都，孟知祥盛兵出迎，李严入城与宴，酒至半酣，知祥勃然道："公公前次奉使王衍，回朝后即请庄宗伐蜀；庄宗信用公言，遂致两川俱亡。现在各地藩镇都废除了监军，唯独公公来监我军，究是何意？"

李严方欲答辩，知祥令部将王彦铢动手。彦铢不由分说将李严拉下餐座，一刀砍作两段。

孟知祥上表唐廷，诬李严他罪，唐主李嗣源再遣客省使李仁矩赴蜀慰谕。因琼华公主及知祥子孟昶尚住都中，亦命仁矩乘便送去，孟知祥总算厚待仁矩，遣归洛阳，申表称谢，但心中不免藐视唐廷。

公元926年，契丹国阿保机去世，述律平临朝称制，她有天将掌握重权的旧臣都召集了起来。《契丹国志》里有当时精彩的会议记录。

后（述律平）问："汝思先帝乎？"

众答曰："受先帝恩，岂得不思！"

后曰："果思之，宜往见之。"

说实话，任何人在这种时候，都会做如此回答，只是所有的大臣们都没有料到，这样回答问题的背后，居然会引出述律平打蛇随杆上的决定。但事到如今，他们悔之晚矣，站在高台上的述律平以看砧板上鱼肉的眼神看着这群曾经跟随阿保机出生入死的文武重臣，不容分说地把他们统统砍了脑袋，拿去殉葬。

大臣们无故被杀，他们的眷属当然哭闹不已。述律平却蛮横地回复她们："我如今寡居，你们也不应该有丈夫，应该和我一样守寡！"（全没道理。）

此后，凡是被她起了疑心的官员贵戚，她都随便找件事情对此人道："为我传话先帝。"然后便将他拉到阿保机灵前杀掉了事。

述律平滥杀功臣，契丹官员是无处可逃，汉人官员还有故国可奔，于是在很短的时间内，前后两任卢龙节度使卢文进、张希崇先后带着数以十万计的兵员、辎重逃归后唐。

原平州刺史赵思温，是在幽州战役中向耶律德光投诚的汉人，照理说他当初归附的是耶律德光，实在划不进被铲除的名单中，但是述律平还是找上了他，要他去"侍奉先帝"。

赵思温不像那些一根肠子直到底的契丹官员，他站起身来，当着满朝文武向述律平发问："先帝亲近之人莫过于太后，太后为何不以身殉？我等臣子前去侍奉，哪能如先帝之意？"

述律平一愣，挖坑挖了这么久，这次差点自己掉进去。然而，久经官场的述律平马上反应了过来，说："我的孩子还小啊，国家现在无主，动荡不安，我怎么能去殉葬呢？"说着她挥动金刀，毫不迟疑地将自己的右手齐腕砍下，然后镇定自若地命人将这只手送到阿保机棺内代自己"从殉"。

太后自断手腕的狠辣劲头，比她逼别人殉葬更具杀伤力，从此所有的皇亲国戚、满朝文武都对述律平畏如虎蝎，对她的主张再不敢违抗。述律平更改皇储的条件已经完全成熟。

耶律阿保机是头年七月死去的，第二年的十一月，阿保机正式入葬陵寝之后，皇太子突欲率领群臣向述律平请命："皇子大元帅（德光）勋望，中外攸属，宜承大统。"主动要求将契丹皇位让给母亲喜爱的弟弟。

天显二年十一月壬申，二十五岁的耶律德光在传统的燔柴礼之后，于宣政殿正式即契丹帝位，即辽太宗。述律平被尊为"应天皇太后"，她的外孙女萧温则被既是舅舅又是丈夫的耶律德光册立为皇后。

欲知后事如何，且看下回分解。

第四十章　兄弟争位

　　却说唐主嗣源生有三子，长子名从璟，为元行钦所杀，次子名从荣，三子名从厚。天成元年，从荣受命为天雄军节度使，兼同平章事。次年，授从厚同平章事，充河南尹，判六军诸卫事。从荣闻从厚位出己上，未免怏怏。又越年，徙从荣为河东节度使，兼北都留守。未几，又与从厚互易，从荣得为河南尹，判六军诸卫事。两人为一母所生，性情却绝不相同。从厚谨慎小心，从荣躁率轻夸，专喜与浮薄子弟，赋诗饮酒，自命不凡。唐主屡遣人规劝，终不肯改。长兴元年，封从荣为秦王，从厚为宋王。从荣既得王爵，开府置属，招集淫朋为僚佐，日夕酣歌，豪纵无度。

　　李从荣当时已是事实上的嫡长子，掌管京师政务，又握有兵权，且能与宰相分庭抗礼，种种迹象皆表明李嗣源有以其为继承人的打算。但当太仆少卿何泽上书请立李从荣为皇太子时，李嗣源却很不高兴地道："群臣请立太子，看来我应当回河东养老了。"最终，李从荣只被拜为天下兵马大元帅，未能成为储君。他极为不安，担心自己不能继承皇位。

　　却说淑妃花见羞受宠后又生下一子，李嗣源老来得子大喜不已，日夜与花见羞亲昵幼子。时过三月，小皇子已是百日，当赐名封爵。明宗在士和亭大摆筵宴，小皇子赐名李从益，封爵许王。

　　枢密副使冯赟一向狡诈多谋，趁此良辰对小皇子赞不绝口，言道："吾主万岁，今得皇子乃天兴李唐帝祚之祥兆，小皇子承命于天，受身于龙，必可使大唐社稷光照千秋，幸甚幸甚！"

　　明宗与花见羞闻听此语合不拢嘴，左右大臣也随之附和。秦王李从荣听了却十分生气，心中暗想：我身为长子，理当继承皇位，父皇若听从冯赟之言立李从益为太子，岂不是坏了大事？

　　又过一月，气候骤冷，大雪蔽天，明宗得风寒重症卧病难起。秦王李从荣、宋王李从厚与朝中文武百官皆往兴圣宫侍驾。明宗之病愈来加重，以致水米难进。李从荣见明宗奄奄一息，便急回秦王府，召来副将马处钧言道："今观父皇龙驾将终，我本当以长子之身继承大统，未想那花见羞生下李从益左右父皇。我欲调河南府兵马入宫护驾，以免被妇人干政。"

　　马处钧曾在皇宫禁军中为将，对禁军了如指掌，言道："殿下高见，末将与宫中禁军颇有交情，愿为殿下前去会合禁军以为内应。"

　　李从荣大喜："若大事能成，处钧当为社稷之臣。"马处钧遂往宫中打点。

　　次日，秦王李从荣统领河南府精兵一千人往皇城进发。宫中人心惶惶。康义诚与众人围坐中兴殿定计除贼，冯赟道："今朝廷危急刻不容缓，秦王欲抢班夺权，我等万不可坐以待毙！"

　　孟汉琼闻报拂袖遽起道："今日变生仓促，危及君父，难道尚可观望吗？如我贱命，有何足惜，自当率兵拒击！"

　　话音未了，康义诚随声道："老总管尚且如此，我等又何惜一死！"众人连声响应，遂命人拿下马处钧，往兴圣宫请旨。

明宗李嗣源在兴圣宫久病不愈，孟汉琼来至病榻之前伏地言道："启禀万岁，宫廷有变，秦王李从荣率河南府牙兵欲进皇宫。枢密使冯赟，禁军统领康义诚等在宫外候旨。"

"速速召见！"明宗道。

冯赟、康义诚、朱弘昭、朱弘实来至明宗榻前，双膝跪倒高呼万岁。明宗问道："秦王率兵入宫确有其事？"

冯赟答："秦王见万岁龙体难愈，已生夺位之心，今领兵将至端门。"

明宗又问弘昭等："实有此事否？"众人答曰："冯大人句句属实。"明宗不觉泪流满面，用手指天，漠然言道："康义诚，汝自处置，切勿震动京师。"康义诚叩首领旨。

秦王李从荣率兵来至端门外，以为马处钧已打点好宫中禁军，便令士卒叩击左掖门，无人答话。秦王疑惑，又令人高呼，只见康义诚登上端门城垛问道："秦王来此何干？"

秦王答："将军莫非没见马处钧吗？"

康义诚提起马处钧人头说道："马处钧勾结禁军谋反，今已斩首祭旗！"李从荣大惊，康义诚又道："天子密诏，诛杀秦王！"话音刚落，只见左右掖门大开，朱弘昭率三百骑兵由左掖门杀出，朱弘实率三百骑兵由右掖门杀出。秦王麾下多是步兵，又未摆阵势。李从荣惊惶失措，忙起座擐甲弯弓执矢。俄而骑兵大至，冒失直进。朱弘实遥呼道："秦王谋反，来军何故从逆，快快回营，免得连坐！"

从荣部下的牙兵应声散去，从荣狼狈奔回。走入府第，四顾无人，只有妻室刘氏在寝室中抖作一团。正在没法摆布，又听得人声鼎沸，刘氏先钻入床下，从荣急不暇择，也匍匐进去，与刘氏一同避匿。皇城使安从益先驱驰入，从外至内上下一顾，已见床下伏着两人，顺手拽出，一刀一个结果性命。再从床后搜寻，尚躲着少子一人，也即杀死，各枭首级，携归献功。

唐主闻从荣被杀，且悲且骇，险些儿堕落御榻。从荣尚有一子，留养宫中，诸将请一体诛夷。唐主泣语道："此儿何罪？"语未毕，孟汉琼入奏道："从荣为逆，应坐妻孥，望陛下割恩正法！"

唐主尚不肯遽允，偏将吏哗声遽起，无可禁止。只得命汉琼取出幼儿，毕命刀下，追废从荣为庶人。诸将方才散归。

宰相冯道率百僚入宫问安，唐主泪如雨下，呜咽语道："我家不幸，竟致如此，愧见卿等！"

冯道等亦泣下沾襟，徐用婉言劝慰，然后退出。行至朝堂，朱弘昭等正在聚议，欲尽诛秦府官属，冯道抗声道："从荣心腹，只有高辇、刘陟、王说三人，判官任赞任事才及半月，王居敏、司徒诩因病告假已过半年，岂与从荣同谋？为政宜尚宽大，不宜株连无辜！"

弘昭尚不肯从，冯赟却赞同道议，与弘昭力争，乃止诛高辇一人。刘陟、王说，也得免死，长流远方。还是冯道仁慈！

秦王既诛，明宗病症愈重，不能言语。冯赟与康义诚联名请奏花见羞速立许王李从益为太子，花见羞心怀迟疑，暗想若保皇儿登基并非冯赟与几个禁军统领可定，还需百官辅佐，百官之首乃是丞相冯道，遂令人召冯道入宫。

冯道来至宫中，一见花见羞赶忙伏地跪拜，花见羞令人赐座一侧。对冯道言道："圣上卧病难言，只恐天命将终，立储大事，丞相有何高见？"

冯道言："皇上万福，定可治愈顽疾，延续天命。"

花见羞怒道："冯道，休要在本宫面前装聋作哑，皇上天命已尽，汝为人臣，难道只求自保，不肯为本宫做主？"

冯道慌忙跪地叩头，言道："立太子乃是大事，臣若实言相告，只恐娘娘动怒。"

"恕你无罪，尽管讲来。"花见羞道。

冯道言："臣以为宋王从厚可立储君，而许王从益不可为储。"

"这是为何？"花见羞问。

冯道说："当初安重诲为相时，曾言潞王李从珂早晚必反。若立许王为君，乃是废长立幼，宋王李从厚必然不服，反会响应潞王一同造反。娘娘孤儿寡母何以拒之？若让位宋王，则李从珂必以养子夺嫡，与宋王共争天下。娘娘不仅恪守礼法，又置身事外，富贵自可保之。"冯道所言确是金玉良言，皇位虽好，哪有性命重要？

花见羞顿然大悟，将冯道请入座上，谢道："多蒙丞相赐教，本宫浑然大悟。"冯道连连称罪，躬出宫去。

时隔六日，李嗣源驾崩于兴圣宫，享年六十七岁，谥号明宗圣德皇帝。花见羞以宋王李从厚为长，请曹皇后降懿旨传位于李从厚。李从厚乃明宗第三子，史称愍帝。李从厚在明宗灵前即位，将明宗葬于徽陵，尊曹皇后为皇太后，花见羞为太妃，改年号应顺，大赦天下。正是：

　　　　常鸣晚唐空叹嚛，
　　　　惊鸿宾雁落竹林。
　　　　哀绫遥起残锺乐，
　　　　悲棺近闻破坛音。
　　　　励精图治震群雄，
　　　　忠奸义勇聚一身。
　　　　定鼎七载真命主，
　　　　彪炳五代第一君。

明宗驾崩，诸侯皆惊。吴王杨溥、越王钱元瓘、楚王马希范、荆王高从诲皆遣使吊唁,唯有闽王王延钧自立为君,不再称臣于后唐。

李从厚年方二十,美貌英俊,风流倜傥,后宫之女皆献媚取宠,未想这李从厚却独恋太妃花见羞。花见羞年长李从厚四岁,李从厚不称庶母,反而呼之为姐,故作调戏。

却说这一晚李从厚夜入皇太妃寝宫,偏巧冯道、冯赟、药彦稠三人连夜赶至后宫急奏。李从厚见此三人责道:"尔等三人深夜进入后宫何干?"

冯赟答:"臣等有事急奏,凤翔急报潞王李从珂连日囤积粮草封闭要道,恐有造反之意,臣等请旨讨伐潞王。"

应顺元年三月,李从厚下诏封潞王李从珂为晋阳留守,命信臣赵处愿往凤翔府传旨。李从珂接到圣旨言道:"圣上有诏,不敢耽搁,只是所部兵马尚未打点,待我传令后即刻北上。"赵处愿大喜,二人品茶畅谈不提。

越数日,潞王李从珂大点三军,八万汉中将士列队校军场。点将台上东西两面大旗高挑,上旗书"诛冯赟祭先帝佐朝君",下旗书"清君侧正帝位杀乱党"。李从珂对三军喊道:"枢密使冯赟谋害秦王李从荣,又在圣上面前谗言诋毁本王。今日本王要扫除逆党,匡正君位。"

三军将士皆高呼响应。从珂令道:"将赵处愿押上来!"只见几个刀斧手将赵处愿五花大绑押到点将台下,李从珂怒道:"汝假传圣旨加害本王,今日要借汝人头祭旗。"说完即令手下将赵处愿斩首。

潞王造反之事急报洛阳,李从厚即刻降旨以西京留守王思同为大都督,出兵讨伐。王思同是个读书人,得了皇帝诏书,匆匆忙忙会合诸路兵马十万人,攻陷汉中重镇扶风,连夜包围凤翔。

凤翔城堑低浅,守备不多,从珂勉谕部众,乘障抵御。怎奈城外兵众势盛，防不胜防，东西两关，为全城保障，不到一日，都被攻破，守兵伤亡，不下千百，急得从珂危惧万分，寝食不安。好容易过了一宵，才见天明，又听得城外喧声，一齐趋集，好似那霸王被困，四面楚歌。

李从珂召集众将道："凤翔城年久失修，王思同人多势众，倘若城破如之奈何？"

左军师韩昭胤道："殿下勿虑，王思同乃一介书儒，并无奇谋。攻打西门主将乃是杨光远，此人欺强怜弱，殿下可向其哭诉，笼络其反叛。北门大将乃索自通，此人重义而忘公，潞州城下曾放过殿下一次，何愁此番不能倒戈。"

从珂大喜："军师一言胜过千军，孤王亲往阵前说服杨光远，那索自通营中，还劳军师游说。"韩昭胤遂领命前往。

却说杨光远列阵西门外，只见他头戴乌油盔，身着乌油甲，手提一口九连环大刀，坐下一匹追风菊花马，威风凛凛、相貌堂堂。再观潞王李从珂端坐马上未着铠甲，身着便服亦无兵刃，其阵中老弱士卒不过千人。李从珂此来并非决战之势，倒有点惨淡光景。

杨光远刀挂马鞍，抱拳言道："潞王千岁在上，末将身着硬甲不便下马，还望恕罪。杨某身为大将不伤无刃之人，请千岁回城披甲换锤。"

"诸位将士！"李从珂大声道，"我从十几岁就跟随先帝出征，经历过上百次战斗，出生入死、久陷敌阵，渴饮刀头血，睡卧马鞍桥，满身创伤，创建了今日的天下，你们大家跟过我的，都亲眼看到了那些事实！"

李从珂潸然泪下，顺手将罩袍扯下露出旧时战伤，又道："奸臣当道秦王被害，父子相残兄弟反目，而今新君年少臣强主弱，敢问苍天我有何罪，有劳大军痛击，必欲置我于死地呢！"此言一出，两军将士面生惭愧。

杨光远见李从珂哭得泣不成声,心中暗想:我与所部将士昔日也随李嗣源父子南征北战,李从珂待我不薄,我若将潞王逼上死路,下一个死的可能就是我了!于是言道:"千岁乃吾主也!杨某岂能助纣为虐,吾愿率所部将士归顺潞王。"

李从珂心中大喜,赶忙翻身下马,伏地泣曰:"诸位将士乃小王再生父母,从珂没齿不忘。"杨光远赶忙下马扶起李从珂道:"千岁容我半日,天晚时分我即拔营归降。"从珂泣极而喜,二人定计归降,各自收兵。

李从珂回至城中,有士卒来报:"启禀千岁,韩军师回城。"从珂即刻令见。韩昭胤言道:"今见索自通,其常念与千岁昔日情谊,愿意归降。"

从珂大喜:"我与索自通共打江山之时,从厚尚年幼,自通肯定不会负我。"左右众将连声称道。

李从珂暗结索自通、杨光远两部兵马,王思同尚不知有人倒戈,李从珂亲率守军夜袭敌寨,索自通、杨光远暗中策应,凤翔城四面火光杀声连绵。王思同从梦中惊醒,慌忙挂甲上马,大战未几,中军已乱,王思同命副将尹晖断后,自带五百亲兵向东逃去。尹晖见十万官军大势已去,李从珂又率兵紧追不舍,只得归降。

李从珂反败为胜,斩敌两万,沿途又收降三万人,缴获辎重粮草无数。凤翔城下,依旧是风清日朗,雾扫云开。

从珂转惊为喜,大括城中财帛犒赏将士,甚至鼎釜等器,亦估值作为赏物。大众都得满愿,欢声如雷。

李从珂当夜大犒三军,军师李专美劝道:"今夜大胜,尤壮军威,千岁当乘胜追击,不可给朝廷喘息之机。"李从珂点头应允。

李从厚胆小如鼠,当日傍晚只带随从数百人逃往太原。

不久李从珂率领大军浩浩荡荡地走进洛阳城。太妃花见羞不知所措，连夜召宰相冯道入宫。冯道一见花见羞，赶忙跪地高呼千岁，太妃令其平身看座。花见羞道："冯爱卿，本宫闻潞王以清君侧为名，欲图皇位。恐潞王不能容我母子，还望丞相出一计相救。"

冯道慨叹一声道："潞王此番动兵，清君侧是假，夺君位是真，娘娘若求保全，唯有一计。"

"丞相速言。"花见羞道。

冯道言："潞王之母魏氏早年寡居，潞王素来以孝母为首，长叹其母出身卑贱而无封号。今曹太后年迈不能主持后宫，娘娘可降懿旨，追封魏氏为皇太后。如此一来成全潞王虚荣，又使潞王登基有名，潞王定对太妃感恩戴德。"花见羞重谢冯道不提。

一日之后，潞王李从珂攻陷洛阳，李从珂率八百亲兵冲入后宫。花见羞抱李从益跪地相迎。"贱妾王氏拜见潞王千岁，千千岁。"花见羞伏地见礼。李从珂抱拳道："从珂安敢受太妃大礼。率兵来扰，皆为肃清阉党乱政。"

花见羞吓得浑身颤抖，低头不敢望从珂。李从珂对花见羞道："儿臣欲立许王为君，请太妃将从益交予本王。"

花见羞闻言如五雷轰顶，自知若交出从益将一去不返，于是言道："贱妾尚有一事未曾禀告千岁。"

从珂问："本王洗耳恭听。"

花见羞道："殿下虽为先帝养子，但理当即位；从益虽为嫡子，却即位无名。"

"哦？"从珂问，"何以见得？"

花见羞道："先帝驾崩，贱妾为殿下生母魏氏加封谥号，追赠魏夫人为宣宪皇太后，并治宝册。今从厚不知所踪，殿下为魏皇后之嗣，当继承君位。"

李从珂闻言转怒为喜，韩昭胤劝道："殿下何不抱许王一同面见曹皇后。看太后如何安排。"

李从珂一挥手,旁边士卒一把从花见羞怀中夺过李从益,李从珂转身欲走。

李从益被抢真是要了花见羞的命,情急之下,她一把抱住李从珂的战靴哭道:"平山郎!汝为魏太后送终,何不留从益为我养老?"

"且慢!"李从珂喊住众人,转身问道,"太妃此言何意?"

花见羞言道:"人言殿下早年丧父,以敬养母亲为孝。如今贱妾亦是孤儿寡母,妾无掷戟之力,子无扫帚之高。从益无意为君,只求殿下饶我母子性命!"花见羞哭得泣不成声,李从珂见美人落泪、字字穿心,遂归还从益离宫而去。花见羞母子不死,还是多亏冯道定计让位!正是:

绛霄得宠花见羞,
明宗暮年谢情酬。
孤守六宫凤凰舆,
未知此生几春秋?

李从珂入主洛阳效仿李嗣源自称监国,数日后在冯道等人拥立之下,称帝即位。

那么李从厚呢?现在干什么去了?

原来李从厚仓皇出奔,路上下诏要石敬瑭前来救驾。两人相遇,李从厚知道这是他最后的救命稻草,虽然以前关系不怎么亲近,但看在姐姐的面上,应该会拉自己一把。

但石敬瑭不这样想,对于这位逃难来的皇帝,并不显得很热心。他和桑维翰商议,桑维翰认为这个皇上已经没有什么用处,建议石敬瑭早作打算。

李从厚自己心里惴惴不安，但他的手下却没有这个觉悟，仍然觉得自己是天子卫率，吆五喝六。石敬瑭再也不能忍耐，暗中指使牙内指挥使刘知远率兵将李从厚的手下全部杀死，这下李从厚彻底成为孤家寡人，被石敬瑭软禁起来。

不久李从珂降封李从厚为鄂王，同时写信命石敬瑭送李从厚入朝。

石敬瑭得新君书信左右为难，召军师桑维翰问道："今得书信，天子令我送李从厚入京，从厚必死无疑！我乃从厚亲姐夫，一旦入京只恐有去无回；倘若不去，李从珂必言我抗旨不遵，如之奈何？"

桑维翰道："以下官之见，主公应当送李从厚入京，用从厚人头换两年的太平。"

敬瑭问："何人可担此任？"

桑维翰道："主公势力不及李从珂，若派部将前往反易归附李从珂。能当此任者非主公之妻永宁公主。即便李从珂扣押公主，也不敢轻举妄动。"敬瑭听了连声称是。

驸马石敬瑭依照桑维翰之计，遣永宁公主送鄂王李从厚入京师。李从珂闻知大喜，对军师韩昭胤道："朕命石敬瑭送鄂王回京，未想石郎如此胆怯，令永宁公主送鄂王入京。"

韩昭胤道："既然永宁公主亲往京师，主公万不可让永宁公主再回太原。"

从珂问："何出此言？"

昭胤道："先帝未阻契丹南侵，令石敬瑭镇守太原手握重兵，石敬瑭又与陛下幼年旧交，对陛下知根知底，实乃朝廷大患。今永宁公主入京，陛下可将其扣为人质，善养厚待，石敬瑭必定不敢造反。"从珂大喜，便依计而行。

鄂王李从厚被送至京师，李从珂降旨贬于卫州，即日前往。李从厚仅得马车两驾，随从数人。马车行至半路，忽见前方闪出蒙面者百人,刀枪林立,一字排开,拦住去路。李从厚大惊问道:"敢问诸位何处好汉?"其中一蒙面人道:"来者可是鄂王李从厚?"从厚答道:"小王正是。"

只见那人一挥手,几个刽子手举刀上前砍了车夫和随从,李从厚吓得抱头哀求。那蒙面头目提刀走到近前,把面罩一拉言道:

"吾乃潞王麾下大将杨光远,奉密诏在此取你性命。"

李从厚伏地痛哭:"杨将军何不留小王一命,从厚定为将军立长生牌位,永志大恩。"

"恕难从命!天子念与殿下兄弟之情,赐汝自裁!"杨光远将刀递于从厚。从厚接刀号啕而哭,少时自刎而死,时年二十一岁。

磁州刺史宋令询闻故主遇害,恸哭半日自缢而亡。

从珂即改元为清泰元年,大赦天下,葬明宗于徽陵,并从荣、重吉遗棺,及故主从厚遗骸,俱埋葬徽陵域中。从厚墓土才及数尺,不封不树,令人悲叹。至后晋石敬瑭登基,乃追谥从厚为闵帝,可见从珂残忍且过敬瑭,怪不得他在位三年葬身火窟哩。

欲知后事如何,且看下回分解。

第四十一章　石敬瑭认贼作父

却说石敬瑭从小受父亲管教，精于骑射，骁勇善战。长大后跟随李克用南征北战，屡立功勋。923年，后梁大将刘鄩急攻后唐辖地。李存勖率大军前去解围。不料刘鄩治军有方，李存勖被重重包围。正在力不能支之时，万马从中杀过来一人。李存勖一看正是石敬瑭。只见他纵马飞至李存勖身边，大喊一声："陛下，随我来！"挥舞一只长槊左冲右杀，保护李存勖安全退出。战后李存勖对其大加赞赏，从此石敬瑭在后唐军中名声大振。

后来李存勖将石敬瑭调到李嗣源手下任左射军，石敬瑭跟随李嗣源出生入死冲锋陷阵，多次解救李嗣源于危难之中。李嗣源非常器重他，将自己的女儿也许配给他。

石敬瑭为人沉默寡言，但是颇有心计。刚开始时，他在李嗣源身边老老实实，即使立了大功也从不邀功争宠。后来李存勖死了，李嗣源继位，他封石敬瑭为保义军节度使，兼六军诸位副使，后来明宗又几次提升他，石敬瑭权势越来越大。他也就日益骄纵，原形毕露。

明宗死后李从厚继位，史称闵帝。闵帝封石敬瑭为中书令，朝中决策权实际上控制在石敬瑭手中。李从珂起兵反叛当了皇帝，李从厚逃往石敬瑭军中，石敬瑭听从桑维翰提议，遣永宁公主送李从厚入朝。李从珂将从厚贬于卫州,半路上又派人杀死。公主被软禁洛阳,不得脱身。

石敬瑭治理河东,好多事他都亲自处理,尤其是一些疑难案子。有一次,一个小店的妇人和军士争执,告到官府,妇人说:"我在门外面晒谷子,被他的马吃了很多。请大人明断。"军士却说冤枉,但又没法证明自己的清白。石敬瑭就对断案的属吏说:"他们两个人争执不下,那用什么判断是非呢,你给我把马杀掉看看肠子里到底有没有谷子。有就杀军士,没有就杀妇人。"于是就将马杀死了,马的肠子里没有谷子,证明是妇人在诬陷军士,想讹诈他钱。石敬瑭就下令将那个刁妇处死了。

处死确实有些重了,但五代时的法律就是这个特点:立法重,处刑残忍。

石敬瑭断案有时也注重情理,这反而使一些棘手的事迎刃而解,当事人也都心服口服。

却说有一人姓金名孝,年长未娶。家中只有老母,自家卖油为生。一日挑了油担出门,中途因内急,去茅厕大解。拾得一个布裹肚,内有一包银子,约莫有三十两。金孝不胜欢喜,便转担回家,对老娘说道:"我今日造化,拾得许多银子。"老娘看见,倒吃了一惊,道:"你莫非做下歹事偷来的吗?"金孝道:"我几曾偷过别人的东西?却恁般说!这裹肚不知什么人遗失在茅坑旁边,喜得我先看见了,拾取回来。我们做穷经纪的人,容易得这主大财?明日烧个利市,把来做贩油的本钱,不强似赊别人的油卖?"老娘道:"我儿,常言道:贫富皆由命。你若命该享用,不生在挑油担的人家来了。依我看这银子虽然不是偷,也不是你辛苦挣来的。只怕无功受禄,反受其殃。这银子不知是哪位客人丢的,又不知是自家的还是借贷来的,一时间失脱了,找寻不见,这一场烦恼非小,连性命都丢了也未可知。你今日还到拾银之处,看有甚人来寻,便引来还他原物,也是一番阴德,皇天必不负你。"

金孝是个本分的人,被老娘教训一场,连声应道:"说得是,说得是!"放下银包裹肚,跑到那茅厕边去。只见闹嚷嚷的一丛人围着一个汉子,那汉子气愤愤地叫天叫地。金孝上前问其缘故。原来那汉子是他方客人,因解手丢脱了裹肚,只道下了茅坑,正要下去淘摸。街上人都拥来闲看。金孝便问客人道:"你银子有多少?"客人道:"有五十两。"金孝老实,便道:"可有个白布裹肚吗?"客人一把扯住金孝道:"正是,正是!是你拾着?还了我,情愿出赏钱。"众人中快嘴的便道:"依道理应该平分。"金孝道:"真个是我拾得,放在家里,你只随我去便有。"众人都想道:"拾得钱财,巴不得瞒过了人。哪曾见这个人到去寻主儿还他?也是异事。"金孝和客人动身时,这伙人一哄都跟了去。

金孝到了家中,双手儿捧出裹肚,交还客人。客人检出银包看时,晓得原物不动。只怕金孝要他出赏钱,又怕众人主张平分,反使欺心,赖着金孝道:"我的银子原说有五十两,如今只剩得这些,你匿过一半了,可将来还我!"

金孝道:"我才拾得回来,就被老娘逼我出门,寻访原主还他,何曾动你分毫?"

那客人赖定短少了他的银两。金孝负屈愤恨,一个头肘子撞去,那客人力大,把金孝一把头发提起,像小鸡一般,放翻在地,捻着拳头要打。引得金孝七十岁的老娘,奔出门前叫屈。众人都有些不平,似杀阵般嚷将起来。恰好石敬瑭从街上过去,听得喧嚷,歇了轿,吩咐做公的拿来审问。众人怕事的,四散走开去了;也有几个大胆的,站在旁边看石相公怎生断这公事。

却说失主与金孝母子当街跪下,各诉其情。一边道:"他拾了小人的银子，藏过一半不还。"一边道："小人听了母亲言语，好意还他，他反来图赖小人。"敬瑭问众人："谁做证见？"众人都上前禀道："那客人脱了银子，正在茅厕抓寻不着，却是金孝自己走来承认，引他回去还他。这是小人们有目共睹。只银子数目多少不知。"敬瑭道："你两下不须争嚷，我自有道理。"教做公的取裹肚和银子上来，吩咐库吏，把银子兑准回复。库吏道："有三十两。"敬瑭又问客人道："你银子是许多？"客人道："五十两。"敬瑭道："你看见他拾取的，还是他自家承认的？"客人道："实是他亲口承认的。"敬瑭道："他若是要赖你的银子，何不全包都拿了？却止藏一半，又自家招认出来？他不招认，你如何晓得？可见他没有赖银之情了。你失的银子是五十两，他拾的是三十两，这银子不是你的，必然是另一个人失落的。"客人道："这银子实是小人的，小人情愿只领这三十两去罢。"敬瑭道："数目不同，你如何敢来冒认？这银两合断与金孝领去奉养母亲；你的五十两自去找寻。"金孝得了银子，千恩万谢地扶着老娘去了。那客人已经石敬瑭官断，如何敢争？只得含羞噙泪而去。众人无不称快。

一日李从珂升殿，冯道奏曰："永宁公主乃明宗之女，石敬瑭之妻，来朝已经年余，今驸马石敬瑭为陛下把守三关，陛下何不将公主放回，让她夫妻团聚呢？"从珂曰："我怕石敬瑭心怀异心，固强留之。""冯道曰：石驸马果欲造反，何惜一妻乎？况二子在朝，陛下又何必多此一举呢？"

李从珂一听言之有理，当下召入公主，好言抚慰。公主自然谦逊，又住数日，方才告辞。从珂且进封她为晋国长公主，俾她悦意，且赐宴饯行。公主还归晋阳。

李从珂一日早朝，忽由河东呈入奏章，系是石敬瑭自陈羸疾，乞解兵柄，或徙他镇。从珂览奏，明知非敬瑭真意，但事出彼请，乐得依从，便拟将敬瑭移镇郓州。李崧、吕琦又上书谏阻，力言不可。

独薛文遇愤然道："此事应断自圣衷！臣料河东移亦反，不移亦反，不若先防范为是！"（也是汉晁错之流。）

从珂大喜道："卿言正合朕意。前日有术士言，朕今年应得贤佐，想来就是爱卿了！"

立命学士院草制，徙敬瑭为天平节度使，特命马军都指挥使宋审虔出镇河东，促敬瑭速移郓州。

看官试想，这石敬瑭表请移镇，明明是有意尝试，哪知弄假成真。石敬瑭慌忙召集将佐道："我来河东时，主上曾许我终身在此，不更换人接替，今忽有是命，是疑忌我，我难道便去就死吗？"

敬瑭遂决意发难，特令桑维翰草起表文，请唐主从珂让位。略云：

臣河东节度使石敬瑭，谨顿首上言：

古者帝王之治天下也，立储以长，传位以嫡，为古今不易之良法。晋献公以骊姬之故，废太子，立奚齐，晋之乱者数十年。秦始皇不早立储君，杀扶苏，立胡亥，卒至自亡其国。唐之天下，明宗之天下也。明宗皇帝金戈铁马之所经营，麦饭豆粥之所收拾，持三尺剑，马上得天下，厥功亦非小可。近者宫车晏驾，宋王登基，陛下乃以养子入攘大统，天下忠义之士皆为扼腕。区区臣愚，欲望陛下退处藩邸，传位许王，有以对明宗皇帝在天之灵，有以服天下忠臣义士之心。不然，同兴问罪之师，稍正篡位之罪，徒使流血污庭，生灵涂炭，彼时悔之，亦噬脐矣！冒昧上言，复候裁夺。

原来从珂篡位时，除弑死故主从厚外，所有明宗后妃及少子许王从益俱安居宫中，未尝冒犯。所以敬瑭此表，迫从珂传位从益。

表文到京，一入从珂目中，无名火引起三丈！立即撕碎抛掷地上，令学士书诏斥责，略云：

立许王之言，何人肯信？卿其速往郓州，毋得徘徊不进，致干罪戾，特此谕知。

敬瑭得诏，复与刘知远等商议，知远道："先发制人，后发为人制。今日已成骑虎，不能再下，请即传檄四方，且求救契丹，即日举义，当无不克！"

敬瑭依计而行，檄文发出不过十日，有士卒来报，颍州团练使高行周率一千人马来投，石敬瑭大喜，遂封高行周为太原布阵使；不久，又有雄义指挥使安元信率八百士卒来投，石敬瑭喜出望外，亲往城外迎接。

嗣闻朝旨次第颁下，削夺河东节度使官爵。未几，由探卒入报，张敬达为四面排阵使，杨光远为副，调集各道马步兵，不日要到太原了。

敬瑭召语将佐道："事急了！快到契丹求救罢。"

言未已，复有一凶耗传来，乃是亲弟都指挥使石敬德，从弟都指挥使石敬殷，并二子重英、重裔，一并被诛！石敬瑭差点痛死，半晌才哭出声来。各将佐都从旁劝慰。

敬瑭亟命桑维翰草表，向契丹称臣，且愿事以父礼，请即发兵入援，事成以后，愿割卢龙一道，及雁门关以北诸州作为酬谢。刘知远出阻道："厚许金币，亦足求援，何必割让土地？今日因急相许，他日必为中国大患。古人言'决鲸海以救焚，何逃没溺；饮鸩浆而止渴，终取其亡'。且尊辽主为父，又从何说起？"

桑维翰道："二十年前先皇李克用与耶律阿保机换袍易马结为金兰，先帝李嗣源与耶律德光自是兄弟，驸马理当小耶律德光一辈，可结为父子。"

听起来似乎有理，不过李克用死前已经与阿保机决裂，李克用不认弟弟,石敬瑭偏要认爷!

景延广、刘知远连声反对向契丹称臣,石敬瑭听信桑维翰之言,对众人道:"不求契丹,我军风险太大。且管眼前要紧,顾不得日后了。"

便令桑维翰缮讫,遣使持表赴契丹。

却说契丹主耶律德光曾梦一神人从天而下,庄容与语道:"石郎使人唤汝,汝宜速去!"及醒后转告述律太后,太后以为梦兆无凭,不足注意。及敬瑭使至,德光览表大喜,慨然允诺。入白述律太后道:"梦兆已验,天意早使我援石郎呢!"

述律太后也即喜慰,因打发回书,仍令原使赍还,约言秋高马肥,当倾国入援。敬瑭得书稍稍放怀,唯整缮兵备固守城濠。

过了数日,张敬达率大军至,来攻晋阳。敬瑭授刘知远为马步军指挥使,所有将领悉归节制。知远用法无私,不分新旧,因此士心归附,俱乐为用。敬瑭身披重甲,亲自登城,任他城下各军飞矢投石,一点儿没有畏缩,只是坐镇城楼。知远在旁进言道:"观敬达辈无他奇策,不过深沟高垒为持久计,愿明公分道遣使招抚军民,免得与我为难。守城尚是容易,知远一人已足担当,请公勿忧!"

刘知远,沙陀部人,擅使一口金刀,号"金刀王",文武双全,勇冠三军。刘知远早年投到李嗣源的手下当兵,由于作战勇敢,被升为偏将,和石敬瑭一起共事。在李嗣源和后梁军队激战于黄河岸边的德胜(今河南濮阳)的时候,石敬瑭的马甲突然断裂,几乎就要被后梁军队赶上了,这时刘知远将自己的马换给石敬瑭,自己则骑上石敬瑭的马,掩护石敬瑭后撤。事后,石敬瑭非常感激他舍命相救,于是在李嗣源继位称帝并任命他担任河东节度使后,石敬瑭就将刘知远要到自己手下任职,做了他的亲信大将。

李从珂起兵和李从厚争夺帝位时,石敬瑭也领兵赶赴首都,在路上碰到出逃的李从厚,石敬瑭和李从厚到屋内密谈,刘知远为防万一,就暗地派勇士石敢前去保护石敬瑭,石敢在袖子里藏了一把铁锤,站在石敬瑭的背后。李从厚的随从嫌石敬瑭没有忠心保护李从厚的意思,就抽剑向石敬瑭刺来,石敢掩护石敬瑭躲进旁边的一间屋子里,用巨木将门挡住,刘知远闻讯领兵赶来,石敢已经战死,刘知远于是将李从厚的所有随从全部杀死,石敬瑭没杀李从厚,派人将他囚禁起来。后来李从厚被李从珂派人杀死。现在民间的墙上还经常见到"泰山石敢当"的字样,是避邪用的。

当时敬瑭握知远手,且抚背道:"得公如此,我自无忧了。"

遂下城自去办事,一切守城计划,悉委知远。

知远日夕不懈,小心拒守,张敬达屡攻不下。那催督攻城的朝使,却一再至军,嗣又令吕琦犒师。兵马副使杨光远语琦道:"愿附奏皇上,宽以时日,贼若无援,旦夕当平。"

吕琦返报唐主,从珂很是欣慰。偏偏过了旬日,未见捷报,免不得再下诏谕,饬诸军速攻晋阳。敬达恰也心焦,四面围攻,适值秋雨连绵,营垒多被冲坏,长围竟不能合。晋阳城中粮储日罄,也不免焦急起来,专望契丹入援。

耶律德光如约出师,号令军前道:"我非为石郎兴兵,乃奉天帝敕使,汝等踊跃前进必得天助,保无他患!"

军士齐声应命,共得五万铁骑,浩荡南来,扬言大兵三十万,从扬武谷趋入,直达晋阳,列营汾北。德光先遣人通报敬瑭道:"我今日即拟破敌,可好吗?"

敬瑭即遣人驰告德光,谓南军势盛,未可轻战,不如待至明日。使人方去,遥闻鼓角齐鸣,喊声大震,料知两边已经交锋,忙令刘知远带着精兵,出城助战。

说时迟，那时快，耶律德光已遣轻骑三千，进薄张敬达大营。敬达早已防着，见来兵皆不被甲，纵马乱闯，还道他轻率不整，尽出营兵搦战。一场驱逐，把契丹兵赶至汾曲，契丹兵涉水自去。唐兵尚不肯舍，沿岸追击，哪知芦苇中尽是伏兵，几声胡哨，尽行突出，将唐兵冲做数截。唐步兵已追过北岸，多为所杀，惟骑兵尚在南岸，一齐引退。敬达忙收军回营，营内忽突出一彪人马，首先一员大将，跃马横枪，大声呼道："张敬达休走，刘知远已守候多时了。"

敬达不觉着忙，急率败军南遁，又被追兵掩杀一阵，伤亡约万余人。

晋阳解围，敬瑭即整备羊酒，亲出犒契丹兵士。见了契丹主德光，石敬瑭再三跪拜，尊其为父皇帝，称己为子，奴颜婢膝。耶律德光封石敬瑭为晋王，并慰言："朕兴师远来，当即与吾儿速破唐贼。"

敬瑭道："连夜激战，将士劳苦，先请父皇往城中休息。"

德光喜道："我千里来援，总要成功方去。观汝气貌识量，不愧中原之主，我今便立汝为天子，可好吗？"

敬瑭闻言好似暖天吃雪，非常凉快。但一时不好承认，只得推辞道："敬瑭受明宗厚恩，何忍遽忘？今因潞王篡国，恃强欺人，致烦皇帝远来，救危纾难。若自立为帝，非但无以对明宗，并且无以对大国！此事未敢从命！"

德光道："事贵从权，立汝为帝，方使中国有主，何必固辞！"

敬瑭含糊答应，但言回营再议。

既返本营，诸将佐已知消息，当然奉书劝进。遂在晋阳城南筑起坛位，然后择吉登坛行即位礼。届期德光自解衣冠，遣使赍授，并给册命。

敬瑭登坛，拜受册命，并接过衣冠，穿戴起来，南面就座,受部臣朝贺。礼毕乃鼓吹而归。

即位以后,又至番营拜谢德光,愿割幽、蓟、瀛、莫、涿、檀、顺、新、妫、儒、武、云、应、环、朔、蔚十六州,作为酬谢,并输契丹岁币三十万匹。德光自然心喜,就在营内设宴,与敬瑭欢饮而别。

敬瑭返入晋阳,即于次日御崇元殿,降制改元,号为天福。一切法制,皆遵唐明宗故事。命桑维翰为翰林学士,权知枢密院事。刘知远为侍卫马军都指挥使,客将景延广为步军都指挥使。此外文武将佐封赏有差,册立晋国长公主李氏为皇后,大赦天下。

石敬瑭是中国历史上最臭名昭著的人物之一,千百年来一直是"儿皇帝"和"卖国贼"的象征。割让燕云十六州,敬瑭之罪,莫大于此。

却说晋主石敬瑭欲引军南向,耶律德光意欲北归,乃置酒告别,举杯语敬瑭道:"我远来赴义,幸蒙天佑,累破唐军。今大事已成,我若南向,未免惊扰中原,汝可自引汉兵南下,省得人心震动。我令先锋高谟翰,率五千骑护送,汝至河阳,尚欲谟翰相助,可一同渡河,否则亦听汝所便。我且留此数日,候汝好音,万一有急,可飞使报我,我当南来救汝!若洛阳既定,我即北返了。"敬瑭很是感激,与德光握手,依依不舍,泣下沾襟。德光亦不禁泪下,自脱白貂裘,披在敬瑭身上。且赠敬瑭良马二十匹,战马千二百匹,并与订约道:"世世子孙,幸勿相忘!"敬瑭自然应命。德光又说道:"刘知远、赵莹、桑维翰,统是汝创业功臣,若无大故,不得相弃!"敬瑭亦唯唯遵教。随即拜别德光,与契丹将高谟翰进逼河阳。

赵州刺史赵在明,与河阳节度使苌从简协守河阳。哪知石敬瑭一到河阳,苌从简马上迎降,且代备舟楫,请敬瑭渡河。一面执住刺史刘在明,送入敬瑭营中。敬瑭释在明缚,令复原官,遂渡河向洛阳进发。

李从珂见大势已去,于是带着传国玉玺与曹太后、刘皇后以及儿子李重美等人登上玄武楼,积薪自焚。刘皇后顾语从珂道:"我等将葬身火窟,还留宫室何用?不如一同毁去,免入敌手!"重美在旁谏阻道:"新天子入都怎肯露居!他日重劳民力,我们死了也要挨骂,何苦出此辣手哩!"于是后议不行,就在玄武楼下,纵起火来。一霎时,火势张天,烈焰腾空,可怜一国天子,焚死玄武楼中,传国玉玺亦在此时遗失不知所踪,宫娥彩女同时被烧死者,不计其数,后唐遂亡。后人有诗叹曰:

玄武楼台映红光,
五代由此终后唐。
烈火有声焚焦木,
浓烟无语折残梁。
凋零百花弓弦断,
落破寝帷书卷黄。
四帝三脉真命主,
一十四载至此亡。

从珂一死,都城各将吏统开城迎降,解甲待罪。石敬瑭率兵入都,暂居旧第。命刘知远部署京城,扑灭玄武楼余火,禁止侵掠,使各军一律还营。所有契丹将卒留馆天宫寺中,全城肃然,莫敢犯令。从前窜匿诸人民,数日皆还,悉复旧业。当由晋主下诏,促朝官入见,文武百官俱在宫门外谢恩。车驾乃移入大内,御文明殿,受群臣朝贺,用唐礼乐,大赦天下。惟从珂旧臣刘延浩、刘延朗、张延朗三人,罪在不赦,应正典刑。延浩自缢,两延朗皆处斩。追谥鄂王从厚为闵帝,改行礼葬，闵帝妃孔氏为皇后，祔葬闵帝陵。并为明宗皇后曹氏举哀，辍朝三日，拾骨安埋。觅得王德妃及许王从益，迎还宫中。妃自请为尼，晋主不许，引居至德宫，令皇后随时省问，事妃若母。封从益为郇国公，独废故主从珂为庶人。或取从珂膂及髀骨以献，乃命用王礼瘗葬。从珂享年五十一岁，史家称其为废帝。总计后唐自庄宗起，至废帝止，四易其主，只过了十四年。

后唐已亡，变作后晋，仍用冯道同平章事，卢文纪为吏部尚书，周瓌为大将军，充三司使。命皇子重信为河南尹。追赠皇弟敬德、敬殷为太傅，皇子重英、重裔为太保。改兴唐府为广晋府，唐庄宗晋陵为伊陵。饯契丹将士归国，送回李赞华丧，封赠燕王。前学士李崧、吕琦，逃匿伊阙，晋主闻他多才，赦罪召还，授琦为秘书监，崧为兵部侍郎，兼判户部。寻且擢崧为相，充枢密使。桑维翰兼枢密使。

耶律德光闻晋主已经得国，当即北还。正是：

苦笑世间有荒唐，
只为造反跪辽皇。
割让幽云十六州，
厚颜无耻石敬瑭。
空前绝后实少有，
认贼作父谁敢当？
卖国求荣何颜对，
千古唾骂臭名扬。

第四十二章　石重贵客死异乡

　　却说石敬瑭依靠契丹夺得帝位，所以每年除了向契丹贡奉大量的财物外，吉凶庆吊，也未遗忘，使者相望于道。称子称臣，其实他比耶律德光还要大十岁。对契丹太后、太子、诸王、元帅以及重要大臣韩延徽等，也都有贿赂相送。每有契丹使者至，必于别殿拜受诏敕，契丹使者稍不如意，多出不逊之语。对于这一切，石敬瑭只能默默忍受，但朝野上下咸以为耻，有的大臣因此而拒绝出使契丹。如兵部尚书王权，石敬瑭派他出使契丹，向其主献徽号；王权耻于向契丹主跪拜，宁愿丢官，也不愿充使。

　　桑维翰字国侨，洛阳人，长相丑陋，而且身材短小，曾参加科举考试，主考官不喜欢桑维翰的姓氏，认为他的姓与"丧"同音，所以一直得不到录用。后来他的父亲向张全义极力推荐，桑维翰在27岁的时候才取得进士的功名。

　　桑维翰进士及第后，投奔到石敬瑭的门下。后来支持石敬瑭与契丹勾结，同时为石敬瑭办理各项事宜，使得石敬瑭顺利地灭了后唐，从而建立了后晋，所以桑维翰颇得石敬瑭的重用。为了使晋国变得更加富庶，提倡重视农业、商业的发展，让农业上的丰收来填满各家各户的仓库，让商品的流通来丰富货物的种类，进而推动了国家的发展。

天福六年（941）冬，晋主北巡邺都，不幸染病，势将不起，宰相冯道入见。晋主令宫女把四岁的石重睿抱至近前，交与冯道怀中。敬瑭言："大晋社稷全交爱卿，望爱卿效仿周公之德，顾命辅政，勿负朕心。"冯道口称遵旨，伏地叩首。

及晋主病终，冯道与侍卫马步都虞候景延广商议，冯道说："自大晋开国，向契丹称臣称子奴颜婢膝，实乃奇耻大辱。若立年幼之君，必被契丹讹诈，不如选年长宗室继承君位？"（冯道不遵石敬瑭遗命，其实也是为社稷着想！）

景延广最恨契丹，竟与议定拥立重贵，飞使奉迎。

石重贵本为后晋高祖石敬瑭的侄儿。其父石敬儒早逝，石敬瑭遂将他收为己子。石重贵少时谨言慎行，质朴淳厚，善好驰马射箭，颇有沙陀祖辈之风，深得石敬瑭厚爱，936年，石敬瑭在晋阳举兵叛唐，后唐大军围攻太原。石重贵或出谋划策，或冒失拒敌，都受到石敬瑭赞赏。石敬瑭借契丹兵挫败后唐军队，离太原赴洛阳夺取帝位，临行前选石重贵留守太原，授以北京留守、金紫光禄大夫、检校司徒、行太原尹，掌河东管内节度观察事。到天福七年（942）石敬瑭死前，石重贵已进封齐王，兼任侍中。

重贵接得来使，星夜赴邺，哭临保昌殿，就在柩前即位，大赦天下。内外文武官吏晋爵有差。命高行周为宋州节度使，加检校太尉，加景延广同平章事，兼侍卫马步军都指挥使。加刘知远检校太师，调任河东节度使。

石重贵即位前，后晋的形势并不乐观。契丹凭扶立石敬瑭有功，挟制中原，虎视眈眈；后晋南面有割据称王的吴越、后蜀；统治集团内部矛盾重重，加之连年的旱、蝗、涝、饥，饿殍遍野，民怨沸腾。后晋的政权内外交困，危机四伏。

等到石重贵称帝，朝中大权都由侍卫亲军都指挥使景延广掌控。景延广本是后唐将领，李嗣源即位时，汴州守将朱守殷不听李嗣源的命令，结果被镇压，景延广也在朱守殷的军队里，因此受到牵连，将要被处死。石敬瑭当时是六军副使，负责处理他们这些人，见到景延广后，石敬瑭非常同情他，于是就秘密地放他出来，不久收入自己的帐下，做了他的属将。后来，在石敬瑭要称帝时，后唐派张敬达率五万重兵前去围攻太原，石敬瑭让他参与军事，景延广为后晋的巩固立下了赫赫战功。等石敬瑭正式称帝时，对景延广也委以重任，让他当侍卫步军都指挥使，后来转战各地，又升为侍卫亲军都指挥使，成为石敬瑭的心腹大将。在石敬瑭主政的时候，景延广没有干预过政事，而是一心辅佐石敬瑭，做事也很谨慎，但石敬瑭一死，他却从幕后走了出来，但他毕竟是个武将，有勇无谋，石敬瑭死后，向辽草表时大臣们互有争议，延广谓称孙已足，不必称臣。冯道言既已称孙，何妨称臣？学士李崧新任为左仆射，从旁力诤道："屈身事辽，无非为社稷计，今日若不称臣，他日战衅一开，贻忧宵旰，恐已无及了！"

景延广辩驳不休。重贵正倚重延广，便依他计议，缮表告哀。晋使至辽，辽主览表大怒，遣使至邺都，责问重贵何故称孙不称臣？且责重贵不先禀命遽即帝位。景延广怒目道："先帝为北朝所立，所以奉表称臣。今上乃中国所立，卑躬称孙，已是格外逊顺，有什么称臣的道理！如若不服，准备厮战，更有十万横磨剑以待！"

辽使倔强不服，怀忿北归，详报辽主。辽主自然愤怒。

不称臣也就算了，毕竟叫自己爷爷！可是石重贵的下一个举动，耶律德光再也忍耐不住了。

原来，契丹派回图使（官名）乔荣到晋国联系通商的事，在汴京买了一处房子。乔荣以前是河阳的牙将，跟着赵延寿一起投降契丹。契丹皇帝见他熟悉中原，因此让他回来协商通商事宜。偏偏景延广无事生非，说乔荣为虎作伥，皇帝石重贵便将乔荣关进大狱,又将他的货物和房子扣押,将所有的契丹商人货物充公。朝廷大臣怕激怒契丹,纷纷劝阻。石重贵这才释放乔荣,将他遣送回国。

乔荣临走前向景延广辞行,景延广威胁他说:"你回去后不要再相信赵延寿的话轻视中原。要是你们敢来侵犯,一定叫你们有来无回!"乔荣正担心回去无法交差,请景延广将这些话写了下来,说是便于记忆。乔荣回到西楼,将景延广的书信呈上,耶律德光勃然大怒,立即下令逮捕在契丹境内的后晋使者;同时调兵五万准备南下。此时桑维翰已经升为侍中,请求朝廷向契丹谢罪,避免战争。景延广不知深浅,再三阻挠,石重贵始终相信景延广。河东节度使刘知远知道景延广鲁莽,必然引发战争,自己又不便力争,只好在边关调兵遣将,暗中做准备。

946年,耶律德光对后晋发动战争。石重贵匆忙命杜重威为统帅,统领大军北上抗击。石重贵继位之后耻于向契丹称臣,要换回中原王朝的尊严。他在诏书上曾说过"先取瀛莫,安定关南;次复幽燕、荡平塞北",要一举平定契丹这个外患。尽管他很有骨气,但身边却没有为他效力的忠臣干将。

石重贵让杜重威统领30万大军主持北伐之事,杜重威是石敬瑭的妹夫,也就是石重贵的姑父。他认为出兵抗辽,必须要有强大的兵力才能保证成功。石重贵只好给他增兵,所有禁军皆归其麾下。杜重威到前线后,每日置酒作乐,不议军事,且一味地向晋廷要求增兵运粮。

耶律德光听说杜重威领军北上,于是命大将军萧翰率五万铁骑袭击晋军饷道。

萧翰率军绕过滹沱河,有向导官告知栾城乃晋军补给咽喉。萧翰令将士休息半日,便往峦城进发。栾城粮道设有一寨,杜重威命部将王清率两千人马在此调运军粮。探马急报王清，言辽将萧翰率兵飞马来犯。王清遂派人往浮沱大营向杜重威求援。

杜重威本无将才，手握三十万大军如同三十万元宝，用兵吝啬，舍不得分出兵马去救栾城。大将李守贞、安审琦连声劝道："栾城之急，如同乌巢要害，都督务必救援。"

杜重威道："王清若效仿杨光远，阵前倒戈，岂不腹背受敌？"

李守贞道："三十万大军还怕二千人倒戈？见死不救倒是逼人投向对方。"

王清不曾盼来援兵，却盼来五万铁鹞骑兵，王清率两千士卒死战辽兵，结果全军覆没。杜重威纯粹以小人之心度君子之腹！

栾城失守，后晋粮道皆断，三十万人陷入重围。杜重威向众将询问突围之策，李守贞道："栾城告急之时，都督拒不发救兵，如今将士饥饿难耐，哪有拼死之心？"

杜重威失声哭道："天欲亡我，为之奈何？"左右副将一个个唉声叹气，长吁短叹苦于无计。这时一名士卒入营来报："启禀都督，有一人自称赵延寿，在辕门外求见。"

杜重威如获救命稻草，急忙言道："快令别帐来见。"

杜重威来至别帐，一见赵延寿便道："赵先生来得正是时候，本帅已是大难临头。"

赵延寿面带奸笑问道："都督所言大难，莫非是辽兵掐断粮道？"

重威道："先生果然见识过人，三十万大军如同笼中饿虎，如何解救呀？"

赵延寿道："我劝都督率兵降辽，辽主定不会加害于你。辽晋之争皆是丞相景延广拒不称臣，所以才使得两国交兵，该杀者乃是景延广。"

重威道:"倘若降辽又待怎样?"

延寿道:"辽主必会礼贤下士,将大晋江山托付于都督,既可保命又不失富贵。"

杜重威闻言大喜,能做儿皇帝自然强过都督,乃曰:"如此良策我自然愿降,还望赵先生代为引荐。"

赵延寿道:"我等皆是为社稷着想,鄙人定当暗中相助。"

原来耶律德光虽然包围了晋军,但晋军毕竟人多势众,且战斗力较强,欲想获得全胜,也没有必胜的把握。当他得知杜重威愿意率军投降的消息后,大喜过望,马上许愿事成后立他为帝。于是杜重威伏甲于营中,然后招集诸将,宣布投降契丹,诸将中虽有不愿意者,但在刀剑的威胁下,也只好连署降表。当杜重威向全军宣布投降的消息后,全军恸哭,震天动地。

一日之后,杜重威亲率众将大开辕门献降,辽主耶律德光率兵渡过滹沱河,不料三十万俘虏三日之内便吃掉辽兵半月军粮,耶律德光视如负担,仅留五万壮年士卒充为军奴。

耶律德光对赵延寿说:"汉人士兵,都归你统领,你亲自去安抚安抚他们吧!"赵延寿领命去了,杜重威和李守贞等降将纷纷跪拜行礼,赵延寿似乎看到了自己做皇帝的样子。

杜重威投降后,耶律德光让他穿上赭黄袍,由于他早已许立赵延寿为帝,于是也让延寿同样穿上赭黄袍,将两个卖国贼玩弄于股掌之上,而实际上根本无意让他们中的任何一人当皇帝。这一回他本人要过过当中原皇帝的瘾了。

两日之后,契丹二十万大军列阵开封城下,数千面战旗蔽日遮天,辽太宗耶律德光头戴狐锦腾龙盔,身着龙鳞黄金甲,外罩绣龙战袍,腰挎乌龙剑,胯下一匹千里追风白龙马,昂立正中。开封百姓号呼奔走。耶律德光登上城楼,对百姓们讲:"我也是人,你们不要害怕,我要让你们从暴政下得到解脱。我本不想到这里来,都是你们皇帝引我来的。"德光左右依次是萧翰、杜重威等将官，身后马步军更是一望无边。只见开封城头白旗高挑，城门大开，一中年女子率二十名朝官走来。只见她：

> 盘凤金冠白玉簪，
> 橘黄绣袍贵鸟缠。
> 百褶罗裙祥纹映，
> 独缺宝器缀粉嫣。

花见羞身后跟随两位朝臣，左边是冯道，右侧是桑维翰，其余文武朝臣不过二十人，列队旗手、侍卫不过百余名。耶律德光定睛细看，只见花见羞依旧风韵犹存，娇娆妩媚。耶律德光看得两眼发直，花见羞走至近前，缓缓拜礼，对德光言道："后宫太妃王氏拜见大辽皇帝，万岁，万岁，万万岁！"

耶律德光道："太妃免礼，为何来至阵前迎驾？"

花见羞道："我主石重贵闻天兵南下问罪，自愧不敢来见陛下，特遣臣妾恭迎万岁。"

耶律德光言道："石重贵背信弃义，拒不称臣，朕岂能饶他？"

花见羞道："妾在此接驾，一来替石重贵讨得性命，望陛下莫计小人之过，从轻发落重贵；二来替开封百姓祈求免受乱兵之灾，莫使将士铁蹄践踏。"

耶律德光大笑道："太妃乃朕皇嫂，嫂嫂既然有训，朕今日就依了太妃。太妃方才所言二事朕皆准奏，不过朕若有求太妃，太妃可要依我？"

花见羞见耶律德光两眼生光，知道他没安好心，于是轻声答道："妾代开封百姓谢过陛下。"

辽主素闻冯道名，见他拜谒如仪，于是戏问道："你是何等老子?"

冯道答道:"无才无德,痴顽老子。"

辽主不禁微笑,又问道:"汝看天下百姓,如何救得?"

冯道应声道:"此时即一佛出世,亦恐救不得百姓;唯皇帝陛下尚可救得呢。"

辽主甚喜,仍令冯道守官太傅,充枢密顾问。随即传下诏令:二十万大军皆不许入城扰民,自带五千亲兵入晋宫缉拿石重贵。

耶律德光率兵闯入晋宫,石重贵率领百官在午门跪候辽主。耶律德光令人拿下石重贵,德光问:"朕与你叔父石敬瑭对天盟誓,晋国向辽称子称臣,汝为何背弃旧盟,乱起刀兵?"

石重贵吓得哆里哆嗦,手指景延广道:"全是此人劝我出兵抗辽,孙儿不过受人指使而已。"

耶律德光怒道:"来人,将这景延广双脚砍掉!"左右刀斧手拖走景延广。景延广高声对石重贵喊道:"陛下宁可尽节而死,不可屈膝苟安!"

帐外两声惨叫,景延广被砍掉双脚,倒于血泊之中。景延广拖着残躯蠕动几下,然后扯下身上一缕布条,对天言道:"双脚虽断,双手尚存,我当自缢以谢天下!"说着用布条将自己勒死。

石重贵吓得魂不附体,苦苦哀告:"皇爷爷饶命,孙儿年少无知,还望皇爷爷饶我性命。"耶律德光一声冷笑,正是:

父子皇帝荒唐谋,
埋下后世永结仇。
一朝忘国万念灭,
虎威鼠胆自蒙羞。

却说石重贵哀声求饶,耶律德光心中暗笑,如此胆怯之人为帝,大晋岂能长久。德光羞辱道:"真阿斗也!汝叔父英雄盖世,见了我称子称臣!你算什么东西?就看王太妃面上,姑且饶你一死。"石重贵闻听免得一死,赶忙磕头谢恩,辽国将官无不哈哈大笑。

耶律德光拘禁了石重贵,将朝中百官封了辽国官号,又招榜安民,自在开封作了皇帝,改年号大同元年。随即遣使四出,颁诏各镇。诸藩争先恐后上表称臣。唯彰义节度使史匡威,据住泾州,不受辽命。雄武节度使何重建,手刃辽使,举秦、成、阶三州降蜀。

杜威降辽后,仍复名重威,率部众屯驻陈桥。辽主恐他兵变,曾令缴出铠仗数百万,搬贮恒州,战马数万,驱归北庭。辽主对他仍不放心,所以供给不时,累得陈桥戍卒,昼饿夜冻,怒骂重威。

重威不得已上表传达军情,辽主召赵延寿入议。延寿道:"皇帝亲冒矢石,取得晋国,是归诸己有呢?还是替他人代取呢?"

辽主变色道:"我倾国南征,五年不解甲,才得中原,难道甘心让人吗?"

赵延寿说:"中原南边和吴国相邻,西边又和蜀接壤,边境长达几千里。不久之后陛下北归,如果吴和蜀发兵中原,那这几千里的边界谁去为陛下守卫呢?如果不派兵把守,恐怕要被他人夺取。"

耶律德光问道:"朕还没有想到这些,那你说该怎么办?"

赵延寿说:"臣知道契丹的兵马善战,但不习惯南方的暑热气候,所以不能让他们去驻守西边和南边。我看不如把降卒全部改编,然后派他们到这些地区守卫。"

看官!你道延寿此言,是为辽呢?是为晋呢?还是为降卒呢？其实都不是！辽主曾许他为中国皇帝，他信以为真，又怕杜重威和他争抢，所以将他的兵马瓜分，为他日称帝扫除障碍。辽主自然不得而知了。

不管赵延寿真实的动机如何，在客观上他毕竟将几万降卒的生命保存下来，所以后人说是赵延寿免掉了又一次长平惨祸的发生。

耶律德光虽然答应了保留几万降卒的生命，但对当初答应让赵延寿当中原皇帝的诺言却不见兑现。赵延寿很是怏怏。他本由辽主面许允立为帝，此时忽然变幻，无从称尊，一场大希望，化作水中泡，哪得不郁闷异常，左思右想，才得一策，越日即进谒辽主，乞为皇太子。

耶律德光道："对于燕王我没有什么舍不得送的，就是割我的皮肉也行，更何况是其他的事。但我听说太子要由皇帝的儿子来做，燕王怎么能做呢？"

为了安慰这个卖力的赵延寿，耶律德光便让人给他高官做，遂封延寿为中京（恒州）留守兼枢密使。延寿连磕数头，好似哑子吃黄连，有说不出的苦衷。

且说晋主重贵得辽主敕命，迁往黄龙府，重贵不敢不行。除重贵外，如皇太后李氏，皇太妃安氏，皇后冯氏，皇弟重睿，皇子延煦、延宝，相偕随往。还有宫嫔五十人，内官三十人，东西班五十人，医官一人，控鹤官四人，御厨七人，茶酒三人，仪銮司三人，亲军二十人，一同从行。辽主又派晋相赵莹，枢密使冯玉，都指挥使李彦韬，伴送重贵。沿途所经，州郡长吏不敢迎奉。就使有人供馈，也被辽骑攫去。可怜重贵以下诸人，得了早餐，没有晚餐，得了晚餐，又没有早餐，更且山川艰险，风雨凄清，触目皆愁，噬脐何及！

重贵行至中渡桥，见杜重威寨址，慨然愤叹道："我家何负此贼，乃竟被他破坏！天乎天乎！"

说至此，不禁大恸。左右勉强劝慰，方越河北趋。到了幽州，阖城士庶统来迎观。父老或牵羊持酒愿为献纳（石敬瑭割地与辽，幽州父老怀念故主，不计前嫌，可谓感人），都为卫兵叱去，不令与重贵相见。重贵当然悲惨，州民亦无不唏嘘。至重贵入城，驻留旬余，州将承辽主命，犒赏酒肉。赵延寿母，亦具食馔来献，重贵及从行诸人，才算得了一饱。

又走了十多日，过海北州。境内有东丹王墓，特遣延煦瞻拜。嗣是渡辽水抵渤海国铁州，迤逦至黄龙府，大约又阅十余天，说不尽的苦楚，话不完的劳乏。李太后、安太妃两人年龄已高，委顿得了不得。安太妃本有目疾，连日流泪，竟至失明。就是冯皇后以下诸妃嫔，均累得花容憔悴，玉骨消磨。

未几即有辽敕颁到，令南徙建州，重贵复挈全眷启行。自辽阳至建州又约千里，途中登山越岭，备极艰辛。安太妃目早失明，禁不起历届困苦，整日里卧在车中，饮食不进，奄奄将尽。当下与李太后等诀别，且嘱重贵道："我死后当焚骨成灰，南向飞扬，令我遗魂得返中国，庶不至为虏地鬼了。"

说着，痰喘交作，须臾即逝。重贵遵她遗命，为焚尸计，偏道旁不生草木，只有一带沙碛，极目无垠，哪里寻得出引火物！嗣经左右想出一法，折毁车轮，作为火种，乃向南焚尸。尚有余骨未尽，载至建州。

建州节度使赵延晖，已接辽敕，谕令优待，乃出城迎入，自让正寝，馆待重贵母子。一住数日，李太后商诸延晖，求一耕牧地，延晖令属吏四觅，去建州数十里外，得地五千余顷，可耕可牧。当下给发库银，交与重贵，俾得往垦隙地，筑室分耕。重贵随从尚有数百人，尽往种作，莳蔬植麦，按时收成，供养重贵母子。重贵却逍遥自在，安享天年，随身除冯后外，尚有宠姬数人，陪伴寂寥，随时消遣。后汉乾信元年（948），永康王至辽阳，石重贵着白衣纱帽拜之。石重贵有一幼女，永康王之妻兄求之，因年幼谢绝。不几日，永康王就遣人夺走，送给妻兄。

一日正与妻妾闲谈，忽来了胡骑数名，说是奉皇子命，指索赵氏、聂氏二美人。这二美人是重贵宠姬，怎肯无端割舍！偏胡骑不肯容情，硬扯二人上舆，向北驰去。重贵伏案悲号，李太后亦不胜凄婉。冯氏拔去眼中钉，想是暗地喜欢。大家哽咽多时，想不出什么法儿可以追回，只好撒手了事。李太后睹此惨剧，长恨无穷，常仰天号泣，南向戟手，呼杜重威、李守贞等姓名，且斥且詈道："我死无知，倒也罢了，如或有知，地下相逢，断不饶汝等奸贼！"嗣是病势日重，延至八月，已是弥留。见重贵在侧，呜咽与语道："从前安太妃病终，曾教汝焚骨扬灰，我死，汝也可照办，我的烬骨，可送往范阳佛寺，我也不愿作虏地鬼哩！"是夕即殁，重贵与冯氏宫人，及宦官东西班，均被发徒跣，舁柩至赐地中，焚骨扬灰，穿地而葬。

为了活下去，"帝遣从行者耕而食之"（《新五代史·晋家人传》）。这对亡国帝后，不得不办起了农场。据《石重贵墓志铭》记载，石重贵死于辽保宁六年（974），享年六十一岁，"葬于安晋城之坤原，冯氏祔焉"，这说明冯氏比石重贵晚死几年。正是：

<blockquote>
两个鸳鸯同命鸟，
　一双蝴蝶可怜虫。
</blockquote>

欲知后事如何，且看下回分解。

第四十三章　刘知远称帝

却说河东节度使、尚书令刘知远，手握五万重兵镇守河东。这一日，京城派使者王峻来见。刘知远与王峻本是好友，遂将其迎入府中密谈。刘知远问道："贤弟千里迢迢前来，不知京城有何大事？"

王峻道："将军不知，辽主率兵现已攻陷开封，晋天子被废了。"

刘知远问："那贤弟此来，是劝我出兵勤王，还是向辽投降？"

王峻道："辽主欲招降将军，命小弟带来一物献与将军。"

王峻命随从献上一物，乃是一根木杖。刘知远不知其意，问道："辽主因何送我一根木杖？"

王峻答："此杖名曰开天紫檀杖，乃是契丹赐予贵胄重臣之物，今将此杖赠予将军，意在收买河东人心。另外，辽主降旨封将军为太原王，收作养子。"

刘知远问："圣旨何在？"

王峻便从怀中取出耶律德光圣旨，刘知远展开圣旨细读一番，不看便罢，看罢大怒，猛然将辽主圣旨摔在地上，对王峻怒道："石敬瑭愿做胡虏儿，我刘知远岂能屈膝降辽？贤弟恐怕要枉走一遭。"

王峻哈哈大笑:"兄长既不愿做辽主之子,何不自立为君?"

刘知远惊问:"贤弟此言从何谈起?"

王峻道:"辽兵入主中原,民变迭起,各路义军蜂拥抗辽,辽主必不能占据中原长久,兄长何不顺应民心,自立为帝,逐走辽兵?"

刘知远道:"抗辽之事人心所向,称帝之事为兄怎敢妄想?"

王峻道:"兄长只要有心抗辽,小弟愿为内应。"

"好!"知远道,"我当起兵抗辽,贤弟回京就说刘知远已收紫檀杖,愿意向辽主称子称臣,免得辽贼生疑。"王峻大喜,辞别刘知远转回开封。

刘知远送走王峻,便召集左右文武将官,将王峻传旨之事告知众人。军师苏逢吉道:"王峻劝主公称帝造反,我看可行。契丹沿途烧杀不得人心,晋室宗族又多无能之辈,这天下岂不是拱手赠予主公。"

大将史弘肇也附和劝道:"苏军师言之有理,辽主无道,晋帝无能。当年唐庄宗李存勖正是由太原起兵灭了朱梁。主公可效仿前人,将辽晋一并歼灭。"

刘知远闻听二人劝言,又问马步军总管郭威:"文仲以为如何?"

郭威,字文仲,邢州尧山人氏,人送绰号"郭雀儿",总管河东兵马,智勇兼备,乃刘知远心腹爱将,所以郭威一言举足轻重。郭威道:"天下能逐契丹者,唯主公也。如今远近之心不谋而合,主公称帝已是天意。大晋已灭,诸侯必将群起造反,别人若是先行称帝,必对主公不利。"

刘知远道:"只是契丹势头正盛,刘某平生又无威名,称帝焉能有人信服?"

军师苏逢吉道:"这有何难?主公何不修改家谱以壮声望。"

刘知远道:"祖上数辈都是沙陀族人,怎么个修改?"

苏逢吉道:"主公可自称东汉质帝之后,光武帝刘秀玄孙。如今天命运祚汉室当兴,必得人心。"

刘知远闻言大喜:"我当以勤王之名南下,缓称帝号。"众人窃窃私语,因为汉质帝死时年方八岁,怎能传有后代?

到了次日,刘知远擅制王袍,自称汉王,伪称汉质帝之后,光武帝刘秀玄孙,在太原登基。刘知远以勤王之名,传檄四方南下伐辽救晋。檄文发出不过三日,众多后晋旧部连声倒戈响应,泰宁节度使安审琦、河中节度使李守贞、安远节度使武行德、护国节度使郭从义等数道兵马起兵举义,策应汉王大军。

刘知远起兵称王,震惊辽国朝野,满朝文武皆无举措。而辽主耶律德光自得了花见羞,被这妇人迷得不理朝政,整日缠绵不离。

这日,大将军萧翰入宫上奏军情。萧翰一见德光惊悸万分。昔日驰骋大漠戈壁,飞奔边塞草原的英姿荡然无存,如今眼圈发青,深深凹陷,嘴角干紫,须发蓬乱,四十多岁的人如同六十岁的老叟一般。萧翰道:"陛下,刘知远五万大军已过黄河,请陛下速速离京。"

德光问:"朕入京之时,尚有铁骑十万,今在何处?"

萧翰道:"晋国降将安审琦、李守贞等接连造反,重兵分守四处,京师已是空虚。"德光束手无策,只得降旨撤出开封,暂回幽州。留下杜重威应对开封之事。这杜重威乃是降辽首犯,内心不安,便问辽主:"陛下远去,臣实不愿降刘知远等,请陛下带臣同行。"

德光道:"朕与花见羞做了一月夫妻,却未给赏赐。朕命你辅佐太妃之子李从益重兴大唐,安抚百姓,抗击刘知远。"耶律德光敷衍了事,杜重威只得接旨。

耶律德光任命萧翰为宣武军节度使,留守东京。自己则带着后晋降官数千人,宫女、宦官数百人以及晋府库所有财物,离开开封北行。

耶律德光是一个好大喜功的雄主,此次南征,大张旗鼓地进驻汴梁,处处顺手,事事如愿,让他有些得意忘形,本想久居中原,偏偏进入汴梁后,形势急转直下,烽烟四起,警报频传,一日也不得安宁,因此由愤生悔,由悔生忧,最后竟然郁郁成疾,在军营中一病不起,走到栾城(今河北栾城东)时,已经是浑身燥热,周身不适,勉强走到了杀胡林,病情急剧恶化,便问随行的冯道,到了什么地方。

冯道说他们已经到了杀胡林。

耶律德光似乎有所预感,追问道:"为什么要叫杀胡林这个名字呢?"

冯道答曰:"这个地方本来叫孤林,唐朝的时候,唐军同突厥在这里决战,唐兵大获全胜,杀死胡人无数,所以称为杀胡林。"

"杀胡林?原来是杀外族的旧地?"耶律德光大叫一声,口吐鲜血,"天灭我也!"

当天晚上,耶律德光死在军营之中,年仅四十五岁,算得上是英年早逝。

这时,述律太后远在辽国都城上京,获报耶律德光病危。她令人传来懿旨:"生要见人,死要见尸。"

亲吏乃载尸归国,太后抚尸不哭,且作恨辞道:"汝违我命,谋夺中原,坐令内外不安,须俟诸部宁一,才好葬汝哩。"

却说德光死后,花见羞无意让儿子为君,母子俩离开开封回到洛阳。

留守开封的杜重威，按耶律德光遗诏命人往洛阳去请李从益回开封主持政事。许王李从益年方一十七岁，正值年少气盛，颇有李嗣源当年英姿，闻听杜重威请其主政，自以为光复后唐时机已到。

李从益便将此事告知母后花见羞，花见羞道："为娘不顾一切逃出是非之地，我儿怎可凭一时狂妄，轻易返回开封？"

从益道："母后乃大唐皇妃，孩儿乃先帝正宗血脉，天赐良机兴复大唐，孩儿义不容辞！"花见羞再三劝说，李从益执意不听，花见羞拗不过儿子，只得一同前往开封。

三日之后，李从益在杜重威等人拥簇之下，在开封旧宫崇元殿登基皇位，自称大唐。李从益册封母后为皇太后。文武百官皆去朝拜，花见羞却掩面哭道："哀家母子孤弱，受人所迫于此，只恐未享大福，却遭大祸。"百官皆尴尬不敢言语。

李从益自立大唐不过十日，刘知远五万大军将开封围困。花见羞急召李从益来见，对其劝道："今刘知远兵临城下，开封难以自保，我儿速将皇位献与刘知远方为上策。"

从益道："母亲怎可再言禅让之事，当年群臣欲保我登基，偏是母亲执意将皇位让与李从厚，后来又让与李从珂，一连三让，已成天下笑柄。此番绝不可再让皇位！"

花见羞道："皇位能值几何？秦王李从荣、宋王李从厚、潞王李从珂哪个不是为大唐皇位而亡，为娘只求母子平安。"

李从益怒道："母亲怎可再求平安？与那胡狗耶律德光苟合后宫，也是为求平安？"

"啪！"花见羞一记耳光打到李从益脸上，哭道，"我上救京城百姓，下保明宗一脉。小畜生怎敢如此不孝？"

从益道："孩儿听凭母亲打骂，自古忠孝不可两全，孩儿宁死也要光复大唐！"李从益转身而去，花见羞拉他不住，抱扶门框失声哭道："从益鲁莽，我家满门将尽毁你手！"从益不曾理会，扬长而去。

李从益召集众臣商议退敌良策，杜重威道："汉王军中，高行周父子昔日曾受明宗皇帝大恩，乃大唐旧臣，陛下可派使者说服高行周归顺，阵前倒戈必能退敌。"

从益大喜，问道："何人可当此任？"

杜重威道："将军王峻曾出使刘知远军中，轻车熟路可当此任。"李从益遂令王峻为使，往汉军营中说服高行周父子。

王峻携李从益密信出城，可他并未往高行周大营，却直奔刘知远大帐。王峻乃刘知远好友，劝其称帝，此番受李从益遣派怎会忠心？倒是暗中相助刘知远。

汉王刘知远闻王峻求见，知道必有紧急军情，便将王峻请入寝帐密谈。王峻从怀中取出蜡丸一粒，交与汉王。刘知远问："此丸何事？"

王峻道："唐主李从益欲招服高行周，写下密信命我来送。"

刘知远赶忙割开蜡丸观看，信上所写句句皆是招降之言，刘知远看罢便将纸条烧毁，对王峻连连称谢，王峻道："主公应借花见羞献媚耶律德光之事激怒高行周，借高行周之手诛杀花见羞与李从益。"刘知远大喜，遂留王峻于军中。

当晚，刘知远传令中军点将，郭威、苏逢吉、史弘肇、高行周、高怀德等众将官分作两厢。刘知远向众将传下攻打开封军令，却独让高行周留守。

高行周不知缘故，问道："主公差遣诸将攻城，为何单让末将留营。"

刘知远道："那王太妃不守贞节，借契丹势力扶持李从益登基，实为奸贼。本欲派将军将其母子诛杀，但将军乃忠义之人，当初受李嗣源知遇之恩，必不忍下手，所以我不愿为难将军。"

高行周道："人生天地之间，忠孝乃立身之本，那太妃母子不知廉耻，献媚辽贼，末将恨不得痛杀二人以谢天下！"

"好！"刘知远赞道，"将军果然深明大义，诛杀太妃母子全赖将军。"说着拿出令牌一支交与高行周。

次日天明，刘知远升帐点兵，他手下有大将二员，一员姓史名弘肇，郑州荥泽人，生得浓眉大眼，声似洪钟，使一把大刀，重七十余斤，有万夫不当之勇。一员姓郭名威，邢州尧山人，身长九尺，膀阔一围，幼年令人项下刺着雀儿，人皆称为"郭雀儿"，使一根铁钢矛，上阵如飞。知远见二人英雄，倚为心腹之将，当下点兵二十万，副将四十员。一声炮响，大势军马出晋阳望开封进发。开封城内不过守兵三千。杜重威尚不知王峻为何出使不归，率兵抵挡不过一个时辰，便射箭书向汉王投降。城门大开，五万汉军蜂拥而入，高行周率本部兵马直捣皇城。李从益仅带几百侍卫在崇元殿与汉兵大战，少时便死于乱军之中。

李从益已死，高行周率兵杀入后宫，围住太妃寝宫，高行周宫门前高声骂道："贱人！汉王天兵已到，快快出宫受死！"

高行周宫门外大骂，宫女太监们都不敢出来。

高行周对麾下说道："尔等在此等候，我往寝宫看看。"

高行周来至内室，花见羞骂道："我家母子究负何罪？何不留我儿在世，使每岁寒食节持一盂麦饭，祭扫徽陵呢！"

高行周怒道："贱人！李从益已被诛杀，汝又何颜苟活于世？"

花见羞大哭道："从益不听我劝，又奈何不得，死有余辜。只是本宫有何过错应遭死罪？"

高行周道："献媚辽贼，宣淫无度！我念你是明宗遗孀，汝自裁吧！"

花见羞仰天大笑，其声惊栗，怒道："辽兵祸乱中原之时,堂堂九尺男儿与刘知远龟缩太原,胆怯如鼠。本宫为使开封免遭屠戮,受尽辽贼之辱。大晋京师靠一老妪失节保全,身为大将你又有何颜面见我?"

花见羞站起身来,指向墙上悬挂的李嗣源画像怒道:"将军归顺大唐之时,明宗为你牵马引荐,今日你诛杀明宗满门,负义小人,又有何颜苟活于世?"

一席话骂得高行周羞愧难当,花见羞拿起一件凤袍披于身上,然后纵身跳入宫内池塘。尸体溺水,只有一件凤袍漂浮池面。正是:

> 凤袍一落凤凰池,
> 红颜从此无人知。
> 宫苑再无羞花女,
> 空留兵戈乱京师。

却说刘知远原籍本属沙陀部落,知远以自己姓刘,改国号汉,强引西汉高祖、东汉光武帝作为远祖。又追谥亲高祖刘湍为文祖,曾祖刘昂为德祖,祖父刘僎为翼祖,父刘琠为显祖,共立六庙。

刘知远入主大梁,四方表贺,络绎不绝。河南一带统已归顺,辽兵或降或遁,不在话下。汉帝封夫人李氏为皇后,长子刘承训为魏王,遂为太子。郭威、史弘肇、高行周、李守贞、安审琦等有功之臣也各有封赏。

欲知后事如何,且看下回分解。

第四十四章　郭威平叛

却说刘知远称帝以后，兵部递上奏牍，报称凤翔节度使侯益，与晋昌节度使赵匡赞，叛国降蜀蟠踞关中，请速派将往讨云云。汉主闻变，即命右卫大将军王景崇，将军齐藏珍，调集禁兵数千，往略关西。

不久刘知远病危，苏逢吉上奏道："太子遇刺后，陛下至今未立皇储，不知万岁之后谁登大位？"

刘知远道："承祐年少，性情鲁莽，若为太子，还需多设顾命大臣辅佐政事。"

又过三日，刘知远命刘承祐跪在病榻之前，加封太子。又传来苏逢吉、郭威、冯道、史弘肇、杨邠、王章六人，刘知远对六人说道："朕自知天命不远，请六位爱卿前来，皆为册立幼主之事，望诸位爱卿日后忠心佐政，勿负朕心。"

六人领得圣谕，伏地谢恩。刘知远命六人退下，独对刘承祐说道："朝中众人皆不可疑，唯有杜重威是个反复小人，朕归天之日，皇儿当灭其满门，不可留下后患。"言罢，刘知远感觉头痛欲裂，惨叫一声撒手人寰，在位不到一年，亡年五十三岁。

刘知远一死，刘承祐即命且慢举哀！又命冯道、杨邠、郭威等仍以大行皇帝名义拟好诏敕，即饬侍卫带领禁军，往拿杜重威及重威子弘璋、弘琏、弘璲。重威在私第中安然坐着,毫不预防。至禁军入门,仓皇接诏,甫经下跪,那冠带已被禁军褫去。且听侍卫宣诏道:

杜重威犹贮祸心,未悛逆节,枭音不改,虺性难驯。朕小有不安罢朝数日,而重威父子潜肆凶言,怨谤大朝,煽惑小辈。今则显有陈告,备验奸期,既负深恩,须置极法。其杜重威父子并令处斩。所有晋朝公主及外亲族,一切如常,仍与供给。特谕。

重威听罢魂飞天外,急得连哭带辩。偏侍卫绝不留情,即令禁军缚住重威,并将他三子拿下,一并牵出,连他妻室宋国公主都不使诀别。匆匆驱至市曹,已有监刑官待着,指麾两旁刽子手,趋至重威父子身旁,拔出光芒闪闪的刀儿,剁将过去,只听得有三四声,重威父子的头颅皆已堕落。遗骸陈设通衢,汴梁市民因为对他恨之入骨,争相踩踏他的遗骸,很快便将其碾成粉末。杜重威甘当卖国贼,最终却落得尸骨无存的下场,实属罪有应得。

重威既诛,方为故主发丧。皇子承祐即日嗣位,朝见百官,然后举哀成服。先是汉主刘知远欲改年号,宰臣进拟乾和二字。御笔改为乾祐,适与嗣主名相同,当时目为预征,所以后来沿称乾祐,不复改元。刘知远庙号汉高祖,正与"老祖宗"刘邦相同。

却说王景崇不听调遣,这时又冒出一个叛臣,竟勾通永兴、凤翔两镇谋据中原。

这人为谁?就是河中节度使李守贞。

李守贞本是后晋将领,后晋灭亡后,他一度反复,最终投靠了新建立的后汉政权,被任命为河中节度使。

李守贞与杜重威为故交,重威被诛,他未免兔死狐悲。李守贞认为自己在后晋时就曾为上将,有战功、好施舍、得士卒心,也是一个兵强马壮的人物,而且后汉新造,天子年少,朝廷大臣多数也是"年轻人",没有几个老人,不若乘时图变,或可转祸为福,遂潜纳亡命,暗养死士,治城堑,缮甲兵,昼夜不息。

忽有游僧总伦入谒守贞,托言望气前来,称守贞为真主。守贞大喜,尊为国师,日思发难。一日召集将佐置酒大会,畅饮了好几杯,起座取弓。遥指一虎舐掌图,顾语将佐道:"我将来若得大福,当射中虎舌。"

说着,即张弓搭箭向图射去,飕的一声,好似箭镞生眼,不偏不倚正在虎舌中插住。将佐同声喝彩,统离座拜贺。守贞益觉自豪,与将佐入席再饮,抵掌而谈,自鸣得意。将佐乐得面谀,益令守贞手舞足蹈乐不可支。饮至夜静更阑方才散席。

未几有使者自长安来,递上文书。经守贞启视,乃是赵思绾的劝进表,不由心花怒放,使者复献上御衣,光辉灿烂,藻锦氤氲。守贞到了此时喜欢极了,略问来使数语,令左右厚礼款待,阅数日才命归报结作爪牙。自是反谋益决,妄言天人相应,僭号秦王。遣使册思绾为节度使,仍称永兴军为晋昌军。

948年4月,后汉朝廷派出三路平叛大军。郭从义领侍卫军讨赵思绾,讨平后即以郭为新的永兴节度使;而新任凤翔节度使赵晖为能去驻地上任,也必须先消灭王景崇的叛军。面对三叛之首的李守贞,刘承祐派出了老将白文珂。这却不禁要让人兴起"尚能饭否"的疑问,白老将军不得不将军权交给监军王峻。于是从夏四月到秋八月,长安城内的赵思绾登上城楼,每天都会看到这样的景象:讨伐自己的郭从义与讨伐李守贞的王峻在自己城下互相对骂。而赶去讨伐王景崇的赵晖也驻军自己城下,他每天的事情就是给小皇帝写奏折:王景崇是个叛乱分子,请皇帝正式下诏诛之!

三处叛镇和三路平叛大军整整磨蹭了四个月,一个好消息都没传来。汉主刘承祐颇以为忧，想请郭威出征讨伐叛军，郭威说："臣不敢请，亦不敢辞，唯陛下命。"于是刘承祐加封郭威为征西诸军都诏讨、天下兵马大元帅出兵十万讨伐三镇。

郭威奉命即行，承制传檄，调集各道兵马前来会师。并促令白文珂趋河中，赵晖趋凤翔。赵晖已探得王景崇降蜀并通李守贞，连表奏闻，有诏命郭威兼讨王景崇。

郭威麾下有战将四员，一个是郭从义，此人乃是后唐大将郭绍古之子，沙陀族人；第二个是郭威自己的外甥名叫李重进；第三个名叫石守信，开封人氏，第四个名叫赵晖，字重光，澶州人氏。还有一位军师姓王名朴，字文伯，东平人氏。郭威召集众人商议出兵之策。诸将拟先攻长安、凤翔。

华州节度使扈彦珂在旁献议道："今三叛连兵，推守贞为主，守贞灭亡，两镇自然胆落，一战可下了。古人有言，擒贼先擒王，不取首逆，先攻王、赵，已属非计。况河中路近，长安、凤翔皆路远，舍近攻远，倘王、赵拒我前锋，守贞袭我后路，岂非是一危道？"

郭威闻言连声称善，于是决定分三道攻河中，白文珂及刘词自同州进，常恩自潼关进，自率部众从陕州进。沿途与士卒同甘苦，小功必赏，微过不责，士卒有疾辄亲自抚视，属吏无论贤愚，有所陈请，均和颜悦色虚心听从。因此人人喜跃个个欢腾。

守贞初闻郭威统兵，毫不在意，且因禁军尝从麾下，曾受恩施，若到城下可坐待倒戈，不战自服。哪知三路汉兵陆续趋集，统是扬旗伐鼓耀武扬威。郭威随军更是气盛无前，野心勃勃，当下已有三分惧色。凭城俯瞩，见有过去部下，便呼与叙旧。未曾发言，已听得一片哗声，统叫自己为叛贼。李守贞无地自容，转思木已成舟悔恨无益，只得提起精神督众拒守。

诸将竞请急攻，郭威摇首道："守贞系前朝宿将，屡立战功,况城临大河,楼堞完固,万难急拔。且居高临下势若建瓴,我军仰首攻城非常危险。好比驱士卒投汤火,九死一生。有何益处?从来勇有盛衰,攻有缓急。时有可否,事有后先。不若且设长围,以守为战,使他飞走路绝。我洗兵牧马,坐食军饷温饱有余;城中乏食公私皆竭。然后设梯冲,飞书檄,且攻且抚。我料城中将士志在逃生,父子且不相保,况乌合之众呢!"

诸将道:"长安、凤翔与守贞联结,必来相救,倘或内外夹攻如何是好?"

郭威微笑道:"尽可放心,思绾、景崇徒凭血气,不识军谋,况有郭从义等在长安,赵晖往凤翔,已足牵制两人,不必再虑了!"

乃发诸州民夫二万余人,使白文珂督领,四面掘长壕,筑连垒,列队伍,环城围住。越数日,见城上守兵尚无变志,郭威又语诸将道:"守贞前畏高祖不敢嚣张。今见我辈崛起太原,事功未著,有轻我心,故敢造反。我正宜守静示弱,慢慢地制伏呢。"

接下来的日子就是大军对着高大的城墙龇牙咧嘴,本来惨兮兮的李守贞人马,现在却变得休闲自在,甚至舒服地晒起太阳来了,而城下的大兵们就混得惨了,监工看料协助攻城,忙得跟农民工一样,好多天后,营寨终于筑好了,郭威让周边五县的百姓们都排好队住进刚盖好的新家。郭威似乎把战争给忘了,大家都不知道他在想什么,当然也不敢问。一天夜里,久困城中的李守贞突然率军出击,后汉军一片慌乱,急忙放弃堡垒撤退,李守贞也没乘胜追击,只是全力以赴地把郭威新建的堡垒都毁了,然后撤退回城继续死守。

等后汉军重新集结准备痛扁敌人时,敌人已经不见了。看着满地的断壁残垣,大兵们面面相觑,好几个月的努力就这么被毁了，愤懑、激动、劳累，再加上这些日子以来不断积压的郁闷，让这些火气旺盛的大兵们再也控制不住，有人开始骂娘，有人却大笑了起来，懂得什么叫黑色幽默了吧？就是极度的诧异弄出了让人接受不了反差，让当事人无论如何接受不了，与其说这时候他们把李守贞恨到了骨头里，倒不如说实在是忍不住想把郭威这老混蛋从帅帐里拖出来海K一顿。但这时他们终于听到郭威的第二道命令：再次筑垒。

军营里暴发出了空前巨大的粗口，真是太棒了，大兵们终于知道那些征调来的农民工们为什么没有被遣散回家了，这些人得重新劳动，把刚刚被毁的堡垒再筑起来。而他们也别想闲着，以前干什么，现在起接着继续练！只不过他们很是奇怪，看起来这场战争的主角像是这些勤劳的农民工，而他们这些当兵的，只不过是这些农民工的保镖。

但不管怎样，军令如山，又过了些日子，堡垒就又出现在河中城和后汉军之间。

之后的事情就像是复制粘贴，再复制粘贴的重复程序一样无聊，不知道是出于什么样的心理，只要堡垒出现，李守贞就会心急火燎，不计利害地率队出城，不管用什么样的代价，都一定要把堡垒毁了，然后他才能稍微恢复点理智，带着人马逃回城。

而郭威就像故意和他斗气一样，只要你来毁，我就马上重建。如此没完没了的，竟然持续了整整一年，堪称奇葩。

但是每次出入城，李守贞的人马都会减少一些，有战死的，有拆墙累死的，有借机逃跑的，就这样周而复始，李守贞的人马越来越少，墙却越来越多。

守贞计无所出，只有驱兵突围一法。偏郭威早已料着，但遇守兵出来，便命各军截击，不使一人一骑突过长围。所以守贞兵士屡出屡败，屡败屡还。

守贞又遣使赍着蜡书分头求救，南求唐，西求蜀，北求辽，均被汉营逻卒掩捕而去。城中穷蹙无计，渐渐的粮食将尽不能久持，急得守贞日蹙愁眉，窘急万状。国师总伦时常在侧，守贞当然加诘。总伦道："大王当为天子，人不能夺，唯现在分野有灾，须待磨灭将尽。单剩得一人一骑，方是大王鹊起的时光哩。"

守贞以为不错，待遇如初。谁知被围逾年，城中粮食已尽，十死五六，眼见把守不住。左思右想，除突围外别无良策。乃出敢死士五千余人，分作五路，突攻长围的西北隅。郭威遣都监吴虔裕引兵横击，五路军纷纷败走，多半伤亡。越数日又有守兵出来突围，陷入伏中，统将魏延朗、郑宾俱为汉兵所擒。威不加杀戮好言抚慰，魏、郑二人大喜投诚，即令他作书射入城中，招谕副使周光逊，及骁将王继勋、聂知遇。光逊等知不可为，亦率千余人出降。嗣是城中将士陆续出来，统向汉营归命。郭威乃下令各军分道进攻，各军闻命当然踊跃争先，巴不得一鼓就下。怎奈城高堑阔，一时尚攻它不进，因此一攻一守，又迁延了一两月。郭威日夕督兵冲入外郭。李守贞收拾余众退保内城，诸将请乘胜急攻，郭威道："鸟穷犹啄，况一军呢！今日大功将成，譬如涸水取鱼，不必性急了。"

李守贞料自己必死无疑，与其被杀，还不如自杀，于是在衙署中多积薪刍，为自焚计。迁延数日，守将已开城迎降。有人报知守贞，守贞忙纵火焚薪，举家投入火中。说时迟，那时快，官军已驰入府衙，用水浇火，立即扑灭，守贞与妻及子崇勋已经焚死，尚有数子二女，但触烟倒地，未曾毙命。官军检出尸骸，将守贞枭首，并取将死未死的子女，献至郭威马前。

郭威查验守贞家属，尚缺逆子崇训一人，再命军士入府搜拿。府署外厅已毁，独内室岿然仅存。军士驰入室中，但见积尸累累，也不知谁为崇训，唯堂上坐一华妆命妇，丰采自若绝不慌张。大众疑是木偶,趋近谛视,但听该妇呵声道:"汝等休来!郭公与我父旧交,怎得犯我!"

军士不知她为何人,不过因她词庄色厉,未敢上前锁拿,只好退出府门报知郭威。威即下马入府亲自验明。那妇人见郭威进来,方下堂相迎亭亭下拜。郭威略有三分认识,又一时记忆不清,当即问明姓氏,该妇从容说出,郭威且惊且喜道:"汝是我世侄女,如何叫汝受累呢!我当送汝回母家。"

该妇反凄然道:"叛臣家属难缓一死,蒙公盛德贷及微躯,感恩何似!但侄女误适孽门,与叛子崇训结婚有年,崇训已经自杀,可否令侄女棺殓作为永诀!得承曲允,来生当誓为犬马再报隆恩!"

郭威见该妇情状可怜,不禁心折,便令指出崇训尸首,由随军代为殓埋。该妇送丧尽哀,然后向威拜谢,辞归母家。威拨兵护送不消细叙。

唯该妇究为何人?她自说与崇训结婚,明明是崇训妻室。唯她的母家却在兖州,兖州即泰宁军节度使魏国公符彦卿,就是该妇的父亲。

先是守贞有异志,僧人总伦来到河中,请求拜见李守贞,自称能听声推数判断吉凶。守贞召出全眷各令出声。总伦听一个,评一个,不过是寻常套话。挨到崇训妻符氏发言,不禁矍然道:"后当大贵,必母仪天下!"守贞闻言益觉自夸道:"我儿媳且为天下母,我取天下当然成功,何必再加疑虑呢!"这就是李守贞的荒唐逻辑,于是决计造反。

及城破后,守贞葬身火窟。崇训独不随往,先杀家人,继欲手刃符氏,符氏走匿隐处,用帷自蔽,令崇训无从寻觅。崇训惶遽自杀,符乃得脱身东归兖州。符彦卿贻书谢威,且因威有再生恩,愿令女拜威为父,威也不推辞,复称如约。唯女母对此螯雏,说她夫家灭亡,孑身仅存,无非是神明佑护,不如削发为尼，做一个禅门弟子，聊尽天年。符氏独摇首道："死生乃是天命，无故毁形祝发，真是何苦呢？"

后来再嫁周世宗，为天下母，果如总伦所言（为天下母应在柴荣身上，而不是应在李崇训身上，李守贞自以为是，反而送了性命）。

郭威驰书奏捷。召赵修己为幕宾掌管天文。四面搜缉伪丞相靖崏、孙愿、伪国师总伦等犯，与守贞子女分入囚车，派将士押送阙下。

刘承祐御明德楼，受俘馘，宣露布，百官称贺。礼毕，即命将罪犯徇行都城，悬守贞首于南市，诛各犯于西市。

却说赵思绾有一个非常恐怖的嗜好，就是喜欢生吃活人的肝胆。尝亲自持刀，剖肝作脍，脍已食尽，人尚未死。又好取人胆作下酒物，且饮且语道："食胆至千，则勇无敌矣！"他感觉吃了别人的胆，可以壮自己的胆。

赵思绾年轻的时候，请求当时的左骁卫大将军李肃，希望能做他的仆人，为李肃鞍前马后效劳，但是李肃无情地拒绝了他。肃妻张氏系梁、晋两朝元老张全义女，具有远识，特问李肃何故不纳？李肃对老婆说："这个人目露凶光，说话也不靠谱，将来肯定会做叛徒。"张氏就说："你今天拒绝了他，说不定日后就是仇人了。一旦逞志必遭报复，我家恐无遗类。不若厚赠金帛遣令图生！"李肃于是召入思绾，拿了很多钱财衣物给他，思绾拜谢而去。

后来赵思绾真的盘踞长安造反了，李肃就住在长安城中。但毕竟是有过钱财之恩的，所以赵思绾对李肃夫妻很是尊重，屡次去拜见，礼数一如往日。李肃惊起避席，禁不住思绾勇力，将肃捺入座中，定要肃完全受拜，且尊呼李肃为恩公。李肃勉强敷衍，心中委实难过。及思绾退出，急入语夫人道："我说此人必叛，今果闯乱，复来见我，我且受污，奈何？"

张氏道："何不劝他归国！"

李肃又道："他已势成骑虎，怎肯遽下！我若劝他，反惹他疑心，自招屠戮了。"

张氏道："长安虽固，料他必不能久据。他若舍此而去，不必说了，否则官军来攻，总有危急之日，那时进言自无他患。"

李肃也以为然，暂且纾忧。

赵思绾屡遣人送奉珍馐，加以裘帛，李肃不好峻拒，又不便接受，百端为难。自思将来凶多吉少，不如图个自尽免致株连，因觅得毒药，即欲服下。亏得张氏预先觉察将药夺去，始得免死。及长安围急，日食人肉，张氏复语李肃道："今日正可入府劝降。幸勿再延！"

李肃往见思绾，思绾倒屣相迎，推肃上坐，开口问道："恩公前来，想是怜念思绾，设法解围，愿乞明教！"

李肃答道："公本与国家无嫌，不过因惧罪起见据城固守，今国家三道用兵均未成功，公若乘此变计幡然归顺，朝廷必然喜悦保公富贵。公试自思，坐而待毙，何若出而全身呢！"

思绾道："若朝廷不容我归顺，岂不是弄巧成拙！"

李肃道："这可无虑，包管在我手中。我虽致仕，朝廷未尝不知，若由公表明诚意，再附我一疏，为公洗释前愆，当无有不允了！"

思绾尚未能决，判官程让能正受郭从义密书，有意出降，乘着李肃进言时，也即入劝，熟陈祸福。思绾即令让能起草撰成二表，一表由肃出名，一表思绾出名，命教练使刘珪前往郭从义营中乞降，并派牙将刘筠奉表于朝廷。待过旬余，得刘筠返报，知朝廷已允赦宥，且调任他镇，思绾大喜。未几即有诏敕颁到行营，授思绾检校太保，调任华州留后。当由郭从义传入城中，令思绾出城受诏，思绾释甲出城拜受朝命，遂与郭从义面约行期，指日往华州任事。从义允诺，许令还城整装，惟派兵随入守住南门。思绾迟留未发，托言行装未整改易行期，至再至三。从义乃与王峻商议道："狼子野心终不可用，不如早除杜绝后患！"

王峻不甚赞成，但言须禀命郭威。

从义因遣人至河中行营请除思绾。既得威诺，即与王峻按辔入城，陈列步骑直至府署。遣人召思绾出署道："您老人家马上就要飞黄腾达了，我们去对饮一回，权当为您送别。您看行吗？"

思绾不得不从，一出署门，从义一声暗号，麾动军士将他拿下。并入署搜捕家属及都指挥常彦卿，一并牵至市曹枭首示众。书上说："思绾临刑，市人争投瓦石击之，军吏不能禁。"可见百姓痛恨之切。且籍没思绾家赀，得二十余万贯，一半入库，一半赈饥。城中丁口旧有十余万，现在仅遗万人。从义延入李肃，请他主持赈务，李肃自然出办。两日即尽，入府销差，归家与张夫人说明。一对老夫妻才得高枕无忧。

却说王景崇据住凤翔，既与李守贞勾通，便杀死侯益家属七十余人，只有一子仁矩曾为天平行事司马，在外得免。仁矩子延广尚在襁褓。乳母刘氏易以己子，抱延广潜逃，乞食至大梁。侯益大恸，哀请朝廷诛叛复仇。汉主传诏军前促攻凤翔。

赵晖时已进攻，与王景崇相持。赵晖屡次挑战，王景崇拒不出战，赵晖情急之下想出一条妙计：命士兵改穿蜀军服装，并缝制几十面蜀军大旗，然后向凤翔方向呼喊摇旗。凤翔城上守卒望见有蜀军旗帜，以为蜀国援兵已到，即刻报知王景崇。

王景崇本已遣子德让诣蜀乞援，眼巴巴地望着好音，一闻蜀兵到来信以为真，即率兵数千往迎。王景崇命人向"蜀军"喊话："都督何在？凤翔节度使王景崇来迎。"

赵晖正卧在一块大青石上睡觉，听到喊话知道王景崇中计，即刻点兵向前杀去。王景崇不知怎么回事，被"蜀军"打得全军覆没。王景崇一人逃回凤翔，再也不敢出战。

那蜀主孟昶果遣山南西道节度使安思谦率兵救凤翔，先锋官申贵先到。王景崇吸取前番教训，这次坚决闭门不迎。

申贵在城下喊道："我乃蜀主驾下先锋官申贵，王将军为何不开城门？"

王景崇道："如今真伪难辨，请将军出兵先胜汉军一阵，我即开城迎接将军。"

申贵气得火冒三丈，只得率兵向汉军讨战。赵晖见蜀军果真到来，只派老弱伤卒出战。两下交兵，蜀军大胜。申贵率兵乘胜追击，缴获了辎重木车数百辆，大胜而回。

申贵来至凤翔城下，向王景崇炫耀所获辎重，王景崇这才相信，大开城门迎接蜀军，哪知吊桥刚放下便又收回。申贵问道："我已大胜为何不让进入。"

王景崇向远方指道："将军既已杀退汉兵，为何又引汉军杀回？"

申贵转头看去，只见尘烟滚滚袭来，赵晖率领一路精骑冲杀而来。申贵速命后队改前队，与汉军交战。

这蜀军将士见汉军杀来，而王景崇又不开城门；且数百辆辎重木车横七竖八积在城下，早已阵脚大乱。

顷刻间汉军如同风卷残云一般，杀得蜀军人仰马翻。蜀将申贵被赵晖刀劈马下。汉军夺回辎重大胜而归。

先锋被斩，兵马死尽，蜀军大都督安思谦怒不可遏，大骂王景崇无能鼠辈。一气之下安思谦驻军兴元城按兵不动。

王景崇见蜀军不再来援，又发书求蜀主发兵。蜀主再三催促安思谦出兵；但安思谦也是满腹委屈，遂回书陈明利害。信曰：

"凤翔节度使王景崇乃无能之辈，多疑少谋，好猜厌战，先锋官申贵受其拖累命丧沙场。汉军来势凶猛,臣恐相持日久粮草不济,望我主再拨军粮五十万石以资军用。"

孟昶见信叹道:"大军未至凤翔,却先向朝廷讨要军粮,只恐安思谦无心进兵。"蜀主本无心再战,王景崇却求救不止,蜀主只得拨付二十万石军粮,再度催促安思谦出兵。

安思谦得了军粮勉强发兵,赵晖即刻率兵退却,固守宝鸡城。这宝鸡城城墙坚固,内有粮草充足,待安思谦率大军杀来,赵晖亲自登城御敌。安思谦云梯撞车火弩强弓,一连数日久攻宝鸡不下。

这一夜,大都督安思谦又攻城失利,折去许多兵马,一个人正闷头喝酒,忽然有人来报敌人闯营。安思谦披挂上马正要去往前营,旁边校尉道:"都督,闯营者从后门而入,欲进宝鸡城。"

安思谦正往后营奔去,只见一将已杀至中军,安思谦拦住去路问道:"尔乃何人,胆敢闯营?"

"郭从义是也!"郭从义道。

"好贼子,拿命来!"安思谦催马来战郭从义,郭从义挥舞一对八棱青铜锤,二人战至一处。未过两个回合,郭从义自知不能恋战,虚晃一锤策马就走。安思谦转过马头才见郭从义已逃,自己懒得去追,只令几十个骑兵追杀。

郭从义冲出前营,来到宝鸡城下,对城上守卒呼道:"快开城门,我乃郭从义将军。"城上一个校尉认得郭从义模样,便令放下吊桥让其入城。此时几十个蜀军骑兵追来,城上弓手立刻射出百十支雕翎箭,蜀兵不敢近前。

郭从义进得宝鸡城,先到中军来见。赵晖一见是郭从义闯连营而来,惊讶问道:"郭将军出兵永兴,为何突然来至宝鸡?"

郭从义道:"永兴节度使赵思绾被我诱出长安城,现已诛杀。此番前来正是为解宝鸡之围。别人闯营，我恐有失，便亲往城中相约。"赵晖大喜，随即二人定下里应外合破蜀兵之策。

到了次日黎明，郭从义在宝鸡城中饱吃一顿，然后跨马掌锤离开宝鸡，二闯连营返回军中。

安思谦两番被人闯营，以为今日不会再有闯营者，便未加防范。到了傍晚时分，有士卒来报宝鸡城门大开，赵晖正向外调兵。安思谦大喜："汉军闭城自守，我正愁无策。他自来送死，乃天赐良机。"遂点齐三军去战赵晖。

安思谦刚至前营，赵晖便率兵杀来，两军混战城下。忽然蜀军后营火起，郭从义率一万兵马火烧蜀军粮草，继而杀向前营。蜀兵见后营有变顷刻军心大乱，赵晖、郭从义前后夹击大胜蜀军。安思谦见大势已去，只得率领几十个骑兵逃回蜀国。

赵晖闻河中、长安依次平定，独凤翔不下，功落人后，免不得焦急异常。遂督部众努力进攻，期在必克。王景崇困守危城，害得智穷力竭食尽势孤。幕客周璨入语景崇道："公前与河中、长安互为表里，所以坚守至今。今二镇皆平，公将何恃？蜀儿万不可靠，不如降顺汉室，尚足全生。"

景崇道："我一时失策累及君等，虽悔难追！君劝我出降，计亦甚是；但城破必死，出降未必不死，君不闻赵思绾之死吗？"

周璨无言以对，只好退出署外。

越数日外攻益急。景崇登陴四望，见赵晖亲冒矢石跨马往来，所有将士无不效命，城北一隅攻扑更是利害，不由得俯首长吁。猛然间得了一计，立即下城召语亲将公孙辇、张思练道："我看赵晖精兵多在城北，来日五鼓汝二人可毁城东门，诈意示降。我当与周璨带领牙兵突出北门，攻击晖军幸而得胜，或守或去再作良图。万一失败也不过一死，较诸束手待毙更胜一筹。"

两将唯唯听命，景崇又与周璨约定，诘旦始发，是时准备停当，专待天明。

既而城楼谯鼓已打五更，公孙辇、张思练两人行至东门，即令随兵纵起火来，周璨也到了府署，恭候景崇出门。不意府署中忽然火起，烧得烟焰冲天不可向迩。周璨急召牙兵救火，待至扑灭，署内已毁去一半，四面壁立，王景崇居室一些儿没有遗留，眼见得王景崇全家，随从那祝融同往南方去了。

公孙辇、张思练两人正派弁目来约景崇，突见府舍成墟大惊失色。急忙返报，两将急得没法，只好弄假成真毁门出降。周璨早有降意，当然随降赵晖。赵晖引兵入城，检出王景崇烬骨折作数段。当即晓谕大众禁止侵掠。立遣部吏报捷大梁。汉廷更有一番赏赐无容细表，于是三叛俱亡。

欲知后事如何，且看下回分解。

第四十五章　柴荣卖伞

梁贞明六年九月二十四日，邢州隆尧县的破落地主柴守礼家，随着一阵婴儿的哇哇啼哭声，柴守礼的妻子给丈夫生了一个大胖儿子。柴守礼高兴得合不拢嘴，为儿子取名柴荣。

柴荣的祖上可是有名的人物，唐太宗的妹夫柴绍是他的远祖。可是不知道什么原因，到他父亲这一代时，家道渐渐衰落下来。

古人结婚早，柴荣的结发妻子姓刘，也是将门之女，幼时就许配给柴荣，她一连为柴荣生了三个儿子。后汉末年，隐帝刘承祐因猜忌郭威，将他在京的亲属全部诛杀，柴荣的原配刘氏以及三子也被杀。后周建国之后，郭威追封刘氏为彭城郡夫人。柴荣继位后，又追册其为贞惠皇后。这是后话。

因为孩子多，家庭条件又不好，柴荣不得不外出卖伞为生，昔人有古风一篇，单道为商的苦处：

> 人生最苦为行商，
> 抛妻弃子离家乡。
> 餐风宿水多劳役，
> 披星戴月时奔忙。
> 水路风波殊未稳，

陆程鸡犬惊安寝。
平生豪气顿消磨,
歌不发声酒不饮。
少赀利薄多资累,
匹夫怀璧将为罪。
偶染小恙卧床帏,
乡关万里书谁寄?
一年三载不回程,
梦魂颠倒妻孥惊。
灯花忽报行人至,
阖门相庆如更生。
男儿远游虽得意,
不如骨肉长相聚。
请看江上信天翁,
拙守何曾阙生计?

　　这天,柴荣推着一车雨伞去关西贩卖,到得一处名叫销金桥的地方,因为行路太累,上桥前他便停下休息,不知不觉竟然睡着了。

　　不知过了多长时间,只听得身边有人叫道:"卖伞的伙计,快醒醒!把税银交出来,你再慢慢地睡罢。"柴荣明明听见,故意不去应他。众人哪里耐得,七手八脚地来推柴荣。柴荣把脚伸了一伸,口中呐呐地骂道:"大胆狗头!怎敢如此无礼,前来惊动老爷?"众人听了,尽皆大怒道:"卖伞的贼徒!装什么憨?快快打开银包,称出税银,好放你过桥去。"柴荣立起身来说道:"你们这班死囚!我老爷好好地在这里打盹儿,要什么税银?"众人道:"你难道不知道吗?我们要的是过桥税银,你休假作不知。"柴荣道:"你们要的原来是这项银子。我且问你：你们在此抽税，系是奉着哪一个衙门的明文？哪一位官长的钧旨？"众人道："你新来户儿不知路头。我这里销金桥，乃是一位董大爷独霸此方，专抽往来商税，凭你值十两的货物，要抽一两税银，有百两的本钱，须交十两土税，这是分毫不可缺少的。你这一车子伞，收你二两税银。你若足足的称出来，万事全休；若有半个不字，叫你立走无常，阴司里去打盹儿。"柴荣闻言心中火发，大喝道："好死囚！什么叫作立走无常，阴司打盹儿？"说罢抡开拳头，上前就打。众人见柴荣动手，发一声喊，各各奔上前来，齐举拳头乱打。柴荣哪里放在心上，只把这两个拳头朝着四面打将过去，不消数刻，早已打倒了十余个。众人见他拳势沉重，一个个挣扎起来，哄的一声，往四下里逃生去了。

众人如飞地跑去董达家中报信。刚到半路，只见那董达策马扬鞭而来。众人迎将上去哭诉道："大爷，不好了！那贩伞的大汉，违拗了我们桥梁上的规例，又把我们众人打坏了大半。我等跑得快，逃脱了性命，特来报知大爷。乞大爷速去拿住这个凶徒，一来与我们报仇，二来不使后边的人看样。"

董达闻言大怒道："有这等事吗？谅那汉子有多大的本领，擅敢破坏我的规例？"即忙快马加鞭如飞赶来。那董达举眼看时，正见柴荣推着伞车在前面走。即忙一马当先赶至背后，喝道："死囚！你漏税行凶，伤我爪牙，待往哪里走？"提起马鞭照着头上便打。柴荣大怒，放下伞车迎上前去，揪住他鞭子只一拉，董达跌下马来。他即便使个鲫鱼跳水势，一下子立将起来；又使一个饿虎扑食势，要拿柴荣。那柴荣闪过一步，让他奔到跟前，乘势用脚一撩，就把董达撂翻在地。即便提起拳头，望着董达乱打。那董达跟随的众人，一齐发喊，各拾了砖头、石块，冲着柴荣，如星飞电闪的打来。柴荣见了哈哈大笑道："来得好，来得好，叫你这班蠢贼都是死数！"遂舍了董达,退后几步,向腰间解下宝带,迎风一抒,变成了一条神煞棍棒,分开门户,望前乱打,不一时,早把几个打翻在地。众人招架不住,又发声喊,抢了董达,扶了上马,一齐往正南方逃走。柴荣随后追赶。

不说柴荣追赶董达。却说有一位好汉姓郑名恩,字子明,祖籍山西应州人氏,年方一十八岁,生得形容丑陋,力大无穷。自幼父母双亡,流落江湖,这一日却从销金桥过。见桥上停着一辆伞车,抽税的人一个不见。郑恩上得桥来,口中呐呐地骂道:"这些狗日的,怎么一个也不见?我且休要管他,且把这些雨伞拿去,换些酒呷也是好的。"遂推了伞车下桥而走。来至一座酒店,进内叫道:"掌柜的,我有一车雨伞在此,与你换几壶酒来呷呷。"店家把眼一看,一车雨伞,少说也有一两百把,加上小车、行李,凭他怎么吃也够,遂把酒食送与郑恩。郑恩也不推辞,将酒食畅吃了一回,抖撒肚子,将身立起,说道:"掌柜的,余下的你且记着,我改日再来吃。"店家道:"今日吃了一半,你再来一回就是了。"其实郑恩没看到柴荣行李中的银两,那些银子够他吃一个月!

却说柴荣追赶董达不着,回至销金桥。举眼四望,不见伞车的踪迹。柴荣心里疼得要命,却又无可奈何。

忽然一声霹雳,大雨倾盆,把柴荣淋得落汤鸡似的。柴荣冒雨前行,好不容易找到一家旅店。柴荣银两都放在车上,袋里一文钱也没有。店主人看外面大雨倾盆,先让他住下再说。柴荣又累又气倒下就睡,就如死人般一动不动。

那店主人恐怕客房中漏湿,进来逐房照看。来到柴荣房内,只见炕头上点点滴滴的雨漏下来,叫声:"客人醒来,你的铺盖儿漏湿了。"连叫数声,不见答应。走至跟前,用手推了两推,绝无动静。揭开被来一看,只唬得三魂失去,七魄无存,只见那柴荣仰面朝天寂然不动,真似三分气断,一旦无常。那店主慌了,只叫声:"苦也,客人你坑煞我也!你到我店里住,房钱没交一个,如今一命呜呼,叫我到哪里去买棺材?"

店主正在自言自语,无法支持,只见柴荣慢慢翻转身来。店主见他未死,方才放下心来,叫道:"老祖宗,休要唬死了我。你要什么汤水吃,待我整治取来。"柴荣道:"承店主美意,别的不想吃,只把米汤儿赐半碗。"店主出去,即忙端整一碗,与柴荣饮了,服侍安睡。此时天雨已住,店主出去料理店务。到了次日清晨,店主记着柴荣病体,走进里边,问长问短。那柴荣渐渐想起饮食来吃。店主经心用意,递饭送粥,随时服侍。

经过了五六日,病体好了一半,硬挣起来。强坐无聊,以口问心,暗想往事,道:病了几日,才得轻安。欠下房钱,毫无抵还。如今病虽好了,只是腰下无钱,三餐茶饭从何而来?再住几日,店家打发出门,叫我何处栖身?

左思右想,忽然忆起道:我有一个嫡亲姑母,现在邺都。闻得姑丈做了邺都留守兼天雄军节度使,甚是威武,何不投奔那里安身立命?但是欠下房钱,店主怎肯放我起身?就使肯放之时,无奈盘费也无,如何去得?

正在两难之际,只见店主走将进来,叫一声:"客人,你今日的容颜,比昨日好了许多,身子也渐渐好了起来,应该出外经营,方好度日。"柴荣听了,长叹一声道:"老店主,小弟正在为此烦恼,所有资本连同雨伞不知被哪个杀贼推走,我现在身无分文,因此气成此病。今幸灾退,又蒙老店主大行阴德,念我孤客调养余生。欲待经营,又无资本。唯有一处可以去得,乃是一个姑父现在邺都,意欲投奔于他。又无盘费,更兼欠下老店主许多房钱,一时难以起身。因而在此思想。"那店主脸色一下子难看起来。总道他身边有钱,这几日才殷勤侍候,谁知他分文也无。若是赶他出门,这几天的房钱、饭钱却又打了水漂。店主心里叫苦,不知道是留好还是赶他出门好。

柴荣又住两日,店主也不叫他吃饭,反而叫小二看着他,提防他逃走。柴荣心里暗暗苦笑:即使逃得了旅店,出去之后又怎么生活呢?

又过一日,柴荣受了小二无数冷言冷语,忽然想道:我有一把祖传金刀,太宗皇帝赏给妹夫柴绍,价值连城。自己平日防身用的,今日穷甚,可拿到典铺里,押当些银子,还他饭钱,也得到邺都投亲,待异日把钱来赎回未迟。主意定了,就与小二说了,小二欢喜。就与柴荣一起走到销金桥当铺里来,将刀放在柜上。当铺的人见了道:"兵器不当,只好作废铜称!"柴荣见管当的装腔,没奈何,说道:"就作废铜称吧!"当铺人拿大杆来称,一把刀,重二十八斤,又要除些折耗,八分一斤,算该二两银子,多要一分也不当。柴荣暗想道:二两银子,如何能济得事?依旧拿回店来。

店主见了道:"你说要当过兵器还我房钱,怎么又拿了回来?"柴荣道:"我是祖传金刀,二两银子太少。"店主心中巴不得送出瘟神,眼前讨个干净,就是舍了这几日的房钱,也比死在小店里强,还免得买口棺木与他殡殓。于是道:"当铺给你二两,我也给你二两吧!邺都既有令亲,急需前去投奔才是。就是欠下的店账房钱,也是小事,待你日后得了好处,再来还我不迟。"说完留下宝刀,叫小二取了二两银子给他。

柴荣无奈,只好打点起身。那店主款款地在旁催促。邺都本有一千余里,只说六百里路途,巴不得他早早出行,才得了账。柴荣叫声:"老店主,小弟在此多蒙厚情。此去略有好日,一定过来赎刀,与我好生保管。"说罢别了店家,望邺都大路而行。

却说柴荣晓行夜住,约有几十日,方到邺都。细细打听,果然是姑丈郭威做了此处元帅。迈步进城,来至帅府辕门。早见那两边巡捕官员,巡风军卒,一个个身强体大,面目凶横,见了柴荣身上褴褛,一齐高声喝道:"你这该死的囚徒!这里是什么去处,你敢探头探脑,大胆胡行?想你活得不耐烦,要讨几记棒吃吗?"柴荣想道:我千山万水,讨饭寻茶来到此处,岂是容易。实指望投奔姑父,得见一面,倘肯相留,便好立业;谁知帅府规模,这等威恐。他既不肯放我进去,且往衙门后面去看,若有后路,便好进府。

想定主意,顺着右边而走。不多时,忽见有座后门,紧紧闭着,两边也有四个小军把守巡逻。柴荣看了,正在无措,忽听得里边有人高叫:"开门。"那军校把门开了。只见里边走出两个丫鬟来,叫道:"军校,我奉太太之命,有三两银子在此,叫你送到万佛观中,交与当家的老师太,明日初一,要在佛前供养,顶礼宝签。快去快来,立等回话。"两个军校接了银子,如飞地去了,剩下两个军校在此守门。柴荣紧步上前,对两个丫鬟叫道:"姑娘,烦你通报太太一声,有个柴荣在此探望。"军校见他衣衫褴褛,竟然敢跟丫鬟讲话,举起棍儿就打。丫鬟喝道:"住手!且问他一个明白然后定夺。"军校听了住手。那丫鬟问道:"你是哪里人?从何处而来?到此寻找何人?你须细细直说,我便与你做主。"柴荣道:"我姓柴,名荣,表字君贵,祖籍徽州人氏。一向推车贩伞,流落他乡。不幸本钱消折、无计营生,因此不远千里,特来投奔姑姑,万望通报一声。"那丫鬟道:"原来你就是柴大官人,我太太常常思想,不能见面。今日天遣相逢,来得凑巧。你且在此权等一回,我与你通报。"说罢转身进去。那两个军校见他是元帅的内侄,虽然身上不堪,哪里还敢阻拦。

不多时,只见起先的两个丫鬟走将出来,笑容可掬,叫道:"柴大官人,太太传你进去相见。"柴荣听了满心欢喜,跟着丫鬟来到后堂。丫头上前禀道："柴大官人到了。"夫人听说往下一看，见其衣衫褴褛、蓬头垢面，好似养济院乞丐一般。细看形容，依稀却还认得。便问道："你果然是我的侄儿吗？"柴荣道："侄儿岂敢冒认？"夫人道："你果是我的侄儿，可不苦煞我也！你父亲今在哪里？做甚生涯？为甚你孤身到此，这般形容？可细细说与我知道。"柴荣双膝跪下，两泪交流，叫声："姑母大人，一言难尽。自从与姑母分别以来，至今一十二年，父亲在外贩伞营生，权为糊口。侄儿一身孤苦，茕茕无依，也将父业经营，流落江湖，已经八载，历尽了千辛万苦。前几天卖伞经过销金桥，不幸遇着收税的强人，侄儿不肯给他税银，与他厮打。不知哪个天杀的将我的伞车推走，盘缠都在车上。资本一空，无以谋生，投属旅店，差点病死。幸亏店主没收我的房钱，还借给我二两银子，特到姑母这里寻些事业。又打听得姑父做了元帅，不敢擅入，幸好遇着两位姐姐，蒙她引见，真乃天假之缘，不胜欣慰！"柴夫人听了此言，泪如雨下，说道："自从嫁与你姑夫，与父母兄长分别之后，我几次差人打听消息，都说你父亲身安家盛，谁知竟沦落到这步光景。待我与你姑父说知，务必为你找个差事。"说罢就命小厮将柴荣领进书房，又送将一盆热水进来，还有一套新鲜衣服。柴荣就在书房里沐浴了身体，梳发戴巾，换上新衣。随后送进酒饭，甚是丰盛。小厮两边服侍，听从使唤。

晚上郭威回府，柴荣急忙上前鞠躬施礼，口称："姑父大人在上，小侄柴荣不远千里而来，特叩尊座。"郭威见柴荣生来福相，楚楚人才，心中大加喜欢，即忙搀扶坐下。郭威吩咐备酒与柴荣接风，至亲三人依礼而坐，传杯递盏，欢饮闲谈。郭威举杯在手，谓柴荣道："贤侄，你一向在外，可知近日朝内事情，兴废如何？各处民风可好？"柴荣道："小侄近来相闻纷纷传说，新主登基以来，贪色好酒，终日与粉黛娇娥取乐,辄兴土木不理朝纲。以此民情大不能堪,四方干戈并起,只怕大汉的天下,难保安享,眼前必生事变,祸乱立至矣。"郭威听了把酒杯放下道:"贤侄,想当初刘志远与我同在东岳总兵麾下,建了许多功绩。后来晋祚倾亡,他便自立为君,封我外镇。竖子荒淫,不知他如何处置我呢。"

次日郭威升堂,封柴荣为天雄军牙内指挥使,命手下将弁参见。将校们见柴荣身披锦绣,如王孙公子模样,郭威又称他是内亲,也不敢轻觑。他们哪里知道这个指挥使就是前日到过辕门,曾被骂退的路人?正是:

世态唯趋豪富贵,
人情只拊掌威权。

柴荣安定以后,即命下人拿十两银子赎回祖传金刀。店主听说柴荣做了天雄军牙内指挥使,哪里还敢收钱?好酒好肉招待军人去讫。

欲知后事如何,且看下回分解。

第四十六章　刘承祐诛杀权臣

却说郭威出镇邺都时，史弘肇掌管后汉的禁卫军，负责京师的防卫工作。史弘肇残忍好杀，老百姓喝醉了和士兵吵架，马上抓起来杀掉；太白星白天出现，有人抬头仰观，史宏肇马上把他抓起来腰斩。

还有枢密使杨邠，史书记载其人"虽长于吏事，不识大体"。常言："为国家者，但得帑藏丰盈，甲兵强盛，至于文章礼乐，并是虚事，何足介意也。"

一日由王章置酒，宴集朝贵。酒至半酣，王章倡议为酒令，拍手为节，节误须罚酒一樽。大家都愿遵行，独史弘肇喧嚷道："我不惯行此手势令，幸毋苦我！"

客省使阎晋卿适坐弘肇肩下，便语弘肇道："史公何妨从众，如不惯此令，可先行练习，事不难为，一学便能了。"

说着，即拍手相示，弘肇瞧了数拍，倒也有些理会，因此应声遵令。令既举行，你也拍，我也拍。轮到弘肇，偏偏生手易错，不禁忙乱，幸由阎晋卿从旁指导，才免罚酒。苏逢吉笑道："身旁有阎姓人，自然无虑罚酒了！"

道言未绝，忽闻席上豁喇一声，杯盘乱响，史弘肇拍案而起，随即诟骂不止。逢吉见弘肇变脸，慌忙闭口。弘肇不肯干休，投袂遽起，握拳相向。逢吉忙起座出走，跨马奔归。弘肇向王章索剑,定要追击逢吉,杨邠从旁泣劝道:"苏公是宰相,公若加害,将置天子何地!愿公三思后行!"

弘肇怒气未平,上马径去。杨邠恐他再追逢吉,也即上马追驰,与弘肇联镳并进,直送至弘肇第中方才辞归。

看官试想,逢吉虽出言相嘲,也无非口头套话,并不是什么揶揄,为何弘肇动怒竟致如此?原来弘肇籍隶郑州,系出农家,有位好友名叫阎招亮,将妹妹阎越英介绍给他。阎越英是个妓女,她随身有若干私蓄,赠予弘肇。弘肇感阎氏恩,娶为妻室,如今夫荣妻贵,相得益欢。逢吉所言是指阎晋卿。弘肇还道是讥及爱妻,所以怒不可遏。况已挟有宿嫌,更带着三分酒意,越觉怒气上冲。还亏逢吉逃走得快,侥幸全生。

杨邠也不把刘承祐放在眼里。当时李太后弟弟李业要求当宣徽使,这宣徽使是宣徽院的长官,而宣徽院大抵掌管的是内侍的户籍、郊外祭祀、朝廷会议和宴会的操作与礼仪,官员的供奉等。当李太后和刘承祐找杨邠商量的时候,却被一口回绝了。刘承祐想立自己的宠妃耿夫人为皇后,杨邠不同意。后来耿夫人死了,刘承祐想按照皇后的礼节安葬,杨邠也阻拦着不行。

承祐恨为所制,积不能平。有次与杨邠、史弘肇商议政事,杨邠与弘肇齐声道:"陛下但噤声,有臣等在,还怕何人?"

承祐虽不敢斥责,心中却懊恨得很。退朝后与左右谈及恨事,左右趁势进言道:"杨邠、史弘肇等专恣,后必为乱,陛下如欲安枕,亟宜设法除奸!"承祐尚不能决,转禀太后。太后道:"这事何可轻发?应与宰相等熟商,方可定议。"承祐愤愤道:"国家重事,不可谋及书生,文人怯懦,容易误人,儿自有主张。"言罢拂袖径出。

越日天明,杨邠、史弘肇、王章入朝,甫至广政殿东庑,忽有甲士数十人驰出，拔出腰刀，先向弘肇砍去，弘肇猝不及防，竟被砍倒。杨邠、王章骇极欲奔，怎禁得甲士攒集，七手八脚，立将两人砍翻。三道冤魂同往冥府。殿外官吏不知何因，惊惶得了不得。忽由聂文进趋出，宣召宰相朝臣排班崇元殿，听读诏书。文进复趋入宣诏道："杨邠、史弘肇、王章同谋叛逆，欲危宗社，故并处斩，当与卿等同庆。"

大众听诏毕退出朝房，步行归第，才知杨邠、史弘肇、王章三家，尽被屠戮，家产亦籍没无遗了。

却说史弘肇等人被杀不久，刘承祐又遣供奉官孟业，赍密诏至镇宁，令李洪义杀史弘肇余党步军指挥使王殷。再令行营指挥使郭崇威、曹威，谋杀郭威及监军王峻。

孟业至澶州，使人报知李洪义，二人接见，孟业取密诏示之。李洪义惊曰："主上无道谋杀大臣，此取乱之道也！今日令我诛王殷，明日再令别人杀我！若果如此？我等皆死无葬身之地矣！"即将孟业监下，使人请郭威以诏示之。威见诏大惊，乃召魏仁浦、郭崇威、曹威及诸将，告以密诏之事。且曰："我与诸公拔除荆棘，从先帝取天下，先帝升遐，亲受顾命，与杨、史诸公弹压经营，忘寝与餐，才令国家无事。今杨、史诸公无故遭戮，又有密诏到来，取我及监军首级。我想故人皆死，亦不愿独生，汝等可奉行诏书，断我首以报天子，庶不至相累呢！"

郭崇威等听着，不禁失色，俱涕泣答言道："天子幼冲，此事必非圣意，定是左右小人诬罔窃发，假使此辈得志，国家尚能治安吗？末将等愿从公入朝，当面洗雪，荡涤鼠辈，廓清朝廷，万不可为单使所杀，徒受恶名！"

枢密使魏仁浦进言道："公系国家大臣，功名素著，今握强兵，据重镇，致为群小所构，此事岂说辞能够自解？事已至此，怎得坐而待毙！"

翰林天文赵修己亦从旁接入道:"公徒死无益,不若顺从众请,驱兵南向,天意授公,违天是不祥呢!"

威意乃决,留养子柴荣镇守邺都,命郭崇威为前驱,自与王峻带领部众向南进发。王峻私谕军士道:"我得郭公处分,俟克京城,听汝等旬日剽掠!"

接下来的事情就简单了,郭威集结了北方边防线上的各路部队,向首都汴京开进。这些部队都是后汉防御契丹的主力部队,当然是后汉最精锐的部队,以这支部队去打余下的部队,胜算是非常大的。郭威的首批造反部队从邺都(今河北大名)出发,一边开进一边继续补充新的造反加盟者,没有经过战斗就控制了黄河渡口。过了黄河后,义成军节度使宋延渥迎降,又不战而控制了开封的北当口濮阳。到此,郭威只用了三天时间,而汉隐帝才刚刚得到郭威没有被杀而造反的消息。开封城内的人大多认为郭威带领的是精锐部队,比城内守军要强得多,不宜硬碰,只能坚守城池,以待援军。李太后则告诉汉隐帝,两人毕竟是舅侄,郭威也是被他给逼反的,如果能赦罪的话没准就不反了,就算不能,此时先下一道诏书,看看他的反应再说。

这些建议其实都比较合理,承祐且惧且悔,忙召宰臣等入商。窦贞固首先开口道:"日前急变,臣等实未与闻。既得幸除三逆,奈何连及外藩?"

承祐叹道:"前事原太草草,今已至此,说亦无益了。"

当时郭威的家人都在开封,郭威奏请刘承祐把他身边的小人李业等绑到军中,这事儿就算了。刘承祐还可以继续做他的皇帝,郭威也继续做他的邺都留守。

刘承祐即把郭威的奏章拿给李业看,李业奏曰:"郭威、王峻的反状已经很明显了,不过二人的家属皆在京师,可先除内患!"承祐即差刘铢领兵抄杀郭威、王峻家属。铢为人极其惨毒，领兵至彼二家，老幼无一得免者，其中包括郭威的两个儿子、柴荣的三个幼子及夫人刘氏。

未几接得紧急军报，乃是威军已到封丘，封丘距都城不过百里。宫廷内外皆震骇。

刘承祐抖擞精神，向四面八方发出诏书，令各地节度使火速勤王！令人振奋的是，泰宁节度使慕容彦超最先赶到。

慕容彦超是刘知远同母异父的弟弟，曾冒姓阎，号阎昆仑。早年担任后唐明宗李嗣源的军校，累迁至刺史。后坐法当死，因刘知远相救，免死流放房州。入朝前驻防兖州，他对刘承祐说："臣看北军如同蟣蠓（小虫），当为陛下生擒渠魁，愿陛下勿忧！"

承祐呼彦超为皇叔，慰劳一番，令出朝候旨。彦超退出，碰见聂文进，问北来兵数，文进约略说明，彦超失色道："似此剧贼，倒也未敢轻视哩！"

俄顷有朝旨颁出，令慕容彦超为前锋，侯益为后应，出拒郭威。彦超即领军出都，至七里店驻营，掘堑自守。

承祐欲自出劳军，禀白李太后。太后道："郭威是我家故旧，非死亡切身，何至如此！但教守住都城，飞诏慰谕。威必有说自解，可从即从，不可从再与理论。那时君臣名分，尚可保全，慎勿轻出临兵！"

承祐不从，出召聂文进等扈驾，竟出都门。李太后又遣内侍戒文进道："贼军向迩，大须留意！"

聂文进答道："有臣随驾，必不失策，就使有一百个郭威，也可悉数擒归！太后何必多心！"

聂文进比慕容彦超还能瞎闹。

刘承祐驾至七里店，慰劳彦超，留营多时，又值薄暮，南北军仍然不动，乃启跸还宫。彦超送承祐出营，复扬声道："陛下宫中无事，请明日再莅臣营，看臣破贼！臣不必与战，但一加呵斥，贼众自然散归了。"

刘承祐很是欣慰，留下聂文进、后匡赞监军，自己还宫酣睡。

第二日，刘承祐又欲出城观战。李太后忙来劝阻。禁不住承祐少年豪兴，定要自去督军。究竟慈母无威，只好眼睁睁地由他自去。

郭威大军与慕容彦超会战刘子坡，这慕容彦超棕发红髯，环眼青面，头戴道遥帅字盔，身着大叶红金甲，外罩麒麟战袍，胯下一匹白龙驹，掌中盘龙一字点钢枪，且有几分威武。郭威问道："慕容将军，久闻大名如雷贯耳，今日相见恨晚呀！"

慕容彦超道："郭文仲，你乃大汉开国元勋，官居三公之上，位列百官之首，竟不守臣节举兵造反，还不快快下马受降，讨个从轻发落。"

郭威道："刘承祐不施仁政，滥杀朝臣，姑息奸佞，草菅人命，残暴刁钻，古今罕有。慕容将军若明大义，当与我共赴京师另立明主。"

"哼！"慕容彦超道："为臣者当从一而终，岂能朝秦暮楚？"

郭威外甥李重进言道："舅舅何必与这红毛贼饶舌，待末将取其狗头！"李重进出马叫阵，后匡赞夺功心切，催马杀出。

后匡赞虽然心狠手毒，两军阵前却是头一次，交马一合便被李重进手中大枪荡掉兵器，后匡赞掉头就跑。

李重进拍马就追，只听对面有人大吼："小将且住！"慕容彦超提枪杀出，闪过后匡赞拦住李重进。慕容彦超这条点钢枪，上三路似皓月当空，下三路如流星飞舞，李重进只有招架之功，没有还手之力。

赵匡胤催马来助李重进，又战二十回合不分胜负，郭威军中又有石守信出马，三人将慕容彦超围困其中。聂文进巴不得主帅被人打死，关键时候高声大叫："都督受困，我等快快退兵！"将令一出，后汉将士纷纷后退。

汉军退兵令慕容彦超始料未及，又见郭威亲率中军杀来。慕容彦超叹道："聂文进负我！"遂仓促迎战郭威。正是：

> 风啸点将台，
> 鼙鼓卷尘埃。
> 嘶风战马吼，
> 喊杀壮士来。
> 沐浴腥风血，
> 睡卧白骨排。
> 成败谁人定？
> 皆有黄沙埋。

监军聂文进临阵脱逃，汉兵或死或逃战心皆无。慕容彦超见兵败如山倒，只得掉头撤退。只听有人大喝一声："红毛贼休走！"

只见郭威这匹绝地马四蹄腾空飞追而来。慕容彦超快马加鞭拼命逃窜，猛然胯下白龙驹马失前蹄，慕容彦超一头栽地。再看这匹白龙驹竟已猝死，郭威却是马到眼前，一刀砍下慕容彦超头上盔缨，生死关头，大将侯益喊道："郭雀儿休伤都督！"挥动板斧砍来，慕容彦超又抢得马匹慌忙逃去。侯益战败投降。余众已失统帅，当然四溃。

是夕刘承祐与从官数十人留宿七里寨，到了天明起视，只剩得一座空营，慌忙登高北望，见邺营高悬旗帜，烨烨生光。将士出入营门，甚是雄壮，不由得魂飞天外，当即策马下岗，加鞭驰回。行至玄化门，门已紧闭，城上立着开封尹刘铢，厉声问道："陛下回来，如何没有兵马？"

刘承祐无词可对，回顾从吏，拟令他代答刘铢。蓦闻弓弦声响，急忙闪避，那从吏应声倒地。刘铢可能是觉得刘承祐大势已去，即使给他开了门郭威到时候还是会攻进城来。到时候后汉灭了是小事，自己的性命也堪忧了。刘承祐吓得胆裂，回辔乱跑，向西北驰去。苏逢吉、聂文进、郭允明等，尚跟着同跑，一口气趋至赵村。忽见后面尘埃大起，刘承祐以为是追兵，便仓皇下马，打算躲入村民屋中。郭允明见形势危急，想以刘承祐作为进见礼投降追兵，猛然赶上几步，将刘承祐一刀刺死。不料追兵近前，仔细一望，并非邺军，乃是刘承祐的亲兵前来扈卫。郭允明知道弄错，心下一急，便把弑主的刀，向脖颈上一横，也即倒毙。

苏逢吉心慌意乱不知所措，跌落马下立即归阴。聂文进逃了一程，被追兵赶上，乱刀竞斫，分作数段。李业闻北郊兵败，便从宫中攫取金宝混出城外，阎晋卿在家自尽，都中大乱。

郭威得知汉主被弑，放声恸哭。将佐都入帐劝慰，郭威且哭且语道："我早晨出营巡视，尚望见天子车驾停在高坡，正思下马免胄往迎天子，偏车驾已经南去，我总料是回都休息，不意为奸竖所弑，怎得不悲？细想起来，实是老夫的罪孽哩。"

将佐道："主上失德，应有此变，与公无涉，请速入都平乱，保国安民！"

却说郭威率军入都，甫至玄化门，尚见刘铢拒守，箭如雨下，乃转向迎春门，门已大开，难民载道。威无心顾恤，纵辔驰入，先至私第中探望，门庭无恙，人物一空，回首前时，忍不住几点痛泪。

郭威纵兵四掠，可怜满城屋宇，悉被蹂躏。毁宅纵火，杀人取财，闹得一塌糊涂，不可收拾。前滑州节度使白再荣，闲居私第，被乱兵闯将进去，把他缚住，尽情劫掠。既将财物取尽，复向白再荣说道："我等尝趋走麾下，今无礼至此，无颜面见公，公不如去死吧！"说至此，即拔刀将白再荣首级剁下，扬长自去。

吏部侍郎张允，积资巨万，性最悭吝，虽亲如妻孥，亦不使妄支一钱。甚至箱笼锁钥，统悬挂衣间，好似妇人家环佩一般，行动起来，嘎嘎震响。这时畏匿佛殿中，尚恐有人觅着，特在重檐下面的夹板间，扒将进去，蹐伏似鼠。怎奈乱兵不肯放过，先至他家中拷逼妻孥，迫令说明去向，然后入殿搜寻，到处寻觅，未见踪迹，便上登重檐，从夹板中窥视，果然有人伏着，当即用手牵扯，张允不肯出来，拼死相拒。一边躲，一边扯，两下里用力过猛，那夹板却不甚坚固，连人带板坠将下来，乱兵如狼似虎，揿住张允，把他衣服剥下，连锁钥一并取去。允已跌得鼻青脸肿，不省人事，渐渐地苏醒还阳，开眼一望，只剩得一个光身，又痛又冷，又可惜许多钥匙，急欲出殿还家，已是手不能动，足不能行，正在悲惨的时候，家人来寻，才将他扛了回去。一入家门，问明妻子，听得历年家蓄，尽被抢完，哇的一声，鲜血直喷，不到半日，呜呼哀哉。

乱兵越抢越凶，夜以继日，满城烟火冲天，号哭震地。

大将军赵凤看不过去，挺身直出道："郭侍中举兵入都，本为除暴安良，鼠辈如此抢掠，与乱贼何异！难道侍中本意，教他这般吗？"遂持弓挟矢，带着从卒数十名，出至巷口，踞坐胡床。遇有乱兵劫掠，即与从卒迭射，射死了好几人，巷中民居才得安全。

次日辰牌，郭崇威语王殷道："兵扰已甚，若不止剽掠，再经一日，要变作空城了！"

乃请命郭威，严行部署，令将弁分道巡城，不得再加剽掠，违令立斩。兵士恃有原约，未肯罢手，及见有数人悬首市曹，乃敛迹归营，时已斜日下山了。

太师冯道最老成，次日率百官入见郭威。郭威下阶拜道，冯道居然受拜，仍如前日，且徐徐说道："侍中此行，好算是不容易呢？"

　　郭威闻言不觉色变，半晌才复原状。旁顾百官，多半在列，唯不见窦贞固、苏禹珪二相。及问明冯道，方知二人从七里寨逃归，匿居私第。当下遣吏往召。二人不敢再拒，只好入朝。郭威欢颜与叙，请他照常办事，二人忧虑才一概消除。

　　于是共同会议，指定罪魁为李业、阎晋卿、聂文进、后匡赞、郭允明等人。阎、聂、郭三人已死，李业、后匡赞在逃，还有权知开封府事刘铢，权判侍卫府事李洪建，亦属从犯，尚留都下，立即派兵往捕，将他拿到，囚住狱中。

　　却说刘铢被获时，顾语妻室道："我死，汝不免为人婢。"

　　妻泣答道："妾为君罹罪，恐为婢不足，还要一同枭首哩。"

　　刘铢默然无言，随吏下狱，唯妻言适为郭威所闻，颇加怜念，因使人入狱责铢道："我与君同事汉室，岂无故人情谊！家属屠灭，虽有君命，汝何不留一线情，忍使我全家受戮！敢问君家有无妻子，今日亦知顾念否？"

　　刘铢无可解免，竟强辩道："铢当时只知为汉，无暇他顾，今日但凭郭公处分，尚有何言！"使人还报郭威。威乃戮铢及子，但释铢妻。

　　冯道乘间进言道："国家不可无君，明日当禀白太后，请旨定夺！"百官当然赞同，郭威也不能不允。大致议定，已是日晡，始退朝散归。

　　欲知后事如何，且看下回分解。

第四十七章　郭威黄袍加身

　　却说李太后正坐宫中，有内臣来报道："启太后娘娘，不好了！万岁爷御驾亲征，不知下落。郭兵已进皇城，文武俱往参见。那郭威现在朝前，请娘娘裁夺。"李太后闻报，只唬得魂飞魄散，泪落珠流，吩咐内侍引道，望外而来。当有掌宫太监拦住道："宫门外都是贼兵把守。太后娘娘欲往哪里去？"李太后道："今日国破家亡，有甚去处？老身拼着一死去见郭威，问他幼主存亡。"当时出了安乐宫，竟往分宫楼来。那胆小的内官俱各躲避，有几个胆大的跟驾而行。过了分宫楼，就有守门的郭兵拦住。太监道："这是太后娘娘，要见郭元帅，快去传报。"郭兵听说便去通报郭威。李太后上了金銮大殿。郭威一见李娘娘立即双膝跪倒，口称："太后娘娘千岁，微臣郭威拜见娘娘。"众将见元帅行了君臣之礼，也一齐在丹墀之下叩头朝见。太后传旨平身。众将谢恩起立。
　　太后问道："郭元帅，你无故兴兵至此，扰乱社稷，所为何意？"郭威奏道："臣受先帝殊恩，恪守臣节。不意主上宠信奸臣，欲致臣于死地，臣是不得已而至此，只欲除奸去佞肃清朝廷，望娘娘明鉴。"李太后道："即使幼主年轻有负于汝，也该看先帝之面饶他一回。你可记得先帝在日与你情同手足，苦乐同受，南征北讨混一土宇，因你功大封为元帅执掌兵权。先帝临崩又托孤于汝,指望辅佐储君匡扶社稷。岂知你改变初心,半途而废,欺负我孤儿寡,妇兴兵造反,只怕皇天也不肯保佑于你。"言罢泪流满面不胜凄怆。郭威心下恻然,不觉也掉下泪来:"微臣领兵前来只为肃清奸党整理朝纲,安敢有怀异志?"太后道:"汝既无异志,因何与皇上打仗?"郭威道:"苏逢吉派兵出城要害微臣,臣不得不开兵抵敌,安敢有犯圣上耶?"太后道:"既不与圣上开兵,如今圣驾在哪里,为何不见回朝?"郭威只得将刘承祐被杀之事讲明,太后涕泣涟涟。郭威复面请太后,此后军国重事,须俟太后教令,然后施行。太后也不多言,唯命郭威为故主发丧,另择嗣君。威唯唯而出,令礼官驰诣赵村,检验故主尸骸,妥为棺殓移入西宫。郭威部下争议丧礼,或说宜如魏高贵乡公(即魏曹髦)故事,以公礼葬。威叹息道:"祸起仓促,我不能保护乘舆,负罪已大,奈何尚敢贬君呢?"

乃择日举哀,命前宗正卿刘皞主丧,且秉承太后命令,宣召百官入朝会议后事。

几天之后,百官们的选举有了结果,这位"幸运儿"名叫刘赟,他是高祖刘知远的弟弟刘崇的儿子,当选前的身份是武宁军节度使,驻地徐州。这位皇亲国戚突然间富贵临门,居然成了下一任皇帝。

为了让皇帝陛下能快点到任,也为了打消新任皇帝的各种顾虑,当由郭威上奏太后,请遣太师冯道,及枢密直学士王度,秘书监赵上交,同赴徐州迎赟入朝。太后立即批准,颁下诰令。冯道得诰不免吃惊,沉思良久,往见郭威道:"我已年老,奈何让我出使徐州?"

郭威笑道:"太师勋望与众不同,此次出迎嗣君,若非太师,何人能够胜任?"

冯道应声道:"侍中此举,果真出自真心吗?"

郭威怅然道："太师休疑，天日在上，威无异心。"

冯道乃与王度、赵上交，出都南下。途次顾语二人道："我生平不作谬语，今日却作谬语了。"

忽接镇、邢二州急报，谓辽主兀欲发兵深入，屠封丘，陷饶阳，乞即调师出援。郭威入禀太后。太后即令郭威统帅北征，国事权委窦贞固、苏禹珪、王峻，军事委王殷，授翰林学士范质为枢密副使，参赞机要。威即于十二月朔日，领大军出发都城。行至滑州，接着徐州来使，乃是奉刘赟命，慰劳诸将。诸将见郭威微露不平，遂面面相觑，不肯拜命，且私相告语道："我等屠陷京师，自知不法，若刘氏复立，我等尚有遗种吗？"

郭威闻言似作惊愕状，便遣还徐使，立麾军士趋澶州。

途次正值天晴，冬日荧荧，很觉可爱。诸将乘势献谀，谓郭威马前有紫气拥护而行。郭威佯若不闻，驱兵渡河，进至澶州留宿，诘旦起来，早餐已毕，再下令启行。忽听得军士大噪，声如雷动，他却不慌不忙，返身入内，将门闭住。军士逾垣直入，向威面请道："天子须由侍中自为，大众已与刘氏为仇，不愿再立刘氏子弟了！"

郭威未及答言，军士已将他绕住，前扶后拥，或即扯裂黄旗，披威身上，竞呼万岁。威无从禁止，累得声势沮丧，形色仓皇。待众声少静，方宣言道："汝等休得喧哗，欲我还朝，亦须奉汉宗庙，谨事太后，且不准骚扰人民！从我乃归，不从我宁死！"

众应声道："愿从钧谕！"威乃率众南还，沿途禁止喧扰。

却说王峻闻郭威南归，便与窦贞固等商议，往迎郭威。窦、苏两相，本来就庸懦得很，况又手无兵权，怎能与郭威对垒，没奈何承认下去。可巧郭威又差人，奉笺李太后，谓由诸军所迫,班师南归,军士一致戴臣,臣始终不忘汉恩,愿事汉宗庙,母事太后等语。

王峻等将笺呈入,太后一介女流屡经巨变,只有在宫中暗泣,一些儿没有它策。窦贞固、苏禹珪已与王峻、王殷等,出至七里店迎接郭威。一俟威到,即在道旁伛偻鸣恭,趋跄表敬。威下马相见,共叙寒暄,略谈数语,便由窦贞固等,捧呈一篇劝进文,所有朝内百僚,一并署名。郭威喜形于色,形式上仍是谦逊,口口声声说是未奉太后诰敕,不敢擅专。窦贞固等请即入都,郭威总以未奉诰敕为词,留驻皋门村。

是夕窦贞固等还朝报明太后,不知如何胁迫,取了一道诰文,即于次日黎明赍诣威营,当面宣读诰文。其词云:

枢密使侍中郭威,以英武之才,兼内外之任,剪除祸乱,弘济艰难,功业格天,人望冠世。今则军民爱戴,朝野推崇,宜总万机,以允群议。可即监国,中外庶事,并取监国处分,特此通告。

至此郭威方从皋门入大内,被服衮冕,御崇元殿,受文武百官朝贺。苏禹珪、窦贞固以下,联翩入朝,舞蹈山呼。

却说徐州节度使刘赟,尚未得悉郭威监国,使教练使杨温居守徐州,自与冯道等西来。在途仪仗很是烜赫,差不多似天子出巡,左右皆呼万岁。刘赟扬扬得意,昂然前进。到了宋州入宿府署。翌晨起床,闻门外有人马声,不知是何变故,急忙阖门登楼凭窗俯瞩。见有许多骑士气势汹汹环集门外。为首的统兵将官扬鞭仰望英气逼人。刘赟惊问道:"来将是谁?如何在此喧哗!"

来将应声道:"末将是殿前马军指挥使郭崇威,目下澶州军变,朝廷特遣崇威至此保卫行旌,非有他意!"

刘赟道:"既如此说,可令骑士暂退,卿且入见!"

崇威不答,俯首迟疑。刘赟遣冯道出门,与崇威叙谈片刻，崇威才下马入门，随冯道登楼，向刘赟谒见。刘赟执崇威手，抚慰数语，继以泣下。崇威道："澶州虽有变动，郭公仍效忠汉室，尽可勿忧！"

刘赟稍稍放心，彼此又问答数语，崇威即下楼趋出。

未几冯道入见，奉上一书，乃是郭威所寄，内言兵变大略，召冯道先归安抚，留王度、赵上交奉跸入朝。刘赟明知郭威欺人，一时却不便说破。

冯道开口辞行，刘赟愀然道："寡人此来所恃唯公，公为三十年旧相，老成望重所以不疑。今崇威夺我卫兵危在旦夕，问公何以教寡人？"

冯道语带支吾，但云回京后抚定兵变再行报命。刘赟部将贾贞在侧，瞋目视冯道，且举佩剑示刘赟。刘赟摇手道："休得草率！这事与冯公无涉，勿疑冯公。"

冯道乘势辞出，星夜驰回。未几即有太后诰命传到宋州，由郭崇威赍诏示赟，诰云：

比者枢密使郭威，志安社稷，议立长君，以徐州节度使刘赟为高祖近亲，立为汉嗣。诰命虽行，而军情不附。天道在北，人心靡东，适取改卜之初，俾膺分土之命。刘赟降授开府仪同三司，检校太师上柱国，封湘阴公，食邑三千户。钦哉唯命！

刘赟受诰后面如土色，郭崇威更不容情，立迫刘赟出就外馆，不准逗留府署。董裔、贾贞打抱不平，硬与崇威理论。崇威竟麾动部众拿下二人，立刻枭首。可怜这位湘阴公刘赟，鼻涕眼泪流作一堆，没奈何迁居别馆，由郭崇威派兵监守，寸步难移。王度、赵上交仍奉郭威命令，召还都中。

不久宋州节度使李洪义讣报朝廷，说刘赟暴亡。傻子都知道李洪义肯定是奉郭威命令暗中下手。刘赟皇帝没当成，小命却送掉了。郭威装模作样迎立刘赟，其实不过是缓兵之计。

欲知后事如何，且看下回分解。

第四十八章　刘崇称帝

却说河东节度使刘崇，乃刘知远弟弟，刘赟生父，此人兵多将广，强悍善战，刘知远时代就被安插在边境，是后汉的第一道屏障。

当听说郭威造反，隐帝被杀的消息后，刘崇曾决定起兵南下，讨伐郭威。后来又听说郭威和太后决定让他的儿子刘赟继位，刘崇一下子心花怒放，还能有什么结果比这个更好呢？根据这个结果，他现在已经是太上皇了！还用得着再去打仗吗？郭威逼死刘承祐，这比自己动手好多了！

"我儿为帝，我还有什么可担心的。"他当即派遣使者前往汴梁。郭威指着脖子上的刺青对来使道："自古以来岂有雕青天子？你回去告诉刘公，希望刘公能体谅我的忠心。"

还有什么可怀疑的呢？联想一下郭威出兵的理由，以及他现在尊奉后汉、拥立新君的表现，他绝对是一位毫不利己专门利人的忠臣。而且郭威还说，请刘公一切放心，朝廷已经派德高望重、从不说假话的太师冯道前去迎接天子，现在只希望新皇帝尽快到任登基。

好了，刘崇放心了，儿子马上当皇帝了，真是太好了！

"且慢！"在这激动人心的时刻，竟然有人跳出来泼冷水。泼冷水的人是刘崇的副手，太原少尹李骧。李骧进言道：

"郭威举兵造反,已经不能再为汉臣了,他肯定不会立刘氏后人为帝。您应起兵南下太行,控制孟津,如果郭威真正立刘赟为帝,您罢兵回镇就是。"刘崇非但不听,反而大骂道:"你这个腐儒,想要离间我们父子之间的关系吗?"他命将李骧拉出斩首。李骧临刑长叹道:"我为一个傻子出谋划策,死也活该。我妻子有病,我死了她也活不下去,让她和我一起死吧。"刘崇便将李骧的妻子一并处死,并将李骧的事上报朝廷,以表心迹。

然而正是在这个时候,郭威发动了澶州兵变,自立为帝,改国号为周;软禁了刘赟,废为湘阴公。刘崇听到这个消息后,方知果然上当,但也无奈。于是,他又派使者入朝,请求郭威让他的儿子返晋阳。

951年,郭威派人在宋州杀死湘阴公刘赟。刘崇听说后,心中大怒,哭着对左右道:"这是因为我没有听忠臣李骧的话,才落到如此的下场!"接着,为少尹李骧建立了祠堂,规定逢年过节必须祭祀。

刘崇决计抗周,就在晋阳宫殿中南面称帝。国号仍为汉,沿用乾祐年号,历史上称为北汉,免与南汉相混。

刘崇称帝后,曾对张元徽道:"我不忍高祖社稷沦丧,于道义而言又不能屈服于郭威,这才不得已而称帝一方,只希望能与你们勉力共复家国之仇。但我算什么天子,你们又算什么节度使呢?"他因此不改元,不设宗庙,只用家人之礼祭祀。

刘崇称帝后,北方契丹派使者潘津拱带着信件,前去表示祝贺。刘崇自感北汉国小民贫,难以立足,又想为儿子刘赟报仇,便欲乞求契丹的援助,便回信道:"原来的汉朝(指刘知远所建后汉)已经灭亡了,我继承帝位,想仿照晋朝(指石敬瑭所建后晋)先例,朝北称侄,以此请求援助。"契丹主见信当然欣允,发兵屯阴地、黄泽、团柏,遥作声援。刘崇即命皇子承钧为招讨使,白从晖为副,李存瓌为都监,统兵万人出攻晋州。

晋州节度使王晏,闭门不出,城上旗帜兵仗,亦散乱不整,承钧还道他是不能拒守,饬兵士蚁附登城。不料一声鼓响,那堞内伏兵霎时齐起,挟着硬弓毒矢接连射下,还有长枪大戟巨斧利矛,钩的钩,斫的斫,将北汉兵杀伤无数,承钧忙鸣金收军,退出濠外。王晏驱兵杀出,前来追击,承钧哪里还敢恋战,麾兵急奔,跑了十多里方不见有追兵,择地下寨,招集散卒,死伤已千余人,并失去副兵马使安元宝,不知是否阵亡。后经探骑报闻,才知元宝被擒,投降晋州了。

刘崇接得败报正在焦灼,怎奈不如意事接踵而来。徐州一城被周将王彦超陷入,杀死巩廷美、杨温。刘赟夫人董氏,还算由周主特恩,安抚保护未曾殉难。

刘崇忧愤交并,立遣通事舍人李鄠赴辽乞援。国书中自称侄皇帝,致书于叔父天授皇帝,请行册礼。辽主兀欲喜如所愿,遣燕王舒斡、政事令高勋,同至北汉,册封刘崇为大汉神武皇帝,妃为皇后。刘崇情急求人,也顾不得什么屈膝,只好对着辽使拜受册封,改名为旻,令学士卫融等诣辽报谢,乞请济师。

天禄五年(951),兀欲应北汉皇帝刘崇的请求,召集各部首领商议出兵攻打后周,援助北汉。首领们由于连年征战,民力耗损,不愿意南侵。兀欲强令他们按期率众南下,自己也统率本部人马到达归化州的祥古山,晚上驻宿于火神淀。各部首领也带领人马赶到这里。一日,兀欲祭祀父亲东丹王亡灵后,设宴招待群臣和各部首领,喝得大醉,被左右扶入内帐。深夜,燕王舒斡和伟王之子耶律呕里僧率领一班酋长冲入内帐,舒斡举刀砍死了沉睡中的兀欲。

耶律德光之子齐王述律闻变走入南山。燕王舒斡自立为帝，偏各部酋长不乐推戴，情愿往迎述律，攻杀舒斡及呕里僧。述律自火神淀入幽州，即辽主位，号天顺皇帝，改元应历，当下为故主兀欲发丧，并遣使至北汉告哀。

刘崇派枢密直学士王得中等，贺述律即位，且吊兀欲丧，仍称述律为叔，请兵攻周。述律不亲政事，每夜酣饮，达旦乃寐，日中方起，国人号为睡王。北汉乞援再四，方遣彰国军节度使萧禹厥，统兵五万与北汉会师，自阴地关进攻晋州。

时晋州节度使王晏，与徐州节度使王彦超对调，晏已离镇，彦超未至。巡检使王万敢权知晋州军事，与龙捷都指挥使史彦超，虎捷都指挥使何徽，募兵拒守。辽兵五万人，北汉兵二万人，共至晋州城北，三面营垒，日夜攻扑。王万敢等多方抵御，且飞使向郭威求援。

郭威闻报惊疑，拟自统禁军出征，取道泽州，与王峻会救晋州。一面遣使臣翟守素往谕王峻，峻与守素相见，摒去左右，附耳密语道："晋州城坚，可以久守。刘崇会合辽兵，气势方锐，不可力争，峻在此驻兵，并非畏怯，实欲待他气馁，然后进击，我盛彼衰，容易取胜。今上即位方新，藩镇未必心服，切不可轻出京师！近闻慕容彦超据住兖州，阴生异志，若车驾朝出汜水，彦超必暮袭京城，一或被陷，大事去了！幸转达陛下，勿生他疑！"守素唯唯遵教，即日驰还京城，报知周主郭威，威闻言大悟，手提其耳道："几败我事！"遂将亲征计议，下敕取消。王峻后来跋扈，其实内心还是十分忠于郭威的。

是时已为广顺元年（951）十二月，天气严寒，雨雪霏霏。王峻下令各军快速进发，到了绛州也无暇休息，麾军继进，过了蒙阮径路，向晋州进兵。

北汉主刘崇及辽将萧禹厥，正虑攻城不下，粮食将尽，更兼大雪漫天，野无所掠，未免智穷力尽，日思退归。忽接哨骑探报，知王峻已逾蒙阮，不由得心惊胆战，立命烧去营垒，夤夜返奔。至王峻到了晋州，敌兵早遁。城内王万敢、史彦超、何徽等，出迎王峻导入城中。彦超禀王峻道："寇兵虽去相距未远，若使轻骑追击，必得大胜。"王峻道："我军远来劳乏，且休养一宵，明日再议。"彦超乃退。翌晨王峻升厅，彦超又来禀白，药元福等亦从旁怂恿，王峻乃令药元福统兵，与指挥使仇弘超，左厢排阵使陈思让、康延诏，策马出追，驰至霍邑，追及敌众，便奋击过去。敌军后队统是北汉兵，一闻追兵到来，急不择路越山四跑，或坠崖，或堕谷，死了无数。元福催后军急进，偏偏延诏懦怯，沿途逗留，且语元福道："地势险窄，恐有伏兵，且回兵徐图进取。"元福忿然道："刘崇挟胡骑南来，志吞晋绛，今气衰力惫，狼狈遁还，不乘此时扫灭，必为后患。"言未已，那王峻遣人到来，说是穷寇勿追，饬令回军。

辽兵还至晋阳，人马十丧三四，萧禹厥诿罪一部酋，将其钉死市中。刘崇亦丧兵无数，复因辽兵归去，不得不畀他厚赆，害得府库空虚，人财两失，只好付诸一叹，缓图报怨。

欲知后事如何，且看下回分解。

第四十九章　柴荣御驾亲征

954年正月，郭威任命晋王柴荣"以王判内外兵马事"，任命镇宁军节度使郑仁诲为枢密使，同时速诏中央殿前禁军殿前都指挥使——外甥李重进入宫，当面向柴荣行跪拜之礼，确定君臣名分，并嘱咐李重进用心辅佐柴荣，共保江山。

当天，郭威咳喘不止，口吐鲜血，不能言语，待至深夜，一命归天，终年五十一岁，葬于嵩陵。

郭威的庙号为太祖。郭威一共在皇位上坐了三年，从正月里称帝，正好又在正月里病逝。

郭威绝后，而柴荣本身非常优秀，能力强，年轻有干劲，手下还有能征善战的一大批兄弟。郭威选择这样一位没有血缘关系的接班人，也是他的传奇一面。

却说北汉主刘崇闻周主弃世，心中大喜，与文武议道："郭威篡刘家天下，每欲复仇，恨无其力。今郭威已死，我欲取中原，恢复旧业可望矣。"乃遣使臣将金帛财宝结好契丹，借兵复仇。契丹得了金宝，大喜，即差耶律奇为元帅，杨衮为先锋，起精兵二万，往北汉助援。耶律奇、杨衮领旨，即日起兵，到晋阳会兵。北汉主见契丹兵至，即拜白从辉为元帅，张元晖为先锋，命长子承钧与亲军使丁贵等同守晋阳。自领大兵二万，与契丹合兵，离了晋阳，向潞州攻打。

潞州守将李筠,听说北汉主借契丹兵来征中原,忙差人星夜到京告急。

世宗柴荣闻讯大怒,与众臣商议,要御驾亲征。大臣们说:"陛下刚刚即位,人心容易动摇,不宜亲自出征,还是派个将军去吧!"

周世宗说:"刘崇趁我刚遭到丧事,又欺侮我年轻新即位,想吞并中原。这次他亲自来,我不能不自己去对付他。"

大臣们看周世宗态度坚决,也就不作声了。只有一个老臣站出来反对,他就是太师冯道。

冯道从后唐明宗那时候起,就当了宰相。以后,换了四个朝代,他在每个朝代的主子面前,都能随机应变,讨得新主子的欢心;辽兵占领汴京的时候,他主动朝见辽主。一些新王朝的皇帝,也乐得利用他。所以,他一直保持着宰相、太师、太傅等重要职位。

这一回,冯道看周世宗年轻,就以老资格的身份来劝阻他带兵出征:"千金之子,坐不垂堂。陛下以万众之尊,亲临不测之地,臣窃以为不可也。"世宗道:"唐太宗得天下,凡有征伐,未尝不亲临,唐太宗尚如此,况于朕乎?"冯道奏道:"不知陛下能为太宗否?"世宗道:"刘崇以十二州之地,兵力单弱,其所倚仗者,不过藉契丹以为救援;以朕士马之众,兵甲之强,破刘崇就像大山压鸡蛋一样容易。"

冯道道:"未审陛下能如山否?"

周世宗听了十分气愤,一甩袖子,起身离开朝堂。

为了这件事,周世宗对冯道十分不满。不久,派他去修造周太祖的陵墓。

冯道在刘守光执政时就开始当官,一直当到柴荣,其油滑于官场的能力史所罕见,就算后周又灭亡了估计他还能在新朝廷当官,犯不着这么激动地驳皇帝面子,可见冯老先生对柴荣的确是一颗赤诚忠心，逆鳞直谏，理也说到了点子上，不过周世宗还是决定御驾亲征！

数日后柴荣亲征刘崇。但见旌旗蔽日，剑戟凝霜，人如猛虎，马赛飞彪。不日已至泽州，安下营寨。北汉之兵，屯于高平之南，世宗命前锋击之，北汉兵退十里。柴荣恐他遁去，再命诸军夤夜前进，且促河阳节度使刘词赶紧派兵援应。

诸将因刘词未至不免寒心，但因周主军令甚严，不得已驱军前行。

柴荣率军日夜兼程，终于在三月十九日，赶到了高平郊外的巴公原（今山西高平市巴公镇），与刘崇大军不期而遇。

一场具有历史意义的重大战役——高平会战拉开了帷幕。

汉辽联军的四万精锐齐聚巴公原，北汉皇帝刘崇作为主帅领两万禁军居中掠阵，辽将杨衮率一万契丹铁骑以为左翼，北汉第一猛将张元徽率一万汉军以为右翼，军容严整，杀气腾腾。

而此时，柴荣率领的后周军，只是整个北伐大军的先锋部队，总兵力还不到两万人，另一支重要的战略预备队——河阳节度使刘词所率的万余精锐部队正在赶往战场的路上。

因此，从双方兵力对比来看，柴荣明显处于下风。

两强相遇勇者胜！

既然退无可退，不如放手一搏！

柴荣很快稳住阵脚，立即做出部署：

御前侍卫高怀德与侍卫亲军马步军都虞候李重进统领左军，侍卫马军都指挥使樊爱能、侍卫步军都指挥使何徽统领右军，宣徽使向训、郑州防御使史彦超率精锐骑兵居中，柴荣自己则在殿前都指挥使张永德的保护下，亲临督战。

北汉皇帝刘崇在阵前一探头，那个后悔啊！悔得肠子都青了：早知道柴荣这个毛头小子才带这点兵，我又何必找契丹人来帮忙呢，心疼那白花花的银子啊。

于是，刘崇决定不用契丹铁骑参战，用自个儿的部队就要把柴荣收拾得干干净净，服服帖帖。

诸将上前道贺，独杨衮策马上前望了多时，退见刘崇道："周军严肃，不可轻敌！"

刘崇奋髯道："时不可失，愿公勿言！看我与周军决战，今日必报儿仇。"

杨衮默然退去。

此时正值初春，天气还是异常的寒冷，而且北方的春天是出了名的多风季节，当日，正好刮起了凛冽的东北风，处于下风向的后周军队被吹得连眼睛都睁不开，战旗刮得呼呼作响。

一阵尴尬的沉默……

渐渐的，风势减小了，可是，一个重要的变化出现了。

风向变了！

原来的东北风变成了南风，原来顺风的北汉军队变成了逆风。

司天监李义进语刘崇道："风势已小，正可出战。"刘崇便下令进兵。枢密直学士王得中叩马谏阻道："风势逆吹，于我不利，李义素司天文，不知风势顺逆，昏昧若此，罪当斩首！"

刘崇怒叱道："我意已决，老书生休得妄言！如再多嘴，我先斩汝！"

王得中吓退一旁，刚愎自用的刘崇不顾大臣的劝谏，决定逆风发起攻击。

刘崇令旗一挥，汉军左翼在猛将张元徽的率领下向周军的右翼猛冲过来。

张元徽是北汉的第一悍将，尤其擅长重骑兵冲锋，在此战之前，已经阵斩后周大将穆令均。他接到刘崇出击的军令，身先士卒，亲率部众冲向周军的右翼，四千名铁甲骑兵鼓噪着逆风而进。统领右军的后周将领樊爱能、何徽措手不及。他们刚才正想得美呢，他们想着刘崇既然花钱请了打手，当然得先让契丹人上，那么首先开战的就应该是高怀德与李重进那两个倒霉蛋率领的左军，咱哥俩就可以先鼓鼓掌，加加油，有了便宜再出手，既不失体面，又得了好处，两全其美啊。没想到对方却气势汹汹地朝自己冲来。樊、何都是后汉的老将，对后周尤其对周世宗谈不上什么忠诚，面对张元徽的雷霆重击，更不可能奋死血战。樊爱能的骑兵自然挡不住热血澎湃的张元徽，何徽被冲散。败下来的骑兵一乱，就把何徽的步兵方阵也冲乱了。这两位见势不妙，撒下自己的部众不管，骑着快马就逃离了战场。北汉军见张将军击溃了敌军一翼，士气大振，纷纷顶着风沙，向周军阵型发起了猛冲，周军右翼顿时溃败。

俗话说：兵熊熊一个，将熊熊一窝。

有这么两个脓包将领，他们手下的兵也就不堪一击了，在"榜样"的带领下，后周右军迅即溃败，跑在最后的一千多名步兵干脆缴械投降，对着北汉皇帝刘崇山呼"万岁"。

阵前督战的柴荣气得眼冒金星，咬牙切齿。

心急如焚的皇帝此刻已经顾不了许多了，只见他挺枪策马直冲敌阵，誓于百万军中取刘崇首级。

皇帝如此英勇，军心顿时大振。

当皇帝的都上了，当兵的还愣着干什么？

禁军迅速跟进，护卫柴荣左右。

虽然一时占据了优势，但是刘崇的排兵布阵却在此刻显示出一个漏洞：他没有留够预备队，如果战败将一败涂地，而现在获得胜势，却没能向周军已经崩溃的右翼继续投入兵力。这时周世宗体现出他英勇的一面，右翼的主将都已经逃窜，皇帝却依然坚守岗位，拔剑出鞘，拨开敌军射来的箭支，大喊道："养兵千日，用兵一时，现在正是诸军建功立业的时刻！大家不要怕，给我杀！"周军见皇上尚且不怕，稍稍稳住了阵脚，但是形势依然非常危急。此时赵匡胤不由得热血上冲，径直冲到张永德面前高喊道："现在主上有难，我们食君之禄，难道不该担君之忧，浴血奋战吗？既然敌军从两翼包抄而来，则我们从两翼反击，稳住阵型待刘词将军赶到，则可全线反击！"张永德也是一员猛将，当即与赵匡胤并肩奋战。赵匡胤又道："我军右翼已经崩溃，张元徽势猛，我愿率军前去迎他，张将军可去援助左翼！"

张永德也被赵匡胤的豪情所感染，同意了他的办法。赵匡胤策马阵前高喊道："现在军情紧急，主上尚且浴血奋战，我等将士难道还要贪生怕死吗？"诸军都是热血男儿，听到赵匡胤的话哪个不是热血沸腾！此时赵匡胤和张永德各率两千精锐骑兵分别向左右翼发起反击，周世宗也是胸中一热，将御前禁军尽数增援中军，仅留五十骑在近身护卫！周军无不舍身奋战，尤其是赵匡胤，一骑绝尘，从北汉军阵中密集处穿过，沿途连斩数名敌将，当真是"十步杀一人，千里不留行！"右翼军士气大振，借着愈发猛烈的南风，向北汉军发起了潮水般的反攻。赵匡胤身先士卒，左臂中箭，血浴战袍，却愈战愈勇，周军渐渐有反败为胜之势！

周世宗见赵匡胤等人酣战，不禁气血上涌，率领最后的五十骑向刘崇发起了冲锋！刘崇绝对没有料到这个小皇帝会这么拼命，顿时乱了方寸。情急之中，他居然召回正在前线奋战的张元徽，才将周世宗的亲自冲锋逼退。但是他的这一个指令成了战场的转折点，当张元徽带领他的铁骑再次回到阵前时，他发现情况已经完全变了，刚才被他冲得七零八落的周军已经重整阵型，斗志昂扬的等待他的又一次冲锋了！而此时南风也愈来愈猛烈了，张元徽知道战场上的胜负往往在一念之间，在被刘崇紧急召回后，他似乎感觉到胜利的天平在向对方倾斜了。但是,张元徽,这位真正的勇士,他不会因为贪生怕死就违背军令,而赵匡胤的飒爽英姿也彻底激发了他的豪情。这一次他一马当先,顶着猛烈的风沙,冒着周军的箭雨,怒吼着冲向赵匡胤,麾下将士无不效命,紧随其后。

这时,后周皇帝贴身侍卫(内殿直),神箭手马仁瑀一箭正中张元徽坐骑,张元徽猝不及防,被掀翻在地,后周殿前禁军右分队小队长(殿前右番行首)马全义手起刀落,可怜威名赫赫的北汉第一猛将就此丧命。

张元徽阵亡的消息令汉军军心大乱。

此时,老天爷也来帮忙,南风刮得又急又猛,迅猛的南风卷起漫天黄沙,吹得汉军头晕眼花,阵脚大乱。

在赵匡胤的强力冲击之下,汉军终于抵挡不住,全军溃散。

刘崇急忙挥舞红旗以示收兵,可是哪里收得住,汉军恨不能多生两只脚,就看谁比谁跑得快了。

对刘崇失望至极的杨衮看到周军强大的攻势,又气又恨,周军的勇猛,令他不寒而栗,于是率领一万契丹铁骑迅速撤退,脱离战场。

失去了外援的汉军,士气一落千丈,被周军追着狂砍。

一直打到太阳下山,惊慌失措的刘崇好不容易收拾残兵据守一处山涧,才算赢得了一点喘息之机。

不过,刘崇的噩梦远没有结束,这次能不能保住命也成了问题。

因为,后周的战略预备队到了!

河阳节度使刘词所率的万余精锐部队赶到了战场!

樊爱能、何徽,领着残众擅自南归,凑巧遇着河阳节度使刘词率兵来援。爱能摇手道:"辽兵大至我军退回,公何必前去寻死!"

刘词道:"天子安否?"

何徽答道:"我辈亏得速退还保生命,主上不肯退归,大约已走入泽州了。"

刘词勃然道:"主辱臣死,奈何不救?"遂引兵北趋,驰至战场。

正值敌众败退,尚有残兵万余人阻涧屯列。天日将暮,南风尚劲,刘词带着一支生力军越涧争锋,呐一声喊杀入敌阵。北汉兵已经怯馁,还有何心对仗?死的死,逃的逃。刘词麾众追去,还有涧南休息的周军,遥见词军得胜,也鼓动余勇,跃涧齐进,与刘词军并力追击。可怜北汉兵没处逃生,或死或降,刘词等直追至高平,方才回军。但见僵尸满野,血流成渠,所弃辎重器械不可胜计。周军捕得樊爱能、何徽麾下降敌诸兵,悉数处死。正是:

> 白帝岂肯锢深宫,
> 捍卫神州立奇功。
> 赤帝一剑挥十将,
> 浴血狻猊化真龙。

却说汉主刘崇仅率亲骑百余狼狈逃走。夜间迷路,寻找一村民引路。由于北汉统治残暴,百姓恨之入骨,走了百余里路,才发现走向了晋州,遂将引路村民杀死,另外找路逃回太原。到达沁州时,当地官吏前来献食,尚未举筷,传闻周兵追来,忙将碗筷抛去上马急奔。崇已老耄,昼夜驰骤几不能支。幸黄骝马为辽主所赠,特别精良。刘崇伏住鞍上,始得奔回晋阳。后来刘崇封黄骝马为自在将军,并为它建造了一个用金银装饰的马舍,还让这匹马享有三品官员的俸禄。

柴荣因刘崇已遁,料知追赶不及,且令各军休息高平。选得北汉降卒数千人,号为效顺指挥军,命前武胜行军司马唐景思为将，发往淮上，防御南唐。还有二千余降卒，每人赐绢二匹，并给还衣装，放归本部。各降卒罗拜而去。柴荣转入潞州，由节度使李筠迎入，正欲赏赉功臣，忽报樊爱能、何徽二人前来请罪。周主微笑道："他还敢来见朕吗？"当下出帐升座，召入樊爱能、何徽，两人械系至前，匍匐叩头。周主叱责道："汝二人系累朝宿将，素经战阵，此次非不能战，实视朕为奇货，意欲卖与刘崇。今复敢来见朕，难道还想求生吗？"

两人无法解免，除叩首请死外，乞赦妻孥。周主道："朕岂欲加诛尔曹，实因国法难逃不能曲贷。家属无辜，朕自当赦宥，何必乞求！"

两人拜谢毕。即由帐前军士，将两人如法绑出斩首示众。

是年冬季，刘崇忧愤成疾，竟至逝世。次子承钧向辽告哀，辽册承钧为汉帝，呼他为儿。承钧亦奉表称男，易名为钧。又在晋阳创立七庙，尊刘崇为世祖，改元天会，复向辽乞师复仇。周主因大兵甫归，疮痍未复，但戒各边将固守边疆，不得出战。

军事上的成功必然有内政上的清明作为保障，周世宗做过商人，自然了解民情，也比较关心底层。有一次，他去视察宫殿重修工程，发现装修工人吃饭随便用块瓦片当碗，撅根木棍当筷子，当时大怒，认为负责工程监督的内供奉官孙延希失职，下令将其斩首，并免去一批相关官员的职务。又有一次境内某地出现淘金热，官府上奏请示皇帝，是不是要没收老百姓淘来的金子，周世宗否决了这一请示。乱世之中，佛教广为流行，许多人为逃避徭役和赋税纷纷"出家"，大量金属被用来铸造佛像，致使铜价上涨，钱币奇缺。周世宗采取抑制佛教、打击寺院经济的措施，禁止私自剃度出家，"废寺院凡三万三百三十六"。在他的治理下，中原经济走上了恢复元气的道路。

欲知后事如何，且看下回分解。

第五十章　陶谷出使南唐

却说前吴主杨溥让位李昇，病死丹阳，子孙徙居泰州，锢住永宁宫中，断绝交通，甚至男女自为匹偶。李璟恐杨氏子孙为变，特遣园苑使尹延范迁置京口，统计杨氏遗男尚有六十余人，妇女亦不下数十，延范承唐主密嘱，竟将杨氏男子六十余人驱至江滨一并杀死，仅率妇女渡江，杨氏遂绝。李璟归咎尹延范，下令腰斩。尹延范有口难言，冤冤枉枉地受了死刑。

后来唐主泣语左右道："延范亦成济流也，我非不知他效忠，因恐国人不服，没奈何处他死刑呢！"遂命抚恤延范家属，毋令失所。

后周显德五年（958），南唐向后周称臣奉朔后不久，后周兵部侍郎陶谷出使金陵，名曰观摩六朝碑碣，探研书法，实则暗察南唐虚实，思索日后如何打破江南防务。

陶谷首先让手下人告知南唐，自己将要按照皇上的旨意出访。

南唐接到信，一阵紧张，紧张的原因是后周越来越强大。南唐越来越艰难。来者不善，善者不来。

陶谷骄横狂傲，目中无人，其言谈举止，常使南唐君臣难堪。他那不可一世的行径，激怒了李煜和韩熙载。于是，二人决计以牙还牙，力挫陶谷的嚣张气焰。

陶谷每晚回到驿馆后，面对孤灯凄凉无比，落寞难熬，便在馆舍的墙壁上写了十二个字："西川狗，百姓眼，马包儿，御厨饭。"时人都不解其意。南唐宰相韩熙载解释道："'西川狗'即蜀犬，是个'独'字；'百姓眼'即民目，是个'眠'字；'马包儿'即爪子，是个'孤'字；'御厨饭'即官食，是个'馆'字。这十二个字说的就是'独眠孤馆'。"

一句话，陶谷很寂寞，缺少娱乐活动，不过为什么他要强调"眠"字呢？韩熙载暗中盘算：陶谷不可能像柳下惠那样坐怀不乱。只要能让他现出原形，他以后一定威风扫地。为此与李煜合谋，从宫廷教坊中挑选一位名叫秦弱兰的妙龄歌妓，经韩熙载精心调教后，乔装成客馆杂役，晨夕洒扫陶谷住地庭院，伺机拉陶谷下水。

秦弱兰潜入客馆后，尽管着装粗俗，弊衣竹钗，不施朱粉，仍然掩饰不住她那天生丽质的妩媚风韵，展示着她特有的出水芙蓉般的诱人风采。她开始拥帚洒扫时，每与陶谷在庭中邂逅，便有意欲盖弥彰，只让陶谷见到她纤丽俊美的背影，以此去撩拨他的拈花惹草之意，使他非要寻机从正面一睹她的芳容不可。

凑巧天助人愿。一日黄昏，秦弱兰正在洒扫庭院，突然风雨大作，她只好躲到廊下避雨。当她刚从头上取下被雨濡湿的青帕，用手梳理着又黑又亮的鬓发时，便听到身后有脚步声传来。她扭头一看，竟是陶谷！

一连多日想从正面窥视秦弱兰的陶谷，惊喜地感到此刻真是天赐良机。他停下脚步，贪婪地打量着秦弱兰的姿色，内心不禁暗叫：真乃貂蝉转世，倾国倾城。遗憾的是，这女子眉宇之间隐含几分淡淡的哀愁，略有红颜薄命之嫌。随之他产生了恻隐之心，想到如此年轻美丽的女子，竟然终日为客馆琐事所累，实在是明珠投暗。进而又想，假如我能将她纳为小妾，带回汴梁，晚年娱老，岂不两全其美！于是，他便有意上前同秦弱兰搭讪，探问她的身世。

秦弱兰不卑不亢，彬彬有礼地回答陶谷：她是客馆驿卒的女儿，自幼虽然粗通文墨，但苦于家境贫寒，无力深造；及至当嫁之年，又不敢高攀名门，只好下嫁一介寒士。婚后生活也还惬意，丈夫勤奋好学，热心功名，不想积劳成疾，英年早逝。丈夫死后，夫家无依无靠，她只好搬回娘家久住，并在客馆里操持杂务，为父母分忧解难。听过秦弱兰的诉说，陶谷顺势用甜言蜜语对她大加赞赏和宽慰，既表示了同情之心，又流露出爱慕之情，感动得秦弱兰热泪盈眶。陶谷对秦弱兰更加心心念念，企企盼盼。

事过不久，秦弱兰听说陶谷即将回朝复命，正在连日打点行装，便在一个有星无月的深更，蹑手蹑脚地去轻叩陶谷的门扉。陶谷秉烛开门，迎进来的正是他朝思暮想的秦弱兰，顿觉福从天降，美不堪言。随后，二人心照不宣，灭烛解衣，同床共枕度过了一夜销魂的时光。

天将破晓，秦弱兰趁陶谷还在酣睡，悄然起身开门离去。待陶谷醒来，已是日上三竿。他睁开惺忪的双眼，见秦弱兰不在身边，心中自感怅惘。他想，不知这一夜因缘是好还是坏？也不知何年何月才能明媒正娶，正式纳她为妾？整整一个白天，陶谷被这飞来的艳福搅得心神不安。

不想入夜时分，秦弱兰又悄然出现在陶谷面前，经过一番柔情蜜意的亲热之后，又执意向他索取墨宝，声称用作别后慰藉思念苦涩之用。陶谷不知其中奥妙，遂把阴谋误作爱情，并将他俩此番别离喻为断弦，希冀他日能有重续之时，于是便欣然提笔，将他俩这桩风流韵事写成了一首小令，调寄《风光好》：

> 好因缘，恶因缘，奈何天。
> 只得邮亭一夜眠。别神仙。
> 琵琶弹尽相思调，知音少。
> 再把鸾胶续断弦，是何年？

李煜假手秦弱兰得到陶谷这首小令，当即传旨教坊排练，并要秦弱兰演唱，准备为陶谷饯行时让他当众出丑。

排演就绪之后，李煜便设宴为陶谷饯行。酒宴伊始，陶谷还是派头十足，盛气凌人，与宴会应有的宾主互敬气氛极不协调。尽管李煜极尽地主之谊，命内侍用夜光杯向陶谷敬酒，可是陶谷却不苟言笑，拒不赏光。

李煜见状心想：看来，他敬酒不吃只好吃罚酒了。于是命内侍传令歌妓"劝酒"。事先在堂下等候的歌妓，听到传唤后当即升堂。陶谷定睛一看，这花枝招展的歌妓竟是秦弱兰！至此，他方知上当，神色不禁紧张起来。

而秦弱兰却轻松自如，手执檀板，在教坊琴师的伴奏下，字正腔圆地唱起了《风光好》。陶谷闻声，如坐针毡，汗流满面，手足无措。李煜和韩熙载在一旁看着陶谷这副狼狈相，颇感自鸣得意。秦弱兰唱完那首小令，便陪内侍向陶谷轮番敬酒，他们先是好言相劝，动之以情，接着便强人所难，举杯硬灌，最后，将陶谷灌得酩酊大醉。陶谷招架不住，中间曾几度告饶，李煜怎肯善罢甘休，直到陶谷醉后失态，软瘫在地，语无伦次，口吐秽言为止。

陶谷被送回客馆后，醉得不省人事，和衣大睡半天一夜，方才醒了过来。酒醒之后，陶谷想起昨日扫兴之事，气急败坏，可是又不便发作。他想来想去，觉得三十六计，还是走为上策。于是差人去韩府送信，声称翌日启程北归。韩熙载将信转呈李煜，李煜授意韩熙载：指派两名小吏到十里长亭从简送行。这种冷落的仪式,与当初陶谷来时百官在此夹道欢迎的热烈场面相比,不啻是天壤之别!陶谷明知这是有意冷落和侮辱,也只好忍气吞声,听之任之。李煜则落井下石,抢先派亲信赶往汴梁,将陶谷在金陵的桃色丑闻和那首小令《风光好》广为张扬,弄得他在京城声名狼藉,苦不堪言。

柴荣本来很满意陶谷的出访战绩,打算给他升官,但是了解实情的丞相范质强烈反对,说陶谷这个人道貌岸然、行为不端。再加上没有不透风的墙,柴荣终究听到了一些闲言碎语,但为了顾全自己的面子,也不好严厉处分陶谷,只是从此把他冷落一边。

关于陶谷,有几则故事流于后世,故事很短,不能独立成章,故附于后,以博读者一笑:

陶谷在后周世宗身边当尚书,因为他善于见风使舵加上巧舌如簧,在世宗跟前很得宠。陶谷因此不把别的同事放在眼里,与大臣何承裕宿怨也是由来已久。

一天世宗问陶谷何承裕能不能胜任宰相这个职务?陶谷故作深沉,认真思索了好一会说,何承裕这个人生活作风不是很检点,当宰相恐怕不能以德服人。世宗打消了提拔何承裕的念头。虽然谈话时只有两个人,但是周围不被当成人的奴婢还是有的,何承裕很快知道陶谷给自己挖坑这件事,恨得要死。

那天黄昏天色渐暗,何承裕忽然唱着挽歌,披头散发从外边闯进来:陶谷你死了吗?你个该死的,该死你就早早上路吧,早点投胎洗心革面重新做人。

陶谷吓坏了,他从来没有见过这个阵仗,结结巴巴地问:老何,你红口白牙凭什么咒我死啊?

何承裕说:"你早晚不都要死吗?好人不长寿,祸害活千年,你伤天害理断人前程,我恨死你。"

当官这个事,一步赶不上,一辈子都赶不上,老何语无伦次也顾不上斯文了。因为亏欠人家，陶谷只好看着老何哭丧，自认倒霉。

老权是陶谷的下属，老权养了一匹宝马良驹，日行千里，夜行八百。陶谷给老权提出：希望宝马能够入驻陶家。老权说：我早就想把宝马献给您，只是我的腿脚不利索，全靠这匹宝马代步。再说，一两年之后我就退休了，更离不开这个老伙计了。

陶谷碰了个软钉子，心里那个酸，他拍拍鼻子上和身上的灰，优哉游哉走了，好像什么事情都没有发生。

一天陶谷看完公文，对坐在窗前的老权说：你师法王献之，字体飘逸洒脱，深得其精髓要义，你把这个文件抄一遍，我用来收藏。

老权被一顿夸奖，忘乎所以，接过陶谷递上来的文件看了看，然后依样画葫芦抄了一遍。

文件抄完了交给陶谷，以为还会受到夸奖，想不到陶谷厉声呵斥：老权你大胆，看看那个文件封面是不是写着御笔绝密，你竟敢抄录私存。泄露国家机密，该当何罪？

老权何等聪明，马上跪在地上说权某知罪，请求宽恕，我愿意效犬马之劳。

老权一溜烟跑回家，和家人一前一后，你牵着马，我拿着鞍，恭恭敬敬地将宝马送到陶家。

陶谷有一小妾，曾是太尉党进的家姬。他在雪天之中，以雪水烹茶，并问小妾道："党家会欣赏这个吗？"小妾道："党太尉是个粗人，怎知这般乐趣？他只会在销金帐中浅斟低唱，饮羊羔酒。"她意在讥讽陶谷，认为比起党家富贵奢华的生活，取雪烹茶的风雅太显寒酸。陶谷听罢默然不语。

陶谷出使吴越。吴越王钱俶设宴款待，席上摆了各种各样的螃蟹，从大到小，一共摆了十几种。陶谷笑道："我们北边有句俗话叫'黄鼠狼生下小耗子，一窝不胜一窝'，你们吴越也是一蟹不如一蟹，对吗？"他是在讥讽钱俶比不上开国君主钱镠，吴越国一代不如一代。钱俶心中有苦，眼里有泪，脸上的笑容都快挂不住了。

接着又一道菜上来了，工作人员揭开盖子，洁白透亮的瓷盆中，碧绿晶莹的羹汤袅袅冒着热气。陶谷问这是什么菜，钱俶笑道："先王时御厨常做葫芦羹，现在的御厨也依样做了些。"他是在讥讽陶谷只会依样画葫芦。

陶谷何等聪明，马上知道钱俶貌似恭敬，实际上是回敬自己刚才的轻蔑。

陶谷的灵感不请自来，对钱俶说，来，我给你写首诗：此身头已白，无路埽王门。翻译过来就是：你这个王算是当到头了。钱俶强颜欢笑，命人将陶谷送到宾馆。

钱俶招待陶谷的宴席别出心裁，每张桌子上的摆盘都是一个玲珑剔透金光闪闪的金钟。第二天钱俶又请陶谷赴宴，陶谷说被金钟闪住了眼睛，在宾馆起不来了。请他赴宴的人回来复命，钱俶马上让人打包十副金钟奉上，金钟一闪，陶谷的眼睛又好了。

陶谷拿着金钟心满意足地到了下一站，想起钱俶对自己的不恭，不由在墙上写道：

> 井蛙休恃重溟险，
> 泽马曾嘶九曲滨。

翻译过来就是：等着吧，我还会回来的，灭了你们！

欲知后事如何，且看下回分解。

第五十一章　赵匡胤黄袍加身

　　却说周主微时，尝梦神人畀一大伞，色如郁金，上加道经一卷，周主审视道经，似解非解，及醒后追思，尚记忆数语。嗣是福至心灵，举措无不合宜，遂得身登九五，据有大宝。及征辽归国，常患不豫，有时勉强视朝，数刻即退，御医逐日诊治，终乏效验。一日卧床休养，恍惚间复见神人，来索大伞及道经。周主当即交还，又欲向神探问后事，神人不答，拂袖竟去。周主追曳神衣，突闻一声朗语，竟致惊醒。开眼一瞧，手中牵着的衣袂，乃是榻前的侍臣。就是梦中听见的声音，亦无非侍臣惊问，不觉自己也好笑起来。转思梦中情景，甚觉不祥，便起语侍臣道："朕梦不祥，想是天命已去了。"

　　侍臣答道："陛下春秋鼎盛，福寿正长，梦兆不足为凭，请陛下安心！"

　　世宗自此不能痊愈，延之日久，饮食不进，大势日危，召范质等入宫，嘱以后事道："嗣君幼弱，卿等尽心辅之。昔有翰林学士王著，乃朕之藩邸故人，朕若不起，当以为相。"质等受命而出，私相议道："王著日在醉乡，是个酒鬼，岂可为相？当勿泄漏此言。"

　　不久柴荣驾崩。远近闻之，无不嗟悼。后人有诗叹曰：

> 五代都来十二君,
> 世宗英武更神明。
> 出师命将谁能敌?
> 立法均田岂为名?
> 木刻农夫崇本业,
> 铜销佛像便苍生。
> 皇天倘假数年寿,
> 坐使中原见太平。

世宗既崩,梁王宗训于枢前即位,是为恭帝。文武山呼已毕,尊符后为太后,垂帘听政。赵匡胤改领归德军节度使,赵晋升为节度掌书记。

七岁的柴宗训不能亲政,只好由自己的姨母小符太后垂帘听政,宰相范质、王溥等辅政,主持军国大事。八月,柴宗训封弟弟柴宗让为曹王,柴宗谨为纪王,柴宗诲为蕲王。十一月,把后周世宗柴荣皇帝安葬于新郑(今河南新郑)郭店村西北陵上村的庆陵。

好容易过了残年,周廷仍未改元,沿称显德七年。正月朔日,幼主宗训未曾御殿,但由文武百僚进表称贺。蓦然间接得镇、定急报,说是河东刘钧结连契丹大举入寇,声势甚盛,锐不可当。当时主政的符太后毫无主见,听说此事,茫然不知所措,最后问计于宰相范质。范质暗思朝中大将唯赵匡胤才能解救危难,不料赵匡胤却托言兵少将寡,不能出战。范质只得委赵匡胤最高军权,可以调动全国兵马。匡胤奏道:"主上新立,在朝文武宜勠力同心,共守京城。臣当另调澶州等处将帅,一同征讨,是乃万全之策。"太后大喜,即下敕旨,前去调拨张光远等,会兵出征。时苗光义一向隐在山中,今见世宗弃世,来到京中,见日下又有一日,黑光相荡,指谓匡胤亲吏道："此天命也，时将至矣。"言毕飘然而去。

960年的正月初三，赵匡胤带着部队向北进发，晚上，大军驻扎在距离开封四十里的"陈桥驿"。（当时的陈桥驿位于黄河南岸）此时，慕容延钊的军队已经渡过黄河北上，因而不在兵变现场，同时又有黄河的阻挡，无法成为兵变的阻力，拥立赵匡胤成为皇帝的计划到了可以正式实施的时候了。

当晚，军士屯聚于驿门之外，忽然高怀德对众人道："今主上新立，更兼年幼，我等出力，谁人知之？不如立点检为天子，然后北征。诸公以为何如？"都卫李处耘道："此事不宜预传，可与匡义议之。"匡义道："吾兄素以忠义为心，恐其不从，如之奈何？"正言间，忽赵普来到，众人以欲立之事告之。赵普道："吾来正是与诸公商议此事。方今主少国疑，点检令名素著，中外归心，一入汴梁，天下定矣。"

第二天早晨，军营呼声一片，赵光义叫醒赵匡胤，赵匡胤未穿戴好便披衣出去，看到一干将校们手握刀剑高声叫道："诸军无主，愿奉点检为天子！"众将士不待赵匡胤说话，便拿出一件象征皇帝登基用的黄袍披在他的身上，接着跪下高呼"万岁""声闻数十里"。兵变的帷幕正式拉开，赵匡胤却装出一副被迫的样子说："你们自贪富贵，立我为天子，能从我命则可，不然，我不能为若主矣。"拥立者们一齐表示"唯命是听"。赵匡胤就当众宣布："少帝及太后，我皆北面事之，公卿大臣，皆我比肩之人也，汝等毋得辄加凌暴。近世帝王，初入京城，皆纵兵大掠，擅劫府库，汝等毋得复然，事定，当厚赏汝。不然，当族诛汝。"就是说入城之后，不能烧杀抢掠，否则诛灭全族。

众皆诺诺连声。匡胤号令已定，遂整队而回（与郭威如出一辙）。

陈桥驿在陈桥和封丘之间。赵匡胤兵变时，陈桥守门官闭门防守,不放赵匡胤军通过。赵匡胤只得转道封丘,封丘守门官马上开门放行。赵匡胤即帝位后,晋升陈桥守门官的官职,称赞他忠于职守;斥责封丘守门官临危失职,将他斩首。

殿前都指挥石守信,都虞候王审琦,已接匡义密报,具知大略。他两人与匡胤兄弟,素来莫逆,有心推戴匡胤。便暗中传令禁军,放匡胤全军入城,禁军乐得攀龙附凤,不生异言。匡胤等竟安安稳稳趋入大梁。

及匡胤入城,已是正月五日上午。时早朝未散,太后闻陈桥兵变,大惊不迭,退入宫中。范质对王溥道:"举奏遣将,而致反乱,吾辈之罪也。"侍卫亲军副都指挥使韩通自禁中而出,急来与范质议道:"彼军初入,民心未定,吾当统领亲兵禁军以敌之。二公快请太后懿旨,布告天下,必有忠义勤王者响应,则叛逆之徒一鼓可擒矣。"范质依言入宫见太后请旨。韩通归至府中,召集守御禁军、亲随将校,以备对敌。

却说赵匡胤出发前就把母亲杜氏和老婆王氏安置在定力院,吃斋念佛。韩通全城搜捕赵氏一族。定力院主持听到这个消息,将杜氏、王氏等藏匿在阁楼上。不一会,兵士涌入寺院,问主持见没见到赵氏一族。主持双手合十:出家人不问俗事,阿弥陀佛。兵士们爬到阁楼上,见梁柱上布满灰尘蛛网,信了主持的话,从寺院撤军。

王氏躲在阁楼上的夹层里,浑身筛糠一样。杜氏却笃定沉着,闻报惊喜道:"我儿素有大志,今果然如此!"正是:

> 七岁君王寡妇儿,
> 黄袍着处是相欺。
> 兵权有急归帷幄,
> 哪见辽兵犯帝畿?

却说韩通搜捕赵氏一族未果，忽遇禁军教头王彦升，对韩通朗声呼道："韩侍卫快去接驾，新天子到了！"

韩通大怒道："天子自在禁中，何物叛徒，敢思篡窃！汝等贪图富贵，去顺助逆，更属可恨！速即回头，免致夷族！"

彦升不待说毕，已是怒不可遏，便即拔刀相向。韩通手无寸铁，怎能与敌？没奈何回身急奔。彦升紧紧追捕，韩通跑入家门，未及阖户，已被彦升闯入。彦升手下又有数十名骑兵一拥进去，韩通赤身空拳无从趋避，竟被王彦升手起刀落砍翻地上，又一刀枭了他的首级。

彦升已杀韩通，索性闯将进去，将其妻妾、次子全部杀死，惟长子天禄逃脱，奔入辽邦而去。戎马一生、战功无数、从不存个人野心的后周大将，能征而善战，憨直而性刚的一代无败之将，就这样死于非命。有诗为证：

忠于王事见韩通，
世宗亲臣有几同？
欲御逆谋志未遂，
阶前冤血至今红。

匡胤入城后，命将士一律归营，自己退居公署。不到半日，由军校罗彦瓌等，将范质、王溥等人，拥入署门。匡胤流涕与语道："我受世宗厚恩，被六军胁迫至此，惭负天地，奈何奈何！"

范质等面面相觑，仓促不敢答言。彦瓌厉声道："我辈无主，今日愿奉点检为天子，如有人不肯从命，请试我剑！"说至此，即拔剑出鞘，露刃相向，吓得王溥面如土色，降阶下拜。范质不得已亦拜。匡胤忙下阶扶住，导令入座，与商即位事宜。掌书记赵普在旁，便提出法尧禅舜四字作为证据，范质等只好唯唯相从。遂请匡胤诣崇元殿行受禅礼。一面宣召百官，待至日晡，始见百官齐集。仓促中未得禅诏，偏翰林学士陶谷早已预备，从袖中取出一纸，充作禅位诏书。制曰：

　　天生庶民，树之司牧，二帝推公而禅位，三王乘时而革命，其极一也。予末小子，遭家不造，人心已去，天命有归。咨尔归德军节度使、殿前都点检赵匡胤，禀上圣之资，有神武之略，佐我高祖，格于皇天，逮事世宗，功存纳麓，东征西怨，厥绩懋焉！天地鬼神，享于有德，讴歌讼狱，归于至仁。应天顺人，法尧禅舜，如释重负，予其作宾。呜呼钦哉，只畏天命。

　　读诏已毕，宣徽使引匡胤就庭，北面听受，宰相掖升崇元殿，服衮冕，即皇帝位，群臣朝贺。改周显德七年为建隆元年。后人有诗叹曰：

　　　　弄楯牵车挽鼓催，
　　　　不知门外倒戈回。
　　　　荒坟断陇才三尺，
　　　　犹认房陵平伏来。

　　由于赵匡胤在后周任归德军节度使的藩镇治所在宋州（今河南商丘），遂以宋为国号，奉周恭帝为郑王，封弟光义为殿前都虞候，封赵普为枢密直学士。立太庙，追其祖考为帝，尊母杜氏为皇太后。所有内外官吏，均加官晋爵有差。追赠韩通为中书令，并且按照礼节厚葬了韩通。并拟加王彦升罪状，经百官代为乞恩，方得宥免。

　　辽、汉合兵入寇，明明是匡胤部下讹造出来。陈桥之变，黄袍加身，早已预备妥当。乌有匡胤未曾与闻，而仓促生变者乎？即如点检作天子之谶，亦未始不由人谋，明眼人岂被瞒过。当时为周殉节者，止一韩通。疾风知劲草，板荡识忠臣。后人有诗叹曰：

兔走乌飞疾若驰，
百年世事总依稀。
累朝富贵三更梦，
历代君王一局棋。
禹定九州汤受业。
秦吞六国汉登基。
百年光景无多日，
昼夜追欢还是迟。

（全书完）